D0837930

SOUS LE RÈGNE DE BONE

Collection dirigée par Hubert Nyssen et Sabine Wespieser

Titre original :
Rule of the Bone

Editeur original :
HarperCollins Publishers Inc., New York
© Russell Banks, 1995

© ACTES SUD, 1995
pour la traduction française
ISBN 2-7427-0858-8

Photographie de couverture :
© Jacob Holdt

RUSSELL BANKS

SOUS LE RÈGNE
DE BONE

roman traduit de l'américain
par Pierre Furlan

BABEL

A Ellen Levine
et comme toujours à Chase

1

SURTOUT NE TOUCHE A RIEN

Vous allez sans doute croire que j'invente pour avoir l'air mieux que je suis en réalité ou plus malin ou pour me vanter d'avoir de la chance, mais c'est faux. En plus, bien des choses qui me sont arrivées jusqu'ici dans la vie – je vais en parler sous peu – me feraient plutôt passer pour quelqu'un de mauvais ou de carrément bête ou pour une victime de circonstances tragiques. Ça ne prouve pas, je m'en rends bien compte, que je sois en train de dire la vérité. Mais si je voulais me faire passer pour meilleur que je suis ou pour plus intelligent ou me donner l'air d'être en quelque sorte le maître de ma destinée, je le pourrais. Seulement, la vérité est plus intéressante que tout ce que je suis capable d'inventer et c'est d'abord pour ça que je m'y tiens.

Quoi qu'il en soit, mon existence est devenue intéressante, disons, l'été de mes quatorze ans. J'étais à fond dans la fumette et comme j'avais pas d'argent pour m'acheter de l'herbe je me suis mis à fouiner tout le temps dans la maison pour dénicher des trucs à vendre – mais il n'y avait pas grand-chose. Ma mère, qui était encore un peu comme ma meilleure amie, et Ken mon beau-père avaient une maison assez convenable que ma mère avait obtenue de mon vrai père il y a une dizaine d'années au moment de leur divorce. A l'écouter, ce n'est pas une maison qu'elle a reçue mais des traites à payer, et de mon père elle ne dit pratiquement rien – c'est ma grand-mère qui se charge d'en parler. Ma mère et Ken avaient des boulots minables et ne possédaient rien à voler, du moins rien dont ils n'auraient aussitôt remarqué la disparition. Ken faisait de l'entretien à la base aérienne, c'est-à-dire en réalité du nettoyage, mais il se disait technicien des services du bâtiment. Quant à ma mère, elle était aide-comptable à l'hôpital, ce qui est également un boulot nul où on fait que regarder un écran d'ordinateur toute la journée en tapant sur des touches pour y mettre des chiffres.

En fait tout a commencé quand je me suis mis à farfouiller dans la maison après l'école en cherchant quelque chose pour tuer mon ennui : des bouquins ou des vidéos pornos ou des capotes. N'importe quoi. Et puis qui sait, ils avaient peut-être leur petite cachette de marijuana. Ma mère et Ken, surtout lui d'ailleurs, donnaient sérieusement dans l'alcool mais je me disais qu'ils n'étaient peut-être pas aussi coincés qu'ils en avaient l'air. Tout est possible. C'était une petite maison, quatre pièces et une salle de bains, un mobile home posé sur des parpaings comme une vraie baraque sauf qu'il n'y avait ni sous-sol ni garage ni grenier. J'y avais vécu depuis l'âge de trois ans, d'abord avec ma mère et mon vrai père – jusqu'à ce qu'il s'en aille quand j'avais cinq ans –, et après avec ma mère et Ken qui m'a officiellement adopté et qui est devenu mon beau-père. Au total, la maison m'était aussi familière que l'intérieur de ma bouche.

Je croyais avoir passé au crible chaque tiroir, examiné chaque placard et fouillé sous tous les lits et les meubles. J'avais même sorti les vieux romans condensés du *Reader's Digest* que Ken avait découverts à la base aérienne et qu'il avait rapportés à la maison pour les lire un jour mais surtout pour faire bien dans le séjour, et je les avais ouverts l'un après l'autre à la recherche de ces compartiments secrets qu'on peut aménager en découpant l'intérieur des pages avec une lame de rasoir. Rien. Ou plutôt rien de neuf. A part quelques vieux albums photos que ma mère avait récupérés de ma grand-mère. Je les avais dénichés dans une boîte sur la dernière étagère de l'armoire à linge. Ma mère me les avait montrés plusieurs années auparavant et je les avais oubliés, probablement parce qu'on y voyait surtout des gens que je ne connaissais pas, comme les cousins, les tantes et les oncles de ma mère. Mais cette fois, en tombant à nouveau sur ces albums, je me suis rappelé y avoir cherché des photos de mon père à l'époque où il était encore en vie et heureux, ici à Au Sable, et n'en avoir trouvé qu'une, le montrant lui, ma mère et sa voiture. Je l'avais étudiée comme si c'était un message secret parce que c'était la seule photo de lui que j'avais jamais vue. On aurait pu penser que grand-mère, quand même, aurait gardé quelques clichés. Eh bien, non.

Il y avait pourtant dans la même boîte que les albums un paquet de lettres attachées par un ruban. Mon père les avait envoyées à ma mère pendant les quelques mois qui avaient suivi son départ. Je ne les avais encore jamais lues et elles se sont révélées plutôt intéressantes. J'ai eu l'impression que mon père se défendait des accusations de ma mère. Elle disait qu'il nous avait quittés pour une bonne femme du nom de Rosalie qui, toujours selon ma mère, était sa petite amie depuis déjà des années mais il prétendait que Rosalie n'avait été qu'une copine ordinaire au travail et des choses comme ça. Il avait une écriture nette avec toutes les lettres inclinées du même côté. Rosalie n'avait plus d'importance pour lui, écrivait-il. Elle n'en avait jamais eu. Il disait qu'il voulait revenir. J'ai presque eu de la peine pour lui. Sauf que je ne le croyais pas.

En plus, j'avais pas besoin des lettres que ma mère lui avait écrites pour connaître sa version à elle, parce que même si j'étais tout gamin quand ça s'était passé, il me reste des souvenirs. Si ç'avait été un mec si bien que ça, pourquoi se serait-il cassé sans jamais nous envoyer d'argent et sans essayer de rester en contact avec son propre fils ? Ma grand-mère avait dit, Raye-le de ta mémoire, il est sans doute en train de se la couler douce à l'étranger aux Caraïbes, ou alors il est en prison pour trafic de drogue. Tu *n'as pas* de père, Chappie, avait-elle déclaré. Oublie-le. C'était une dure, ma grand-mère, et j'essayais d'être pareil quand j'en venais à penser à mon véritable père. Je crois pas qu'elle ait su que ma mère gardait les lettres de mon père. Je parie que mon beau-père n'en savait rien non plus.

En tout cas, cet après-midi-là, je suis rentré de l'école en avance parce que j'avais séché les deux derniers cours, ce qui n'était pas plus mal étant donné que j'avais pas fait mes devoirs et que les deux profs des cours en question sont le genre à vous virer de la classe si vous arrivez les mains vides – une punition censée vous pousser à faire mieux la prochaine fois. J'ai cherché dans le frigo et je me suis fait un sandwich au fromage et à la mortadelle. J'ai bu une des bières de mon beau-père et je suis allé dans le séjour regarder MTV un moment en jouant avec Willie le chat qui a pris peur et qui a détalé lorsque je l'ai fait basculer sur la tête par accident.

Puis j'ai commencé ma tournée. Il me fallait vraiment de l'herbe. Ça faisait deux jours que j'avais pas tiré sur un joint, et chaque fois que je reste si longtemps sans fumer je commence à flipper, je m'énerve contre le monde comme si les gens et les choses m'en voulaient et j'ai l'impression de ne rien valoir, d'être un raté complet – ce qui est d'ailleurs assez vrai. Mais il suffit d'une petite fumette et toute cette irritation, cet énervement et cette saleté de manque de confiance en moi s'évanouissent aussitôt. On dit que la marijuana rend paranoïaque, mais chez moi c'est l'inverse.

J'avais pratiquement abandonné l'idée de trouver quelque chose à voler dans la maison. Des biens personnels comme la télé ou le magnétoscope auraient été faciles à mettre en gage, mais on se serait aperçu tout de suite de leur disparition, et le reste de leurs machins n'était qu'un tas d'articles de ménage tout à fait nuls et impossibles à revendre du style couverture électrique, croque-gaufre ou radio-réveil. Ma mère n'avait pas de bijoux intéressants à part l'anneau de mariage qu'elle avait reçu de mon beau-père et dont elle faisait grand cas, mais à mes yeux c'était rien de mieux qu'une bague de bazar et de toute façon elle la portait tout le temps. Ils n'avaient même pas de CD valables, toute leur musique datait des années soixante-dix, genre disco ou variété, et en plus sur cassettes. La seule fauche possible c'était du sérieux, par exemple chourer la fourgonnette de mon beau-père pendant qu'il dormait, mais je n'étais pas prêt à ça.

J'étais en train de passer une fois de plus en revue le placard de leur chambre à quatre pattes dans le noir, tâtonnant derrière les chaussures de ma mère, lorsque je suis tombé sur ce que j'avais pris la fois précédente pour des couvertures pliées. En fouillant bien, j'ai alors senti un objet dur et volumineux. J'ai sorti le tout et quand j'ai déplié les couvertures sont apparues deux mallettes noires que je n'avais encore jamais vues.

Assis en tailleur sur le plancher, j'ai posé la première mallette sur mes genoux en me disant qu'elle serait sans doute fermée à clé. A ma grande surprise, elle s'est ouverte avec un déclic, mais ce qui m'a vraiment étonné en soulevant le couvercle ç'a été de voir une carabine 22 long rifle à répétition démontée en trois éléments et tranquillement rangée à l'intérieur avec une baguette, un nécessaire de nettoyage et une boîte de balles. Remonter la carabine n'a pas été difficile, il y avait même une lunette comme sur un fusil de tueur, et en un rien de temps je suis parti dans un trip à la Lee Harvey Oswald. Je me suis posté à la fenêtre de la chambre, et en écartant le rideau du bout du canon j'ai visé par la lunette diverses cibles dans la rue en faisant Pan ! Pan ! Je suis resté là un moment à exploser deux ou trois clebs, à descendre le facteur et à tirer sur des gens qui passaient au volant de leur voiture.

Puis je me suis souvenu de l'autre mallette. Revenant vers le placard, je me suis assis et je l'ai ouverte. A l'intérieur, tout un tas de petits sacs, trente ou quarante, remplis de monnaie, pour la plupart des vieilles pièces de vingt-cinq cents, et puis des cinq cents à tête d'Indien et même des pennies bizarres avec des dates qui remontaient au tout début du siècle. Super-découverte. La carabine doit appartenir à Ken et il la camoufle dans cette mallette à cause de ma mère qui arrête pas de dire qu'elle a peur des armes à feu, et les pièces aussi, je me suis dit, parce que si elles étaient à ma mère je l'aurais su, étant donné qu'à cette époque elle me racontait pratiquement tout. D'ailleurs c'était pas son style, de collectionner des trucs. Tandis que Ken était pour sûr le genre de mec à avoir un fusil hyper-bien et à jamais me le montrer ou même m'en dire quoi que ce soit. En plus il collectionnait des machins comme des boîtes de bière

14

exotiques et des chopes marquées du nom des parcs qu'ils avaient visités. Ces chopes-souvenirs, il les alignait sur des étagères, exposées à la vue de tous, mais il m'interdisait toujours d'y toucher parce que je remets jamais les choses en place comme elles étaient – ce qui n'est pas faux.

J'ai démonté la carabine et je l'ai replacée dans la mallette, puis j'ai pris deux ou trois pièces dans six sacs différents, pour qu'il ne puisse pas se rendre compte qu'il en manquait si jamais il vérifiait. Après quoi j'ai remballé les mallettes dans la couverture et remis le paquet derrière les chaussures de ma mère dans le placard, là où je l'avais pris.

J'avais à peu près vingt pièces, de la menue monnaie, pas une au-dessus de vingt-cinq cents, et je les ai portées à la boutique du prêteur de Water Street, près de l'ancienne tannerie. Je savais que d'autres gosses y avaient gagé des trucs qu'ils avaient chourés à leurs parents, des bijoux, des montres, ce genre de choses. Le vieux dans la boutique n'a pas ouvert la bouche. Il m'a même pas regardé quand j'ai étalé les pièces sur le comptoir et que je lui ai demandé combien il m'en donnait. C'était un mec gros et gras avec des lunettes épaisses et des grandes auréoles de transpiration sous les bras. Il a ramassé toute la monnaie et l'a portée dans le fond, là où il avait son bureau, et quelques instants plus tard il est réapparu en me disant quatre-vingts dollars, ce qui m'a mis sur le cul.

Ça me va super, man, ai-je dit, et il m'a donné ça en billets de vingt. Je suis ressorti en planant déjà rien qu'à la pensée de toute l'herbe que j'allais me payer avec quatre-vingts billets.

J'avais un très bon pote, Russ, que sa mère avait viré de chez elle au printemps. Il habitait en ville avec deux mecs plus âgés, des motards fous de heavy metal, dans un appartement au-dessus d'un magasin de films vidéo, le *Video Den*. Russ avait seize ans, il avait laissé tomber les études et il bossait à temps partiel au *Video Den*. C'est chez lui que j'allais quand j'avais envie de traîner, de me faire une fumette ou simplement de décompresser avant l'heure de rentrer chez moi. Russ était un mec bien, mais la plupart des gens, c'est-à-dire mes parents, le prenaient pour un nul parce qu'il était branché heavy metal et qu'il était aussi pas mal dans la drogue. A cette époque il voulait que je me paie un tatouage parce qu'il en avait un, lui, et qu'il trouvait ça cool, mais je savais ce que dirait ma mère si je me ramenais tatoué. Déjà que je la rendais folle et Ken aussi à cause de mes mauvaises notes, des cours d'été que j'étais obligé de suivre, et puis à cause de ma crête – mon mohawk – et des anneaux que je portais dans le nez… En somme, selon l'aimable expression de Ken, je faisais royalement chier tout le monde et, paraît-il, je leur donnais jamais un coup de main. Je voyais bien que Ken, surtout, commençait à vraiment en avoir plus que marre de moi. J'avais pas intérêt à chercher encore des histoires.

C'est incroyable la vitesse à laquelle file la bonne herbe quand on a assez de fric pour en acheter et surtout quand on a des amis pour aider à la fumer comme Russ et ces mecs plus âgés avec qui il habitait. C'était cette sorte de motards qu'on appelle des bikers, pas des Hell's Angels, et d'ailleurs il y en avait parmi eux qui n'avaient même pas de moto, mais ils étaient du genre violent comme les Angels et du coup c'était pas facile de leur dire non quand ils entraient et qu'ils me voyaient avec Russ en train de rouler des joints sur la table de la cuisine. En quelques jours mon petit paquet est parti en fumée et j'ai dû revenir puiser quelques pièces de plus dans la mallette du placard. Quand je faisais ça, je remontais toujours la carabine et je me postais à la fenêtre pour tirer sur des cibles imaginaires passant sur le trottoir, ou alors je m'asseyais simplement sur le plancher et je criais Pan ! en visant l'obscurité du placard.

On arrivait à la fin des cours d'été et je savais que j'allais me faire recaler à au moins deux des trois matières où il me fallait la moyenne pour passer en deuxième cycle du secondaire. Ça allait encore rendre ma mère hystérique et foutre sérieusement en rogne mon beau-père qui avait déjà ses raisons cachées de me détester – mais c'est quelque chose dont je veux pas parler pour l'instant. Je fumais donc plein d'herbe, encore plus que d'habitude, et je séchais la plupart des cours pour traîner chez Russ. Russ et les bikers étaient en fait à l'époque mes seuls copains. Mon beau-père avait pris une nouvelle habitude, celle de me désigner par le mot *lui* et de ne jamais m'adresser directement la parole ni même de me regarder, sauf lorsqu'il croyait que je ne le remarquais pas ou qu'il était bourré. C'est ainsi qu'il disait à ma mère, Demande-*lui* où il va ce soir. Dis-*lui* de sortir cette putain de poubelle. Demande-*lui* pourquoi il se balade avec des habits déchirés et pourquoi il porte des boucles d'oreilles comme une gonzesse et même dans ses narines, bordel de Dieu, disait-il alors que j'étais là, juste devant lui en train de regarder la télé.

A ses yeux, j'étais désormais le fils de sa femme, pas le sien, même s'il m'avait adopté quand j'avais huit ans, après qu'ils s'étaient mariés et qu'il était venu vivre avec nous. Quand j'étais tout gosse, c'était un beau-père assez bien – à part quelques détails significatifs, comme on dit – mais dès que je suis devenu ado il s'est plutôt retiré de la cellule familiale et il s'est mis sérieusement à la bouteille – ce qui est aussi devenu le truc de ma mère, et elle prétend que j'en suis responsable. Qu'il ne m'aime plus, ça m'était égal, ça m'allait, mais je ne voulais pas que ma mère dise que c'était tout de ma faute. Il y était aussi pour quelque chose.

Je suis souvent revenu rendre visite à la collection de pièces cet été-là, et chaque fois je n'en ai prélevé que quelques-unes dans six ou sept sacs différents. Je commençais à reconnaître celles qui valaient le plus, par exemple celles de dix cents à l'effigie de la dame ou celles de cinq cents avec la tête d'Indien, et je ne prenais que celles-là sans m'embarrasser des autres. Quelquefois le mec à la boutique de prêt me donnait cinquante dollars, quelquefois plus de cent. Un jour il m'a demandé, Où est-ce que tu trouves ces pièces, jeune homme ? Je suis parti dans une triste histoire sur ma grand-mère qui était morte et qui me les avait léguées, et je ne pouvais les vendre que petit à petit parce que c'était tout ce qui me restait d'elle et je ne voulais pas perdre toute la collection.

Je ne sais pas s'il m'a cru, mais il ne m'a jamais plus posé de question, se contentant de passer le fric que je transformais en marijuana. J'étais devenu un bon client et je n'achetais plus à ces deux mecs plus âgés qui revendaient au collège et au centre commercial. Je m'adressais à un Hispano de Plattsburgh du nom d'Hector qui traînait autour du *Chi-Boom's*, une sorte de club dans Water Street. J'achetais tellement de came qu'Hector a cru que j'étais dealer, et en fait, deux ou trois fois où j'en ai eu en rab j'en ai vendu quelques sachets à des amis, des mecs qui habitaient avec Russ. Mais au total c'étaient moi et Russ qui la fumions presque toute, et bien entendu les bikers.

Puis un soir je suis revenu de chez Russ vers minuit.
A cette époque je me déplaçais encore sur un VTT aux
pneus sculptés que ma mère m'avait offert deux Noëls
auparavant. C'était un peu mon emblème, ce vélo, comme
peut l'être un skate pour d'autres, et j'avais l'habitude de
le mettre dans la maison le soir et de le ranger dans l'entrée.
Sauf que cette fois-là lorsque j'ai grimpé les marches
avec mon vélo sur l'épaule la porte s'est ouverte toute
seule devant moi et c'était mon beau-père qui se tenait là
avec ma mère juste derrière lui, et elle avait le visage tout
rouge de larmes. Je vois alors qu'il a la rage, peut-être
aussi qu'il est bourré, et je me dis naturellement qu'il a
dû lui foutre une raclée parce que c'est un truc qu'il fait,
et alors je lui enfonce mon vélo dans le ventre et il
prend le guidon en pleine gueule, ce qui lui fait tomber
les lunettes. Aussitôt tout le monde se met à brailler, moi
avec. Mon beau-père m'arrache le vélo des mains et le jette
au bas des marches. Ça me rend dingue et je commence à
lui lancer les pires insultes qui me viennent à l'esprit du
genre pédé et enculé tandis qu'il m'attrape les bras et me
tire à l'intérieur en me disant de fermer ma gueule à
cause des voisins, et ma mère me crie dessus comme si
c'était moi qui lui avais filé sa raclée et qui balançais les
vélos des mômes, moi et pas son mari, merde.

Enfin la porte s'est refermée et nous sommes tous
restés là à haleter et à nous affronter du regard jusqu'à
ce qu'il dise, Va dans le séjour, Chappie, et assieds-toi.
On a des choses à te dire, mon beau monsieur, et c'est
alors que je me suis souvenu des pièces.

Sur la petite table il y avait la mallette. Elle était fermée, et j'ai aussitôt pensé que c'était celle qui contenait
la carabine. Mais non, dès que mon beau-père l'a ouverte
d'un geste vif j'ai vu que c'était celle où il y avait les
pièces, et je me suis aussi aperçu pour la première fois

qu'il n'en restait pas beaucoup. J'ai ressenti comme un choc. Les sacs en plastique étaient tout plats et certains d'entre eux complètement vides. Je croyais pourtant avoir bien enlevé tous ceux où il ne restait plus rien, mais de toute évidence je l'avais pas fait. Pas malin. Ma mère assise sur le canapé fixait du regard la mallette ouverte comme s'il s'agissait d'un cercueil avec un cadavre dedans, et Ken m'a ordonné de m'asseoir dans le fauteuil – ce que j'ai fait alors qu'il restait debout entre moi et la table, les bras croisés à la manière d'un flic. Il avait remis ses lunettes et s'était un peu calmé, mais il fulminait toujours, je le savais, parce que je l'avais frappé avec le vélo.

J'avais l'impression d'être un pitoyable pantin, les yeux rivés sur les quelques pièces qui restaient. Je me souvenais de ce que j'avais ressenti la première fois que j'avais ouvert la mallette et que j'y avais découvert une réserve inépuisable d'herbe comme si j'étais tombé sur la poule aux œufs d'or. Ma mère s'est alors mise à pleurer – ça ne rate jamais quand je fais une grosse connerie – et j'ai voulu me lever pour la consoler en présentant des excuses comme d'habitude, mais Ken m'a dit de rester assis et de simplement fermer ma gueule même si je l'avais pas encore ouverte.

Chappie, a dit ma mère, c'est la pire chose que tu aies jamais faite ! Et elle a sangloté encore plus fort. Willie le chat a essayé de sauter sur ses genoux mais elle l'a repoussé avec rudesse. Il est redescendu et il a quitté la pièce.

Ken a déclaré que depuis un bout de temps il se foutait pas mal de ce que je volais à d'autres gens ou de combien de dope j'achetais, que c'était mon problème et pas le sien, qu'il avait fait une croix sur moi de toute façon, mais quand je me mettais à détrousser ma propre mère, là il mettait le holà surtout quand je volais quelque chose d'irremplaçable comme ces pièces. Il a dit que j'avais eu de la veine de pas avoir pris sa carabine parce qu'il aurait appelé les flics sans hésitation. Que je me débrouille avec eux. Il en avait marre de nourrir, loger et habiller un feignant, un voleur et un drogué, et que si ça ne tenait qu'à lui il me virerait de cette maison séance tenante, mais ma mère ne le lui permettait pas.

Je lui ai dit, J'ai cru que c'étaient *tes* pièces. Sur quoi il m'a lancé une gifle retentissante sur un côté du crâne.

C'étaient celles de *ta mère* ! a-t-il déclaré d'un ton sarcastique, et aussitôt elle est devenue comme dingue, se mettant à brailler que les pièces avaient appartenu à *sa* mère, qu'elle les lui avait données bien des années auparavant avec d'autres objets possédant une valeur réelle et sentimentale, et qu'un jour ces pièces devaient me revenir, qu'elles vaudraient très cher, mais maintenant que je les avais volées, puis revendues, et que j'avais dépensé l'argent pour de la drogue, elle ne pourrait jamais me les passer. Jamais.

C'étaient que des pièces, j'ai répondu. Je savais que c'était bête, mais je ne trouvais rien d'autre à dire et comme je me sentais déjà tout à fait idiot et déprimé, pourquoi ne pas dire quelque chose qui exprimait ce que j'éprouvais. Elles valaient pas grand-chose de toute façon, j'ai ajouté, et mon beau-père m'a flanqué une nouvelle taloche, en plein sur l'oreille, cette fois, arrachant un anneau, ce qui m'a fait vraiment mal. Mais on aurait dit que la vue de mon sang l'excitait parce qu'il m'a envoyé deux beignes de plus, chaque fois plus fort, si bien que ma mère a fini par lui crier de s'arrêter.

Ce qu'il a fait. Et quand il est passé dans la cuisine pour prendre une bière, je me suis levé, et encore tout tremblant, j'ai déclaré d'une voix forte, Je me tire d'ici !

Aucun des deux n'a tenté de me retenir, ni m'a demandé où je comptais aller. J'ai donc pris la porte que j'ai claquée aussi fort que je pouvais, puis j'ai ramassé mon vélo là où il l'avait jeté et je suis allé tout droit chez Russ qui m'a fait dormir sur un vieux canapé tout miteux dans son séjour.

Le lendemain matin, dès l'heure où, je le savais, ma mère et Ken seraient à leur travail, je suis revenu à la maison chercher mes vêtements et mes autres affaires. J'ai pris quelques serviettes, une couverture dans l'armoire à linge et un shampooing dans la salle de bains, et j'ai tout fourré dans deux taies d'oreiller. J'étais sur le point de partir lorsque je me suis souvenu des quelques pièces qui restaient et je me suis dit, pourquoi ne pas les emporter puisque de toute façon elles sont censées me revenir un jour. J'avais l'esprit dur et froid comme si une mentalité de criminel se glissait en moi et je trouvais marrant d'avoir inventé cette histoire de grand-mère pour le prêteur sur gages et de découvrir ensuite qu'elle était presque vraie.

J'ai posé mes affaires près de la porte d'entrée, j'ai sorti une bière du frigo, l'ai ouverte, et je suis revenu dans la chambre de ma mère et de Ken. Je savais, comme on dit, qu'avec de l'herbe on garde sa bête, et que si je comptais m'installer chez Russ j'avais intérêt à avoir des joints à faire circuler jusqu'à ce que je me trouve un boulot ou quelque chose dans le genre.

Il était peu vraisemblable qu'ils aient remis les pièces dans le placard mais je ne perdais rien à regarder. Incroyable mais vrai, quand j'ai plongé les mains dans l'obscurité j'ai trouvé les deux mallettes enveloppées dans la couverture exactement comme au premier jour.

Ken et ma mère avaient dû estimer qu'après cette soirée j'aurais trop peur pour y revenir, mais en fait j'étais désormais allé trop loin pour redouter quoi que ce soit. La première petite valise contenait le restant des pièces, disons cinquante ou soixante, dans une demi-douzaine de sacs que j'ai pris. J'ai ouvert la seconde et j'ai monté la carabine comme d'habitude, la chargeant cette fois rien que pour voir comment on faisait puisque je n'aurais sans doute plus l'occasion d'essayer.

Je me tenais près de la fenêtre et par la lunette je visais un gamin sur un tricycle de l'autre côté de la rue lorsque j'ai entendu grincer la porte de la chambre derrière moi comme si quelqu'un arrivait par l'entrée. J'ai pivoté pour découvrir Willie le chat en train de sauter sur le lit de ma mère. Ça avait dû me faire flipper, parce que j'ai pointé la carabine sur lui et j'ai appuyé sur la détente, mais il n'y a rien eu. L'ami Willie est venu vers le bas du lit, il a reniflé le bout du canon et on aurait dit qu'il allait le lécher. J'ai de nouveau pressé la détente mais comme il ne se produisait toujours rien je me suis rendu compte que la sécurité était mise et la gâchette bloquée.

J'ai cherché le dispositif de sécurité, mais juste quand je l'ai trouvé Willie a sauté du lit et il a disparu dans le placard. On peut dire qu'il a eu de la chance, parce que dès qu'il est parti je me suis soudain vu, debout avec le fusil dans les mains, et j'ai réalisé ce que j'avais voulu lui faire. Alors j'ai commencé à pleurer, ça m'est monté du ventre et de la poitrine jusqu'à la tête et je suis resté là à sangloter, avec dans les mains cette conne de carabine à mon beau-père, et, par terre, les derniers sacs de pièces de ma grand-mère à côté des mallettes noires grandes ouvertes. C'était comme si plus rien n'avait d'importance, parce que tout ce que je touchais se transformait en pourriture, et je me suis mis à tirer. Pan, pan, pan ! J'ai surtout tiré dans le lit de ma mère et de mon beau-père jusqu'à ce que la carabine soit vide.

Ensuite je me suis réveillé comme si je sortais d'une torpeur hypnotique. J'ai arrêté de pleurer, j'ai posé la carabine sur le lit et je me suis mis à quatre pattes pour essayer de faire sortir Willie du placard, mais il avait trop peur. Je lui parlais comme si c'était ma mère, en lui disant, Pardon, pardon, pardon, à toute vitesse et avec une voix aiguë comme quand j'étais tout môme et qu'il arrivait un truc comme ça.

Mais ce chat ne risquait plus de me faire confiance. Tout au fond de l'obscurité du placard, mort de trouille, c'était l'image même de ce que je ressentais, aussi me suis-je dit que le mieux serait de le laisser tranquille. J'ai ramassé les pièces et j'ai pris le couloir.

J'ai transporté mes affaires chez Russ où j'ai habité jusqu'à ce que je n'aie plus ni pièces ni herbe. Alors Russ m'a dit que ses potes plus âgés voulaient plus me voir dans les parages. Hector m'a donné deux sachets à crédit pour que je revende à mon compte, puis les mecs plus âgés ont décidé que je pouvais utiliser le canapé dans le séjour pour au moins le reste de l'été du moment que je les fournissais en herbe. Comme j'étais passé dealer, c'est ce que j'ai fait.

A plusieurs reprises ce premier été et aussi l'automne qui a suivi, j'ai pensé à revenir et à faire la paix avec ma mère et même avec mon beau-père, à lui proposer de rembourser les pièces dès que j'aurais trouvé un travail, mais je savais que je ne pourrais jamais la dédommager parce que ce n'était pas seulement une question d'argent. Ces vieilles pièces de ma grand-mère constituaient en quelque sorte mon héritage. En plus ma mère avait peur de Ken et voulait qu'il soit content. Comme – pour d'autres raisons que j'étais le seul à connaître – il était soulagé de me savoir enfin hors de sa vue et pour ainsi dire hors de son esprit, elle se trouvait dans l'impossibilité de me laisser revenir. Du coup, je n'ai même pas essayé.

2

TOUT EST PARDONNÉ

Les choses se sont déroulées ainsi sans trop de heurts le reste de l'été et pendant l'automne. A mon insu, cependant, je me coulais dans une mentalité de délinquant. Vendre de la marijuana aux bikers et à d'autres était illégal, je le savais, mais ce n'était pas ça qui en faisait à mes yeux un délit, et ce n'est pas pour avoir commis des actes vraiment criminels que je suis devenu un délinquant : c'est à cause de mon changement d'attitude envers ma mère, Ken, et d'autres personnes ordinaires.

Ça ne m'a pas mené en prison ni causé d'autres ennuis de ce genre, mais je me souviens du jour où j'ai été pris en train de voler dans le magasin de lingerie, au centre commercial Champlain de Plattsburgh, comme du vrai début de ma vie de délinquant. Je veux dire par là que c'est la première fois que je me suis vu comme quelqu'un qui est en fait un délinquant. On était presque à la Noël, l'année où ma mère et Ken m'avaient viré de leur maison alors que je n'avais que quatorze ans, et je campais chez Russ avec les bikers, à Au Sable Forks dans Water Street. Ils m'autorisaient encore à dormir sur leur canapé pourri parce que je continuais à leur fournir de l'herbe – et souvent même à crédit – mais en fait quand j'étais là-bas je restais la plupart du temps dans la chambre de Russ. Les bikers étaient plus âgés que nous et ils se défonçaient avec des trucs plus forts. J'ai vu l'un d'eux un jour se frotter une ligne de coke directement dans l'œil, ce qui m'a plutôt écœuré. Et puis ils buvaient sec.

Russ avait seize ans, et comme il travaillait à temps partiel au *Video Den* pendant le jour, le soir on allait souvent dans le centre commercial avec sa Camaro. Je dealais un peu d'herbe à d'autres jeunes, on traînait jusqu'à la fermeture des magasins et puis on draguait les filles. En fait, la plupart du temps il ne se passait rien et on restait assis sur les bancs à regarder tous ces couples mochards faire leurs achats de Noël. A Noël, les centres commerciaux sont pleins de gens qui se sentent mal parce qu'ils n'ont pas assez d'argent. Alors ils se disputent et ils traînent leurs mômes par le bras. Tous ces chants, ces lumières clignotantes et ces mecs déguisés en Père Noël sont censés vous faire oublier vos ennuis mais en fait c'est l'inverse. En tout cas pour moi, et c'est une des raisons pour lesquelles j'aimais bien avoir fumé avant d'aller là-bas.

Ce soir-là, environ dix jours avant Noël, je n'avais plus d'herbe et je pensais à ma mère et à Ken, comment ils allaient se sentir maintenant qu'ils étaient seuls pour la première fois, et je me suis demandé ce qu'ils feraient pour la veillée de Noël. D'habitude ils se bourraient la gueule avec un mélange d'*egg flip* et de bourbon – ma mère prétendait que c'était une recette secrète de sa mère – et ils regardaient les programmes spéciaux à la télé. Vers onze heures, quand arrivait le journal télévisé, on ouvrait les cadeaux, on s'embrassait et on se disait merci, puis ils s'en allaient dans leur chambre où ils s'écroulaient ivres morts tandis que je fumais un joint dans la salle de bains avant de regagner le séjour et de regarder MTV avec Willie jusqu'à ce que je m'endorme.

Ça allait mais c'était pas vraiment l'idéal. En tout cas on avait un arbre, des guirlandes électriques aux fenêtres et tout le reste, et l'année précédente ç'avait été super parce que ma mère m'avait offert un blouson en daim de qualité extra et Ken m'avait donné une montre Timex. Pour que je rentre à la maison à l'heure, avait-il précisé. Pour elle, j'avais acheté un de ces longs foulards de soie indiens qu'elle avait l'air de bien aimer, et pour lui des gants de voiture doublés. Tout le monde était heureux malgré l'*egg flip*.

Mais il s'était passé bien des choses depuis. D'abord, l'événement principal c'était que je m'étais fait virer de la maison pour avoir volé et gagé la collection de pièces de ma mère. Mais cet événement avait aussi à voir avec mon mohawk, mes oreilles et mon nez percés, ainsi qu'avec mes déboires en classe. Et même s'ils ne m'avaient jamais pris sur le fait, mes parents savaient parfaitement que je fumais plein de joints et que c'était la raison pour laquelle j'avais volé les pièces. Quand j'avais quitté la maison, je suppose qu'il s'agissait d'une sorte de départ par consentement mutuel.

Ils m'auraient permis de revenir si j'avais voulu, mais seulement si je pouvais être différent, quelqu'un d'autre, ce qui non seulement était impossible, mais aussi injuste parce que je n'avais plus les moyens de rester à l'écart des embrouilles. J'avais dû franchir un seuil, mais sans m'en apercevoir, dans un passé lointain, quand j'étais un môme de cinq ou six ans, que mon vrai père s'était tiré et que Ken avait emménagé.

Je savais que c'était sans issue, mais je me suis quand même mis à imaginer la scène. Je demande à Russ de me déposer devant la maison de ma mère et de Ken. Tout mon barda, y compris le VTT qui me sert d'emblème, se trouve dans la Camaro de Russ. On le décharge et on l'entasse sur le trottoir. Mais aussi j'ai un grand sac de cadeaux pour ma mère et pour mon beau-père, des trucs hyper-bien comme un grille-pain mini-four, une mijoteuse électrique, peut-être des bijoux et une chemise de nuit pour maman. Pour Ken j'ai un Polaroïd, une ponceuse électrique, et un pull de ski à col roulé. Puis Russ s'en va et me voilà tout seul sur le trottoir. La maison est plongée dans l'obscurité, à part la guirlande électrique autour de la porte d'entrée et sur la balustrade de la terrasse à l'arrière. Il y a aussi des bougies électriques aux fenêtres et je peux voir clignoter les lampes du sapin à travers le rideau du séjour, où, je le sais, ils sont en train de regarder le *Cosby Special* ou un truc du genre. C'est le soir de Noël. Il neige un peu. Ils sont vraiment tristes que je ne sois pas avec eux, mais ils ne savent pas comment me laisser rentrer à la maison sans donner l'impression que ce que je leur ai fait n'a pas d'importance : avoir volé la collection de pièces, fumer de l'herbe, me couper les cheveux à la mohawk, aller vivre avec Russ et les bikers, laisser tomber le collège (ils doivent bien en avoir été avertis) et faire le dealer pour Hector l'Hispano du *Chi-Boom's* (ça ils ne s'en doutent pas, bien que je me demande comment ils croient que j'ai vécu ces derniers mois, de la charité publique ?). Ce qu'ils ne savent pas non plus, c'est que jusqu'à présent je ne me suis pas fait graver de tatouage, même si Russ en a un sur l'avant-bras qui est vraiment cool, et même s'il me tanne toujours pour que j'en aie un.

Bon, dans cette scène je frappe à la porte et quand ma mère ouvre je lui dis, Joyeux Noël, maman, comme ça d'une voix ordinaire et neutre, et puis je lui tends le sac où tous les cadeaux sont enveloppés dans un papier incroyablement brillant avec des nœuds et tout ce qu'il faut. Elle se met à pleurer comme toujours quand elle est émue, et puis mon beau-père arrive à son tour pour voir ce qui se passe. Je lui dis la même chose, Joyeux Noël, Ken. Et à lui aussi je tends le sac plein de cadeaux. Ma mère ouvre la porte, me prend le sac et le passe à Ken avant de me serrer dans ses bras bien fort comme une mère. Ken me serre la main et me dit, Entre donc, mon gars. Nous allons dans le séjour, je leur distribue les cadeaux et tout est pardonné.

Ils n'ont pas prévu de cadeaux pour moi, et naturellement ils se sentent gênés et s'excusent, mais ça m'est égal. Tout ce qui m'importe, c'est qu'ils aiment ce que je leur ai apporté, et c'est le cas. Plus tard nous buvons de l'*egg flip* en regardant la télé, puis Ken, en jetant un coup d'œil par la fenêtre, aperçoit mon vélo, mes fringues et le reste de mes affaires sur le trottoir avec la neige qui tombe dessus. Il me dit alors, Tu veux pas rentrer tout ça, mon gars ?

Quand je me suis fait pincer pour vol à l'étalage, c'était dans un magasin de lingerie de luxe, le *Victoria's Secret*, au moment où je sortais de la boutique avec une chemise de nuit en soie verte enfoncée dans la poche de mon blouson. L'agent de sécurité était un Black du nom de Bart que je connaissais personnellement et à qui j'avais un jour vendu de l'herbe. Il m'a immobilisé, m'a fait faire demi-tour et m'a conduit dans un bureau à l'arrière de la boutique où se trouvait déjà son chef et le directeur du magasin. Lorsqu'ils m'ont eu emmerdé un bout de temps j'ai fini par leur lâcher le nom de ma mère et son numéro de téléphone. Bart, le Noir qui m'avait arrêté, devait poursuivre sa ronde et quand il est sorti du bureau je lui ai jeté un regard vraiment dur, mais il n'a pas eu l'air de s'en soucier, il savait que je pouvais pas le dénoncer sans m'accuser moi-même d'un délit encore pire. Et puis évidemment une demi-heure plus tard ils ont débarqué, ma mère et mon beau-père : elle avec l'air effrayé et bouleversé, lui simplement furieux, mais aucun des deux ne m'a adressé la parole, ils n'ont parlé qu'au directeur du magasin et au chef de la sécurité. Pendant leur conversation, ils m'ont fait asseoir tout seul dans une pièce de la réserve à côté du bureau, et je suis resté là à contempler le panneau d'interdiction de fumer en souhaitant pouvoir griller un joint pour me mettre à planer. Au bout de quelques minutes ma mère est ressortie en se tordant les mains et elle avait la figure toute rouge de larmes.

Elle a dit, Ils veulent *t'arrêter* ! Et Ken est d'accord. Il estime que ça te fera du bien. Moi, j'essaie de leur expliquer qu'on a *tous* eu un tas d'ennuis à la maison, cette année, et que c'est à ça que tu réagis. Elle a ajouté : J'essaie de te faire relâcher, tu comprends ? Est-ce que tu comprends ?

J'ai dit, Ouais, je comprends.

Alors, elle a dit, Si tu veux bien entrer là-dedans et leur dire que tu regrettes, que tu vas venir avec nous et que tu ne remettras plus les pieds au centre commercial, je crois qu'ils fermeront les yeux. Et Ken sera d'accord. Il est énervé, c'est normal, et très en colère, et gêné, mais ça lui passera si tu fais des excuses et que tu te tiens tranquille. Ça pourrait bien être ta dernière chance, mon petit monsieur, me lance-t-elle. Allez, viens. Elle m'a pris par le bras et m'a ramené dans le bureau où mon beau-père était en train de plaisanter avec le directeur du magasin, un mec d'âge mûr qui portait des bretelles rouges et un nœud papillon assorti, et avec le chef des agents de sécurité qui avait un pistolet attaché à la taille – un vrai cow-boy, probablement un ancien flic. Tous les trois étaient devenus potes, et ils nous ont regardés moi et ma mère comme si on était de la vermine.

Vas-y, m'a lancé ma mère en me poussant en avant d'un pas. Dis-leur ce que tu viens de me dire.

Je ne lui avais rien dit, mais je savais ce qu'elle voulait que je leur raconte. Je me sentais tout drôle, comme si j'étais dans un film et que je pouvais réciter ce que je voulais sans que ça change quoi que ce soit dans le monde réel. Ils avaient tous les yeux sur moi et ils attendaient que je leur dise ce qu'ils souhaitaient, mais j'ai regardé le bout de mes pieds et j'ai bredouillé, Mon copain devait me prêter cinquante dollars mais il a pas été payé à temps. Je ne sais pas pourquoi j'ai dit ça, mais ça m'a fait du bien – c'était presque comique.

Ah ! Vous voyez ! a dit mon beau-père à ses potes. Ce gosse n'a aucune idée de ce qui est bien ou mal ! Qu'est-ce qui pouvait bien t'intéresser dans un *déshabillé* de femme ? s'est-il exclamé en riant et en tenant la chemise de nuit entre le pouce et l'index comme s'il s'agissait d'un costume porno que je devais mettre.

Je ne risquais pas de lui répondre. Je suis resté là, debout, et au bout d'un moment, comme personne ne disait rien, ma mère m'a attrapé par le bras et m'a reconduit à la réserve. Ecoute, mon petit monsieur ! a-t-elle lancé, vraiment contrariée. Je rentre là-dedans une dernière fois et souviens-toi que c'est moi qui me mets en première ligne pour toi ! Si je les persuade de te relâcher il faut que tu me promettes de rentrer à la maison avec nous et de prendre les choses autrement. Et ça veut dire *autrement* ! Tu me donnes ta parole ? Tu me la donnes ?

Ouais, j'ai répondu, et elle est revenue dans le bureau. Je les entendais argumenter à travers la cloison, la voix de ma mère était aiguë et implorante, celle de mon beau-père basse et pleine de grognements, et de temps en temps survenait un commentaire de la part du directeur ou de l'agent de sécurité. Ça m'a semblé durer des heures, mais il n'a sans doute fallu que quelques minutes avant que ma mère réapparaisse en souriant tristement. Elle m'a serré dans ses bras et embrassé sur les joues. Elle m'avait pris les deux mains dans les siennes et, me regardant dans les yeux, elle a dit, C'est bon, ils vont te laisser partir. Ken a fini par se ranger de mon côté, mais comme il a dit, c'est ta dernière chance. Viens, allons-nous-en. Ken nous retrouve dehors, devant l'entrée de *Sears* avec la voiture. Regarde-moi ça, a-t-elle ajouté en souriant. Comme tu grandis, mon beau. Evidemment ce n'était pas vrai. Je n'étais même pas de sa taille et elle est petite.

Et quand nous sommes passés dans la galerie, j'ai vu Russ sur un banc près de la fontaine qui glandait avec un gamin que je ne connaissais pas. Il y avait aussi deux filles du collège de Plattsburgh qui fumaient des cigarettes en faisant comme si les mecs à côté d'elles n'étaient pas là. Ecoute, maman, j'ai dit. Toutes mes affaires sont chez Russ, d'accord ? Je vais aller les chercher avec lui. Toi et Ken vous pouvez passer devant sans moi.

Elle a semblé un peu déconcertée. Quoi ? Pourquoi est-ce qu'on ne s'y arrêterait pas avec toi pour les prendre tout de suite ? T'as pas besoin d'aller avec Russ.

Non, non, j'ai dit. L'appartement est fermé à clé. Il faut que j'y aille avec Russ. J'ai pas de clé. En plus, je lui dois vingt dollars de loyer. Et je peux pas sortir mes affaires tant que je le paie pas. Tu peux me donner vingt dollars, maman ?

Je n'avais plus ni thune ni herbe, mais je savais que Russ en avait. Je pensais déjà à me défoncer avec lui et les filles à qui il parlait et puis à rouler dans Plattsburgh dans sa Camaro.

Non, a-t-elle répondu. Non ! C'est évident que je peux pas te donner d'argent ! Je ne comprends pas. Tu n'as pas enregistré ce qui vient de se passer là-dedans ? Tu ne sais pas ce que je viens d'endurer ?

Ecoute, maman, donne-moi l'argent. J'en ai besoin.

Qu'est-ce que tu dis ?

Donne-moi l'argent.

Quoi ?

L'argent.

Elle m'a dévisagé d'un air étrange et plein d'appréhension comme si elle s'efforçait de me reconnaître sans y arriver tout à fait, et j'ai soudain éprouvé un sentiment de pouvoir tout neuf. Je ne m'en sentais même pas coupable. Elle a plongé sa main dans son sac, en a retiré un billet de vingt et me l'a tendu.

Merci, j'ai dit en lui donnant un baiser sur la joue. Je rentrerai plus tard, quand j'aurai récupéré mes trucs chez Russ.

Elle a porté la main à sa bouche et elle s'est éloignée de moi de quelques petits pas, puis elle s'est retournée et elle s'est évanouie dans la foule. En rejoignant Russ et les autres je me rappelle que je me disais, Maintenant je suis un délinquant. Maintenant je suis un vrai délinquant.

3

LES CANADIENS

La Noël est passée comme un jeudi ou un vendredi et rien n'a changé : je traînais toujours dans le centre commercial sans être tout à fait un sans-abri, jusqu'au soir où j'y suis allé seul parce que les bikers, défoncés à la Méthadone depuis trois jours, nous avaient virés moi et Russ sous le prétexte qu'on était à court d'herbe. Russ avait décidé d'aller décompresser quelques jours chez sa mère, mais il n'était pas question pour moi de faire la même chose tant que ma mère et mon beau-père me raccrochaient le téléphone au nez à cause du vol à la boutique de lingerie et de ce qui s'en était suivi. Comme Russ m'avait averti que je pourrais pas dormir dans sa voiture – elle était garée chez sa mère qui ne tolérait pas ce genre de chose – je n'avais nulle part où aller. C'est pour ça que j'ai décidé de monter au centre en stop ce soir-là, bien que je n'aie ni argent ni herbe à vendre. Il neigeait et c'est un mec de l'armée de l'air qui m'a pris. Il rentrait à la base, et dans sa voiture je me suis mis à parler tout seul, à me répéter, connard, connard, connard, depuis l'endroit où le mec m'avait embarqué jusqu'à Au Sable. En fait j'aurais voulu aller à la maison, chez ma mère, ou dans n'importe quel endroit où je me sentirais bien et au chaud, mais je ne savais pas comment m'y prendre. Le mec de l'armée de l'air devait croire que j'étais défoncé à l'acide ou un truc du genre parce qu'il ne m'a même pas demandé ce qui se passait. Il m'a lâché comme une merde à la sortie de l'autoroute Northway et il a filé.

J'ai déambulé un temps et j'ai fini par me coller au bord de la fontaine en plein milieu du centre commercial, parce que c'est plus ou moins là que les chemins se croisent, et je cherchais quelqu'un à qui je pourrais demander une cigarette quand j'ai vu une petite fille qui m'a semblé perdue. Elle avait la figure rougie comme par des larmes, même si en cet instant précis elle ne pleurait pas. Elle regardait dans tous les sens, probablement à la recherche de sa mère. Je lui ai lancé, Hé, toi, ça va ? T'es perdue, ou quoi ? Elle avait environ huit ou neuf ans, des cheveux blonds et raides, une parka rouge tout usée, des tennis sans chaussettes. J'ai remarqué qu'elle portait pas de chaussettes parce que avec ce froid et toute la neige dehors il était rare de voir des gosses sans grand-chose sur le dos et pratiquement nu-pieds. Debout près de la fontaine, elle jetait des regards d'un côté et de l'autre comme un petit chat de gouttière surpris au milieu de la rue avec des voitures qui le frôlent de part et d'autre.

Viens ici, toi, je lui ai dit en me levant. Mais j'ai dû m'approcher d'elle un peu trop vite parce qu'elle s'est éloignée d'un bond. Je vais rien te faire, quand même !

Puis j'ai senti le bras puissant de la justice, comme on dit, une lourde main sur mon épaule, et quand je me suis retourné j'ai vu qu'elle était noire et qu'elle était rattachée à un des agents de sécurité, ce même Bart à qui j'avais un jour vendu de l'herbe et qui m'avait quand même arrêté pour vol alors que je voulais seulement faire mes courses de Noël pour rentrer dans les bonnes grâces de ma mère. C'est un ancien militaire de Rochester, une espèce de gland à la tronche plate.

Chappie, qu'il me dit, qu'est-ce que tu fous dans ce coin ? J't'ai déjà dit de tirer ton cul de petit loubard loin d'ici.

Hé, on est en Amérique, coco. Ça te dit rien ? Le pays de la liberté et des courageux ?

Me fais pas chier. T'es en train de zoner. Maintenant dégage avant que je te vide avec les poubelles.

Où c'est que tu te fournis en herbe ces temps-ci ? je lui dis pour lui rappeler la vraie nature de nos relations au cas où il ne voudrait plus s'en souvenir. Tu fumes toujours tes bouts de tosh ?

Chappie, me répond-il, fais pas chier les flics. C'est pas un truc malin.

T'es qu'un flic de location, man. Je suis ici parce que j'ai quelqu'un à voir.

T'as qu'à attendre dehors. Et tout de suite, ajoute-t-il en me faisant pivoter d'une seule main – ce qu'il peut faire parce qu'il est plutôt imposant comme mec, tandis que moi je suis petit pour mon âge. Puis il dit, C'est un beau blouson en daim que t'as sur le dos, Chappie. A qui tu l'as piqué ?

C'est ma mère qui me l'a donné l'année dernière, connard, je lui dis – et c'est d'ailleurs vrai – en même temps que je me tire dans la direction générale de *Sears*.

Ouais, c'est ça, lance-t-il en s'esclaffant. Et d'un pas lent il s'en va dans le sens opposé. Il fait sa ronde. Il sait bien que je ne fais que changer de siège, que je vais m'installer à un autre carrefour du centre commercial, mais ça le dérange pas plus que ça parce que sans les jeunes comme moi son boulot n'aurait vraiment aucun intérêt.

Quelques instants plus tard je suis passé devant *Victoria's Secret*, la boutique aux chemises de nuit et à la lingerie féminine ultrachic où Bart m'avait coincé en train de voler un mois plus tôt. Ça lui procure un attrait particulier et en regardant à l'intérieur j'ai remarqué la petite fille à la parka rouge que j'avais déjà vue près de la fontaine. Sauf qu'à présent elle était en compagnie de quelqu'un, un blaireau ventru avec un gros nez tout mou, une peau vérolée et des mèches rares de cheveux noirs qu'il ramenait en travers de son crâne chauve à la manière d'un code-barres. Il tenait la fille par la main comme s'il était son oncle. Pas son père. On aurait dit qu'ils cherchaient un cadeau pour quelqu'un mais j'arrivais pas à deviner pour qui. C'était pas le genre de mec à avoir une femme, ni même une petite amie. Il portait des vêtements tout froissés et son caban était boutonné de travers.

Quelque chose chez cet homme, je me demande bien quoi, a retenu mon attention. Comme si je l'avais déjà rencontré quelque part, ce qui n'était pourtant pas le cas. Je les ai observés par la vitrine, et le mec a acheté ce qui m'a semblé être des collants de femme, tout un tas, six ou sept paquets, et pendant qu'il blablatait avec la vendeuse en se répandant en amabilités, la môme se tenait à côté de lui comme si elle était à moitié endormie ou peut-être même comme si elle planait. Mais elle est trop jeune pour se défoncer, me suis-je dit, et j'ai pensé qu'ils étaient peut-être en voyage, qu'ils venaient par exemple du Canada et qu'elle était fatiguée. Ça doit être des Canadiens, je me suis dit, et voilà qu'ils sortent juste au moment où je commence à partir, et le mec me dévisage avec insistance comme pour dire, Et toi, qu'est-ce que t'es ? Il ne parle pas, mais on croirait qu'il n'a jamais vu de jeune avec un mohawk ou un anneau dans le nez, ce qui est sans doute vrai s'ils sont canadiens.

Je ne sais pas pourquoi j'ai pensé que c'était un Canadien. Mon beau-père est censé venir de l'Ontario, mais ce mec-ci ne ressemblait en rien à mon beau-père qui – sauf quand il a bu – est toujours du genre bien propre sur lui, c'est même un maniaque du rien ne dépasse : il est coiffé d'une brosse ultracourte, il a un jean à pinces, et ma mère qui le trouve divin voudrait que je fasse mon possible pour lui ressembler. C'est ça ! Evidemment il me prend pour le dernier des nuls, mais je m'en fous, parce que son idée d'un homme – un vrai – c'est Arnold Schwarzenegger, ou le général Schwarz-kopf, enfin n'importe qui avec un "Schwarz" dans son nom, et tout ça parce qu'au fond c'est un nazi – avec un problème d'alcoolisme et quelques autres bricoles du même genre, et ça c'est la manière dont je le vois, moi. Ce qui m'emmerde c'est que ma mère a avalé tout ça et qu'elle arrête pas de me répéter que j'ai de la chance d'avoir Ken comme beau-père alors que je sais perti-nemment que c'est le contraire et Ken aussi.

Y a un truc qui vous dérange ? j'ai demandé au Canadien à cause de sa façon de me regarder. Mais il a fait un sourire et répondu, Non, rien du tout, et prenant la petite fille par la main il est parti d'un pas tranquille. Je les ai suivis un instant des yeux, me demandant pour-quoi ils avaient l'air si détendus, lui surtout, alors qu'ils sont si loin de chez eux, parce que même si la frontière n'est qu'à une heure d'ici le Canada est un pays énorme et ils ont vraiment l'air dépenaillés comme s'ils étaient sur la route depuis une semaine, et dans ce cas-là on se dit qu'ils auraient à cœur d'arriver à destination. Et puis c'est bizarre qu'il ait acheté ces paquets de collants, sauf si on ne trouve pas les mêmes au Canada.

Quoi qu'il en soit, comme je n'avais rien de vraiment mieux à faire ce soir-là, je les ai pistés, me tenant un peu à distance et hors de vue. Je suppose que c'était seule-ment parce que j'étais curieux de savoir qui était ce mec mais je me disais aussi qu'il avait peut-être des clopes. Il faisait froid dehors, je m'en souviens, et il neigeait. J'ai pensé qu'il avait peut-être un de ces gros camping-cars ou un fourgon équipé pour y dormir, qu'il s'était garé dans le parking et qu'il me laisserait y passer la nuit, qui sait, ou même y rester jusqu'à ce que les bikers aient bouffé tout leur speed et que je puisse regagner notre crèche au-dessus du *Video Den* à Au Sable. Donc j'ai suivi le mec et la petite fille, d'abord dans le magasin *The Wiz*, puis au *Foot Locker* où le blaireau lui a acheté des chaussettes qu'elle a mises carrément là, dans la boutique, pendant qu'il attendait en regardant autour de lui et qu'il m'a presque surpris en train de les espionner. Au bout d'un moment j'ai senti que j'étais complètement excité, comme si je lançais des regards à un million à l'heure, et j'avais le cœur qui cognait dans la poitrine et les mains qui transpiraient. Sur le coup je ne savais pas ce qui m'arrivait mais c'était comme si soudain j'avais plongé les yeux dans un tunnel et qu'au bout je voyais ce Canadien et la petite fille – surtout la petite fille qui m'inquiétait sérieusement à présent comme s'il allait lui arriver quelque chose de terrible et qu'elle était incapable de s'en rendre compte alors que moi je le voyais. Je voulais lui révéler un truc très important sur les gens mais je ne voulais pas qu'elle soit obligée de l'apprendre si tôt parce qu'elle était encore trop jeune.

C'est bizarre, mais tant que je me suis empêché de l'observer directement, tant qu'à la place j'ai épié le mec qui l'accompagnait, son oncle ou son je sais pas quoi, j'ai pas disjoncté. Tout ce que je visais c'était un truc du genre taper une clope au mec. Mais dès l'instant où j'ai braqué mon regard sur la fille, j'ai eu le pressentiment qu'un événement horrible allait se produire, comme si ce gros machin tout gris et gigantesque sur la carte, ce truc qui ressemble à un tyrannosaure ou au Canada planait monstrueusement au-dessus des Etats-Unis d'Amérique et allait s'abattre sur eux ou se désintégrer pour m'engloutir dans une avalanche et m'étouffer. Alors je me suis mis à respirer à toute vitesse, de la même façon, je m'en souviens bien, que Willie le chat le jour où il a eu une boule de poils dans la gorge et qu'il a fait le gros dos avec la tête au ras de la moquette du séjour en émettant des petits bruits rapides comme s'il suffoquait. Mon beau-père est arrivé de la cuisine et lui a balancé un coup de pied qui lui a fait traverser la pièce parce qu'il avait peur que Willie dégueule sur la moquette, et du coup Willie a vomi dans mon placard, mais je n'ai jamais rien dit. J'ai nettoyé tout seul.

Au fond, les gens ne savent pas comment les enfants pensent. Je suppose qu'ils l'ont oublié. Mais quand on est gosse c'est comme si on avait des jumelles attachées aux yeux et on peut rien voir d'autre que ce qui est en plein milieu des verres, soit parce qu'on a trop peur du reste, soit parce qu'on comprend pas ce qu'il y a autour. Mais les gens font comme si on devait comprendre, et ça nous donne en permanence l'impression d'être des abrutis. Surtout, il y a plein de choses qu'on perçoit pas. On est toujours à côté de la plaque, et il y a tout un tas de trucs qu'on voit pas et que les gens pensent qu'on devrait voir. Ç'a été le cas après mon treizième anniversaire quand ma grand-mère m'a demandé si j'avais bien reçu les dix dollars et la carte qu'elle m'avait envoyés. Je lui ai dit que j'en savais rien et elle a commencé à déblatérer sur moi auprès de ma mère. Mais c'était vrai, j'en savais rien. Et je prenais même pas de drogue en ce temps-là.

La petite fille à la parka rouge avait des jumelles attachées aux yeux comme moi à son âge, et elle était tout aussi incapable de voir le danger qu'elle courait que moi à cette époque. Seulement, ce n'était plus pareil pour elle à présent, parce que je me trouvais là pour l'aider tandis que personne n'avait été là pour moi.

Ils sont allés dans la galerie des restaurants et je leur ai emboîté le pas. Quand ils se sont arrêtés au *Mr Pizza* et qu'ils ont commandé des portions j'ai soudain eu trop faim pour me retenir, et surgissant derrière le mec je lui ai lancé, Hé, man, t'as pas quelques pièces, que je m'achète une portion ? Je lui ai dit que j'avais pas mangé de toute la journée, ce qui était vrai, en fait, à part quelques frites froides que Russ m'avait filées dans sa voiture le matin.

La petite fille tenait une part de pizza dans une main, un Coca dans l'autre, et elle cherchait un endroit où s'asseoir. Je lui ai souri comme si on était copains depuis longtemps, mais elle a gardé la même expression figée de pot en faïence et je me suis dit, Bon, elle a tellement les chocottes qu'elle sait plus qui est de son côté et qui est contre, c'est un truc que je peux comprendre. Mais soudain ç'a été comme si un rayonnement de lumière blanche et brûlante m'inondait le visage, me chauffait les joues et le front, et comme si son éclat m'aveuglait. Le Canadien me regarde, il me fixe presque droit dans les yeux, ce que les gens ne font jamais avec moi pas même les gosses sans doute à cause de mon mohawk et de mes anneaux dans les oreilles et dans le nez, sans parler du fait que je suis pas tellement pour qu'on me dévisage comme ça. Mais j'ai été pris par surprise, probablement parce que j'étais accaparé par la petite fille quand le mec m'est tombé dessus avec toute son intensité dans le regard. Et avant que je puisse lui rendre la pareille il se met à baratiner à cent à l'heure, ce qui ne ressemble absolument pas aux Canadiens que j'ai connus.

Hé, mon pauvre garçon, t'as vraiment l'air de mourir de faim, me dit-il. Et il ajoute, Je vais t'offrir ton dîner, jeune homme, je vais t'acheter quelque chose de substantiel à manger, quelque chose pour mettre un peu de chair sur ces jeunes os, déclare-t-il en reculant d'un pas, en me jaugeant du regard et en secouant la tête.

J'ai dû me tromper. Tout ce scénario sur la petite fille en danger et sur ce mec censé être un Canadien bizarre n'existe que dans ma tête, c'est un produit de mon imagination fiévreuse, je me le suis monté à partir de ce que je sais de mon beau-père qui vient de l'Ontario et de ce que je me rappelle avoir ressenti quand j'étais petit. Ce mec n'est qu'un Américain ordinaire, voilà ce que je me dis, sauf qu'il jacasse beaucoup. Et qu'il m'aime bien. Et lui aussi il est très intéressant.

Qu'est-ce qui te ferait plaisir, jeune homme ? me demande-t-il. Tu es maigre comme un clou, sous ta veste.

Tout me va, j'ai dit, et il m'a commandé une portion de pizza avec un Coca, la même chose que la fille, ce qui n'est pas grand-chose quand on meurt de faim. C'est pour ça que je lui ai demandé une clope en attendant, et il m'a sorti des Camel Lights ce qui tendait à prouver qu'il était américain. Quand ma commande a été prête il l'a portée à la table de la petite fille à qui il m'a présenté. Il a dit qu'elle s'appelait Froggy, alias Froggy le Diablotin.

Salut, j'ai fait en disant mon nom. Mais Froggy a pas semblé entendre.

Moi c'est Buster, a dit le mec en se désignant lui-même du pouce.

Je me suis mis à rire. Buster ! Sans déconner. Pourquoi Buster ?

Il a lancé aussitôt, Salut les enfants, salut, salut ! Je m'appelle Buster Brown et je vis dans une chaussure. Et voici Froggy le Diablotin, a-t-il ajouté en agitant la main vers la fille qui ne paraissait même pas le remarquer, comme si c'était un numéro qu'elle connaissait trop. Faut la chercher aussi dans la chaussure ! a-t-il dit.

C'est comme ça qu'il parlait, en rond et en prenant des voix différentes pendant que je mangeais ma portion, que je tirais sur ma cigarette et que je ne disais trop rien. J'ai remarqué que la petite Froggy restait elle aussi sans parler. Les yeux rivés sur sa part de pizza, elle l'a mastiquée jusqu'au dernier bout et s'est mise à examiner les gens qui passaient.

J'ai demandé à Buster si Froggy était sa fille, et il m'a répondu, Plus que ça, Chappie, et aussi moins. C'est ma *protégée*. J'ai eu des douzaines de protégées, ces dernières années, et elles me font renaître comme un phénix des cendres de mon passé. Mes protégées représentent ma carrière d'acteur passé et à venir.

Super, je lui ai dit. C'est quoi, une protégée ?

Ceux qui peuvent agissent, Chappie, et ceux qui ne peuvent pas enseignent. Jadis j'ai pu mais à présent je ne peux plus, et c'est pourquoi j'enseigne. J'ai été acteur, mon garçon, pas un acteur très célèbre mais quand même un acteur à succès. J'ai eu ma part de rôles au cinéma et à la télé. A présent, dit-il, à présent je forme de jeunes actrices et de jeunes acteurs, à présent je fais de gens comme Froggy le Diablotin mes protégées, et ce processus, analogue à une transplantation cardiaque, prolonge ma propre vie d'acteur, étend jusqu'à un avenir indéfini mon talent d'autrefois et la formation que j'ai reçue.

Tu ne dois rien comprendre à tout ça, a-t-il conclu en me proposant une autre cigarette. Tu es beaucoup trop jeune.

Mais moi je me suis dit que ce mec-là risquait pas d'être acteur, pas avec sa tronche vérolée et son nez comme un champignon, bien que, à l'époque où il était jeune, qu'il avait tous ses cheveux et pas de ventre il ait pu être pas trop moche. Il avait pourtant une façon de discuter qui était cool. J'aimais bien l'écouter. Que ce qu'il racontait soit vrai ou pas, ça m'était égal. Quand il parlait, il me regardait bien en face et me donnait l'impression de me braquer un projecteur dessus comme si j'étais au milieu d'une scène et que tout ce que je dirais serait reçu avec attention et traité avec le plus grand respect.

Il a raconté qu'autrefois en 1967, quand il était tout jeune homme, il avait joué avec Jack Nicholson et Peter Fonda dans un film qui s'appelait *The Trip*, sans doute un film de voyage dont j'avais jamais entendu parler, bien que je connaisse Jack Nicholson à cause de *Batman*, et ça m'a impressionné. Il m'a demandé si ça m'intéressait, si j'avais pas envie de devenir une vedette de la télé à New York et à Hollywood, mais je lui ai répondu que j'en avais rien à battre.

Je savais que c'était un vieux pédé en train de me faire des avances, mais je m'en foutais parce qu'il était vraiment intéressant et aussi parce que je trouvais ça trop bien, toutes ces petites attentions qu'il avait pour moi, sans parler des cigarettes qu'il me donnait et de la part supplémentaire de pizza qu'il m'a achetée, au saucisson cette fois.

Buster me faisait pas peur, même s'il était beaucoup plus grand que moi. Ou en tout cas ce n'était pas *pour moi* que j'avais peur. Parce que en général avec ces zozos-là, il suffit de leur dire ce qu'on accepte de faire et ce qu'on ne veut pas, et ils marchent plus ou moins. Mais ce que je ne savais pas, c'était le rôle de la petite Froggy. Elle était assise à la table comme si elle rêvait les yeux ouverts et je me suis dit que le mec devait la droguer avec des trucs, des Quaalude* peut-être, mais si

* Tranquillisant à base de méthaqualone. *(N.d.T.)*

je réussissais à le brancher sur moi plutôt que sur elle, il y aurait peut-être un agent comme Black Bart pour venir s'occuper d'elle et la reconduire à l'endroit d'où elle venait.

Ça ressemblait à un scénario de film ou de télé, je le sais, mais d'habitude ces spectacles sont faits à partir de la réalité. Et puis je commençais à me plaire avec ce Buster Brown et je me sentais même bizarrement un peu jaloux de Froggy, si bien que même si Black Bart ne se ramenait pas pour la chercher et la conduire au poste des enfants perdus ou ailleurs, ça m'était égal du moment que je pouvais prendre sa place auprès de Buster.

Comment ça se fait que Froggy dise jamais rien ? j'ai demandé à Buster. Il s'est aussitôt lancé dans un grand numéro sur les grenouilles, sur le fait qu'elles ne parlent pas mais qu'elles coassent, qu'elles vous tiennent éveillé toute la nuit avec leurs chants et leurs cris, et puis il s'est mis à énumérer toutes les sortes de grenouilles jusqu'à ce que j'en oublie pratiquement ma question. C'était sa façon de se tirer d'affaire quand on l'interrogeait. Il changeait sans cesse de sujet. Il parlait de vous qui lui aviez posé la question, ce qui vous empêchait de trop penser à lui ou à Froggy.

C'était drôle : il était si laid qu'il vous donnait l'impression d'être beau, ce qui est normal, mais il était si intelligent qu'il vous donnait aussi la sensation d'être brillant et non d'être bête, contrairement à ce que vous font ressentir d'habitude les personnes intelligentes, entre autres mon beau-père et les profs que j'ai eus.

A un moment donné, alors qu'il jacassait à perdre haleine, j'ai remarqué que Froggy se levait et qu'elle portait son plateau et ses papiers sales à la poubelle. Elle a tout vidé, déposé son plateau sur une pile et elle est partie, revenant vers le centre en direction de la fontaine où je l'avais aperçue la première fois. Elle ne filait pas en douce, non, rien de tel, mais Buster n'a pas eu l'air de s'en préoccuper le moins du monde et je crois même qu'il ne l'a pas vue s'en aller. Il a bien dû constater qu'elle n'était plus là, quand elle a disparu, mais tout se passait comme si après mon entrée en scène la petite fille avait cessé d'exister, et du coup Buster ne se souciait plus de savoir si elle était là ou pas. Ce qui m'arrangeait pour diverses raisons. Je n'avais donc pas l'intention d'être celui qui allait lui faire remarquer que sa protégée s'était tirée et lui demander ce qu'il en pensait. Je me suis installé et j'ai pris pour ainsi dire la place de Froggy.

Je me suis demandé si Buster était défoncé. Si oui, ça ressemblait à de la coke à cause de son débit de paroles et je me proposais de m'en faire offrir un peu lorsqu'il m'a demandé si je voulais faire un bout d'essai.

Bien sûr, je lui dis. Quand ?

N'importe quand. Ce soir, si tu veux.

Bien sûr, ai-je répondu en me levant et en vidant mon plateau dans la poubelle comme Froggy. Nous sommes donc rentrés dans le centre, Buster et moi, et nous nous sommes dirigés vers la sortie devant *Sears* et *J. C. Penney's*, à l'opposé du chemin suivi par Froggy. Je trouvais que j'avais de la chance parce que les choses commençaient à bien tourner après un départ désastreux : d'abord moi et Russ on s'était fait virer de chez nous par les bikers, puis Russ était retourné chez sa mère, ce qui m'était interdit, et enfin il y avait le froid, la neige, le manque de thune et de drogue. Maintenant, alors que je passais devant *Sears* avec ce zozo plutôt cool du nom de Buster Brown, j'avais l'impression que tous mes problèmes étaient résolus, au moins pour un temps.

Si je viens chez toi, je lui ai dit, tu devrais me donner un peu d'argent. Pour le bout d'essai et tout.

Ça dépend.

Ça dépend de quoi ? En disant cela je m'immobilise pour bien lui montrer que je parle pas en l'air.

De son côté, c'est alors, Eh bien, ça dépend de plusieurs choses, Chappie. Par exemple de la caméra, jusqu'à quel point elle t'aime. Il se peut que tu ne sois absolument pas photogénique malgré la beauté que tu révèles à l'œil nu. C'est pour ça qu'on appelle ça un *essai*, Chappie. Il faut que tu le *réussisses*.

De mon côté, c'est, Donne-moi vingt tickets d'abord ou trouve-toi un autre protégé. En plus, je veux pas de sexe avec toi. Pas de baise, pas de pipe. Rien que le bout d'essai.

Rien que le bout d'essai, répond-il en souriant. Il sort un billet de vingt de son portefeuille et me le tend. Tu es dur en affaires, Chappie, me dit-il.

Ouais, bon, disons que j'ai été à bonne école. En cet instant je pense à mon beau-père, son visage m'apparaît dans un flash – en fait le contour de sa tête reste dans le noir, il ne s'agit donc pas tout à fait de son visage, mais je sens son odeur de whisky et d'after-shave et la rugosité de toile émeri de son menton qui me frotte l'épaule et le cou. Ce sont des choses auxquelles je ne pense pratiquement plus jamais sauf quand ma mère me répète quelle chance j'ai de l'avoir pour beau-père, ce qu'évidemment elle ne fait plus depuis qu'ils m'ont viré de la maison pour avoir volé, pris de la drogue et tout ça.

Au fait, pourquoi t'as acheté ces collants ? J'ai posé la question à Buster au moment où nous franchissions la porte devant *Sears* pour entrer dans le parking.

Il neigeait assez fort et on ne voyait pas beaucoup de voitures garées. Deux chasse-neige étaient en train de dégager l'autre côté.

Des collants ! Qu'est-ce qui te fait croire que c'est ce que j'ai acheté ? m'a-t-il demandé en balançant sous mon nez le sac provenant de *Victoria's Secret.*

Je t'ai vu les acheter, man.

Ah, tu m'espionnais, alors ? Tu jouais au détective, hein ? Et maintenant tu crois que tu me *tiens.* Sauf que peut-être c'est moi qui te tiens. Et il s'est mis à rire comme s'il s'agissait d'une bonne blague.

T'as quoi, une petite amie ? Je me remettais à le croire canadien à cause des collants. On voit plein de Canadiens par ici qui viennent acheter des machins qu'on vend pas chez eux.

T'aurais une sacrée gueule, en collants, qu'il m'a dit.

Ouais, tu m'étonnes. Te fais pas des idées. Laisse tomber. Je lui ai demandé où se trouvait sa voiture et il m'a dit qu'elle était garée le long du bâtiment de *J. C. Penney's.* Puis j'ai voulu savoir où il créchait et il m'a dit, pas loin. Bien, je lui ai dit, parce que j'ai pas l'intention d'aller au Canada ce soir.

No problemo, Chappie, no problemo, il a dit.

Ouais, c'est ça. Nous marchions côte à côte le long du bâtiment pour nous protéger du vent et de la neige. En arrivant devant les grandes vitrines de *J. C. Penney's* j'ai aperçu devant nous un mec qui bossait à l'intérieur en trimballant des mannequins nus. Quand nous nous sommes approchés, j'ai remarqué que les mannequins étaient en pièces, qu'ils avaient les bras et les mains épars sur le sol, que certains d'entre eux n'avaient même pas de tête et que ceux qui en avaient une étaient chauves. Ils ont bien des nénés mais pas de bouts de seins ni de poils sur le pubis. C'est comme si c'étaient des adultes qui seraient en réalité des gosses. Puis le mec qui était en train de les mettre en place a disparu par une porte à l'intérieur du magasin – peut-être pour aller leur chercher des habits. Je me suis arrêté devant la vitre pour regarder tous ces morceaux de corps.

Allez, Chappie, on y va, a dit Buster. Le lèche-vitrine, ça suffit pour ce soir.

Ouais, attends un peu. J'ai encore jamais vu de mannequins comme ça, tout nus avec leurs bras et leurs têtes comme si on les leur avait tranchés. La vitrine était illuminée par un puissant éclairage vertical qui la faisait ressembler à une salle de dissection, ou à l'intérieur d'une morgue, enfin un truc de ce genre. C'était sans conteste le spectacle le plus obscène que j'aie jamais vu, ou du moins ça l'était en cet instant, ce qui est bizarre parce que j'avais déjà vu pas mal de choses vraiment obscènes.

Allez, partons d'ici, répète Buster comme s'il avait soudain peur que quelqu'un nous repère.

Et je lui dis, Je crois que je veux plus faire ce bout d'essai, man.

Pas d'histoires, Chappie. On a conclu une affaire.

Non, dis-je en reculant de quelques pas. Je n'arrivais toujours pas à détacher mes yeux des mannequins. C'était comme si j'étais pris dans un rêve, que je ne voulais pas me réveiller et que Buster Brown, debout à côté de mon lit, était en train de me secouer l'épaule.

Il dit un truc du genre, Il en va de mes vingt billets, jeune homme.

C'est alors que j'ai fait demi-tour en piquant un sprint. J'ai détalé en prenant en sens inverse le même chemin, je suis repassé devant *Sears* en me dirigeant vers l'entrée du centre, et j'entendais derrière moi le claquement des pieds de Buster, Petit salaud ! Rends-moi mon argent !

Buster était vraiment en rogne et il courait vite pour un vieux. Quand j'ai passé la porte il était juste à quelques pas de moi. Il n'y avait personne à l'intérieur, sauf très loin autour de la fontaine, mais j'ai repéré un panneau de sortie de secours un peu plus bas dans la galerie, sur une porte que je parviendrais peut-être à verrouiller derrière moi. J'ai foncé dessus, je l'ai ouverte d'un coup sec, je suis entré et je l'ai refermée violemment juste à l'instant où Buster arrivait. Comme il n'y avait pas moyen de la bloquer de l'intérieur, je me suis agrippé à la poignée tandis que Buster tirait de l'autre côté avec tant de force que j'ai pas pu résister, et quand j'ai enfin lâché Buster a fait un vol plané.

Il n'a pas eu le temps de se relever que j'avais déjà refermé la porte et que je filais dans un long couloir très étroit. Il y avait des portes et d'autres corridors qui partaient de l'allée centrale comme dans un labyrinthe de jeu vidéo et aussi tout un tas de lampes fluorescentes qui rendaient tout très brillant, mais on ne voyait personne nulle part. Je me suis arrêté un instant à un embranchement pour jeter un coup d'œil derrière moi et pour écouter. J'ai entendu des pas au loin, comme quelqu'un qui courait, mais je n'aurais pas su dire si c'était de l'eau qui tombait ou si c'était Buster, ni même s'il était parti dans l'autre direction ou s'il allait surgir dans mon dos et me tomber dessus à coups de poing. Je ne savais même plus comment revenir dans la galerie où se trouvaient les gens.

Cette fois, quand je me suis remis à courir, je me suis senti comme un gosse perdu qui s'affole dans la maison hantée à la fête foraine. J'ai suivi un couloir, j'ai tourné à gauche, j'ai débouché sur un cul-de-sac et je suis reparti en sens inverse. Un instant plus tard je courais dans un autre couloir et lorsque enfin j'ai franchi une porte sur laquelle je voyais marqué le mot "sortie", je me suis retrouvé dans un corridor exactement semblable à celui que je venais de quitter. J'en arrivais à être totalement paumé. C'était comme si on m'avait enlevé de la Terre pour me déposer sur une autre planète où il n'y avait personne. Je crois que j'en étais au point où j'allais me mettre à chialer.

Soudain j'ai senti une odeur de cuisine. Il y avait une porte devant moi, et lorsque je l'ai poussée j'ai failli renverser un énorme comptoir en inox avec plein de grosses casseroles fumantes remplies de nourriture. Me voilà revenu dans le centre commercial, mais dans la galerie de la restauration, derrière le comptoir du *Wang's Pavilion*, un traiteur chinois avec trois Chinois et une Chinoise minuscule qui me regardent tous d'un air effaré. Ils se sont mis à baragouiner en même temps en chinois, agitant les mains dans ma direction d'un air très irrité.

Je leur ai lancé, Allez, les mecs, on se calme, vous allez un peu la mettre en veilleuse ?

Mais on aurait cru qu'ils compreaient pas l'anglais. Il se faisait tard, et bien qu'il n'y ait plus de clients, ces gens-là réagissaient comme si j'étais une sorte d'épouvantail terroriste. J'ai sorti le billet de vingt de Buster en criant, Hé, man, tout ce que je veux c'est du chop suey, et ils l'ont fermée un instant en regardant l'argent d'un air soupçonneux comme si c'était pas un billet américain. Et puis, en jetant un coup d'œil par-dessus leur tête dans la galerie, j'ai vu débouler Buster.

Je me suis immobilisé et les Chinois, suivant mon regard, se sont retournés lentement et l'ont aperçu à leur tour. Ils ont dû se rendre compte que c'était le méchant qui me courait après, parce qu'ils n'ont fait aucun commentaire, se sont remis à nettoyer leurs casseroles, à empiler des plateaux et ainsi de suite. C'est alors que j'ai remarqué que Froggy le Diablotin accompagnait

Buster. Il la tenait par la main comme si c'était une poupée de chiffon. Elle avait vraiment l'air crevé, à présent, et dans les vapes.

Ils sont passés lentement devant *Wang's* et sont sortis de la galerie de la restauration en se dirigeant vers la sortie donnant sur le parking. Je ne les ai pas lâchés des yeux jusqu'à ce qu'ils disparaissent. Puis je me suis senti incroyablement triste. Et aussi coupable parce que j'avais perdu courage et décidé de ne pas prendre la place de Froggy lorsque j'avais vu les mannequins dans la vitrine.

Vous voulez quoi ? m'a demandé le chef des Chinois.

J'ai montré du doigt deux ou trois trucs vert et marron dans les casseroles, et il m'a versé ça dans une boîte en polystyrène. J'ai payé et pris ma monnaie. J'étais prêt à m'éclipser par la porte d'entrée lorsque j'ai aperçu Black Bart qui patrouillait dans la galerie avec l'air de planer comme s'il avait réussi à se fournir en herbe. Il était tard, il ne restait presque personne dans le centre commercial à part quelques employés et Bart qui opérait sa rafle nocturne des derniers gosses qui traînaient encore dans le coin et des clodos qui dormaient sur des bancs, les poussant avec son sourire de défoncé dans le froid d'une nuit enneigée.

Mais pas moi. Je me suis glissé par la porte de derrière hors du *Wang's Pavilion* en tenant ma boîte de bouffe, et je suis revenu dans le labyrinthe de couloirs où j'ai erré jusqu'à ce que je tombe sur un placard à balais où je pouvais dormir, et il a fallu deux semaines à Bart pour découvrir que je venais y passer toutes les nuits. Mais à ce moment-là tout était déjà redevenu cool avec les bikers, et Russ avait été viré de chez sa mère parce qu'un soir, après lui avoir bu toutes ses bouteilles d'alcool, il lui avait dévasté la baraque. Nous avons retrouvé notre vieille crèche au-dessus du *Video Den* à Au Sable Forks. Russ avait la même chambre qu'avant et je devais dormir sur le canapé dans le séjour, mais ça m'était égal. Je savais que tant que mon beau-père vivrait chez ma mère je ne retournerais jamais là-bas.

4

ADIRONDACK IRON

Au début et pendant tout l'hiver je n'ai dealé que de petites quantités aux bikers, ce qui était cool parce que, premièrement, il y avait à l'époque plein de garçons d'Au Sable qui revendaient, surtout au collège où je ne me montrais plus de toute façon, mais aussi dans toute la ville. Ce qui fait que nous étions comme un essaim de mouches et on ne court pas grand risque à n'être qu'une d'entre elles, surtout quand il n'y a pas trop de gens de l'autre côté pour essayer de les écraser. Et deuxièmement, j'avais pas l'impression de faire quelque chose de mal même si c'était illégal. Surtout si je m'en tenais à l'opinion que j'avais alors de l'alcool d'après l'effet qu'il avait d'une part sur les bikers et de l'autre sur mon beau-père, voire sur ma mère – mais il s'agit là de quelque chose dont j'ai pas envie de parler pour l'instant. En plus, c'était mon seul moyen de garder ma place dans l'appartement au-dessus du *Video Den* avec mon copain Russ et ses potes les bikers qui y habitaient aussi.

A ce moment-là j'étais pas mal branché cannabis, mais j'aurais pu laisser tomber sans problème si j'avais eu une bonne raison – que je n'avais pas, puisque, comme toujours, il vaut mieux planer que ramper et c'était là ma seule alternative. C'était quand même cool tant que j'avais une crèche chauffée, de quoi manger et des copains.

Russ était mon copain. Et les bikers aussi étaient mes copains, même s'ils étaient plus âgés et plutôt imprévisibles. Russ s'était branché avec eux à cause de son boulot au *Video Den*, boulot qu'il avait trouvé avant de larguer le collège et de se faire jeter de sa maison par sa mère à cause de la dope. Mais ce n'était qu'un temps partiel, et Russ ne pouvait pas payer tout seul l'appartement au-dessus du magasin. C'est pour ça qu'il avait proposé de le partager à un mec qu'il connaissait, Bruce Walther, qui, malgré son look, était assez sympa pour un biker.

Et puis Bruce avait commencé à ramener ses potes dans l'appart parce qu'ils formaient une sorte de gang bien qu'il appelle ça une famille. Il insistait en le disant, Ces mecs-là, man, c'est de la *fa-mille*. On renie pas sa *famille*, bordel.

Alors ils s'installaient, des types différents, quatre ou cinq à la fois, et il leur arrivait d'amener leurs petites amies qu'ils appelaient leur meuf ou simplement leur chagatte ou leur motte, mais ils ne restaient jamais longtemps. Notre taule était un grand foutoir d'appart que possédait Rudy LaGrande, le mec qui s'occupait du *Video Den*, et il y avait trois chambres avec un tas de vieux meubles presque tous amochés. Le chauffage marchait quand même à moitié, et le frigo aussi, mais je me souviens que cet hiver-là les toilettes ont été pas mal bouchées. Russ payait toujours la moitié du loyer mais il n'avait pour se loger que le réduit attenant à la cuisine où il avait mis un matelas par terre et le vieil appareil stéréo qu'il avait rapporté de chez lui, avec ses cassettes de heavy metal et sa collection de *Playboy*. Comme les bikers se servaient de tout cela à leur gré, Russ avait fini par fermer sa porte avec un cadenas.

Etant sûr et certain que ma mère et Ken ne voulaient plus me voir, je me suis installé pour de bon sur le vieux canapé déglingué dans le séjour. C'était pas mal, sauf lorsque les bikers faisaient la foire, ce qui arrivait souvent, et qu'ils s'écroulaient raides déf' sur mon canapé, faisant des trous de cigarette dedans et dégueulant dessus dans leur sommeil. Des fois, quand ils étaient trop speedés, ils devenaient dingues et Russ et moi devions aller dormir dans sa voiture ou quelque part ailleurs. Mais tant que je fournissais les bikers en herbe je logeais gratuitement, et comme la plupart du temps l'endroit était calme, je me plaignais pas. J'étais obligé de leur refiler la dope pratiquement à prix coûtant pour les empêcher de l'acheter à d'autres mecs ou à l'Hispano qui ne faisait que de la vente en gros dans des sacs à sandwich, ce qui, me semble-t-il, est la façon la moins risquée de dealer dans une petite ville. Mais je réussissais quand même de temps à autre à mettre quelques dollars de côté, sans compter ce que je prélevais en came à l'occasion. En plus, j'avais seulement besoin d'argent pour les cigarettes et la bouffe que je mangeais en général au centre commercial parce que les bikers se tapaient tout ce que je ramenais à l'appart. Je dealais petit, c'est sûr, et ça m'empêchait pas d'être presque toujours fauché, mais ce que je faisais n'était ni très dangereux ni très mal, et j'avais peu de besoins matériels.

En plus, pour un gamin sans foyer c'était un mode de vie qui ne manquait pas d'intérêt. Les bikers, entre autres, ne nous laissaient pas trop nous encroûter. Bruce était en quelque sorte leur chef parce qu'il avait fait la guerre du Golfe, qu'il en connaissait un bout sur les Arabes, la vie dans le désert et les armes, et qu'il avait, sur toute la poitrine et tout le long des bras, des tatouages pas croyables d'Arabes avec leur sabre entre les dents, de femmes de harem et des trucs comme ça. Il passait la journée à soulever des poids au *Murphy's*, un club de gym où il prétendait être entraîneur alors qu'il ne faisait qu'y glander, et si on le laissait pousser de la fonte gratos c'était parce qu'il constituait une bonne pub. Il avait les bras et les pectoraux comme des jambonneaux et c'était pour cette raison, en plus des tatouages, qu'il restait presque toujours torse nu sauf l'hiver quand il sortait et qu'il ne mettait rien d'autre qu'un blouson de cuir ouvert. Pour un être humain il avait un corps ahurissant comme s'il débarquait de la planète des haltérophiles. Des anneaux terribles étaient accrochés à ses tétons et il se rasait la poitrine et le ventre plusieurs fois par semaine. Les gens ordinaires s'écartaient toujours sur son passage, ce que Bruce trouvait normal : c'était un signe de reconnaissance comme s'il avait été flic, bien que les flics le fassent gerber et qu'il les appelle les porcs. Bruce utilisait encore pas mal de ces vieilles expressions hippies.

A mon avis c'était le plus futé des bikers qui dans l'ensemble en tant que groupe n'étaient pas très malins. Russ, lui, était intelligent. Plus que moi en tout cas, et même plus que Bruce qui pourtant avait sans doute trente ans alors que j'en avais deux de moins que Russ. Intelligent ou pas, Russ n'avait quand même que seize ans et il était bien obligé de supporter les conneries non seulement de Bruce mais aussi des autres bikers, et il s'agissait souvent de conneries vraiment lourdes, comme la fois où après avoir vu un vieux film de motards ils l'avaient obligé à rester debout un soir au milieu du parking du *Grand Union* pendant qu'ils décrivaient des huit autour de lui en essayant de voir qui pourrait s'en approcher le plus sans le toucher. Assis dans la Camaro de Russ, j'observais la scène en espérant qu'ils ne se rappelleraient pas que j'étais là. Et ils ne s'en sont pas souvenus, d'abord parce qu'ils étaient trop speedés et ensuite parce qu'ils prenaient vraiment leur pied à torturer Russ qui, me semble-t-il, les emmerdait du fait qu'il était intelligent et aussi du fait que, le mec du *Video Den* ayant établi le bail à son nom, c'était lui qui était obligé de rassembler l'argent du loyer. En plus, Russ avait tendance à trop parler, à trop la ramener, surtout quand il avait peur, et comme il avait souvent les chocottes devant les bikers, ils aimaient bien le punir pour ça aussi.

Quand t'as affaire à des terreurs et que t'es un gosse, soit t'apprends à ramper, soit tu te tires. Russ avait du mal à apprendre à ramper, mais il était coincé avec les bikers par l'amitié qu'il avait nouée auparavant avec Bruce et aussi par l'appartement et par son travail. Et moi j'étais coincé avec Russ à cause de ma situation familiale et parce que j'étais encore trop jeune pour trouver un boulot. Ainsi, dans un sens, comme le disait Bruce, on *était* bien une famille qu'on le veuille ou pas, ce qui est d'ailleurs le cas dans les vraies familles.

Bien sûr, comme toujours, les choses auraient pu être pires et c'est pour ça que moi et Russ on ne se plaignait pas et qu'on n'est pas allés ailleurs. La ville d'Au Sable était pour ainsi dire notre base. C'était là que vivaient nos parents, que nous avions été tout gosses et que nous avions habité avec eux. Et puis c'était là que se trouvaient les copains. Là et au centre commercial de Plattsburgh.

Les bikers roulaient strictement sur des Harley. Ou alors ils projetaient de s'en trouver une rapidement. Le reste n'était que de la merde nippone, teutonne ou british. Ce qui les branchait, c'était la merde américaine : Harley

Softtail ou Shovelhead. Bruce disait toujours, les Harley c'est des chevaux de fer, man. Des putains de chevaux de fer. Il prenait plaisir à se répéter, sans doute parce qu'il avait l'habitude de parler à des gens qui ne comprenaient pas du premier coup. A cause de sa passion pour les haltères, évidemment en fer, il avait donné à son groupe le nom d'Adirondack Iron qu'ils avaient peint sur leurs cuirs et tatoué à l'envers sur leur avant-bras gauche, de sorte qu'on pouvait le lire lorsqu'ils saluaient le poing levé comme s'ils étaient un vrai gang de motards qui en veulent ou un de ces groupes rock étrangers genre skinheads. Ils avaient l'air mieux structurés qu'ils ne l'étaient en réalité. A les entendre, on aurait cru qu'être un élément d'Adirondack Iron constituait le but de leur vie, et ça l'était peut-être, mais certains d'entre eux avaient une femme et même des gosses quelque part qu'ils allaient voir à l'occasion quand ils étaient à court de fric.

En réalité, les Adirondack Iron et même jusqu'à un certain point Bruce lui-même étaient tous des connards incapables de se trouver des vrais boulots. C'est pour ça qu'ils passaient presque toutes leurs nuits soûls ou défoncés et qu'ils roupillaient toute la journée ou bullaient sur la terrasse derrière l'appart en écoutant les cassettes de Russ s'ils n'étaient pas à bricoler leurs bécanes dans la cour. C'était comme des clébards, et Bruce était le chef de meute, genre berger allemand ou un de ces gros chiens de traîneau de l'Alaska. Il prenait les décisions, donnait les ordres, et les autres en général le suivaient ou alors faisaient prudemment semblant de ne pas être au courant.

L'un des mecs, Roundhouse, dont le vrai nom, m'a-t-il dit un jour, était Winston Whitehouse, était monstrueusement gros. Il se vantait de ne pas s'être fait couper les cheveux depuis le cours élémentaire, de ne jamais s'être rasé ni d'avoir taillé sa barbe, et il avait fini par ressembler à un yéti. Tout son corps, des yeux jusqu'aux orteils en passant par le cou, les épaules et les mains, était recouvert d'une masse de poils, et quand il se levait on s'attendait à lui voir pendre une queue. Il venait du New Hampshire ou d'un coin semblable où son oncle avait été un meurtrier célèbre et quand il arrêtait de la ramener sur son oncle Roundhouse ne parlait que de baiser et de sucer comme s'il en avait jamais assez. Il avait une chiée de cartes de crédit volées dont il ne se servait que pour le téléphone rose avec des Asiatiques. La Jap-au-Fil, comme il disait, son passe-temps favori. Mais dès que se pointait une femme en chair et en os, il branchait ses écouteurs dans l'appareil de Russ, se soûlait la gueule et décollait. Il roulait sur une Electra Glide 67 vraiment super que les autres admiraient, et c'était une moto qu'il adorait. Quand il était pas au téléphone dans les chiottes en train de se branler il allait dans la cour où il démontait sa bécane et la remontait. Au fond il était inoffensif, plutôt brave, et après Bruce que j'admirais quand même un peu pour ses muscles c'était Roundhouse que j'aimais le mieux.

Il y avait aussi un mec qu'on appelait Joker mais dont je n'ai jamais su le vrai nom, court sur pattes et trapu avec une tête comme une pelle, des petits yeux bleus aplatis et plein de balafres sur le visage. Il portait une brosse courte décolorée en blanc, et ses tatouages c'étaient seulement des mots comme Megadeth, Terminator, Suce !, et même quelques phrases complètes comme Bouffe ta merde et Satan n'est pas mort. Tous les bikers avaient des flingues, je crois, mais c'était Joker qui en avait le plus et il adorait les nettoyer, les polir et les caresser de la même façon que les autres le faisaient pour leur bécane – ce qui me paraît normal puisque c'était un de ceux qui n'avaient pas de moto à lui et qui disait toujours qu'il allait en acheter une. Il avait un petit Smith et Wesson bleu, un Ladysmith .38 hyper-cool qu'il appelait son pistolet-craquette, et aussi un énorme Thompson Magnum .44 à un coup avec un canon de quarante centimètres qu'il appelait sa bite-matraque.

En général, pourtant, Joker ne manifestait pas beaucoup de vie. Il ne parlait presque jamais à personne et encore moins à moi. Mais c'était le seul biker qui me foutait les jetons en permanence, même quand il était pas défoncé. Son cou descendait tout droit des oreilles aux épaules et il portait un collier étrangleur sous la forme d'une lourde chaîne au cas où on aurait pas reçu le message des tatouages et des flingues. Parfois, quand Bruce s'emmerdait, il attrapait la chaîne de Joker et lui donnait un coup violent en criant, Recule, Joker ! Recule ! Lâche ! Joker grognait, faisait claquer ses mâchoires, salivait et tirait sur la chaîne jusqu'à ce qu'il ait le visage tout rouge et commence à s'étouffer. Quand Bruce lâchait prise, il reculait en haletant et en gémissant comme si on venait de le priver cruellement d'un super-morceau de bidoche arraché sur le vif.

Mais j'ai réussi à passer l'hiver sans problème parce que mon beau-père, sans doute grâce à ma mère, avait décidé de demander aux flics de ne pas me mettre en cabane pour le vol que j'avais commis à Noël – et ce tant que je n'essaierais pas de retourner chez eux. C'était quand même bizarre parce que les flics m'avaient rendu à mes parents sous l'unique condition que je revienne habiter chez eux et que je redouble ma quatrième. La nouvelle donne était en gros la suivante : n'embête pas tes parents et n'embête pas les flics, sinon l'un des deux te lâchera l'autre dessus. Tout ce que j'avais donc à faire était de rester à l'écart des deux et ne pas me signaler à l'un ou à l'autre en revenant au collège où de toute façon on voulait pas de moi. Et c'était pas difficile parce que les deux avaient tendance à regarder ailleurs quand j'apparaissais : mes parents à cause de mon attitude, de la drogue et de mon look bizarre – ce qui leur donnait en permanence les boules et leur faisait honte, surtout ma mère –, et les flics parce que en tant que délinquant je valais pas le déplacement, n'étant pour eux qu'un zonard défoncé de plus qui revendait des petites doses de hasch aux mecs du coin.

Même les flics savent qu'un peu d'herbe ne fait de mal à personne. La plupart d'entre eux, quand ils t'arrêtent, ne visent d'ailleurs qu'une chose, s'approvisionner personnellement. Et une fois qu'ils t'ont piqué ton petit paquet de dope, si tu leur cires les pompes, si tu jures de ne jamais plus fumer de joint pendant toute ta vie et les remercies de t'avoir arraché à un avenir de toxico et de criminel, ils gardent ta came et te laissent filer. A moins qu'ils n'aient d'autres raisons de te courir après, tu ne vaux pas les paperasses qu'ils doivent remplir. J'ai appris que c'est généralement le cas dans la vie : si tu ne vaux pas la paperasse qu'on doit remplir pour toi, les adultes te foutront la paix. Sauf les vrais cons, ou les dingues, bien sûr, ceux qui agissent par principe. Ceux-là t'emmerdent.

On était au début du printemps et les nuits étaient encore froides, mais les jours se réchauffaient et les tas de vieille neige grise commençaient à rétrécir, laissant émerger des milliers de merdes de chien gelées. Des mois d'ordures, de papiers sales, de vêtements égarés refaisaient surface, trempés par le dégel, et ce dans toute la ville mais surtout dans notre cour derrière le *Video Den*.

C'est pas ma saison préférée. En hiver la neige rend la réalité propre et la recouvre de blanc, mais au printemps on voit trop les choses telles qu'elles sont. Quand la glace tassée finit par fondre, elle laisse plein de fondrières, des crevasses sur la chaussée et sur les trottoirs, et les congères forment d'énormes flaques d'eau noirâtre et huileuse. Le sol gelé se liquéfie et se transforme en bouillasse épaisse pleine d'herbe morte et détrempée.

La nuit, ça va parce qu'on voit pas grand-chose, et comme il fait froid tout regèle, mais pendant la journée le ciel garde une couleur jaune pâle qui fait penser à de la vieille bourre à matelas. Ça fait une drôle de lumière, on dirait que la ville vient de sortir de la guerre de Cent Ans sans que personne se souvienne du pourquoi de la bagarre, de sorte qu'il devient difficile de s'exciter maintenant que c'est terminé.

L'hiver avait été long, et sans doute parce qu'ils étaient encore obligés de rester beaucoup à l'intérieur, les bikers s'étaient mis depuis peu à danser le pogo. C'était beaucoup plus du rentre-dedans que de la danse, et ils n'avaient même pas besoin de musique. Ils ne faisaient que tituber dans tout l'appartement comme une bande de Frankenstein, rebondissaient les uns contre les autres et sautaient à pieds joints sur le plancher, ce qui à cause de leurs bottes de motards faisait un boucan marrant. Marrant à leurs oreilles, bien sûr, et aussi aux miennes. Mais moi je me tenais à l'écart et je me contentais de les regarder depuis le seuil de la cuisine en essayant de ne pas me trouver sur leur chemin, prêt à filer si nécessaire.

Cette nuit-là ils étaient plus défoncés que d'ordinaire, carrément stone, et il y avait deux meufs plutôt convenables que Bruce et Joker avaient trouvées au *Purdy's*, à Keene, un bistro respectable et pas du tout un rade pour motards. Pour impressionner les filles, les mecs avaient commencé à vider à la suite des verres de tequila et de bière tandis que Roundhouse, faisant défiler une vieille cassette de Pearl Jam vraiment braillarde sur l'appareil de Russ, s'était mis à danser le pogo. Je suppose que c'était la seule chose qu'il avait trouvée pour que les meufs le remarquent. Il s'agitait comme un dingue, avec tout ce poil et cette graisse qui ballottait, qui sautait, qui tapait sur le plancher, et puis quand les filles ont eu l'air d'aimer ça et de le trouver drôle, les autres s'y sont mis. En un rien de temps ils étaient tous à s'envoyer de grandes claques sous l'œil des nanas.

Les meufs n'étaient certes pas des horreurs mais c'était rien de spécial non plus. En tout cas *pas* des beautés. Elles avaient leur voiture à elles et la trentaine, c'est-à-dire pratiquement l'âge de ma mère, la taille épaisse et un gros cul comme elle, mais elles me trouvaient hyper-mignon. Celle qui a dit qu'elle aimait mon mohawk s'appelait Christie. Elle portait un T-shirt où était écrit "J't'emmerde je suis du Texas", et pas de soutien-gorge : ça permettait de voir le bout de ses seins et c'était cool. L'autre, qui s'appelait Clarissa, avait un T-shirt où on lisait, "Mon prochain mari sera normal", mais comme elle avait tout de suite passé le blouson de cuir de Bruce je n'ai pas pu voir si elle portait un soutien-gorge. En revanche on remarquait les tétons de Bruce parce qu'à son habitude il était torse nu, et on ne pouvait pas manquer les petits anneaux dorés qui y pendaient, ce qui me mettait toujours mal à l'aise. Même si on ne les regardait pas – surtout quand on est petit comme moi – on était obligé de voir sa poitrine et son bide rasés ainsi que ses tatouages. Le mieux, c'était encore de détourner les yeux, ce que je faisais, mais alors il me demandait à tous les coups, C'est quoi, ton problème, Chappie ? T'en as un, de problème ? T'as intérêt à me regarder quand je te parle, putain de Chappie.

Alors je lui dis, Non, man, y a pas de problème, et je le fixe droit dans les yeux qu'il a bleus et froids comme ceux de Joker mais en plus beaux. Là-dessus il me sourit comme s'il venait de terrasser un super-adversaire alors que s'il voulait il m'écraserait comme un insecte.

La musique fait un bruit terrible. Pearl Jam est grunge, et de toute façon c'est un groupe qui joue fort même quand on baisse le volume. Mais pour le coup les Adirondack Iron l'ont mis à fond et je commence à avoir peur que le plancher s'effondre sous leurs bonds. Alors, en me retournant j'aperçois Russ qui vient d'entrer derrière moi. Et il a l'air d'avoir les boules.

Vos gueules ! hurle-t-il. La patronne est en bas et elle est fumasse !

La patronne, c'est Wanda LaGrande, la femme de Rudy, lui-même propriétaire du bâtiment et du *Video Den*. Il loue le reste de l'immeuble, sauf que le reste, à part notre appart, est toujours vide à cause de la décrépitude des lieux et aussi, je suppose, de la présence des Adirondack Iron. Sans parler du fait que le quartier n'est pas des meilleurs.

Bruce arrête son piétinement, s'approche, passe son énorme bras couvert de sueur autour des minces épaules de Russ et dit, Qu'est-ce qui te prend, petit mec ? C'est une fête, man. Une putain de fête. Relax, d'accord ?

Russ se dégage du bras de Bruce et répond, La patronne est en bas, elle m'est tombée dessus pour le loyer et elle parle de nous foutre dehors si je lui porte pas du fric, et vous, les mecs, vous êtes en train de l'aider à décider. Je plaisante pas, man, il faut que vous me donniez de la thune.

Bruce fait son sourire bien à lui, se penche, soulève Russ à la façon d'une peluche gagnée à la foire et l'embrasse sur le nez. Toujours souriant, il ajoute, J't'encule, p'tit mec, puis d'un bond il rejoint la meute des danseurs de pogo, jouant de ses épaules musculeuses pour les envoyer valser contre les murs et les meubles. Clarissa, celle qui porte le blouson de Bruce, est assise dans un coin, une boîte de Genny dans une main. Elle fait un signe dans ma direction et tapote le plancher pour me dire de venir m'asseoir à côté d'elle. Il est visible qu'elle ressemble de moins en moins à ma mère et de plus en plus à une jolie meuf.

Mais Russ s'adresse à moi, Descends avec moi, man. Wanda t'a à la bonne. Peut-être elle va se calmer et penser à autre chose si t'es là.

Je me dis, Ouais, pourquoi pas, c'est mon appart, aussi, il faut bien que je prenne quelques responsabilités de temps à autre, et nous voilà tous les deux à descendre par l'escalier extérieur branlant jusqu'au *Video Den*.

Wanda aime faire croire qu'elle gère le *Video Den* pour son mari, mais en réalité c'est une vieille radoteuse mariée à un alcoolo qui l'envoie parfois chercher la recette du jour dans la caisse, toucher le loyer que Russ peut lui donner et tout dépenser ensuite en bouteilles. Il me semble qu'ils ont tous les deux déjà été mariés deux ou trois fois et qu'ils se sont mis ensemble plus ou moins par commodité. Heureusement, elle a un faible pour les histoires de cancer du côlon parce que son père comme plusieurs de ses frères et de ses ex-maris en sont morts. D'habitude Russ arrive à la lancer sur ce sujet à fond les manettes jusqu'à ce qu'elle en oublie de demander le loyer et parfois même de vider la caisse – ce qui permet à Russ d'écrémer plus facilement quelques dollars avant de faire le compte final et de prétendre ensuite que c'est elle qui les a pris un peu plus tôt.

Les gens comme Wanda et Rudy LaGrande, du fait qu'ils sont soûls depuis plus d'un demi-siècle, ont une mémoire aussi courte que fantasque, et si on les fout pas trop en rogne on peut facilement en profiter. Russ s'y entendait. Moi, c'était pas mon truc et d'ailleurs j'aimais assez ses histoires de cancer. Elle partait toujours d'un début où son père, son frère, ou Dieu sait qui était encore en bonne santé sans se douter de rien, et elle finissait par tous les détails sordides d'une mort atroce et interminable, ce que je trouvais cool. Son idée, c'était qu'on était censé se féliciter de pas avoir le cancer du côlon, et pour moi ça marchait. A la fin j'étais toujours content de ne pas l'avoir, ce qui rendait Wanda heureuse.

Mais ce soir-là il s'est trouvé que Wanda était salement en colère contre le monde entier et qu'il était pas question de la distraire en prétendant s'intéresser au cancer du côlon, même si c'était moi qui le faisais. Il faisait méchamment froid, dehors, autour de moins dix-huit, et Rudy, son mari, l'avait expédiée dans la nuit noire pour chercher de l'argent et de l'alcool avant que les magasins soient fermés. Ça lui avait fortement déplu. Pour se venger, elle avait pris des décisions de haut niveau concernant la gestion du *Video Den* et fait passer au total un sale quart d'heure à Russ. Le bruit au-dessus de sa tête avait dû lui rappeler que le loyer n'était pas payé depuis deux mois entiers. C'était la raison pour laquelle Russ était monté et avait demandé aux danseurs de mettre un bémol.

Quand nous sommes entrés, Wanda se tenait debout derrière le comptoir. Devant elle le tiroir-caisse était ouvert et vide. La première chose qu'elle a faite en nous voyant a été de jeter à Russ son blouson en daim. En réalité c'était le mien, celui que ma mère m'avait offert, mais je l'avais vendu à Russ pour avoir vingt-cinq dollars à investir dans un demi-sac de cannabis à la condition que je puisse le lui racheter quand j'aurais revendu l'herbe que je ne possédais pas encore. Entretemps, Russ me prêtait sa vieille veste en jean.

Elle s'écrie, Russell, t'es un voleur ! Regarde-moi ça ! Regarde ! Il n'y a pas un sou là-dedans ! Pas un sou !

Wanda est une femme de petite taille, ronde et vive comme une mésange, avec des cheveux frisés teints en noir et un maquillage épais qu'elle met de travers. Elle est toujours habillée comme si elle avait rendez-vous avec un représentant de commerce, ce qui veut sans doute dire qu'elle a jadis connu une vie mondaine. Elle dit ensuite à Russ, Il se trouve que je sais de source sûre que *Pretty Woman* est rentré aujourd'hui, que sa location aurait dû être payée ainsi que celle de plusieurs autres films qui étaient sortis hier et le jour d'avant quand je les ai cherchés. Donne-moi ta clé du magasin, Russell. Rends-la-moi tout de suite. A partir de cet instant tu ne travailles plus ici.

Elle avait raison. Il chourait. En plus, je savais que Russ n'avait fait que des locations bidon ce jour-là, qu'il n'avait rien encaissé pour les vidéocassettes qu'on lui avait rapportées. Il en avait prêté un tas à ses copains en les échangeant, selon son habitude, contre un joint ou un simple mégot d'herbe à moitié fumé, ou juste pour impressionner une fille. *Pretty Woman* était un de ces films pleins de sentiment et de grand amour qui font baver les nanas. C'est pour ça que Russ l'avait toujours fait circuler auprès des meufs gratuitement depuis sa sortie.

Il répond alors de sa voix la plus suave, Hé, hé, Wanda, bon, vous excitez pas, c'est Rudy en personne qui est venu chercher *Pretty Woman*. Il fait ça tout le temps, vous le savez bien, et il ne laisse ni signature ni argent. Si ça se trouve, c'est pour vous qu'il l'a sorti. Il l'a rapporté lui-même ce matin, je crois. Il l'avait sans doute emporté à la maison pour vous, et puis il a oublié de vous en parler, ou il l'a laissé dans sa voiture, ou peut-être vous avez été trop occupés tous les deux, ou…

Me fais pas tout ce baratin ! hurle-t-elle. Tu veux noyer le poisson, c'est tout. Va-t'en d'ici, Russell, articule-t-elle d'un ton plus calme. Va-t'en. Toi et tous tes copains d'en haut, la bande des motards. Fais-les partir aussi. Chappie, je suis désolée, mais toi aussi. Dehors.

Ouais, bon, c'est plus facile à dire qu'à faire, répond Russ en levant les yeux vers le plafond tellement parcouru de bruits et de tremblements que des bouts de peinture et de plâtre commencent à s'en détacher. On entend Pearl Jam avec tant de netteté qu'on déchiffrerait presque les paroles.

Pas de menaces. Je peux toujours appeler les flics, dit-elle. Ils sauront vous mettre dehors.

Vous pouvez. Oui, vous pouvez. Bien sûr que vous pouvez appeler les flics, Wanda. Mais, fait-il remarquer, ce bâtiment n'est pas aux normes en cas d'incendie. Et il a ajouté que si les flics venaient ils condamneraient probablement l'immeuble. Elle devrait tout fermer. Plus de *Video Den*, Wanda. Nada.

Ça rend Wanda nerveuse. Dégagez d'ici pour la fin de la semaine, dit-elle. Tous.

Russ reste silencieux un moment, comme abattu. Ça m'étonnerait que vous trouviez quelqu'un pour nous remplacer là-haut, dit-il. Qui d'autre voudrait louer ça ?

Elle pince ses lèvres orange. Elle réfléchit et déclare, Deux mois plus ce mois-ci, ça fait deux cent quarante dollars que vous me devez.

D'accord, et il pourra les lui donner bien plus facilement si elle ne le vire pas de son boulot, parce que comme ça elle pourra prélever une partie du loyer sur son salaire – disons trente dollars par semaine, et au bout de quatre semaines seulement elle aura récupéré la moitié de ce qu'on lui doit. Et il fera sans faute verser leur dû à Bruce et aux autres. Sans faute.

Non, répond-elle très ferme. Tu as perdu ton boulot. Tu nous volais, Russell. Et elle lui annonce qu'elle s'occupera désormais du magasin elle-même ; il faudra qu'il trouve un autre moyen de se procurer l'argent du loyer.

Il a continué à discuter un peu avec elle, mais sans succès. Elle avait pris sa décision : nous n'étions pas encore complètement chassés de l'appart, mais Russ était viré de son travail sans rémission. A la fin, moi et Russ on est sortis du *Video Den* et on est allés s'asseoir en silence sur les marches à l'arrière du bâtiment. Je savais que Russ était en train de monter un plan dans sa tête, ce qu'il fait très bien. Il avait le menton entre les mains et on aurait dit que de la fumée lui sortait par les oreilles.

J'ai dit, Qu'est-ce que tu vas faire, man ? Te trouver un boulot au centre commercial ?

Ouais, Chappie, c'est ça. Le centre. La queue commence à un kilomètre. Ils ont des mecs diplômés de l'université pour griller les Big Mac et vider les ordures. Laisse tomber.

Eh bien, tu pourrais peut-être vendre ta Camaro. Tu pourrais te faire huit cents ou neuf cents dollars dessus. Sans problème.

Tu m'étonnes. Plus. Mille cinq cents facile. Mais pas question, man. Cette caisse, c'est la seule chose qui me sépare du néant total.

Alors quoi ? Ce n'était pas par simple curiosité que je posais cette question, parce que en un sens je dépendais de Russ, du fait qu'il avait deux ans de plus que moi et tout ce qui va avec. Russ était pour moi ce que sa Camaro était pour lui : le seul truc entre moi et le néant total.

Eh bien, a-t-il dit en faisant un mouvement de tête en direction des bikers à l'étage, il y a pas mal de pipes vides, là-haut. Peut-être je vais me mettre à les remplir. Et puis Hector m'a dit que si j'avais envie de dealer du speed il en aurait quand je voudrais. Ces mecs n'ont peut-être pas de fric pour le loyer mais ils en ont toujours pour picoler et se droguer.

Du speed. Ouais, bon. J'en sais rien, j'ai dit. C'est du sérieux, man. Je pensais que si Russ commençait à vendre des drogues de toutes sortes aux bikers il allait me mettre hors circuit. Et puis dealer du speed, ce n'était pas la même chose que de vendre un peu d'herbe à l'occasion. Je n'étais qu'un gamin, à l'époque, et pas très fort pour séparer le bien du mal, mais comme Russ était malin, je lui faisais confiance. Je lui ai donc proposé, Et si tu dealais seulement les amphètes, ça t'irait ? Tu fais le speed et tu me laisses l'herbe, man. C'est un peu ma spécialité, tu vois ?

Ouais, bien sûr. Bien sûr. C'est cool, il a dit, mais il réfléchissait à toute vitesse, il échafaudait déjà de grands plans où je n'avais sans doute pas ma place, sauf comme complice involontaire.

5

PRÉSUMÉ MORT

C'est à peu près à cette époque que ma mère a recommencé à me manquer. Ou plutôt, puisque je savais qu'elle ne voulait plus de moi, que je me suis remis à me demander ce qu'elle pouvait bien faire à certains moments de la journée ou de la nuit, quand je faisais des trucs bizarres qui auraient signifié pour elle, si elle l'avait su, que j'étais non seulement mort mais déjà en enfer. Ce n'était d'ailleurs pas que je les *faisais*, ces choses bizarres, mais j'en étais le témoin. Ma mère, si elle avait pu, m'aurait empêché de les voir. Qui n'aurait pas agi comme elle ?

Il arrivait ainsi que je me réveille un matin sur mon canapé du séjour et que l'un des bikers, Joker, Raoul ou Packer, soit justement à genoux dans un coin avec son pantalon autour des chevilles en train de sauter par-derrière une meuf que j'avais encore jamais vue. Pendant ce temps Roundhouse, affalé sur une chaise à côté d'eux, se branlait tout en vidant à grandes lampées un litre de Genny. Un truc carrément obscène.

Alors je tirais ma couverture sur ma tête et je pensais à ma mère qui à cette heure se levait et entrait dans la cuisine, avec son vieux peignoir de flanelle et ses chaussons roses fourrés pour faire du café et donner à manger à Willie le chat. Mon beau-père était encore en train de ronfler dans la chambre du fond et ma mère, profitant de ces quelques minutes de tranquillité, allumait la télé de la cuisine et, assise à la table, regardait *The Today Show*. Elle laissait Willie lui grimper sur les genoux, buvait son café et fumait sa première cigarette.

Willie me manquait beaucoup et je pensais parfois à ramener un chaton à l'appart. Il y en avait dans toute la ville à cette époque de l'année, et si on en voulait les gens vous en donnaient des portées entières. Mais je ne faisais pas assez confiance aux bikers pour être certain qu'ils ne le tuent pas. Alors je restais toute la matinée couché sur mon canapé à regretter mon vieux Willie.

Pendant ce temps dans notre cuisine d'ici, c'était Bruce qui était debout, vêtu de son seul string de gym devant l'évier plein de casseroles et de vieilles assiettes incrustées de saleté. Il rasait les repousses de poils sur son énorme poitrine et sur son ventre aux abdominaux saillants en se préparant pour son numéro quotidien d'haltères au club de gym. Dans la salle de bains un maigrichon bizarre à la peau grisâtre et boutonneuse, un vrai moulin à paroles que Bruce avait sans doute trouvé à Plattsburgh et ramené à l'appart la veille au soir était en train de se shooter sans même avoir la décence de fermer la porte. Russ, couché dans sa pièce verrouillée de l'intérieur, roupillait jusqu'en fin d'après-midi en prétextant que la journée était le seul moment où l'appart était assez calme pour qu'il arrive à dormir, mais je soupçonnais qu'il s'était mis à puiser dans le speed qu'il vendait et qu'il aimait bien passer la nuit à bavasser avec ses clients.

Russ s'intéressait maintenant aux grands sujets, Dieu, l'univers et tout ça, même quand il avait pas pris de dope, mais les amphètes lui faisaient croire que tous ces thèmes se rejoignaient dans une trame cosmique gigantesque, en une sorte d'algèbre qui serait réelle. Comme les maths et les grands thèmes c'était pas mon truc et qu'à cause de mon jeune âge tout ça me passait au-dessus de la tête, Russ préférait discuter avec les autres, surtout quand ils étaient bien speedés. Pour moi, c'étaient des mots, pour eux c'était la réalité.

Presque tous les jours je montais en stop au centre commercial où je traînais jusqu'à la fermeture avec d'autres jeunes que je connaissais. Black Bart, l'agent de sécurité, ou l'un de ses petits assistants nous faisait alors partir et je rentrais à Au Sable en stop dormir dans l'appart. Sauf lorsqu'ils voulaient un peu de mon herbe, les mecs d'Adirondack Iron ne s'occupaient pas plus de moi que si j'avais été leur mascotte. Ils me taquinaient à cause de mon mohawk parce que pour eux c'était rétro, mais pour moi c'était comme une marque. C'était par ma crête qu'on me connaissait.

Un jour Joker a voulu la couper. Deviens *chauve*, man, a-t-il dit, t'as l'air d'un hippie de merde. Qui c'est qui a des ciseaux ? Donnez-moi des putains de ciseaux. En parlant il m'a attrapé par le bras pour que je ne puisse pas m'en aller.

Personne n'avait de ciseaux, évidemment. Sers-toi d'un couteau, a dit l'un des mecs. T'as qu'à le scalper, ce petit con. Puisqu'il a déjà une tronche d'Indien.

Si tu me coupes ma crête, man, je te cisaillerai les couilles pendant ton sommeil, j'ai dit à Joker.

Par chance, Bruce se trouvait là et il est intervenu. Il a saisi le collier étrangleur de Joker et crié, On lâche, Joker. On lâche ! Chappie est mon petit pote, et son look me plaît. C'est mon petit coq nain, a-t-il ajouté en m'ébouriffant le mohawk.

Ouais, bon, va te faire foutre toi aussi, j'ai répondu. Bruce s'est mis à rire mais Joker a cédé une fois pour toutes sur cette histoire de cheveux, bien qu'il ait encore essayé de me faire peur chaque fois qu'il s'est retrouvé avec un couteau dans la main, ce qui en fait n'était pas si souvent que ça parce qu'il préférait tenir des flingues.

Une nuit, je suis revenu du centre commercial très tard, avec un mec qui travaillait chez *Sears* et m'avait pris en stop. Pendant tout le trajet jusqu'à Au Sable il avait mis une station du Vermont qui passait de la musique classique, ce que j'ai trouvé bien parce que c'était inhabituel. Ça m'a fait penser à ma mère, à Willie et à mon ancienne vie mais pas à mon beau-père. Quand j'ai grimpé l'escalier menant à l'appartement, je me sentais plein d'un vague à l'âme étonnant. On était en avril, la plus grande partie de la neige avait fondu, l'eau huileuse et noire s'était écoulée dans la rivière et la boue avait séché. L'air était humide et tiède même la nuit et je pouvais sentir les bourgeons des arbres et des buissons, les lilas et tout ça, et le bruit de la rivière à un kilomètre me faisait bizarrement penser à des tout petits gosses en train de jouer dans un jardin d'enfants.

La porte était fermée à clé, ce qui n'était pas normal. J'ai dû cogner dessus un moment jusqu'à ce qu'elle finisse par s'entrouvrir. Russ a jeté un coup d'œil dans ma direction. C'est rien que Chappie, a-t-il crié aux autres.

Merde, laisse-moi entrer.

Attends une seconde, fait Russ, et il verrouille à nouveau la porte. J'attends, et assez vite il revient pour enfin m'admettre dans mon propre appartement, c'est un comble ! Je demande, Qu'est-ce qui se passe, bordel ? Mais tout de suite je remarque l'obscurité. Il n'y a que des bougies allumées dans le séjour, toutes les lampes de l'appart sont éteintes.

Russ me dit, Reste cool, man.

Nous passons dans le séjour. Il y a Bruce, Joker, Roundhouse et deux autres mecs qui dorment ici depuis peu : l'un des deux s'appelle Packer, il vient de Buffalo et il a une Harley classique FLH de 77 avec des tuyaux d'échappement chromés et tout. L'autre c'est son pote Raoul qui roule dans un pick-up Chevrolet merdique. C'est un de ces motards sans moto – comme Joker – et on dirait que ça les dérange tout le temps, parce qu'ils en veulent toujours à ceux qui ont une moto et même à ceux qui, comme moi et Russ, n'ont rien à foutre d'en avoir une. Je venais à peine de dépasser le stade du skate et du VTT. Quant à Russ, il avait évidemment sa Camaro.

T'as du machin ? me demande Bruce. Dans tout le séjour il y avait de grands cartons bien fermés avec marqué dessus Sony Trinitron et Magnavox et IBM. Les mecs étaient assis, l'air fatigué, comme s'ils venaient juste de monter tout ça à l'étage.

J'avais un sachet de tropicana pour moi dans une poche, et un autre à vendre dans l'autre poche. J'ai répondu, Bien sûr, et je le lui ai tendu. Quarante dollars, j'ai dit. C'est ce qu'il m'a coûté, j'ai dit, ce qui n'était pas tout à fait vrai parce que Hector me l'avait fait payer vingt. Et j'ai demandé, C'est quoi, ces cartons ?

Personne n'a´ répondu. Puis Bruce a dit à Packer, Donne trente dollars au gamin, et à ma grande surprise c'est ce qu'il a fait. Je me suis dit que j'aurais dû annoncer cinquante en expliquant que c'était de la tropicana et pas de l'herbe qu'on avait fait pousser par ici dans des jardins. Peut-être il m'en aurait alors donné quarante, et j'aurais pu racheter mon blouson en daim à Russ.

Bruce a bourré une pipe à eau et pendant un bout de temps ils se sont occupés à fumer et à planer. Ils ne nous en ont pas proposé, ce qui était chiant, et du coup Russ et moi on est allés dans sa piaule où on a partagé un pétard. C'est quoi, ces cartons ? j'ai encore demandé.

T'occupe, man. T'aurais rien dû dire tout à l'heure. C'est des télés. Des ordinateurs et des magnétoscopes. Tout un tas de matos. Totalement neuf.

J'ai trouvé cette nouvelle excellente parce que nous n'avions ni télé ni magnétoscope. Un ordinateur ça me laissait froid. Mais un magnétoscope serait bien parce que je n'avais pas regardé de cassettes depuis que Russ avait perdu son boulot au *Video Den*. Et MTV me manquait, surtout les émissions de fin de soirée comme *Headbangers Ball* et d'autres trucs de heavy metal.

Mais, comme je l'ai découvert aussitôt, cet équipement électronique n'était pas destiné à notre usage. Bruce et ses potes planquaient la marchandise en attendant de la livrer à un type d'Albany qui avait un entrepôt et vendait ce genre de trucs en gros à des Arabes et des juifs possédant des magasins à New York. Bruce et les autres mecs étaient payés au poids. Tant pour les télés, tant pour les ordinateurs, ainsi de suite, et les cartons ne devaient pas être ouverts parce qu'ils seraient vendus à New York comme absolument neufs avec la garantie et tout.

Où est-ce qu'ils les ont chourés ? j'ai demandé.

Au magasin *Service Merchandise*. Dans le centre commercial.

Putain. Mais comment ils s'y sont pris ? Ils ont fait un casse et volé les trucs ?

Oh non ! Ils les ont enlevés sur la rampe de livraison pendant les heures d'ouverture. En fin d'après-midi ils sont montés avec le pick-up de Raoul et ils se sont mis parmi les vrais clients qui venaient emporter du matériel qu'ils avaient payé. Ils ont rempli la camionnette et ils se sont tirés. L'agent de sécurité, le Black, Bart, était dans la combine. C'est Bruce qui a monté le plan, c'est son truc.

Super, j'ai dit en tirant une grande bouffée sur le pétard.

Russ a poursuivi, Ouais, je voudrais que les mecs me laissent entrer avec eux dans le coup. Il y a un gros paquet de fric à se faire, et si on a Black Bart avec nous, on n'a aucun risque de se faire prendre. Même toi, peut-être, tu pourrais y avoir ta part.

Super, j'ai fait, mais je me disais que c'était pas bien de voler à cette échelle. C'était pas la même chose que de piquer une vieille collection de pièces à ma mère ou de faire un truc comme celui pour lequel j'avais été arrêté à Noël alors que j'essayais seulement de rentrer dans les bonnes grâces de ma mère. En plus j'avais été puni tout de suite pour ces deux coups-là et tant que je restais loin de chez moi je ne m'en sentirais pas coupable. Mais ça, c'était autre chose, et la punition de ce délit risquait d'être lourde. J'en voulais pas. Et puis j'avais fait assez de choses pas bien dans ma vie, ça me suffisait comme ça.

C'est donc pas moi mais Bruce et sa bande, Joker, Roundhouse, Raoul, Packer – et Russ dans la mesure où on le lui permettait – qui se sont occupés de voler des télés et d'autres machins. Pendant un temps, ils en ont rapporté à la maison le soir, régulièrement, jusqu'à ce que l'appartement soit transformé en entrepôt et que toutes les pièces soient pleines d'énormes boîtes en carton, si bien qu'on était obligés de grimper par-dessus rien que pour entrer et sortir. Je me suis dit que leur contact d'Albany ne devait pas être prêt pour la livraison ou un truc de ce genre. La porte restait verrouillée et personne d'autre n'avait plus le droit d'entrer, à part moi et Russ, sans doute parce que Bruce et sa bande craignaient que s'ils nous jetaient on aille chez nos parents et qu'on leur raconte tout, à eux ou aux flics – et puis on était plus ou moins chargés de les ravitailler en drogue. Dans l'appart, il y avait toujours quelqu'un de garde, un ou deux des bikers qui en profitaient en général pour se défoncer ou roupiller, et on nous envoyait, moi et Russ, acheter de la bouffe et des clopes ou d'autres bricoles en plus de la drogue. Et pour une fois on nous payait.

Pendant cette période il y a eu pas mal d'argent en circulation. Je me disais que c'étaient des défraiements versés par le mec d'Albany ou le produit des ventes arrangées en douce, et du coup pour la première fois j'ai eu assez de fric pour m'offrir quelques distractions dans le centre, entre autres des jeux vidéo ou un film à l'occasion. Russ s'est acheté de nouvelles housses en peau de mouton à *Pep Boys* pour sa Camaro, et le premier soir il a baisé dessus avec une fille de terminale du lycée de Plattsburgh. Il m'en a parlé plus tard. Ça avait l'air d'être marrant mais j'étais pas encore prêt pour ça.

Russ parlait beaucoup des télés, tout ce machin l'avait enthousiasmé et il voulait se mettre dans la combine avec les bikers et m'y faire aussi entrer comme associé, mais les mecs d'Adirondack Iron n'avaient pas envie de donner une part de leur gâteau, pour ainsi dire, à Russ ou à moi, et ils se foutaient en rogne dès que Russ cherchait à les en persuader – surtout Bruce.

Puis un soir, alors qu'ils transbahutaient une autre cargaison de cartons dans l'appartement, Russ est descendu en courant pour leur donner un coup de main. Il s'est emparé d'une caisse, mais Bruce lui a dit, Vire de là, connard de gosse ! Et ne touche jamais plus ces machins ! T'as compris ? *Jamais !*

J'étais en haut de l'escalier où je tenais la porte ouverte pour que Raoul et Joker puissent entrer avec un énorme Zenith 27" et je me suis dit que Russ avait intérêt à pas pousser, que Bruce était justement le mec qu'il fallait pas prendre à rebrousse-poil. Mais Russ a continué. Bon, quoi, Bruce, dit-il, je suis cool et puis je suis déjà compromis. Autant me prendre comme associé et me faire bosser comme les autres. Adirondack Iron, man ! lance-t-il en grimaçant un sourire et en saluant Bruce le poing levé pour bien montrer son tatouage.

Je commence à descendre pour voir si je ne peux pas brancher Russ sur autre chose avant qu'il s'enfonce trop, mais Bruce a déjà reposé délicatement sur le hayon du pick-up de Raoul la caisse qu'il tenait, comme s'il voulait avoir les mains libres pour foutre à Russ la raclée de sa vie. Et il lui demande, Qu'est-ce que tu veux dire, ducon, par *compromis* ?

Bon, tu le sais bien, c'est comme dire que je suis en présence de marchandise volée, man. Donc je suis complice d'un délit. Je pourrais toujours raconter que je savais pas ce qu'il y avait dans les cartons ni où vous les avez trouvés, mais qui sait, peut-être on me croira pas.

T'es en train de me menacer, petit trou du cul ? C'est ça ?

*Moi ? Mais** non, man ! Tout ce que je veux c'est la même chose que les autres, puisque je cours le même risque. D'ailleurs je peux vous servir à quelque chose. Bon, qu'est-ce que tu dirais si je demandais rien que la moitié d'une part ? Puisque je suis mineur et qu'on peut pas m'accuser de crime ?

* En français dans le texte. *(N.d.T.)*

Bruce m'aperçoit dans l'escalier, quelques marches au-dessus de Russ, et il me dit, Et toi, Chappie ? Tu trempes là-dedans, toi aussi ? Tu me menaces comme ce connard ?

Comme je ne voulais pas laisser tomber Russ, j'ai essayé de répondre d'une façon qui pourrait l'aider sans que ça me porte forcément tort. Il est pété, man, c'est tout, dis-je. Et c'était vrai, Russ avait avalé tout l'après-midi des trucs qu'on se met dans le nez pour dégager les sinus et il était sérieusement speedé. Allez viens, Russ, allons prendre l'air ! Je lui saisis le bras mais il le retire violemment.

Personne ne menace personne, dit-il. Je négocie, c'est tout.

Bruce lance, Je négocie pas avec des trous du cul. Je les nique. Je les encule avec mon poing. Il se penche alors tout près de Russ et lui dit, Tu sais ce que c'est, ça, minus ? Le *fist-fucking* ?

Je ne sais pas s'il savait, moi en tout cas pas, mais comme ça paraissait vraiment pas agréable, j'ai dit, Il le sait, man, t'en fais pas, il est au courant. Il est pété, c'est tout. J'ai pris Russ brutalement par les deux épaules et je l'ai presque arraché à Bruce bien que cette fois Russ n'ait pas opposé de résistance et qu'il ait sans doute été secrètement heureux que je me sois trouvé là pour le tirer d'affaire sans qu'il soit obligé de s'écraser tout seul.

Evidemment il n'a pas voulu l'admettre. Il faisait comme si c'était la peau de Bruce que j'avais sauvée et pas la sienne. Je l'ai assis derrière le volant de sa voiture et on s'est vite retrouvés à suivre la 9 North le long de la rivière, l'Au Sable, en direction de Jay et Keene, deux villages où tout le monde était couché depuis long-temps. La Camaro de Russ était le seul véhicule sur la voie, ce qui tombait bien parce qu'il était speedé et furieux, et les deux ensemble faisaient de lui à la fois un as de la parole et un nul du volant. Il ne protestait pas – je crois qu'il ne le remarquait même pas – lorsque je tendais le bras pour redresser le volant et nous remettre sur la route qui était plutôt étroite, sinueuse, et longeait la rivière à gauche.

Russ voulait se venger, mais pas sans retirer un bénéfice de sa vengeance, et il lui est venu une idée grâce à laquelle *nous* pourrions faire les deux. Sa façon de dire *nous* me déplaisait fortement. Ce qu'il faut faire, dit-il, c'est prendre un ou deux magnétoscopes à la fois et les vendre nous-mêmes. Rien que les magnétoscopes. Ils s'en rendront jamais compte, ces débiles ne font même pas d'inventaire. Les magnétoscopes prennent pas beaucoup de place, on peut les cacher dans le coffre de ma caisse jusqu'à ce qu'on les livre. Tu vois, on va se spécialiser dans les magnétoscopes et les revendre un par un à moitié prix. Neufs ils valent combien, trois cents, quatre cents dollars pièce ? On les vendra cent cinquante ou même moins. Quel que soit le prix c'est toujours un bénéfice de cent pour cent. On peut partager ça en deux, soixante-quinze vingt-cinq, puisque c'est moi qui ai la voiture et qui me taperai la plupart des négociations avec les acheteurs.

A qui tu vas les vendre ? je lui demande en redressant de la main gauche la voiture qui revient sur la route dans une embardée et manque de peu d'abord un fourgon à l'arrêt puis toute une rangée d'érables.

Bon, laisse-moi réfléchir. Au bout d'une dizaine de secondes, il dit, D'abord Rudy LaGrande. L'ami Rudy me racontait toujours qu'il voulait louer des magnétoscopes, dans son magasin, mais qu'il ne pouvait pas se permettre d'en acheter des neufs et que ceux qui sont d'occasion ne valent rien parce qu'on n'arrête pas de payer des réparations. Ouais, l'ami Rudy en voudra sans doute cinq ou six au moins.

S'il lui en manque cinq ou six, Bruce s'en apercevra.

Pas si nous les sortons de l'appart un par un en les prenant dans des piles différentes. On les tire de bon matin, quand ils sont tous en train de roupiller, et le lendemain on en prend un autre et ainsi de suite. Rien de plus simple.

J'suis pas sûr. C'est risqué avec ces mecs. Ils ont tous des flingues, man.

Chapito, me dit-il, on risque déjà de se faire coffrer, alors autant en profiter. On les emmerde, ces mecs, man.

Ouais, mais c'est du vol.

Faucher à des voleurs, c'est pas pareil que de faucher à des cons ordinaires. Souviens-toi de ça : les voleurs, c'est pas les victimes. En plus, c'est en quelque sorte un pas vers le haut. Moralement parlant.

Qu'est-ce que tu veux dire, un pas vers le haut ? je dis en rattrapant le volant et en ramenant la voiture vers la droite, ce qui nous permet de rater de trente centimètres seulement un panneau de passage à niveau.

De dealer à voler, man. Qu'est-ce qu'est mieux ? Réfléchis-y. Les deux sont des putains de trucs illégaux, mais lequel vaut mieux ? Tes parents t'ont rien appris ?

Pas la différence entre revendre de la drogue à des connards de bikers et leur chourer des magnétoscopes déjà volés, j'ai répondu. Mais ça veut pas dire qu'elle existe pas.

Quoi ?

La différence, man. Je pensais, comme Russ venait de l'indiquer, qu'il y *avait* plein de choses sur le bien et le mal que mes parents ne m'avaient pas enseignées.

A présent, à cause de ma situation, j'étais obligé d'en démêler tout seul la plus grande part. Tout le monde, c'est-à-dire Russ et les bikers, Black Bart, Rudy LaGrande et sans doute aussi Wanda, ce taré de Buster Brown au centre commercial qui avait essayé de me faire jouer dans son film porno, mon beau-père et peut-être même ma mère, tout le monde sauf moi semblait croire que la différence entre le bien et le mal était évidente. Pour eux, je suppose, était bien tout ce qu'on pouvait faire sans avoir d'ennuis, et mal tout ce qu'on ne pouvait pas faire sans s'en attirer, mais je me sentais bête de ne pas savoir ça moi aussi. C'était comme la différence entre dealer des petites doses d'herbe et dealer du speed – il y en avait une, je le savais, mais je ne pouvais pas la saisir. Je trouvais tout ça effrayant. Ça me donnait le sentiment qu'une fois qu'on franchissait la ligne on pouvait jamais revenir en arrière et qu'à partir de là on était condamné à une existence de délinquant. Comme tout le monde franchissait la ligne et faisait quelque chose de mal au moins une fois dans la vie, tout le monde était donc condamné. Tous des criminels. Même ma mère. Il fallait être un chat comme Willie ou un petit enfant comme je l'avais été pour ne pas être un criminel. Pour un être humain tel que je l'étais devenu, c'était impossible.

J'ai décidé que pour l'instant je refusais de devenir un délinquant encore pire que celui que j'étais déjà et j'ai donc déclaré à Russ que je ne l'aiderais pas à voler les magnétoscopes aux bikers. Il m'a trouvé con et il a pensé que je pétochais, mais au fond il était soulagé parce que comme ça il pourrait garder tout le bénef pour lui. N'empêche que j'ai quand même dû commencer par le convaincre que je la bouclerais. Et j'allais tenir parole. Pas question de baiser mon meilleur copain, mon seul copain en fait si on exceptait Bruce, les bikers et quelques mecs que je connaissais un peu au centre commercial.

Nous avons encore roulé un moment, puis il m'a dit que je l'inquiétais parce que je ne saisissais pas les occasions qui m'étaient offertes de m'élever dans le monde.

Ouais, j'ai dit, comme de faucher des magnétoscopes déjà volés à des fous paranos armés de flingues.

C'est du transport de marchandises, mec. C'est tout. Moi je fais dans le transport de marchandises et ce que je transporte, d'où ça vient et où ça va, ça m'est égal. C'est pas mon problème.

Moi, ça m'est pas égal, j'ai dit.

Ouais, bon, c'est la différence entre nous deux, Chapito. Et c'est pour ça que je me fais du souci pour toi. Tu peux pas passer ta vie à vendre de l'herbe aux mecs d'Adirondack Iron, mon pote. Il faut que tu penses à ton avenir. Les gangs de bikers, ça va et ça vient.

J'ai fait ouais sans mentionner que la raison principale pour laquelle je ne m'étais pas fait tatouer sur le bras le casque ailé des Adirondack Iron, c'était justement ça : les gangs de bikers, ça va et ça vient. Ce *n'est pas* en réalité ta famille.

Nous n'avons pas dit grand-chose après ça, et Russ a fini par faire demi-tour à Keene pour revenir à l'appart où, à ma grande surprise, Bruce et les autres ont paru contents de nous revoir. J'imagine que c'est parce que notre absence leur avait fait peur et qu'ils s'étaient dit que nous réagirions plus favorablement à la douceur qu'à la matraque. Ils étaient bêtes mais pas totalement abrutis. Je voyais bien qu'ils n'étaient pas à l'aise avec toute cette marchandise volée sur les bras et deux gamins qui savaient d'où elle provenait.

Dès le lendemain, de bon matin et avec entrain, Russ a lancé son entreprise de transport. Je dormais sur mon canapé, mais lorsqu'il est passé devant moi je me suis réveillé, et en entrouvrant un œil je l'ai vu rafler un magnétoscope Panasonic sur un tas de cartons près de ma tête, le mettre sous son bras et sortir de l'appartement d'un pas tranquille comme s'il descendait la poubelle. Je n'ai pas bougé jusqu'à ce qu'il disparaisse, puis j'ai lentement levé la tête et jeté un coup d'œil dans la chambre à côté où Bruce était étendu sur le ventre, cul nu à part son string et ronflant comme une tronçonneuse. Je me suis retourné vers la pile de magnétoscopes près de moi, mais bien que j'aie vu Russ en prendre un quelques secondes auparavant, le tas ne semblait pas avoir diminué. Ça m'a beaucoup soulagé, mais j'étais quand même trop agité pour pouvoir me rendormir.

Aucun des mecs n'a vu qu'il manquait quelque chose. Le lendemain matin Russ a recommencé, puis encore le jour d'après, et même lorsqu'il a embarqué deux magnétoscopes – venant de tas différents – plus, une autre fois, un ordinateur portable, tout est passé inaperçu. Le séjour et les autres pièces paraissaient toujours remplis de grands cartons d'équipement électronique qu'on n'avait pas ouverts. Pour moi, la différence était évidemment perceptible parce que j'avais vu Russ enlever les boîtes. Mais chaque jour, vers dix ou onze heures, les bikers finissaient par se réveiller et fureter partout en cherchant quelque chose à manger ou leur bière du matin et des cigarettes comme d'habitude, et personne ne remarquait qu'il manquait quelque chose.

Sauf Russ : il manquait, lui, et c'était inhabituel. Même des bikers pouvaient s'en rendre compte. Donc, un beau matin, Bruce me dit, Où il est ton pote ? Il a trouvé un boulot, ou quoi ? Ce chieur reste d'habitude à roupiller toute la journée dans sa chambre.

Pas la moindre idée, je dis.

Mais je voyais bien que Bruce soupçonnait quelque chose, même s'il restait debout sans rien dire, vêtu de son seul string, près de la porte de la cuisine. Il tenait une boîte à moitié vide – un aliment en poudre pour les muscles qu'il mélangeait à un litre de jus d'orange et avalait tous les matins. Il se le versait dans un verre spécial que personne d'autre n'avait le droit d'utiliser, ni d'ailleurs l'envie parce qu'il ne le lavait jamais.

Il a poussé du pied la porte du réduit de Russ, qui s'est entrouverte, et il a jeté un coup d'œil dedans. A la suite de quoi il s'est remis à faire son mélange pour son petit déjeuner.

Il a pas fermé sa porte à clé comme d'habitude, a-t-il remarqué.

Ça doit être qu'il revient bientôt, j'ai dit. Mais je pensais que Russ n'avait sans doute pas mis son cadenas pour que les autres croient qu'il était là à dormir et pas à Plattsburgh ou ailleurs en train de revendre du matériel électronique volé.

Si tu le vois aujourd'hui, demande-lui qu'il me rapporte une douzaine de doses d'acide pour ce soir. Parce que ce soir, poursuit Bruce, on va enfin livrer toute cette merde. Et je vais faire une sacrée fête, man.

No problemo, je fais. C'était une expression que j'avais prise au dénommé Buster Brown du centre commercial, et je remarquais que je ne l'employais que quand j'avais une méchante trouille.

Ouais, dit-il en riant et en avalant à grandes gorgées sa merde à l'orange avant d'en essuyer d'un revers de main les traces sur son menton. No problemo. T'es un p'tit marrant, toi, Chappie, me dit-il. Puis il fait quelques pas dans le séjour. Un p'tit marrant de p'tit merdeux. Aussitôt il change d'expression comme si une idée nouvelle mais pas très agréable venait de lui traverser l'esprit, et il fait, T'as bougé ces cartons, Chappie ?

Moi ? Tu rigoles, man. Tu m'as dit de pas y toucher. J't'obéis, man.

Ouais, dit-il. Il entre à pas lents dans le séjour où je suis étendu sur le canapé, enroulé jusqu'au menton dans ma couverture, et il examine les lieux avec soin. Y a quelque chose qui cloche, man. Quelque chose qui cloche terriblement.

Je décide de ne pas répondre. Je me dis, Tiens-toi prêt à courir, même si je suis seulement en slip et en T-shirt. Je prévois ma fuite via la piaule de Russ puisque je peux la fermer de l'intérieur, ensuite par la fenêtre sur le toit du porche de derrière, d'où je descends et hop, dans la rue… et puis où ?

La situation paraît désespérée. Je souhaite presque que Russ fasse son apparition, qu'il voie ce qui se passe, qu'il avoue et qu'il me sauve, mais je sais qu'il ne le fera jamais.

Bruce reprend, Toi et ton petit copain, j'ai l'impression que vous vous êtes foutus dans une sacrée merde, Chappie.

Qu'est-ce que tu veux dire ?

Y a tout un tas de machins qui manquent, ici. Des magnétoscopes, apparemment. Et quelques ordinateurs portables. Ce qui est logique. Tout le reste est trop gros pour que les deux petits salopards que vous êtes l'emportiez sans qu'on le remarque. Tu m'as dévalisé, Chappie. Incroyable !

Bien entendu, j'ai tout nié en bloc, ce qui était à moitié la vérité puisque je n'avais personnellement rien volé à Bruce, et à moitié un mensonge puisque j'ai dit que

Russ n'avait rien pris non plus. A ma connaissance. Ça je l'ai ajouté, je suppose pour réduire un peu le mensonge. Mais dès que c'est sorti de ma bouche je me suis senti seul parce que je me séparais de Russ, puis je me suis senti coupable, très coupable parce que je savais comment Bruce allait entendre mes mots. Plus on a de pouvoir, plus on est en mesure d'agir correctement, c'est-à-dire d'agir en toute impunité, mais à cette époque de ma vie je n'avais aucun pouvoir, j'étais obligé de supporter toutes les conséquences de mes actions, et j'ai donc été obligé de mal agir, de dire la vérité. J'étais le plus petit clébard de la meute et c'était tout ce que je pouvais faire pour ne pas être obligé de me pisser dessus.

Pas à ta connaissance. Ouais, parfait. Merci. J'allais vous casser la gueule à tous les deux pour être sûr d'attraper le coupable, mais maintenant je ne foutrai une raclée qu'à un seul. Je t'ai toujours préféré à lui, remarque. Dérouiller Russ sera un plaisir – le petit salaud.

Joker se tenait à côté de Bruce, à présent, et je suppose qu'il avait entendu toute la conversation. Si t'en dérouilles un, a-t-il dit, tu dois dérouiller l'autre.

Ouais, t'as sans doute raison, a dit Bruce avec un soupir. Sauf si tu nous aides, a-t-il poursuivi en s'adressant à moi.

Bien sûr. Qu'est-ce que tu veux que je fasse ?

Où est Russ, en ce moment ?

Joker, appuyé contre le chambranle de la porte, jouait avec son petit calibre .38 bleu, son pistolet-craquette. J'entendais les autres se lever dans les chambres du fond. Roundhouse est arrivé en titubant dans la pièce, se frottant les yeux avec une de ses énormes mains et utilisant l'autre pour chasser des miettes et d'autres particules de sa fourrure. Qu'est-ce qui se passe ? Chappie va nous chercher à bouffer ?

Ces petits cons nous ont volé des télés et d'autres appareils, man, a dit Joker.

Ouah ! Merde, faut être carrément débile.

Bruce m'a redemandé où se trouvait Russ et je lui ai répondu que je savais pas, ce qui était vrai, et je pense qu'il m'a cru. Puis je lui ai dit que je dormais lorsque Russ était sorti, ce qui était un mensonge, mais il a compris qu'il ne devait pas me croire. Donc, au moins nous communiquions encore, moi et lui. Bruce a demandé à Roundhouse d'aller lui chercher du chatterton dans sa boîte à outils, ce que Roundhouse a fait, et il m'a mis les mains dans le dos, les a attachées avec le ruban adhésif et m'a aussi collé les chevilles ensemble. Puis il m'a soulevé et m'a jeté sur son épaule comme si j'étais un agneau qu'on allait tuer, m'a porté dans le réduit de Russ à côté de la cuisine et m'a déposé doucement sur le matelas.

Je sais pas encore ce que je vais faire de toi, a-t-il dit. On va être obligés d'attendre ce que Russ va dire pour se justifier quand il sera de retour. Pour l'instant ça t'empêchera de faire des conneries.

Joker, debout derrière lui, observait la scène. Dès que Bruce s'est écarté il a baissé le canon de son pistolet contre ma tête et il a fait un sourire en disant, Pan. Puis, en riant, il est retourné dans le séjour avec les autres.

Du seuil de la porte, Bruce m'a dit, Si t'ouvres pas la bouche je la collerai pas. Pas un piaulement, tu m'entends ?

J'ai fait oui de la tête et il est sorti en fermant la porte, mais je pouvais les entendre dans le séjour qui essayaient de décider la suite. Joker avait une idée bien claire, c'était de me descendre puis d'expédier Russ, mais les autres hésitaient et je crois que ça les effrayait un peu. Même Bruce, car s'il trempait dans pas mal de choses, il s'arrêtait au meurtre. Il était secrètement homo, ou sadomaso, ou un truc bizarre de ce genre, parce qu'il aimait emmerder les gays qu'il voyait en public ou obliger les pédés dans les parcs ou dans les toilettes des stations Greyhound à lui faire une pipe, après quoi il les battait sévèrement et s'en vantait. Malgré toute sa musculation et sa diététique c'était un toxico et en plus c'était un voleur de première. Mais à moins d'être un vrai malade mental comme Joker, tout le monde met une limite quelque part et je crois que pour Bruce la limite interdisait de tuer de sang-froid de jeunes adolescents. Mon raisonnement ne m'a pourtant pas tellement rassuré.

Pendant un bon moment je suis resté allongé à regarder les affiches des groupes Anthrax et Metallica que Russ avait accrochées au mur. Il avait décoré sa piaule pour s'y sentir chez lui et s'était soucié d'y apporter un certain confort, par exemple avec les rideaux en écossais jaune et marron qu'il avait récupérés dans une poubelle et tendus sur l'unique fenêtre. Il y avait aussi la lampe en fer et le fauteuil cassé. Mais j'ai assez vite commencé à avoir froid parce que j'étais en sous-vêtements et je n'avais plus de couverture. J'ai alors crié à Bruce de venir une seconde, ce qui a dû lui faire croire que j'allais lui révéler où se trouvait Russ.

Il est aussitôt venu, mais il a eu l'air déçu en découvrant que je souhaitais seulement qu'il allume le radiateur de Russ et qu'il me donne ma couverture. De plus, ça montrait à Joker et aux autres que je pouvais crier à l'aide si je voulais courir ce risque, aussi ils ont dit à Bruce de fermer avec du chatterton la gueule du petit con – il s'agissait de moi – ce que Bruce a fait en prenant soin de ne pas me boucher le nez pour que je respire suffisamment. Puis il est allé chercher ma couverture dans le séjour et me l'a jetée dessus. Il a déconnecté la stéréo de Russ près de la fenêtre et branché le radiateur qu'il a mis au maximum.

Il a ramassé la stéréo et une poignée de cassettes, mais, en arrivant à la porte il s'est arrêté un instant et m'a regardé comme s'il me disait adieu à jamais. J'ai fait deux clins d'œil pour au revoir et un troisième pour bonjour, mais il n'a pas compris. Il s'est contenté de secouer la tête comme s'il éprouvait de la pitié pour moi en même temps que du dégoût. Puis il a refermé la porte et l'a verrouillée de dehors avec le cadenas de Russ, ce qui n'était pas très intelligent puisque Russ avait la clé. Mais je n'avais jamais trouvé Bruce très malin de toute façon. Disons, intéressant et peut-être moins bête que les autres.

Très vite j'entends la batterie de Megadeth résonner à travers la cloison, je sens une odeur de marijuana et de pizza, je perçois le bruit de la porte du frigo qu'on ouvre et qu'on ferme, et celui de boîtes de bière dont on fait sauter la languette. Adirondack Iron prend son petit déjeuner et je sais qu'il durera jusqu'à ce soir, jusqu'à ce que le mec d'Albany vienne enfin chercher son matériel ou que Russ, faisant l'erreur de sa vie, rentre à la maison – l'un ou l'autre en premier.

Vers le milieu de l'après-midi, à ce qu'il me semble, il a commencé à faire très chaud dans le réduit de Russ. J'ai réussi à m'extraire de la couverture en me tortillant et j'ai compris que je pouvais me déplacer un peu. Je suis parvenu à me mettre debout, puis, en sautant à pieds joints j'ai gagné la fenêtre où j'ai écarté les rideaux avec ma tête de façon à regarder dehors. Juste au-dessous de moi, le vieux pick-up de Raoul tout cabossé était garé dans l'étroite allée qui passait entre le *Video Den* et l'ancien magasin d'alcools de l'Etat aujourd'hui désaffecté. Je me disais que si quelqu'un levait les yeux il me verrait peut-être ficelé par mon ruban adhésif, en train de cligner des yeux comme un dingue pour qu'il vienne, et qu'il monterait me sauver.

Je suis longtemps resté debout devant la fenêtre comme un mannequin de magasin présentant des sous-vêtements de jeune garçon, mais j'espérais le passage de quelqu'un, de n'importe qui, un piéton, un flic, Rudy LaGrande, Russ garant sa Camaro derrière le pick-up de Raoul, un client du *Video Den*, n'importe qui sauf un des bikers, et juste au moment où je sentais que je m'endormais j'ai vu Wanda sortir du *Video Den* et ver-rouiller la porte comme si elle fermait avant l'heure. Elle n'a levé les yeux à aucun moment, et pendant qu'elle longeait l'allée en direction de la rue j'ai cogné contre le carreau avec ma tête. Elle s'est arrêtée et elle a promené un instant son regard autour d'elle au cas où le bruit viendrait de sa boutique. J'ai heurté à nouveau la vitre, ce qui a permis à Wanda de s'assurer que les coups ne provenaient pas du magasin, et elle a continué son chemin pour disparaître à l'angle.

La nuit est tombée peu après et je me suis rendu compte que plus personne ne pourrait m'apercevoir près de la fenêtre même en levant par hasard les yeux de mon côté. J'ai sauté à reculons jusqu'à la lampe à pied. La prenant dans mes mains, j'ai réussi à la tourner et à l'incliner. Je l'ai allumée et je l'ai traînée jusqu'à la fenêtre de sorte qu'elle m'illuminait. Dans le séjour, les réjouissances continuaient, si bien que personne n'avait pu m'entendre.

Enfin, presque une heure plus tard, j'ai vu la Camaro de Russ arriver dans l'allée et se ranger derrière la camionnette de Raoul. Comme il avait éteint ses phares j'étais incapable de le voir, mais dès que j'ai entendu claquer sa portière je me suis remis à frapper de la tête contre la vitre. Je l'ai fait sans discontinuer mais en variant le rythme pour qu'il comprenne que c'était exprès. Au bout de trois ou quatre minutes comme ça, je me suis dit, soit il m'a entendu, soit pas, mais dans tous les cas c'est trop tard, parce qu'il montait déjà les marches et qu'il allait entrer dans le séjour où les bikers étaient affalés dans tous les coins, stone, en écoutant ses cassettes et en attendant d'abord de le descendre lui et puis moi ensuite.

J'ai entendu un coup sur la vitre près de ma tête et j'ai sursauté. C'était Russ, il avait grimpé sur le toit du porche. Il a grimacé un sourire, il a soulevé la fenêtre à guillotine et il s'est glissé dans la chambre comme s'il faisait ça tous les soirs. Un souffle de vent frais est entré à son tour par la fenêtre ouverte, et j'ai pensé, liberté, man, liberté.

Souriant toujours, Russ m'a examiné et il a dit, Ouah, c'est quoi, ça ? J'ai secoué la tête et roulé mes yeux en direction du séjour. Tu ressembles à une putain de momie, m'a-t-il dit en se mettant à décoller le ruban de mes mains et de mes chevilles. J'ai moi-même défait celui qui me fermait la bouche parce qu'il adhérait à mes cheveux et aux anneaux de mes oreilles, ce qui me faisait assez mal.

Parle pas, j'ai dit en chuchotant dès que mes lèvres ont pu bouger. Il faut qu'on dégage d'ici à toute blinde, man. Ils ont découvert que t'avais chouré leur matériel. Ils vont nous tuer.

Russ a parcouru la pièce des yeux et écouté le bruit en provenance du séjour. Où est mon cadenas ? a-t-il demandé. Ils s'en sont servis pour t'enfermer ?

Ouais, mais grouille, faut dégager. Et mets-la en veilleuse, ils sont juste à côté, putain !

Relax. Il faudrait qu'ils démolissent la porte pour arriver jusqu'à nous. Une minute, a-t-il ajouté, tu devrais t'habiller. Il fait froid dehors.

Laisse tomber les fringues. Tout ce que je veux c'est sauver mon corps.

Mais se dirigeant vers un angle où des vêtements étaient entassés, il en a retiré une chemise en flanelle et un vieux jean que j'ai vite mis et que j'ai dû retrousser parce qu'il était trop grand. Il y avait aussi des chaussettes et des tennis mal en point. Puis il a fait quelque chose de bizarre. Il a ôté mon blouson en daim et me l'a donné.

Il me va pas bien de toute façon, a-t-il dit. Trop petit. Où est ma veste en jean ? a-t-il demandé en regardant un peu partout dans la pièce.

Dans le séjour, man. N'y pense même pas.

Il a haussé les épaules. En souriant il a farfouillé dans le tas de vêtements, il a sorti un vieux sweat à capuche de l'équipe des Islanders et il l'a mis.

OK, on y va, on se tire, a-t-il dit. Mais au moment où je me suis tourné vers la fenêtre j'ai soudain senti de la fumée et j'ai vu que le bas des rideaux commençait à noircir à l'endroit où ils touchaient le radiateur. C'était ma faute, c'était moi qui les avais poussés contre l'appareil.

Ils devaient être faits de matière synthétique très inflammable et ils avaient chauffé jusqu'à prendre feu. A présent, avec la brise et l'air frais qui entraient par la fenêtre ouverte, ils semblaient prêts à s'enflammer. En effet, juste au moment où j'avançais le bras pour les éloigner du radiateur, un éclair bleu a jailli de bas en haut, a traversé le rideau et zébré l'autre moitié, si bien que le tissu est parti en flammes comme s'il avait été imprégné d'essence.

Merde, fonçons ! a dit Russ. Il a plongé par la fenêtre à la manière d'un lion de cirque traversant un cercle de feu et je l'ai suivi droit dans le noir.

Arrivés au bord du toit, nous nous sommes retournés pour nous laisser glisser au sol le long du poteau et nous avons vu que déjà les flammes remplissaient toute la fenêtre. On avait l'impression que le réduit avait pris feu en entier et ça donnait une sensation de beauté et de terreur, sans doute comme la guerre. La pièce s'était embrasée de la même façon que si un missile incendiaire y avait éclaté, et arrivés par terre, moi et Russ, on est restés là, les yeux levés, ébahis par le spectacle.

On aurait dû foncer dans la voiture de Russ et dégager à toute vitesse, mais on avait trop envie de regarder le feu. On a reculé en vacillant jusqu'au garage des Harley, et quelques instants plus tard on a vu Roundhouse, Joker, Raoul et Packer dévaler l'escalier. Quittant aussitôt notre place devant le garage, on s'est glissés dans les buissons à côté.

Viens, suis-moi, a dit Russ, et après être passés pardessus une vieille clôture défoncée nous avons abouti à l'arrière du magasin de spiritueux désaffecté. Il a ouvert une porte du fond et nous avons pénétré dans une grande pièce qui avait servi d'entrepôt. Là, par une fenêtre latérale, nous pouvions regarder dehors et observer l'incendie en toute sécurité. Tout autour de nous se trouvaient des cartons vides ayant contenu des bouteilles de whisky et de vin, et, au milieu de ce fatras, j'ai remarqué une pile de dix ou douze caisses qui n'avaient jamais été ouvertes. Des magnétoscopes et des ordinateurs portables. J'ai touché l'épaule de Russ et quand il s'est retourné je me suis contenté de pointer un doigt vers les boîtes.

Oh ouais, il a fait, je sais. J'ai eu quelques problèmes à m'en débarrasser dans le coin. Je me disais que peut-être je négocierais quelque chose à part avec le mec d'Albany. Tu me suis ?

Ouais, j'ai dit, et je me suis retourné vers l'incendie. Deux camions de pompiers bloquaient déjà l'allée de garage. Il y avait des lumières qui clignotaient, des sirènes qui hurlaient, des voitures de police qui arrivaient. Des pompiers déroulaient des tuyaux le long du chemin et de l'allée de garage tandis que d'autres se ruaient à l'assaut des escaliers avec leurs haches.

Les bikers étaient toujours dans l'ombre devant le garage, les yeux levés vers l'appartement. J'ai remarqué que Bruce ne se trouvait pas parmi eux. Ils n'étaient qu'à quelques pas de nous et je pouvais constater qu'ils étaient morts de trouille, même Joker qui leur répétait de mettre les bouts. Et d'oublier l'électronique.

Mais, bordel, où est Bruce ? a dit Roundhouse d'une voix forte, très troublé.

Je crois qu'il est allé chercher le gamin, a dit Packer.

On l'emmerde, ce môme ! a dit Joker. Et Bruce aussi ! Et le matos aussi ! Faut se tirer, man. Y a des flics partout.

A toute vitesse, Roundhouse et Packer ont sorti leurs motos du garage et mis les moteurs en marche. Joker est monté derrière Roundhouse, Raoul derrière Packer, et les deux énormes Harley chevauchées par les quatre bikers ont dévalé l'allée du garage dans un rugissement, dépassant le pick-up et la Camaro de Russ, grimpant par-dessus les tuyaux, évitant de justesse quelques pompiers et disparaissant à l'angle de la rue après avoir tourné à droite.

T'as entendu ? j'ai dit à Russ.

Quoi ?

Bruce est encore là-haut. Il croit que je suis enfermé dans ta piaule. Il essaie de me sauver !

Ouais, et c'est moi qui ai la clé, a dit Russ d'une voix calme.

Il faut que je lui dise que je suis à l'abri !

Mais quand je me suis tourné pour partir, Russ m'a attrapé par le bras en disant, Tu peux plus monter là-haut, man. C'est trop tard.

J'ai à nouveau regardé le feu, et Russ avait raison. L'appartement était tout entier en flammes. Le grenier, les devantures vides et même le *Video Den* brûlaient à présent.

Deux pompiers qui avaient gravi l'escalier jusqu'à l'appartement sont repassés en titubant à reculons par la porte, et ils étaient à peine redescendus sans dommage que l'escalier et le porche s'écrasaient dans une immense gerbe d'étincelles et de flammes.

Le bruit de l'incendie était incroyable, comme celui d'un avion à réaction qui décolle accompagné de sirènes, d'avertisseurs et d'ordres lancés par les pompiers dans des haut-parleurs. Leurs tuyaux serpentaient partout, et ils déversaient sur le brasier des jets d'eau lourds et pénétrants, mais on aurait dit que le feu était vivant et que l'eau ne servait qu'à l'alimenter, à le faire grandir et à lui donner envie d'en avaler encore plus. J'ai aperçu Wanda et Rudy LaGrande dans la rue au milieu de tout un tas de gens, mais les flics ont refoulé tout le monde de mon champ de vision tandis qu'un troisième camion de pompiers arrivait sur place. De l'autre côté de la rue j'ai cru distinguer un groupe de gens que je connaissais, parmi lesquels ma mère et mon beau-père, mais je pense qu'il s'agissait d'une illusion d'optique à cause de la peur et de l'excitation.

Les pompiers ont dû se rendre compte assez vite qu'il n'y avait aucun moyen de sauver la maison. Alors ils ont commencé à arroser les bâtiments qui l'entouraient, y compris celui où j'étais avec Russ. Ils voulaient les empêcher de prendre feu à leur tour. J'entendais l'eau qui cognait sur le toit lorsqu'un groupe de pompiers est passé en courant vers l'arrière. La pièce qui servait d'entrepôt avait commencé à se remplir d'une fumée qui nous faisait tousser, et nos yeux nous piquaient. Des étoiles se sont mises à flotter, descendant de l'obscurité du plafond comme des lucioles.

On a intérêt à filer, man, j'ai dit.

Et mon matériel ? Je peux pas abandonner mon matériel !

C'est pas le tien. Ça l'a jamais été.

Bruce et les autres, c'est eux qui l'ont *volé* ! a répondu Russ.

Ouais, et toi tu leur as volé à ton tour. Maintenant Bruce est mort et les autres mecs sont partis.

Comme s'il y pensait pour la première fois, Russ a dit, Les flics vont croire que moi aussi je l'ai volé.

Tu m'étonnes, coco. Laisse-le brûler. C'est ce qui peut nous arriver de mieux.

Et ma bagnole ? Il me faut ma bagnole.

Laisse tomber. On est des délinquants, man. T'auras d'autres occasions de t'en trouver une. Peut-être qu'on aura de la chance et qu'en voyant ta caisse les gens croiront que nous aussi on est morts dans l'incendie.

Après avoir dit ça j'ai couru vers la porte en pensant que c'était ainsi que ça devrait être : moi et Russ et Bruce, tous les trois brûlés dans l'incendie, nos corps transformés en trois tas de charbon entourés par des tonnes d'équipement électronique volé et lui aussi calciné.

Je ne savais pas comment la mère de Russ prendrait la chose, mais la mienne commencerait par se sentir triste, puis elle surmonterait son chagrin et mon beau-père serait secrètement content, d'autant plus qu'il pourrait faire comme s'il avait perdu quelque chose d'important. Personne d'autre n'y penserait beaucoup. Sauf Black Bart, peut-être, qui déplorerait la perte d'une partie de son activité de "transport de marchandises" avec les bikers et aussi celle d'un gamin qui lui avait vendu son pétard quotidien. Mais à part eux tout le monde s'en foutrait.

Russ était dans mon sillage, et lorsque j'ai ouvert la porte j'ai fait sursauter deux pompiers qui levaient déjà leurs haches pour se tailler un chemin à l'intérieur.

Bon Dieu ! Mais qu'est-ce que vous foutez là-dedans ! a hurlé le chef. Dégagez d'ici, bordel, et plus vite que ça ! Alors j'ai dit, On est partis, man ! et c'était vrai.

6

TÊTE DE MORT

Nous avons foncé comme des fous à travers tout un tas d'arrière-cours et puis, arrivés au chemin en briques qui serpente sous le pont de Main Street et qui date de l'époque de la fabrique, nous avons obliqué vers la rivière. Là on peut se tenir tout près de l'eau – au printemps elle monte presque jusqu'à tes pieds – et on peut fumer un joint si on en a envie ou simplement buller et discuter sans être vu ni entendu, et c'est pour ça à mon avis que les jeunes y vont depuis des générations.

A cause de l'incendie que tout le monde en ville voulait voir, il nous a été plus facile que prévu de sortir d'Au Sable sans nous faire repérer. En fait personne ne nous cherchait encore, moi et Russ. Personne ne savait à ce moment-là que nous avions disparu et que nous étions présumés morts.

C'est moi qui ai eu l'idée de ne pas nous montrer. Russ, lui, disait, Ils seront peut-être si occupés à éteindre l'incendie qu'ils ne remarqueront pas mon matériel électronique et nous pourrons le récupérer plus tard. En plus, il se faisait du souci pour sa voiture. Russ est un mec très matérialiste.

J'ai répondu, Pas question. Les pompiers sont très malins et ils n'aiment pas les questions sans réponse. Pas du tout comme les flics qui, eux, auraient simplement pris les ordinateurs et les magnétoscopes volés de Russ comme si c'était leur petit Noël et puis nous auraient coffrés pour un autre délit que le vol. Pour incendie criminel, par exemple, bien qu'il se soit agi d'un accident. Et quand ils auraient découvert le corps de Bruce là-haut dans l'appartement – ils l'identifieraient facilement à cause de tous ses tatouages de la guerre du Golfe sauf s'il était grillé comme une côtelette – ils essaieraient de nous faire inculper de meurtre même si par ailleurs un tas de gens voudraient nous donner une médaille de citoyens exemplaires pour les avoir débarrassés des bikers, peu importe comment.

Ainsi je ne voulais en aucun cas être mêlé à ce qui était arrivé à Bruce. Je ne voulais même pas y penser. C'était un ami et il avait essayé de me sauver. Par malchance, j'avais déjà été tiré d'affaire par Russ.

A présent, man, je lui ai dit, on doit disparaître totalement. Si quelqu'un nous aperçoit, on nous posera plus de questions que nous n'avons de réponses.

Hmmh, ma mère va faire une drôle de tête, a-t-il dit.

Laisse tomber. Ta mère est comme la mienne. Elles penseront toutes les deux qu'on est morts dans l'incendie avec Bruce et elles seront très tristes. Ou alors, comme toujours, elles ne sauront pas où on est passés et ne s'en feront pas plus que ça. La mère de Russ n'était pas une femme mariée avec un boulot régulier comme la mienne, c'était une sorte de pute qui travaillait dans un bar près de la base aérienne, qui mentait sur son âge et racontait aux mecs qu'elle ramenait chez elle que Russ était son neveu, ce qui est la raison principale pour laquelle il est parti quand il avait quinze ans. C'était une femme super-jolie mais je préférais ma mère même s'il était mieux loti que moi du fait qu'il n'avait pas de beau-père comme le mien à supporter.

Nous sommes restés sous le pont environ une heure à écouter le grondement des voitures et des camions qui passaient au-dessus de nos têtes et le rugissement continu de la rivière qui coulait à quelques centimètres sous nos pieds. Nous entendions encore de temps à autre une sirène de camion de pompiers qui arrivait de la ville pour prêter main-forte. Un incendie est un des rares événements, aujourd'hui, qui rassemble les gens. Le pont était fait d'une arche de pierre, et quand nous nous penchions pour regarder en hauteur, nous apercevions juste au-dessus de l'endroit où nous avions habité avec les bikers un bout de ciel illuminé comme pendant un match de base-ball nocturne. Ça me donnait envie d'aller rejoindre les badauds et c'est pour ça que j'ai arrêté de regarder.

Ce que je souhaitais réellement c'était me défoncer un peu, mais comme on n'avait d'herbe ni l'un ni l'autre, Russ et moi, on s'est contentés de discuter un bout de temps, parlant de Bruce, quel mec génial c'était, et les autres bikers quels salopards de le laisser brûler comme ça. Il avait une âme, man, a dit Russ. Une âme blanche. Tu me comprends ?

J'ai fait oui, mais en fait je n'avais plus envie de parler de lui parce que j'avais des sentiments très partagés. Au bout d'un moment, quand j'ai regardé le ciel j'ai remarqué qu'il s'assombrissait à nouveau. Ça m'a fait dire qu'il était temps pour nous de filer tant que les gens étaient encore sous le coup de l'incendie et qu'ils pensaient que nous avions peut-être grillé dedans. Russ avait environ dix dollars et un paquet de cigarettes presque plein. Moi je n'avais rien que les vêtements que je portais, mais Russ a déclaré qu'il connaissait des mecs hyper-sympas à Plattsburgh. Ils vivaient dans un car où nous pourrions dormir tant que nous voudrions et personne ne nous emmerderait parce qu'il y avait toujours des gamins différents qui y venaient en attendant de trouver une autre crèche, mais personne n'y restait tout le temps sauf les propriétaires du car.

On pouvait pas quitter Au Sable et faire du stop jusqu'à Plattsburgh sans se faire repérer. Comme on n'avait plus la Camaro de Russ on a décidé d'aller en douce jusqu'au *Stewart's*, une station-service avec une épicerie ouverte tard le soir où les gens viennent chercher des trucs de dernière minute comme des cigarettes ou de la bière, et il leur arrive de laisser leur voiture avec le moteur en marche. Sans sortir des allées et des arrière-cours, on est arrivés au *Stewart's* sans qu'on nous remarque. On s'est cachés derrière un gros conteneur à ordures près de l'épicerie et on a attendu. Il faisait plutôt froid, mais comme j'avais mon blouson en daim et Russ son sweat à capuche, ça allait quand même.

Il y a eu pas mal de voitures et de pick-up qui se sont arrêtés, mais tous conduits par des gens que nous connaissions, des gens du coin qui savaient qu'il faut arrêter le moteur et prendre la clé. Au bout d'un moment, les camions de pompiers venus d'autres villes ont commencé à passer devant nous, suivis par les voitures des bénévoles avec leurs petits gyrophares bleus sur le haut du tableau de bord. Deux ou trois d'entre eux se sont arrêtés pour prendre de l'essence ou sont entrés pour acheter des provisions, mais même ceux qui n'étaient pas d'ici ont coupé le contact et ont gardé la clé sur eux.

Puis est arrivé un autre pick-up, rouge, un Ford Ranger pratiquement neuf. C'était encore un pompier bénévole, sans doute en train de rentrer chez lui à Keene ou dans un autre village où il n'y avait plus rien d'ouvert à cette heure tardive. Au bout de quelques instants il est ressorti avec ses achats dans un sac, il est monté dans sa camionnette et il a commencé à faire une marche arrière. Puis il s'est arrêté brusquement, il a sauté de sa cabine en laissant tourner le moteur et il est revenu dans le magasin comme s'il était en colère d'avoir oublié quelque chose qu'il devait rapporter à sa femme.

Russ a fait en courant le tour de l'épicerie, il a regardé par la vitrine et il est revenu au conteneur en disant, Super, le mec a la tête dans le bahut à glaces. Nous nous sommes précipités sur le parking, Russ a sauté derrière le volant, je suis monté de l'autre côté et nous avons dégagé.

J'ai d'abord cru que Russ avait pris la mauvaise direction, mais ce n'était qu'une ruse pour faire croire au mec, ou à tous ceux qui auraient vu son pick-up partir, que nous nous dirigions vers l'ouest dans la direction de Lake Placid et non vers l'est, vers Plattsburgh. Quelques rues plus loin, il a pris à gauche et il a filé par la rue River qui devient la route River avant de traverser la rivière par un vieux pont de bois à une petite distance de l'agglomération. Plusieurs kilomètres plus loin, elle rejoint la grande route de Plattsburgh.

Quelques minutes plus tard nous roulions à cent trente en direction de l'est sur la 9 North. Nous fumions les cigarettes du pompier prises dans une cartouche de Camel Lights que j'avais trouvée dans ses provisions et nous n'arrêtions pas de rire. Il y avait aussi d'autres trucs pas mal dans son sac – douze boîtes maxi de bière Budweiser, des Fritos, quelques paquets de chips et des serviettes hygiéniques sans doute pour sa femme, ce qui a naturellement poussé Russ à répéter quelques-unes de ses blagues les plus grossières, mais ça m'était égal parce que pour le moment, au moins, nous étions comme libres, libres d'être rien que nous-mêmes, de rouler à toute blinde avec les vitres baissées et le chauffage soufflant à fond, en fumant des cigarettes, en bouffant des saletés, en buvant de la bière et en nous excitant avec la chanson de Nirvana *Serve the Servants* sur WIZN que beuglaient les haut-parleurs. C'était carrément cool. Nous avions même fait marcher le gyrophare bleu, comme ça si on nous voyait on penserait que nous foncions vers un incendie.

Russ a dit, Ouai-ai-ais ! en serrant et relâchant alternativement le poing, et j'ai répondu, Ouai-ai-ais ! en faisant pareil, même si je trouvais ça un peu bête à cause de tout ce qui venait de se passer. Mais la vie est courte, paraît-il, autant la fêter quand on peut, et c'est ce que nous faisions.

Nous ne sommes pas entrés sur l'autoroute Northway, et nous avons arrêté le gyrophare à cause des flics qui patrouillaient probablement dans le secteur. Nous avons pris des petites routes pour entrer dans Plattsburgh où nous nous sommes garés sur le parking d'un marchand de véhicules d'occasion, dans Mechanic Street, à côté de cinquante ou soixante camions à vendre. Il était alors près de minuit. Il n'y avait pas beaucoup de circulation et les quelques flics du coin devaient être en train de prendre un café au *Dunkin' Donuts*. Nous ne courions donc pas grand risque de nous faire attraper.

Russ a dévissé les plaques d'immatriculation du pick-up avec un tournevis qu'il avait trouvé dans la boîte à gants. Du coup, le Ranger du pompier ne se différenciait plus des autres camionnettes sur le parking. Russ se disait que comme ça on ne le découvrirait pas jusqu'à ce que quelqu'un propose de l'acheter ou qu'on fasse un inventaire. Mais personne ne pourrait remonter jusqu'à nous. Russ était bon pour tout ce qui était crimes et délits : même quand il faisait quelque chose pour la première fois on aurait dit qu'il s'y était déjà exercé deux fois la semaine d'avant.

Il a mis les plaques dans le sac avec la bière et le reste, parce qu'il s'est dit qu'on pourrait peut-être les vendre si on tombait sur quelqu'un qui volait des voitures. Puis nous sommes partis à pied rejoindre les mecs qui habitaient dans le car et qui, à ce que disait Russ, n'étaient pas très loin.

C'était quand même après un tas de vieux entrepôts et de marchands de ferraille où il n'y avait pas de vraies maisons ni de boutiques. Il a fallu trouver un trou dans une clôture faite d'un grillage à petites mailles et traverser un immense terrain vague où on avait jeté des pneus usés, des réfrigérateurs et d'autres machins. Ça faisait un peu peur de se trouver là dans le noir à porter ce sac de provisions sur un sol bosselé et friable tandis que le vent soufflait, et tout avait une odeur de mouillé et de rouillé comme dans une décharge dangereuse ou un truc du même genre. Russ a dit qu'il n'était venu là qu'une fois. Il voulait raccompagner chez elle une fille qu'il avait rencontrée au centre commercial, et puis il s'était avéré qu'elle dormait dans le bus avec des mecs de Glen Falls qui étaient accros au crack et qui se rendaient à Montréal pour un concert des Grateful Dead mais n'y étaient jamais arrivés.

Elle aussi, elle était accro ? Au crack ? j'ai demandé. Il me semblait que j'en connaissais pas, des accros au crack. Je connaissais un paquet de mecs qui en avaient fumé quelques fois, mais ils étaient normaux, comme moi.

Tu peux le dire, les cubes de coke ça la branchait. Elle disait qu'elle avait seize ans, mais je crois qu'elle était vraiment jeune. Quatorze ans, un truc comme ça. Peut-être treize.

Ouah ! Treize ans ! C'est jeune. Pour du crack, je veux dire. Tu l'as pas baisée, au moins. Si ?

Merde, non, Chappie. Pour qui tu me prends, un cinglé de pervers ? Tout ce qu'elle voulait c'était du fric pour son crack et j'avais pas une thune. Mais il y avait d'autres mecs et elle leur a fait des pipes pour rien que deux dollars chacun. Et puis elle s'est acheté son cube, elle l'a fumé et elle était défoncée. Je pouvais pas avoir, comment dire, une relation à elle, tu me suis ?

Ouais, parfaitement, j'ai dit. Puis nous avons marché quelque temps sans parler et j'ai demandé, Ces mecs qui ont le car, ils sont accros eux aussi ? Au crack ?

J'en sais rien. C'est bien possible. Mais ils sont cool. C'est des étudiants ou tout comme.

Je n'ai pas aperçu le bus avant d'être pratiquement dessus. C'était un vieux car scolaire réglementaire cabossé à mort qui semblait dater d'avant la guerre du Viêt-nam. Il avait les phares en miettes, et les vitres, pour la plupart brisées, avaient été remplacées par des bouts de carton plaqués à l'intérieur. Plus de pneus, même pas de roues. Il était posé directement par terre, incliné faiblement, et on aurait dit qu'après l'avoir traîné jusqu'ici on l'avait déposé au milieu du terrain avec les autres détritus. Il était encore jaune mais délavé. Les gens avaient peint des symboles de paix, des fleurs hippies et quelques slogans des Grateful Dead sur les côtés, et il puait salement quand on s'en approchait comme si on avait beaucoup pissé et chié tout autour.

La portière était à l'avant. Russ a frappé et dit, Oh, man, y a personne ?

Quelqu'un a soulevé un coin du carton qui bouchait la vitre près de la portière, nous a examinés et l'a laissé retomber. Il y a eu quelques bruits à l'intérieur comme si on farfouillait, puis une voix d'homme a dit, On en veut pas, on en a pas, il est tard, allez-vous-en.

Hé, mec, c'est moi, Russ. Moi et mon pote. On a de la bière.

Le vent soufflait avec force. Il faisait carrément froid dehors, et l'atmosphère était assez sinistre. J'avais envie qu'on m'invite à rentrer même si c'était pas une idée excellente. Cette épave de car scolaire émettait des ondes absolument négatives. Nous avons attendu quelques instants, et j'allais suggérer à Russ de laisser tomber bien que je n'aie aucun autre endroit à lui proposer. Peut-être entrer par effraction dans un entrepôt. J'avais entendu parler de quelques jeunes qui l'avaient fait et qui y avaient passé tout un hiver. Et puis soudain la porte s'est ouverte et un mec grand et maigre, avec une barbiche minable de rien du tout, des boutons et des cheveux qui lui tombaient jusque sur les épaules, a fait un pas dehors. La première chose qui m'a frappé, c'est qu'il dégageait comme s'il avait pas pris un bain depuis un an.

Oh, man, lui dit Russ, quoi de neuf ? Tu te souviens de moi ? Je suis déjà venu. J'ai ramené la meuf qui était là avec les deux mecs de Glen Falls.

Le mec regarde d'abord Russ avec un sourire défoncé, puis il fait de même pour moi. Qui c'est ? demande-t-il en pointant un doigt long et osseux. Russ lui dit mon nom et le mec donne le sien. Richard, man. Richard. Puis il se penche et plonge son visage dans mon sac de provisions, et voilà que ça le fait soudain changer d'humeur et qu'il s'écrie, Tiens, tiens, tiens, mais qu'avons-nous là, un peu de bière, un peu de chips, un peu de ci, un peu de ça. Et des plaques d'immatriculation. Des plaques *volées*, je parie ! Miam miam ! On a même des serviettes *hygiéniques*, ajoute-t-il en retirant les Kotex. Nous n'avons pas besoin de *ça*, pas vrai ? Là-dessus il les jette dans l'obscurité et recommence à inspecter le sac d'où il retire une bière en disant, C'est comme pour Hallowe'en, sauf que ceux qui viennent faire des farces donnent des cadeaux et que ceux qui donnent des cadeaux font des farces. Et il continue à parler comme ça, à toute vitesse comme un fuseau qui se dévide, il parle en partie tout seul mais pas vraiment, on dirait qu'au fond il est incapable de penser et qu'à la place il laisse sa bouche faire tout le travail.

Il ne semblait pas se souvenir de Russ, ni l'avoir oublié – c'était comme s'il était vide intérieurement et que ce qu'on lui disait rebondissait quelques secondes partout dans sa tête à la manière de balles de fusil ou de billes de flipper avant de rouler et de tomber. Russ a essayé pendant quelques minutes d'avoir une conversation avec lui, puis le mec a soudain tourné les talons et il est rentré dans le car. Comme il laissait la porte ouverte nous l'avons suivi.

C'était sombre mais ils avaient allumé quelques bougies de sorte qu'on pouvait discerner sans peine les objets et j'ai pu voir tout de suite qu'il y avait là un autre mec qui ressemblait tout à fait à Richard. Il était grand et très maigre, avec les mêmes cheveux longs, une barbe châtain clairsemée, des boutons, le même T-shirt crade et un jean déchiré. Il était assis à la place du chauffeur du bus, ses pieds nus sur le volant, et il fixait l'horizon droit devant lui comme s'il allait quelque part en conduisant avec les pieds.

Salut, man, ça marche ? fait Russ.

Faut payer ton voyage, dit le mec et Russ lui tend une de nos bières. L'autre fait sauter la languette et se met à l'engloutir aussitôt comme s'il mourait de soif.

Lui c'est James, me dit Russ. Ils sont frères, lui et Richard.

Sans déconner, je dis.

Bien que la plupart des sièges aient été arrachés et que l'espace soit ainsi remarquablement vaste, comme celui d'une caravane, on ne pouvait pas vraiment parler d'intérieur douillet. Il y avait trois ou quatre vieux matelas par terre, quelques sacs de couchage qui semblaient attaqués par la pourriture, et deux ou trois chaises de salon qui perdaient leur rembourrage et paraissaient provenir de la décharge. Il y avait aussi une table faite de planches et de parpaings tout encombrée de vaisselle et de casseroles sales, des vieux vêtements, des journaux et des magazines froissés, et sur le sol une sorte de tapis marron usagé qui puait et qui avait l'air d'avoir été récupéré dans une épave de bateau. Au plafond et sur les murs en carton étaient collées des affiches, notamment une, vieille de deux ans, d'un concert des Red Hot Chili Pepper, et d'autres de groupes rétro comme Aerosmith parce que je suppose que c'est ce genre-là qui plaît aux étudiants.

En fait l'endroit m'écœurait plutôt, mais je me disais que ça valait mieux que rien du tout. Et puis Richard et James semblaient être du genre non violent, ce qui était assez soulageant après les bikers. Je suis donc entré et je me suis assis sur un des sièges du car comme si j'étais un passager, puis j'ai ouvert une boîte de bière et j'ai mangé quelques Fritos. Russ a fait pareil, et en plus il s'est mis à discuter un moment avec Richard et James. Ça, c'est bien Russ, il parle à tout le monde et la plupart des gens lui parlent.

Il n'en finissait plus sur les bikers, l'incendie et tout ça, mais je me suis fait la remarque qu'il ne disait rien des télés et des magnétoscopes volés et à ce moment-là j'ai senti que j'avais sommeil. Je me suis calé contre le siège en similicuir qui me donnait une sensation de fraîcheur sur la joue. Il avait aussi les mêmes odeurs que les sièges des cars de ramassage scolaire quand j'étais petit, entre autres celle des sandwichs au fromage et du lait tourné. Je me rappelle que juste avant de m'assoupir cette nuit-là – qui était la première de ce qui deviendrait ma nouvelle vie – je me suis dit que ce serait incroyablement cool d'avoir un véritable car en état de marche, d'arranger l'intérieur pour le rendre habitable et de parcourir le pays toute sa vie. On s'arrête quand on en a envie, on gagne un peu d'argent avec un petit boulot quelque temps et dès qu'on ne tient plus en place on repart. On peut avoir des amis et des parents avec soi une partie du temps et rester tout seul à d'autres moments, mais fondamentalement, et c'est ça qui est le mieux, on est entièrement aux commandes de sa vie comme jadis les pionniers dans leurs chariots bâchés.

Ce car, man, ce car, c'est celui-là même qu'on prenait moi et James pour aller à l'école quand on était mômes, a déclaré Richard.

Cool, a répondu Russ. C'était le matin, mais déjà tard, autour de midi, je crois. Je venais enfin de me réveiller et James était parti, mais Russ et Richard fumaient les cigarettes du pompier et pour une fois ils parlaient comme des gens normaux. En mangeant encore quelques Fritos, je les ai écoutés. De toute façon je pouvais pas parler parce que les Fritos me donnaient trop soif et toute la bière était finie. Il n'y avait rien d'autre à boire, pas d'eau courante, ni d'électricité pour un frigo ou un autre appareil, et pourtant à la lumière du jour l'endroit n'avait pas l'air si glauque qu'avant. Des rayons de soleil perçaient par les fentes du carton et comme la portière pendait à l'extérieur grande ouverte, il y avait de l'air frais qui entrait. Le tout gardait quand même une odeur de décharge dangereuse, comme si on avait enterré tout autour un million de vieilles batteries.

Richard continuait à parler, racontant qu'avec son frère et sa sœur ils prenaient le car tous les jours pour aller à l'école et puis que cette fois-là il était resté à la maison avec son frère, tous les deux malades, et que c'était le jour où le car était passé par-dessus un talus et s'était écrasé dans une carrière. Une *chiée* de mômes ont été tués, man, mais ma sœur, man, elle a rien eu, a-t-il dit. Bon, pas vraiment rien, puisqu'elle s'est cassé plein de machins, le dos et tout et maintenant elle est dans un fauteuil roulant. Mais imagine-toi ce car, man, moi et mon frère James on n'était *pas* dedans en ce jour tragique, et donc ce car c'est un bon karma pour nous et un mauvais karma pour ma sœur Nicole, un mauvais karma pour pratiquement tous les gamins sauf pour moi et James dans tout le village de Sam Dent. C'est de là qu'on vient, man. Tu connais, t'es d'Au Sable, pas vrai ?

Ouais, a fait Russ. Il savait où se trouvait Sam Dent, c'était là-bas près de Keene où Russ avait une tante, cette même sœur de sa mère qui est parfois censée être sa mère. Mais j'ai jamais entendu parler d'un accident de car scolaire par là, a-t-il ajouté. J'aurais été au courant, il me semble.

C'était y a *longtemps*, man. Y a huit, dix ans. T'es trop jeune pour t'en souvenir. Ça a fait du bruit, pourtant, la télé et tout, des procès et tout. Mais ce putain de *bus*, man, après l'accident, personne voulait y toucher, tu comprends ? Comme s'il était *maudit*. Sauf pour moi et James, vu qu'on était restés à la maison ce jour-là. Donc quand on a eu notre diplôme du secondaire et qu'on est venus ici à l'université d'État du fait qu'on a un vrai talent pour jouer au basket, l'autobus était toujours dans le coin, mais puisque personne le voulait l'administration scolaire nous l'a donné gratos et le gars qui s'occupe du garage à Sam Dent l'a remorqué ici pour nous et l'a déposé exactement là où il se trouve aujourd'hui. Et comme je connaissais le mec dont le père est propriétaire de ce terrain – je le connaissais avant que moi et James on largue l'université – ça l'a pas gêné qu'on mette le car ici. Il nous fallait un endroit pour nos fêtes, pour nous, pour l'équipe et nos copains de l'université, et du coup cet endroit est devenu incroyablement *célèbre*, man ! Mais après on s'est mis à y habiter parce que notre vieux, qui nous en voulait parce que Nicole a été dans l'accident et pas nous, a pas voulu qu'on revienne à la maison. En plus il savait qu'on était dans la drogue, ce qui est la raison pour laquelle on s'est fait virer de l'équipe et qu'on a merdé en classe. Mais je l'emmerde, le vieux, je réintégrerai l'université dès la rentrée d'automne. Sans déconner. Moi et James, man, on va se rétablir sans problème. J'ai que vingt ans, il en a dix-neuf, on peut retrouver la forme facilement, revenir dans l'équipe, nous faire attribuer notre ancienne bourse, et *boum* ! On refera ce car *comme il faut*, tu vois ? On se trouvera un de ces générateurs d'électricité qui marchent au fioul, un W.-C. chimique et on fera venir de l'eau par un tuyau qu'on branchera dans un des entrepôts. Ce sera cool, man. Parce que cette caisse elle a un bon karma. Tu peux le *sentir*, il a dit en fermant les yeux et en laissant ses mains flotter de part et d'autre de son corps et en les agitant comme des nageoires. Ce vieux car, il va *tanguer*, man ! La fê-ê-ête !

Il est incroyablement con, je me suis dit en me levant pour essayer de trouver quelque chose à boire.

Où tu vas ? lance Richard d'une voix très forte et très dure.

Soif, c'est tout ce que j'ai pu dire, tellement ma gorge était sèche de la bière de la veille et des Fritos du matin. Et puis il me faisait peur.

Ecoute, petit emmerdeur ! fait-il soudain en tremblant d'excitation. Je te connais pas, alors tu te tiens peinard jusqu'à ce que je te donne le *droit* de partir. On n'entre pas ici et on n'en sort pas à volonté, man ! Tu peux entrer et tu peux sortir, mais seulement si c'est *moi* qui t'y autorise. Moi ou mon frère James. Personne d'autre. Moi et James on est les chefs, man.

C'est à ce moment précis que frère James est arrivé. Il a renversé son sac à dos sur le siège du chauffeur et il s'est mis à en retirer des provisions et d'autres choses qu'il avait dû voler, surtout des boîtes comme du chili con carne et du hachis. Il y avait là une bouteille de deux litres de Diet Coke que j'ai pris la liberté d'ouvrir et dont j'ai avalé une gorgée tellement j'étais énervé. Mais personne n'a rien dit et j'ai passé la bouteille aux autres.

James a lancé un journal à Richard et à Russ qui s'étaient allongés sur un matelas, et il a dit, Hé, frangin, ces mecs sont célèbres. C'est ton incendie, pas vrai ? il a demandé à Russ. T'es en plein sur la première page du *Press-Republican*, man.

Richard a déplié le journal sur le matelas devant lui et Russ, et je me suis précipité pour lire par-dessus son épaule. Et c'était là : UN INCENDIE A AU SABLE FORKS DÉTRUIT UNE MAISON DE TROIS FAMILLES. En caractères plus petits : *1 mort, 2 garçons d'Au Sable portés disparus.* Il y avait une photo de notre vieux logement et du *Video Den* entouré de fumée, de flammes, de véhicules de pompiers et d'échelles. Le cliché avait été pris de face, depuis le milieu de la foule. Le mort était évidemment Bruce, mais selon ce qui était rapporté, il était calciné au point de ne pas être identifiable. Et les deux garçons disparus n'étaient autres que moi et Russ, mais nos noms ne pouvaient pas être divulgués "avant que les parents ne soient officiellement avertis". A l'heure qu'il est, me suis-je dit, ils doivent tous avoir appris la nouvelle, la mère de Russ comme la mienne, mon beau-père comme ma grand-mère. Je souhaitais vaguement qu'ils aient aussi averti mon vrai père, puisque c'était un parent aussi proche que n'importe quel autre. Je me disais que quand même les flics feraient un effort pour le retrouver. Oui, mais il était sans doute comme moi, porté disparu et présumé mort. Malgré tout j'aimerais savoir si mon fils avait péri brûlé.

Cool, a dit Russ. Super.

Qu'est-ce qu'il y a de si super ? j'ai demandé.

Ils ne disent rien de mon truc. Tu vois ce que je veux dire ?

Ouais, j'ai fait. Russ est le genre à idée fixe. Il croyait que personne n'avait remarqué son matériel électronique volé et qu'il était toujours là dans l'arrière-salle du vieux magasin d'alcools en attendant qu'il vienne le chercher pour son entreprise de transport de marchandises.

Comme ça, vous êtes portés disparus ? a dit Richard.

Ouais. Et présumés morts, j'ai ajouté.

Ouah ! Hallucinant. C'est comme si vous existiez pas, les mecs.

L'idée que nous n'existions pas pour de vrai a tellement excité Richard qu'il s'est mis à nous poser tout un tas de questions sur ce que nous allions faire maintenant. C'est comme si vous étiez *invisibles*, les mecs ! Vous avez pas d'empreintes digitales, ni d'empreintes des pieds, rien ! Et même, vous avez pas de *passé*, man !

C'est comme d'être mort sans être d'abord obligé de mourir. C'est incroyablement cool ! Les mecs, je vous envie vraiment.

Puis il a changé de ton, se faisant soudain grave, et d'une voix tendue il a demandé à James, T'as apporté le crack, man ? Le mec est venu ? Tu l'as eu ?

James a dit, Ouais, ouais, ouais, et ils sont tous les deux allés au fond du car où ils devaient sans doute avoir leurs pipes à eau ou Dieu sait quoi, et ils nous ont laissés seuls avec le journal, moi et Russ, sans nous inviter à fumer avec eux. D'ailleurs, je sais pas si j'y serais allé. Russ oui, je pense, mais j'ai pas l'impression que ceux qui prennent du crack aiment partager. Rien que le fait de savoir que Richard et James étaient en train de se défoncer me donnait envie d'avoir un joint, mais comme il y avait du pain et de la mortadelle dans les provisions, on s'est fait deux sandwichs qu'on a mangés en vidant le reste de la bouteille de Diet Coke. Nous n'arrêtions pas de lire et de relire l'article sur l'incendie comme s'il contenait un message secret codé provenant de Bruce ou de nos mères, quelque chose qui dirait, Rentrez à la maison, on vous pardonne tout.

A la fin Russ a déclaré, Il faut que je me débarrasse de mon tatouage.

Ouais, j'ai dit. Mais c'est un permanent, pas vrai ? En fait j'avais presque oublié qu'il en avait un.

Retroussant sa manche, il a tendu le côté intérieur de son avant-bras et l'a examiné un long moment comme s'il appartenait à quelqu'un d'autre. Ces enculés, il a dit. Tu sais quoi ? Après ce qu'ils ont fait à Bruce et à nous, je les déteste, man. J'aurais jamais dû me faire ce tatouage.

C'était un casque nazi vert avec des ailes d'aigle noir et rouge. Au-dessus, le mot *Adirondack* et dessous, *Iron*, mais le tout n'était pas très gros, disons comme une pièce d'un demi-dollar. Pourquoi tu vas pas voir un tatoueur et tu lui demandes pas de le transformer en autre chose ? j'ai dit.

En quoi, par exemple ?

J'sais pas. Un truc plus grand, avec plein de noir dedans. Comme une gigantesque panthère noire prête à bondir et à déchirer de la chair vivante avec ses babines retroussées, ses griffes sorties, ses yeux bien jaunes et tout ça. Ou alors un de ces papillons orange et noir, comment on appelle ça, une danaïde. Ou alors un Black. Un jour j'ai vu un tatouage d'un mec, Malcolm X – tu sais, ils ont fait un film sur lui – et c'était cool parce que celui qui le portait était blanc et ça ressortait vraiment bien.

C'est la panthère que Russ a aimé le plus. Ce sera ma nouvelle identité, il a fait. Ma marque. Je prends le maquis, man. Il se pourrait même que je change de nom.

Tu t'appellerais comment ?

J'en sais rien. Buck, peut-être. Qu'est-ce que t'en dis ?

Ton nom de famille est Rodgers, andouille. Tu veux t'appeler Buck Rodgers ? Un cosmonaute de BD à la con ?

Dans ce cas je changerai de nom de famille.

Et Zombi ? Ça, c'est cool. Tu pourrais être Buck Zombi le mort-vivant.

Peut-être, a-t-il dit, mais j'ai senti qu'il ne le ferait pas parce que malgré tout Russ n'est pas assez radical pour devenir un vrai hors-la-loi. Au fond, c'est un cosmonaute.

Toi aussi tu devrais changer d'identité au cas où les bikers essaieraient de te retrouver, a-t-il dit. Ils vont t'en vouloir de t'être tiré.

C'est à toi qu'ils en veulent vraiment, Buck. Parce que tu leur as volé leurs appareils. Moi, ils croient que je suis mort. Moi et Bruce.

Les gens leur diront qu'ils ont vu un rat de centre commercial du nom de Chappie. Un gamin sans domicile fixe portant un mohawk. T'es vraiment exposé, mon pote. Moi, au contraire, je vais être planqué. Nouveau nom, nouveau tatouage, une nouvelle vie pour ouam. Tu me suis ?

Ouais, bon, peut-être que je vais me laisser pousser les cheveux. Je pensais déjà le faire, j'ai dit. En passant la main sur la partie rasée de mon crâne j'ai été étonné de sentir pas mal de petits nœuds.

T'aurais aussi intérêt à changer de nom. Te vexe pas, mec, mais j'ai toujours trouvé Chappie plutôt nullard.

C'est quand même mieux que Chapman de merde. Mais Zombi, je trouve que ça sonne bien.

En éclatant de rire, Russ a dit, Ouais, Zombi ! Putain de Zombi. Buck et Zombi. Sans noms de famille. Des guerriers de la route, man. Les gladiateurs d'Amérique ! Comme dans *Mortal Kombat* ! a-t-il ajouté en m'envoyant des manchettes et des coups de pied de karaté. Et j'ai répliqué : coup de pied haut, coup de pied bas, coup de poing haut, coup de poing bas, blocage, balayage circulaire, saut, esquive. En un rien de temps nous nous sommes retrouvés à jacasser comme des fous et à tomber sur le lit presque comme si nous étions stone alors qu'en réalité c'était la peur qui nous tenait et que nous n'arrêtions pas d'avoir le fou rire et de tomber pour nous empêcher de penser à ce qui nous avait fait peur.

Russ a calculé qu'on aurait besoin d'à peu près cent dollars pour faire transformer son tatouage. Moi j'aurais bien vu qu'on en économise un peu pour des achats de base tels que l'herbe et la nourriture. Mais les plaques minéralogiques étaient plus à lui qu'à moi puisque c'était lui qui les avait démontées du Ford du pompier et qui avait conduit tout le temps. Du coup, le pick-up aussi lui appartenait en priorité et par conséquent il me semblait qu'il avait le droit de décider ce qu'on ferait de cet argent. Si ç'avait été moi j'aurais jamais essayé de vendre le pick-up et les plaques à Richard et à James parce que je me disais qu'ils n'avaient de l'argent pour rien d'autre que pour du crack, mais Russ a une sorte d'instinct pour la vente. Il sait si les gens veulent quelque chose et s'ils peuvent sortir le fric avant qu'ils s'en rendent compte eux-mêmes.

Le fait que Richard et James soient pas mal dans les vapes au moment de la transaction a dû aller dans son sens, mais je dois admettre que Russ a su leur exposer l'affaire sous un jour particulièrement attrayant, surtout lorsqu'il leur a donné l'idée de planquer la camionnette dans une aire d'exposition de véhicules d'occasion quand ils ne s'en serviraient pas. Vous la déplacez de chez un concessionnaire à un autre, leur a-t-il dit. Vous la mettez au milieu des camionnettes à vendre, vous emportez les plaques avec vous et on ne découvrira jamais rien. Si quelqu'un veut l'essayer, on trouvera pas les clés, les gars se diront qu'il y a eu erreur, et la nuit suivante vous mettez le pick-up ailleurs. Le reste du temps il sera à vous. Comme il est à nous en ce moment.

Oh putain que c'est *malin* ! a dit Richard. Tu trouves pas, James ? Que c'est malin ?

Ouais, a répondu James. Mais ça va nous coûter combien ?

Cinq cents dollars, a dit Russ. Et je vous donne les plaques pour rien. Vous avez besoin des plaques. C'est un Ranger 4 X 4, man, presque neuf.

Ils ont répondu que ça marchait pas et Russ a marchandé avec eux un bon moment jusqu'à ce qu'il finisse par descendre à cent dollars, cinq billets de vingt que Richard a détachés d'un rouleau. Russ les a acceptés en tirant une gueule comme s'il venait de se faire baiser. Il leur a dit où se trouvait exactement le véhicule et bien évidemment ils ont menacé de nous tuer tous les deux s'il n'était pas là. Ils paraissaient avoir beaucoup de sous pour des fumeurs de crack ou même des étudiants, en fait, mais Russ a dit que c'était parce qu'ils avaient toujours ce fric qui leur venait des prêts qu'on leur avait accordés à l'université avant de les virer l'automne dernier.

Puis Russ a pris mon blouson de daim et m'a passé son sweat, me mettant la capuche sur la tête pour qu'on ne voie pas mon mohawk, et nous sommes partis vers un salon de tatouage bien connu en ville. Mais d'abord nous avons fait une halte au parc. Il y a là une petite plage publique où des gens de notre âge se retrouvent autour des tables de pique-nique et achètent de l'herbe, ce que nous avons fait tout de suite en nous adressant à un grand rouquin que j'avais déjà vu au centre commercial. On a partagé un pétard, moi et Russ, et on a bullé un petit moment. Il y avait longtemps qu'on avait pas bullé.

Le soleil brillait et lorsque le rouquin est parti il n'est plus resté que nous, mais il faisait bon et tout était paisible. Assis sur des tables de pique-nique, nous n'avons même pas bavardé. Nous avons simplement suivi nos pensées. Le lac Champlain est immense et le regard porte de l'autre côté jusqu'aux montagnes Vertes du Vermont à quarante kilomètres. L'eau scintillait comme si elle était recouverte de pièces d'argent toutes neuves, et le ciel était d'un bleu éclatant avec quelques colonnes de nuages blancs et cotonneux du côté du Vermont. Les mouettes criaient et descendaient en piqué au-delà de la plage comme de minuscules cerfs-volants de papier, la brise soufflait du lac et nous l'entendions derrière nous siffler dans les arbres qui étaient d'un rouge indécis et d'un vert très clair à cause de tous les bourgeons. C'était un véritable jour de printemps, et même si je n'avais pas plus envie que ça de penser à ce qui nous attendait, j'avais pour la première fois le sentiment que le plus mauvais hiver de ma vie venait enfin de se terminer.

Puis la faim a commencé à nous tirailler l'estomac et nous avons acheté deux parts de pizza et des Coca-Cola au stand qui faisait l'angle des rues Bay et Woodridge, puis nous nous sommes dirigés vers le salon de tatouage quelques rues plus loin. J'ai remarqué à deux reprises le *Press-Republican* en vente dans des distributeurs sur le trottoir, et je me suis arrêté pour examiner la photo et relire la première page.

Tu veux en acheter un comme souvenir ? a dit Russ qui avait l'argent. On devrait peut-être en prendre un tas, tu crois pas ? Pour nos petits-enfants.

Les Zombi n'ont pas de petits-enfants, j'ai dit. Et les Buck non plus, j'ai ajouté, bien que j'aie pensé que s'ils le voulaient ils le pouvaient et que Russ tel que je le connaissais le voudrait sans doute.

A ta guise, mec, il a dit en mettant une pièce de vingt cents, puis une autre de dix dans la machine. A la suite de quoi il l'a nettoyée, prenant d'un coup les neuf ou dix exemplaires et les mettant sous son bras comme s'il était un de ces petits livreurs de journaux qu'on voit dans les vieux films. Edition spéciale, tout sur le garçon qui a disparu dans l'incendie. Sur le motard carbonisé. Les parents en état de choc. Je ne peux pas croire qu'il soit mort ! a dit la mère en pleurant. C'était un brave gosse, au fond, a déclaré le beau-père. Toute la ville en deuil !

Le salon de tatouage s'appelait *Art-O-Rama*, Art étant le nom du tatoueur. C'était une vieille boutique qui ne payait pas de mine dans une allée partant d'une ruelle, mais elle était réputée dans toute la région parce qu'elle avait la clientèle des mecs de la base aérienne. Y venaient aussi des ados qui avaient plus ou moins le style punk du moment qu'ils pouvaient produire une pièce d'identité prouvant qu'ils avaient dix-huit ans ou plus – ce que moi et Russ étions évidemment en mesure de faire. Nous n'avions jamais encore vu ce type mais nous avions apprécié le résultat de son travail sur divers copains du centre commercial et nous le trouvions bien. De plus, Russ avait fait faire son tatouage d'Adirondack Iron par un spécialiste des Harley Softtail, à Glen Falls. Ce mec-là ne s'occupait que des fans de Harley, et comme c'était par ailleurs un biker il connaissait tous les autres bikers des régions du Nord. Il n'était donc pas question de revenir le voir.

Art était un vieux, il avait au moins quarante ou cinquante ans, et il avait tout le corps – ou au moins ce qu'on pouvait en voir – couvert de tatouages incroyables, pour la plupart des dragons crachant du feu et des symboles orientaux, mais sans aucun de ces motifs ringards tels que le drapeau américain ou des Betty Boop ou des Amours avec leurs flèches comme en ont certains mecs de son âge. A peine remuait-il que tous les tatouages bougeaient avec lui. On aurait dit que sa peau était vivante et possédait une volonté à elle, que son corps à l'intérieur suivait les ordres de sa peau comme chez les serpents.

Russ lui a expliqué ce qu'il souhaitait – ça s'appelle une surcharge – et Art lui a montré tout un tas d'images de panthères. Après beaucoup d'hésitations Russ a fini par choisir celle qui me paraissait aussi la meilleure à cause des crocs et des yeux qui étaient vert émeraude. Art a dit que ce serait cinquante dollars pour une de ces images, ou alors soixante-quinze pour la surcharge plus un autre tatouage de même taille, et Russ n'a pas pu s'empêcher de marchander, sauf que je me suis soudain aperçu que c'était pour moi qu'il marchandait, pas pour lui. Car Art s'est adressé à moi en disant, Bon, jeune homme, c'est calme, aujourd'hui, alors choisissez ce qui vous plaît là-dedans. Et il me tendait un vieux livre de dessins tout bosselé.

Trente dollars pour la panthère, a-t-il déclaré, et trente dollars pour un autre motif tant que vous le prenez parmi ceux-ci. Puis il a allumé une cigarette et pendant que je feuilletais le catalogue de tatouages il s'est mis au travail sur l'avant-bras de Russ.

La vibration de l'aiguille me faisait penser aux ailes d'un colibri. Elle ne me paraissait pas du tout dangereuse, et chaque fois que je regardais Russ je constatais qu'il ne grimaçait pas et ne plissait pas les yeux de douleur. Ça fait mal ? j'ai demandé.

Non, il a répondu. C'est comme si tu te mets un glaçon sur le bras. Sauf au début parce que c'est chaud et ça picote.

Certains dessins m'attiraient plus que d'autres, par exemple des palmiers devant un coucher de soleil et un loup en train de hurler sur une montagne, mais je me disais que c'était pour des adeptes de l'écologie, des végétariens ou des gens comme ça plutôt que pour des mecs de mon âge. Les têtes coupées avec des serpents qui sortaient par les orbites, les couteaux dégouttant de sang et les jokers qui tiraient d'énormes langues rouges, tout ça me plaisait aussi mais allait mieux aux accros de heavy metal. Et même si le heavy metal était un peu mon truc à cette époque je voulais pas m'engager pour l'avenir. Un tatouage est éternel même si on se le fait recouvrir comme Russ. Il faut donc choisir un motif avec lequel on peut évoluer.

Puis j'ai trouvé ce que je voulais. C'était un drapeau de pirates, mais sans le drapeau, rien que la tête de mort devant les tibias croisés, et ça m'a fait penser à Peter Pan à cause d'un livre que j'avais quand j'étais môme et que ma grand-mère me lisait quand je voulais. J'adorais ce livre. Je me rappelle avoir examiné les illustrations de très près comme on le fait quand on est tout petit et avoir posé des questions à grand-mère sur le drapeau qui me faisait un peu peur, mais elle a répondu que c'était un truc du capitaine Crochet et des pirates pour faire croire aux gens qu'ils étaient méchants alors que la seule chose qui les intéressait c'était de découvrir des trésors cachés. C'est une histoire intéressante. Peter Pan va dans une grande ville à la recherche de son ombre perdue et il tombe sur des gosses de riches qui ont des parents qui ne les aiment pas. Il leur apprend à voler et les emmène dans sa cachette sur une île où ils vivent toutes sortes d'aventures en luttant contre le capitaine Crochet et les pirates. Il y a une princesse indienne et une fée invisible du nom de Clochette qui aident Peter Pan et les gosses de riches à battre les pirates, et cette île devient un endroit carrément cool pour eux. Elle s'appelle le Pays Imaginaire parce qu'il n'y a pas d'adultes et qu'on peut y rester enfant pour toujours. Mais les enfants finissent par regretter leurs parents. Ils veulent rentrer chez eux et grandir comme tout le monde et ils sont donc obligés de laisser Peter Pan tout seul sur son île. C'est une fin qui est triste. Même si Peter Pan a récupéré son ombre.

En tout cas je me suis dit qu'un tatouage est comme le drapeau d'une seule personne et j'ai opté pour la tête de mort et les os en croix comme celui du capitaine Crochet, sauf que je ne voulais pas la tête. Rien que les os. Le crâne m'écœurait un peu et j'étais presque sûr que j'en aurais marre de le voir après quelques années. Je me disais, le X désigne l'endroit qu'on cherche, il signifie Malcolm X comme dans le film, il veut dire le Trésor est Caché Ici, et aussi Croisement comme sur les panneaux et plein d'autres choses. Et puis quand les gens le verraient ils croiraient que je suis méchant même s'il n'y avait pas le crâne et je trouvais ça très bien. Chaque fois que je le regarderais je me souviendrais de *Peter Pan* et de ma grand-mère qui me le lisait quand j'étais môme. Russ a trouvé que j'avais fait un excellent choix mais c'est seulement le côté méchant qui l'intéressait. Je n'ai pas trouvé utile de lui raconter le reste.

J'ai demandé à Art de le graver à l'intérieur de mon avant-bras pour que je puisse le faire voir aux gens en saluant le poing levé ou paume contre paume. Et je pouvais me le montrer rien qu'en tournant le bras. Le tatouage proprement dit piquait en fait beaucoup plus que Russ l'avait dit, et c'est resté brûlant tout le temps qu'Art a travaillé. En plus, ç'a été encore douloureux après, mais quand Art a eu fini c'était méchamment beau à part la peau tout autour qui était rouge et enflammée. C'était une véritable œuvre d'art. Les os avaient de gros cartilages au bout, comme des fémurs, et tous les détails y étaient. Ce mec-là savait dessiner.

Oh putain, mec ! a dit Russ et sa main gauche a claqué dans la mienne. T'as les *os* ! m'a-t-il dit. Je voyais que Russ aurait à présent préféré ne pas s'être fait tatouer une panthère, mais c'était trop tard.

C'est *comme ça* que tu devrais t'appeler, a-t-il dit. L'os. *Bone*. A cause de ton tatouage. Laisse tomber Zombi, man, ça fait penser que tu fais du vaudou ou une connerie bizarre comme ça, de l'occultisme. De l'os, c'est *dur*, man. Dur. C'est universel, man.

Ouais, oublions Zombi. Bone, c'est cool, j'ai dit à mon tour. J'étais sérieux et je me voyais déjà en tant que Bone. L'os. Et toi, tu vas te servir de Buck comme nom ? je lui ai demandé. Je me disais que Buck et Bone ça faisait débile. Genre *country and western*. Pourquoi pas Panthère ? C'était une suggestion, pour qu'il ne regrette pas trop son tatouage, mais au fond je ne trouvais pas Panthère très bien pour un bavard comme Russ. Je l'avais dit comme ça.

No-on. Je vais garder Buck pour l'instant, a-t-il répondu. Comme le fabricant de couteaux. Buck. Ou comme le cerf à douze cors*, man. Tu vois, dans la pub pour la compagnie d'assurances.

Ouais. Ou comme dans *Bambi*.

J't'emmerde, connard, a-t-il dit. Je voyais qu'il était en colère et que je l'avais blessé en parlant ainsi de son surnom et de son tatouage.

Allez, je plaisantais. Bone aime se marrer, tu sais.

Il a répondu bien sûr, a payé les tatouages et nous sommes sortis. A part le fait que Russ était de mauvais poil je me sentais super-bien comme si j'étais une personne toute neuve avec un nouveau nom et même un nouveau corps. Ma vieille identité de Chappie n'était pas morte mais c'était devenu un secret. Un tatouage vous fait ce genre de choses : il vous fait penser à votre

---

* *Buck* signifie souvent "cerf". *(N.d.T.)*

corps comme à un costume particulier que vous pouvez mettre ou enlever chaque fois que vous en avez envie. Un nom nouveau, s'il est suffisamment cool, a le même effet. Et faire l'expérience des deux en même temps c'est connaître le pouvoir. C'est le genre de pouvoir que tous les super-héros possédant des identités secrètes connaissent du fait qu'ils sont capables de se transformer d'une personne en une autre. Vous avez beau croire que vous savez qui il est, ce mec-là est toujours quelqu'un d'autre.

7

BONE EST ROI

Après avoir payé ses tatouages à Art, il ne restait plus à Russ qu'une trentaine de dollars, ce qui a, comme on dit, limité nos possibilités. Et nous n'avions rien à vendre sinon, à la rigueur, mon blouson en daim. Ça et les quelque neuf ou dix exemplaires du *Press-Republican*. Russ a tenté de s'en débarrasser contre quelques pièces, mais c'était déjà l'après-midi et ça n'intéressait plus les citoyens. Et puis nous n'avions plus d'endroit sûr où crécher, à part le car scolaire auquel Russ a sagement renoncé lorsque je lui ai rappelé que les frères Lapipe allaient à tout coup déconner et se faire coffrer en conduisant notre pick-up volé.

Les fumeurs de crack, man, ils font vraiment de grosses conneries, j'ai dit.

Ouais, mais eux, c'est des étudiants.

Tu parles. Rien à foutre, que ce soient des étudiants. Faut vraiment avoir la cervelle ramollie par la pipe pour payer cent dollars les plaques et les clés d'un pick-up volé dans un *Stewart's* à moins de quarante kilomètres d'ici. Ils seront pas plus tôt arrêtés que ces abrutis vont essayer de nous rendre responsables et révéleront notre identité secrète. Et si on revient au car, les flics vont instantanément nous prendre au piège.

Russ a répondu ouais mais qu'en fait Richard et James ne connaissaient pas nos noms secrets, seulement nos vieux noms, et j'ai alors dû lui rappeler que c'était pareil, que c'étaient Chappie et Russ nos noms secrets à présent, pas Bone et Buck. Je sais pas pourquoi, mais j'avais vraiment du mal à l'appeler Buck. Il avait bien un peu l'air d'un cerf – comme ce nom l'indiquait – un jeune, un quatre cors, peut-être, gauche, la face longue, les yeux grands et bruns, le poil marron et raide, les oreilles décollées, mais chaque fois que je devais l'appeler par son nouveau nom je le prononçais avec un léger sarcasme ou alors ma langue fourchait et je disais Beurk ou Fuck. On aurait pourtant pu croire qu'un mec qui savait parler comme Russ se serait choisi un nom plus facile à prononcer et plus inspirant pour la pensée.

En tout cas, il a admis qu'il était trop dangereux de revenir au car scolaire et il a dû convenir que même si personne ne croyait les frères Lapipe quand ils passeraient aux aveux, se tortillant dans tous les sens pour échapper à une inculpation de vol de véhicule en faisant porter le chapeau à deux pauvres disparus, présumés morts, qu'ils avaient repérés sur le journal, il était certain que les flics surveilleraient le car scolaire quelque temps.

Il nous fallait bien pourtant aller quelque part. On pouvait pas rester à zoner dans le centre commercial ou dans les rues avec le risque de voir débouler Joker ou un autre biker, sans parler des flics – même si je pensais que les bikers s'étaient déjà tirés à Buffalo ou Albany. En plus, malgré notre nouvelle identité il n'était pas question pour nous de partir en stop pour une destination comme la Floride ou la Californie, une destination éloignée où nous pourrions recommencer nos jeunes vies. Du moins pas avant qu'on ait décidé de nous enlever de la liste des disparus en nous laissant dans celle des présumés morts et qu'on arrête de surveiller l'autoroute Northway pour vérifier qu'on n'était pas en train de tendre le pouce en direction du sud. Ça pouvait prendre des mois.

Je me suis demandé si on avait mis nos portraits sur des bricks de lait avec ceux d'autres gosses disparus. Dans un sens je l'espérais, même si la dernière photo que ma mère avait de moi datait de la sixième. A l'époque j'avais onze ans, des cheveux longs, l'air vraiment idiot et encore plus jeune que mon âge. J'avais dans l'idée, autrefois, que tous les gamins disparus vivaient ensemble dans une baraque quelque part, disons en Arizona, qu'ils étaient tous devenus potes et se marraient bien le matin au petit déj' quand l'un d'eux ouvrait le frigo et en sortait le brick de lait pour les céréales.

Russ s'est mis à réfléchir et il a dit qu'il connaissait une maison de campagne à Keene juste un peu plus bas que chez sa tante – cette tante dont sa mère disait qu'il était le fils quand elle ramenait des mecs de son bar. Il aimait bien sa tante. C'était la sœur aînée de sa mère, une femme cool, mariée à un type et qui avait aussi des gosses à elle – mais pas Russ, bien sûr. Quelquefois, avant d'être officiellement parti de chez sa mère, Russ venait dormir chez sa tante. Avec ses cousins il s'introduisait dans les maisons de campagne des environs quand les propriétaires n'étaient pas là. Il m'a donc expliqué qu'il y avait une maison au fond des bois, à huit cents mètres de la route qui passait devant chez sa tante, et qu'elle n'avait pas de système d'alarme. C'était super-facile d'y entrer, et les propriétaires, qui étaient du Connecticut ou d'un coin comme ça, n'y venaient que l'été. C'est comme un putain d'hôtel, man. Ils ont même de la bouffe planquée en cas d'urgence, une télé et tout.

Comme il nous restait assez d'argent pour prendre le bus de Keene qui nous déposerait à trois ou quatre kilomètres à peine de cette baraque, nous avons décidé d'y aller. Russ a renoncé à fourguer ses journaux pour quelques pièces et il a balancé le tout dans une poubelle. Avant, il avait déchiré la première page d'un seul exemplaire. Pour notre album de souvenirs, man, il a dit. Puis nous sommes allés à la gare routière nous renseigner sur les horaires.

Il y avait un car pour Glen Falls et d'autres destinations vers le sud qui devait partir à peu près dans une heure. Pendant que Russ achetait les billets, j'ai traîné dans les toilettes. Il craignait qu'on soit repérés par des flics si on nous voyait tous les deux en public comme ça. Alors j'ai attendu, et pendant ce temps-là je me suis souvenu de Bruce qui avait l'habitude de venir ici et de se faire sucer la queue par des pédés qu'il dérouillait salement ensuite. Ça m'a semblé bizarre bien que personne d'autre n'y ait jamais rien trouvé à redire. Il s'en vantait et les autres mecs s'excitaient comme des malades. Ils voulaient faire pareil, mais je pense pas qu'aucun d'eux ait jamais osé. Pas parce que c'était contre leurs principes, mais plutôt parce qu'ils balisaient à l'idée que ce soit un mec qui leur fasse une pipe. Ils voulaient que ce soient des femmes qui les sucent. Ce qu'ils faisaient aux pédés, c'était leur taxer leur fric et leur montre. J'ai jamais tellement compris la différence : une pipe est une pipe, me disais-je, mais je n'étais qu'un gamin.

Peu après, le car a été prêt à partir, et Russ est arrivé. Il m'a donné mon billet en me disant de monter en me tenant loin de lui, de m'asseoir tout au fond et de bien regarder où il descendait à Keene. C'est là que nous

nous remettrions ensemble. Il y est allé le premier, et quelques instants plus tard j'ai pris place dans la queue. Nous étions séparés par une dizaine de personnes. Pendant tout ce temps-là je m'attendais à sentir sur mon épaule la main d'un flic qui me rejetterait en arrière juste au moment où je monterais dans le bus, mais je suis entré sans accroc. Je suis passé devant Russ assis à l'avant au troisième rang comme si je ne le connaissais pas et j'ai pris place tout seul dans le fond.

Mais je suis pas resté seul longtemps. Le car avait à peine quitté la gare qu'un mec d'environ dix-huit ans, tout gonflé de muscles et le visage rouge au-dessus d'une pomme d'Adam proéminente, a quitté son siège pour venir s'installer à côté de moi. J'ai su qu'il était dans l'armée de l'air à cause de sa brosse très courte, et cela bien qu'il n'ait pas d'uniforme. Il a aussitôt tiré un demi-litre d'alcool de pêche, en a bu une gorgée et m'en a offert. J'ai refusé silencieusement parce qu'à part la bière l'alcool m'endort et j'avais peur de rater l'endroit où je devais descendre.

Ce type était un véritable moulin à paroles. Il rentrait chez lui à Edison dans le New Jersey pour voir sa petite amie qui avait intérêt à pas s'envoyer en l'air avec quelqu'un d'autre sinon il allait lui foutre une sacrée raclée, blablabla. Il s'était engagé dans l'armée de l'air à cause de l'opération *Tempête du désert* et de la guerre du Golfe qui était vraiment un gros truc au moment où il avait fini le lycée, mais il râlait parce que la seule chose que savait faire l'armée américaine à présent c'était de larguer des vivres à des nègres qui crevaient la dalle en Afrique, blabla, alors que la seule chose qui l'intéressait lui, merde, c'était de botter le cul à quelques cons d'Arabes, est-ce que je le suivais, bla ?

J'ai pas répondu, ce qui n'était pas malin parce que ça a éveillé sa curiosité et il m'a demandé où j'allais.

En Israël, j'ai dit. C'était le premier endroit qui m'était venu à l'esprit.

Ben, merde alors. En tout cas, t'auras plein d'Arabes à dérouiller, là-bas. Tout l'OLP et ces autres tarés. T'es juif ?

Oui. Mais pas un juif ordinaire, j'ai dit. Et je lui ai raconté que j'étais un type ancien de Juif errant, un de ceux qu'on appelait les Lévitites – un nom que je venais d'inventer et dont j'ai dit qu'il se traduisait par "mangeurs d'écorce", car ce sont les descendants de la Tribu perdue qui s'est installée au Canada et dans le nord de l'Etat de New York avant les Vikings. Bien qu'au cours des siècles quelques-uns d'entre nous aient épousé des Indiennes et aient abandonné les vieilles traditions juives, nous sommes un petit nombre à y être restés fidèles jusqu'à l'époque moderne et maintenant nous réémigrons petit à petit vers notre foyer, c'est-à-dire vers Israël où certaines des techniques que nous avons acquises en vivant pendant des siècles au contact des Indiens du Canada sont très recherchées.

Ben merde alors, il a dit. En Israël ? Et quel genre de techniques ?

Eh bien, par exemple pister l'ennemi en terrain rocheux et passer des journées dans le désert sans eau, ou supporter la torture.

Mais tu peux pas connaître ce genre de truc. T'es qu'un gamin.

Ça fait partie de notre entraînement dès la petite enfance. Nous passons un certain nombre d'années dans les réserves à apprendre ces techniques indiennes au cas où il y aurait un nouveau soulèvement nazi, et puis pendant les vacances d'été et même après, nos pères

transmettent à leurs fils tout le reste de la tradition juive.
Les mères enseignent des choses différentes aux filles.

Comme quoi ?

Elles nous le disent pas. Les juifs et les Indiens gardent
les filles et les garçons assez à part. Le mec avait vraiment mordu au truc, et moi aussi d'ailleurs, de sorte que
je suis resté assis à lui bourrer le crâne avec mes histoires jusqu'à Keene et que j'ai failli ne pas voir Russ se
lever lorsque le car est venu se ranger puis s'arrêter près
d'un restaurant. Il faut que je descende, j'ai dit au militaire.

Je croyais que t'allais en Israël.

Ouais, mais mon père, qui est vieux, habite près d'ici
et il faut que je lui dise au revoir et que j'aille sur la
tombe de ma mère. C'est un des juifs qui ont épousé
une Indienne, j'ai ajouté en baissant ma capuche pour
lui montrer mon mohawk. Bien qu'il ne soit plus hérissé
par du gel, que la capuche l'ait aussi aplati et que j'aie
toutes ces petites repousses de cheveux, il me donnait
encore l'air à moitié indien, au moins pour ce mec du
New Jersey.

Hé, bonne chance, mec, il a dit en me serrant la main
à l'écraser. Comment tu t'appelles ?

Bone.

Cool, il a dit en me faisant au revoir d'un geste tandis
que je me dépêchais de quitter le car et de rejoindre
Russ qui, debout dans le parking du restaurant, m'attendait avec impatience.

Nous avons suivi une vieille route de terre qui serpentait et montait sans arrêt. Elle était bordée de maisons à moitié en ruine, petites pour la plupart, avec du
plastique sur les fenêtres et des vieilles voitures qui

rouillaient dans les cours. Il nous a fallu pratiquement une heure pour arriver à l'embranchement de la route menant à la maison de campagne. De temps à autre nous passions devant une allée qui s'enfonçait dans les bois derrière des piliers de pierre et de beaux panneaux où on avait gravé des noms comme Brookstone et Moutainview. Les riches n'aiment pas qu'on puisse voir leur maison depuis la route, mais on dirait qu'ils ne veulent pas non plus qu'on oublie leur existence.

Nous avons donc tourné à un panneau marqué Windridge. Une chaîne avait été tendue en travers du chemin pour empêcher les voitures d'aller plus loin. Nous l'avons simplement enjambée. Une grande pancarte portait l'inscription *Entrée interdite* et il y en avait aussi d'autres plus petites, avec la mention *Chasse interdite*, mais les gens du coin les avaient criblées de balles – leur façon de dire je t'emmerde. L'allée était en fait un long sentier plutôt étroit qui passait entre des vieux pins de haute taille où soufflait le vent. Tout était sombre, là-dedans, et ça donnait un peu la chair de poule. Le sol s'enfonçait sous nos tennis à cause des aiguilles de pin et nous avancions sans mot dire. Ce qui nous rendait nerveux, c'était moins les panneaux placés au bord de la route nous interdisant d'entrer, que l'atmosphère en général. Car on se serait cru dans un mauvais conte pour gosses où une méchante sorcière vous attend dans une cabane au bout du sentier dans la forêt.

Mais quand nous sommes sortis des bois, au lieu d'une cabane de sorcière nous avons vu une énorme maison plantée à flanc de colline avec plein de terrasses et de vérandas, des hectares de pelouse, une piscine recouverte, un court de tennis, des garages, des petits chalets pour les invités et ainsi de suite. Ils avaient même une antenne parabolique pour eux tout seuls. C'était sans conteste la maison la plus grande et la plus luxueuse que j'avais jamais vue de mes yeux. On se serait cru dans une plantation coloniale.

Ces gens-là, ils habitent ici seulement pendant leurs vacances ? j'ai demandé à Russ.

Ouais. Ma tante bosse pour eux, elle fait le ménage quand ils sont là. Le mec c'est un grand professeur ou un truc du genre, la femme, une artiste peintre. Ils sont pas mal célèbres, je crois.

Les fenêtres étaient fermées par des volets en bois et il ne semblait pas facile de pénétrer dans la maison, mais Russ a dit qu'il avait repéré un moyen d'entrer un jour où il était venu aider sa tante à emporter des vieux objets à la décharge dans le pick-up de son oncle. Tu peux pas t'imaginer les bons trucs qu'ils jettent, man. Des trucs bien. Ma tante les garde presque tous. Elle a meublé la moitié de sa maison avec des machins que ces mecs-là virent dans les ordures.

Nous avons gravi la colline pour contourner la maison et nous sommes arrivés par l'arrière au niveau du porche du premier étage. Il était fermé par un grillage fin. Russ a grimpé sur une des poutres de soutien, et tout en se tenant d'une main il s'est servi de son canif pour taillader le grillage et pénétrer dans le porche. Je l'ai suivi, et j'avais à peine eu le temps de monter qu'il avait déjà forcé une porte coulissante en verre et qu'il était passé à l'intérieur. J'ai écarté les rideaux et je suis entré à mon tour d'un pas tranquille, comme si nous habitions ici et que c'était notre manière habituelle de rentrer.

Il faisait sombre dans la maison du fait que les volets étaient tous fermés et les rideaux tirés, mais j'ai senti une odeur de peinture fraîche et j'en ai déduit que c'était là que la femme avait son atelier de peinture. J'ai commencé à ouvrir les rideaux des portes en verre, mais Russ m'a dit, Fais pas ça, mon oncle surveille la maison. On le paie pour venir ici une fois par semaine et vérifier qu'il y a pas eu d'effraction.

Nous avons passé un moment à avancer à tâtons dans l'obscurité en cherchant des bougies, puis nous sommes entrés dans un couloir qui partait de l'atelier. Soudain un téléphone s'est mis à sonner juste à côté de moi, ce qui m'a foutu une trouille bleue. Nous avons alors entendu une voix d'homme. Bonjour, vous êtes bien à Windridge ! Si vous voulez parler à Bib ou à Maddy Ridgeway, vous pouvez les joindre au 203-556-5101 où ils seront ravis de recevoir votre appel. Cette machine, malheureusement, ne prend pas de message. Au revoir !

Bordel ! C'est *quoi*, ce machin ? j'ai dit.

C'est un répondeur, ducon. Mais ce que ça veut dire, c'est que l'électricité est branchée, a dit Russ en se mettant à explorer le mur près de la porte jusqu'à ce qu'il trouve un interrupteur et allume un plafonnier. Que la lumière soit, man ! a-t-il dit.

Après ça, on a fait comme chez nous. On a passé toute la maison en revue, regardant dans les placards, les tiroirs et les armoires comme si nos parents étaient partis pour le week-end. La seule pièce que nous avons refermée et dans laquelle nous ne sommes plus revenus, sauf lorsque nous avions besoin de sortir, c'était l'atelier. Parce que Russ avait peur que son oncle, s'il venait, aperçoive de la lumière à travers les rideaux. Mais il y avait plein d'autres chambres aux fenêtres bien fermées par des volets dans lesquelles nous pouvions farfouiller et aussi un petit salon avec des bibliothèques, un tas de têtes d'animaux et d'oiseaux empaillés, une cuisine gigantesque et un office avec des centaines de boîtes, du concentré de tomates, des soupes, des haricots, toutes sortes d'aliments y compris des trucs étranges dont j'avais jamais entendu parler comme des huîtres fumées, des anchois et des macles. Ils avaient aussi d'énormes bocaux pleins de spaghettis aux couleurs bizarres, des riz et des flocons d'avoine incroyables, du café soluble, du thé glacé soluble, du Tang en poudre, en fait tout ce qu'il nous fallait plus un grand congélateur et deux réfrigérateurs complets mais vides et débranchés.

Bien entendu la chaudière ne marchait pas et il faisait plus froid dedans que dehors. On sentait partout l'humidité et la moisissure, la maison était restée fermée tout l'hiver, mais elle était quand même confortable et Russ a dit qu'on pourrait allumer un feu dans le séjour après la tombée de la nuit quand la fumée ne serait plus visible. Il pensait aussi qu'il devait y avoir des convecteurs électriques. Mais, après notre dernière aventure avec un radiateur, l'idée ne me paraissait pas très bonne et j'espérais à moitié qu'il n'en trouverait pas. Ce qui a été le cas.

J'ai essayé un robinet dans la cuisine mais rien n'est sorti. Alors j'ai dit à Russ, Hé, l'eau est coupée. Comment est-ce qu'on va pisser et chier, man ? On peut même pas se laver.

Russ a répondu que nous pourrions peut-être trouver nous-mêmes le moyen de remettre l'eau. Nous avons donc cherché un bon moment et nous avons abouti à la porte menant à la cave. En y descendant nous avons découvert un matériel de camping incroyable sur les étagères près de l'escalier. Il y avait là des sacs de couchage, et nous en avons pris deux pour nous parce que les lits n'avaient ni couvertures ni draps. Il nous a fallu quelque temps avant d'arriver à localiser le conduit amenant l'eau du puits jusque dans la maison. Russ n'a eu qu'à tourner une poignée sur le tuyau et à appuyer sur le bouton *ON* de la pompe. En quelques secondes nous avons entendu la tuyauterie de toute la maison gargouiller et résonner de coups. Que l'eau soit ! s'est écrié Russell. Puis il a mis en marche le chauffe-eau électrique en disant, Que l'eau *chaude* soit !

Nous avons posé nos sacs de couchage sur les deux lits de la grande chambre au premier étage. Elle avait sa propre salle de bains avec un miroir entouré de lampes comme celui d'une star de cinéma. Puis, après avoir profité de ce bel éclairage pour presser quelques-uns de nos boutons et bien examiner nos tatouages, nous avons pissé dans la cuvette des W.-C. et nous sommes redescendus dans la cuisine où nous avons fait cuire un peu de ces drôles de spaghettis verts qui se trouvaient là.

Les spaghettis n'étaient pas mauvais mais ils avaient tendance à se coller en paquets. On les a préparés avec de la sauce tomate et une boîte de thon, et on s'est installés à la grande table de la salle à manger où on a mis de superbes assiettes à bordure dorée. On s'est versé du thé glacé instantané dans de jolis verres à pied, mais sans glaçons évidemment. Russ s'était assis à un bout de la table et moi à l'autre, et on a discuté comme si on était les fils adolescents de Bib et de Maddy Ridgeway en vacances à la maison, revenus de leur luxueux lycée privé tandis que Bib et Maddy seraient encore dans le Connecticut à gagner encore plus d'argent pour nous acheter encore plus de bonnes choses.

Aurais-tu l'obligeance de me passer le sel, cher frère ?

Mais certes, avec grand *plaisir*, et voudras-tu reprendre un peu de ces délicieux *spaghettis* verts ? Ils ont la couleur des vieux billets de banque, n'est-ce pas une idée des plus *charmantes* ? Je vais demander à Jérôme, le sommelier, de nous en apporter.

Oh, *merci*, très cher frère, quelle *délicatesse* de ta part.

La première nuit que j'ai passée dans la maison de campagne a été la meilleure que j'avais connue depuis longtemps, même si je savais que nous ne resterions pas longtemps ici et que nous étions en quelque sorte des cambrioleurs. Evidemment, puisque j'étais à présent un être qui fuyait la justice et que j'étais voué à une vie de délinquance, l'idée d'être un petit cambrioleur ne me touchait pas beaucoup. Dès qu'on coupe les ponts avec le passé comme nous l'avions fait, on s'en va pour de bon. Il n'y a plus de près ou de loin, tout se ramène à une chose : on est parti.

Après notre dîner, on a regardé la télé un moment, mais comme nous n'arrivions pas à faire marcher l'antenne parabolique l'image est restée mauvaise et nous n'avons pu recevoir que Channel 5 de Plattsburgh. Nous avons vaguement regardé Sally Jessy Raphael, puis est venue l'heure des informations locales où ce qu'on a dit de l'incendie était en gros la même chose que dans le journal, mais avec moins de détails et quand même une différence : à présent on supposait que nous avions péri dans le feu, et nous n'étions plus donc portés disparus. Ça nous a hyper-excités et nous avons levé et baissé le poing en criant *Su-per !* et en espérant voir nos mères interviewées, mais le présentateur est passé à un truc sans intérêt sur les impôts, la date limite de paiement étant le jour même.

Après les informations c'était *Jeopardy* et nous avons donc éteint la télé. Nous nous sommes mis à fouiller dans les cassettes et les CD des Ridgeway mais ils n'avaient que de la musique classique et Russ a dit qu'il n'était pas question d'écouter cette merde. Moi, un peu de classique m'aurait pas déplu. Je me rappelais que j'avais bien aimé la fois où j'en avais écouté dans la voiture du mec qui m'avait ramené du centre commercial à Au Sable. Il y avait une radio portable dans la cuisine et nous avons trouvé une station de Lake Placid qui diffusait un assez bon rock. On la recevait bien, distinctement, et elle passait des chansons de mecs assez anciens comme Elton John et Bruce Springsteen. Du coup, moi et Russ on s'est amusés quelque temps à se foutre de leur gueule.

Plus tard, quand nous avons vu qu'il faisait nuit, nous avons cherché du bois à brûler. Comme nous n'en trouvions pas dans la maison, nous avons remarqué qu'il y avait pas mal de meubles, surtout dans le séjour, faits avec de vieux bâtons et des bûches : en général des branches de bouleau encore brutes, avec l'écorce et tout, assemblées en tables et en chaises branlantes comme des gosses en auraient fait pour une cabane. Ça ne nous paraissait pas être le genre de truc que les riches apprécient, et comme en plus ça se démontait facilement nous avons fait un feu avec une des chaises. Puis nous nous sommes allongés devant la cheminée sur des coussins que nous avons pris sur un canapé et nous nous sommes détendus.

Au bout d'un moment on a senti que tout serait parfait si on avait de l'herbe et Russ s'est mis en tête que les Ridgeway devaient prendre de la dope parce qu'ils étaient du genre artistes célèbres et que sa tante avait dit qu'elle en avait même vu en faisant le ménage.

Où est-ce qu'elle en a vu ? j'ai demandé.

J'en sais rien, elle l'a pas dit. Mais on n'a qu'à se mettre à renifler, man. Là-dessus il s'est relevé d'un bond et il a commencé à fouiller dans les tiroirs des tables, dans le bureau, et même derrière les livres sur les étagères. Allez, Bone, donne-moi un coup de main, d'accord ? a-t-il dit. Pour ma part, je pensais que quelqu'un qui fermait sa maison pour l'hiver n'allait pas laisser son herbe dedans, mais je l'ai aidé rien que pour qu'il se taise.

J'ai passé un moment à chercher dans la cuisine puis je suis monté dans la grande chambre où nous avions mis nos sacs de couchage. J'ai cherché dans les placards et les commodes sans rien trouver. A la fin j'ai ouvert le tiroir d'une table de chevet et je me suis soudain vu en face d'un sachet en plastique contenant une vingtaine de jolis petits joints déjà roulés.

Excellente découverte.

J'ai alors aperçu un tas de préservatifs et je me suis dit qu'il y avait même peut-être de la coke, là-dedans, parce qu'on devient gourmand quand on a une telle chance. J'ai donc plongé la main jusqu'au fond du tiroir et j'ai senti quelque chose que j'ai instantanément reconnu comme étant un pistolet et une petite boîte de balles.

J'ai descendu les joints et les préservatifs et je les ai montrés à Russ, mais pas le flingue ni les balles. Je ne lui en ai même pas parlé et je me demande pourquoi sauf que peut-être je trouvais qu'il s'excite trop facilement pour lui faire confiance avec ce genre de truc. Quoi qu'il en soit nous avons partagé les joints en deux parts égales et je lui ai donné toutes les capotes parce que je ne savais pas quand je m'en servirais – ni même si je m'en servirais un jour – tandis qu'il disait les vouloir parce qu'il avait l'intention de baiser des beautés du coin. Nous nous sommes ensuite assis sur le tapis devant le feu, nous avons fumé un joint chacun et la soirée a été absolument parfaite.

Plus tard je lui ai demandé dans combien de temps les Ridgeway monteraient du Connecticut.

Dans longtemps, man. Pas avant juin, sans doute. Ils ne viendront qu'après la saison des mouches noires.

Relax, mon pote. Pendant les deux mois qui viennent cette maison sera à nous.

Et ton oncle ? Il ne vient jamais à l'intérieur pour voir si tout se passe bien ?

Non. Il fait juste le nécessaire. Il arrive, il regarde autour de la maison et la plupart du temps il descend même pas de sa camionnette. Puis, environ une semaine avant de monter, les Ridgeway lui téléphonent. Alors il revient mettre l'eau, le chauffage, tout ça.

Comment est-ce qu'on saura que c'est le moment de se tirer ?

Il faudra qu'on guette le bruit de son pick-up, et je pense qu'on devra partir par le même chemin qu'on a pris pour entrer.

Et après ?

Quoi ?

Après qu'il sera venu et qu'on sera partis. Où est-ce qu'on ira, après ça ?

J'en sais rien. Putain, Bone. On se mettra à ramer quand on sera arrivés à la rivière, d'accord ?

J'avais l'impression que Russ ne s'était pas plongé aussi profondément que moi dans cette nouvelle façon de vivre. Chaque fois que j'abordais le sujet de la Floride ou de la Californie ou de notre avenir il détournait la conversation, ou alors il disait qu'on ramerait quand on serait à la rivière, comme si on n'était pas déjà assez dans la flotte. Ce qui me donnait l'impression d'avoir totalement changé, d'être une autre personne avec un nouveau nom, une attitude différente, même une nouvelle coupe de cheveux, tandis que Russ, lui, n'avait rien modifié. A présent j'étais Bone, c'était certain, mais Russ restait toujours Russ.

Après les premiers jours le temps s'est mis à passer toujours plus lentement, de sorte qu'à la fin on aurait dit qu'il ne s'écoulait plus du tout. On a commencé à s'ennuyer sérieusement. On ne pouvait même pas avoir la vue sur les montagnes par les fenêtres parce qu'elles étaient fermées par des volets. Il faisait noir à l'intérieur, et, du coup, nous laissions les lumières allumées nuit et jour et dormions n'importe quand, c'est-à-dire, en fait, la plupart du temps. Nous regardions beaucoup la télé, l'unique chaîne minable de Plattsburgh aux images comme striées de flocons de neige, et nous avons bien essayé de nous amuser avec quelques jeux de société débiles que nous avions trouvés, mais nous nous sommes aperçus que ça remplace pas les jeux vidéo, c'est certain. Il faut donc croire que les Ridgeway n'étaient pas le genre à avoir des jeux vidéo. Ce qu'ils avaient, c'étaient des vidéocassettes de gym avec Jane Fonda. On les a regardées sur le magnétoscope, et ça nous a branchés quelque temps à cause des collants de Jane et ce genre de chose, mais à la fin ni Russ ni moi n'avons plus supporté les couinements. On mangeait surtout des spaghettis et parfois, pour changer, du riz ou des flocons d'avoine. Et pour boire on prenait du thé glacé sans glaçons, du café instantané et du Tang, le tout formant un régime dont on peut se dégoûter pas mal vite.

Dans le salon où se trouvaient les têtes d'animaux et les oiseaux empaillés il y avait des centaines de livres, mais sans intérêt eux aussi – du moins les quelques-uns que j'avais eu envie d'ouvrir à cause de leur titre qui suggérait un peu de sexe, par exemple *l'Evolution et le désir*, un bouquin totalement merdique dont j'ai même pas pu finir la première page. Il y en avait un autre dont je me souviens, *Au-delà du principe de plaisir*, que j'avais cru être un manuel de technique sexuelle sauf qu'il n'y avait pas d'illustrations, et un autre, *Finnegans Wake* dont j'avais espéré que ce serait une histoire de meurtre avec une bonne intrigue et qui en fait était écrit dans une langue bizarre où on trouvait surtout des mots anglais mais qui était quand même une langue étrangère. Il y en avait tout un tas comme ça. Je ne sais pas pourquoi on écrit des livres que les gens normaux peuvent pas lire, parce que moi en tout cas je pouvais pas et j'ai toujours été assez fort en lecture.

L'oncle de Russ est venu plusieurs fois dans sa camionnette, mais il a fait demi-tour chaque fois et il est reparti sans mettre pied à terre. Au cas où il lui prendrait l'envie de sortir et d'inspecter les portes, nous les laissions fermées à clé. Nous ne nous en servions pas, préférant faire nos allées et venues par la terrasse à l'étage qui nous avait permis d'entrer au début – mais en prenant soin chaque fois de bien remettre en place le bout de grillage découpé. Ainsi, sauf en s'en approchant de très près, il était presque impossible de s'apercevoir que quelqu'un avait pénétré dans la maison. En général nous restions dedans, et quand nous sortions nous rôdions seulement dans la cour. Il n'y avait en effet guère d'autre endroit où aller, parce que, *a)* nous n'avions ni voiture ni argent et nous étions largués au bout du monde dans un coin où il n'y avait aucun lieu pour ados à part un *Stewart's* et un resto sur la route, et parce que, *b)* si jamais la tante de Russ, son oncle, ses cousins ou un nombre indéterminé d'autres citoyens du cru nous apercevaient, ils reconnaîtraient Russ aussitôt et sauraient que nous n'étions pas morts.

En tout cas, au bout de quelques fois, même les sorties se sont révélées chiantes. Nous déambulions un moment dans la cour, nous examinions pour la cinquantième fois le court de tennis sans filet, la piscine vide et tout le reste, mais il n'y avait pas de trucs intéressants pour nous là-dehors comme un ballon et un panier de basket, ou des VTT. Il y avait bien des bûches à brûler dans un abri, mais elles étaient trop difficiles à transporter en passant par la terrasse, et nous avons donc continué à casser le mobilier pour faire du feu le soir dans la cheminée. Nous ne brûlions que les machins faits de bâtons et de brindilles, pas les beaux meubles.

L'intérieur de la baraque commençait à être carrément bordélique, notre source de bois de chauffage se réduisant rapidement, et il y avait tout un tas de minuscules mouches en essaims qui bourdonnaient partout mais surtout dans la cuisine où les assiettes s'empilaient jusqu'au plafond et où la poubelle débordait. Faire la vaisselle n'était notre truc ni à l'un ni à l'autre, ce qui fait que nous nous servions toujours de nouvelles assiettes. Et puis, quand on n'en a plus trouvé de propres, on a retourné les vieilles pour manger sur l'autre face. Les casseroles, on pensait pouvoir les réutiliser sans les laver parce que la cuisson tue les microbes. Il y avait aussi un tas de machins partout que nous n'avions pas rangés parce que nous ne savions plus où nous les avions pris, ou bien nous n'avions pas envie de les remettre à leur place, des machins dont nous nous étions servis et d'autres avec lesquels nous nous étions juste amusés un moment, par exemple les puzzles que nous avions abandonnés dès que nous avions vu combien l'image allait être nulle, et il y avait des serviettes de bain, des boîtes de concentré de tomates vides, des vêtements de M. Ridgeway que nous avions commencé à mettre même s'ils étaient trop amples et ringards à souhait, entre autres un pantalon écossais vert, des polos avec un crocodile brodé dessus et des caleçons de vieux que j'aimais bien porter mais par-dessus le pantalon plutôt qu'en dessous. La maison était un vrai foutoir.

C'était peut-être à cause de la tension qui nous gagnait d'être enfermés comme ça à nous emmerder à mort dans ce dépotoir, j'en sais rien, mais au bout de quelques semaines on a commencé, Russ et moi, à nous houspiller un peu, rien que des disputes minables à propos de rien, des trucs du genre qui va faire cuire les spaghettis ou bien, est-ce qu'on va regarder *Jeopardy* ou pas – c'était une émission que j'avais fini par suivre faute de mieux, mais Russ affirmait qu'il détestait les petits intellos qui donnaient toutes les réponses avant lui, et pourtant il essayait de faire croire qu'il les savait.

C'étaient pas vraiment des grosses disputes, mais nous avons commencé à nous éviter. Nous avons même porté nos sacs de couchage dans des chambres séparées et nous avons pris des salles de bains différentes. Au total il y a eu parfois des journées entières où nous ne nous sommes pas vus, et nous ne savions même plus si on était le jour ou la nuit sauf d'après les émissions de la télé ou si on mettait le nez dehors pour une raison ou une autre.

On avait évidemment fumé toute l'herbe depuis des semaines et il ne nous restait pas de cigarettes non plus, ce qui devait ajouter à la tension. Quand nous ne dormions pas, nous étions trop agités et en même temps on s'ennuyait trop pour avoir une conversation normale. Deux ou trois joints, une cartouche de Camel Lights, quelques bières Malt 40 auraient aidé à adoucir les rapports entre nous, c'est évident, mais même ça n'aurait marché qu'un jour ou deux. Quand on a passé la plus grande partie de sa vie à planer sous l'effet de l'herbe, il devient difficile d'être sympa quand on n'en a pas.

J'avais déjà commencé à me demander comment ça se passerait si moi et Russ on faisait la route séparément au lieu de rester coincés ensemble ici lorsqu'une nuit, ou peut-être un matin – je ne sais pas parce que j'avais pas regardé la télé depuis un bon bout de temps et que j'étais resté au moins deux jours sans sortir –, Russ est arrivé comme en se traînant dans la chambre d'amis où je dormais et il a déclaré, Chappie, faut que j'te parle.

Bone.

D'accord, Bone. Dé-so-lé. Ecoute, je crois que je vais partir, man, a-t-il dit sans la moindre émotion, comme s'il allait prendre une douche ou un truc du genre.

Qu'est-ce que tu veux dire, partir ?

Eh bien, je veux dire revenir.

Revenir ? Et où ? Chez ta mère ?

Pas vraiment, a-t-il dit. Ce qu'il comptait faire, c'était aller dans la maison de sa tante. En fait il lui avait déjà téléphoné. Rien que pour tâter le terrain. Sans lui dire d'où il appelait, m'a-t-il assuré quand il a vu que je m'excitais, et sans mentionner qu'il était avec moi. Elle avait posé des questions, évidemment, du genre, et l'autre garçon qui était dans l'incendie ? mais il avait répondu qu'il ne savait pas ce qui lui était arrivé. Il avait raconté à sa tante qu'il était rentré tout seul ce soir-là à l'appartement d'Au Sable, qu'il avait vu l'immeuble en feu et qu'il s'était tiré, pris de peur parce qu'il était au courant des marchandises que les bikers avaient volées et entassées là. Il avait eu peur de se faire accuser de complicité pour un délit qu'il n'avait pas commis.

Et alors, elle a dit quoi ? Rentre chez ta petite tante, Russell, on te pardonne tout ?

Allez, man, calme-toi. Elle a simplement dit que je pouvais passer quelque temps chez elle jusqu'à ce que tout ça soit aplani avec les flics, ma mère et les autres. Donc c'est ce que je vais faire, je crois bien.

Super-cool.

Ouais. Je lui raconterai que j'ai passé tous ces temps-ci chez les frères Lapipe à Plattsburgh. Tu sais, dans le car scolaire.

Ouais. Comme tu voudras.

Râle pas, man.

Et la camionnette qu'on a volée, t'en as parlé à tantine ?

Personne peut prouver qu'on l'a fait, man.

Très bien, j'ai dit. Comme tu voudras. C'est parfait.

Il a paru tout content et il a tendu son avant-bras avec le tatouage débile de la panthère comme s'il voulait que je l'embrasse. J'étais allongé sur le lit, tout entier enveloppé dans mon sac de couchage, mais Russ avait l'air tellement idiot et pitoyable, planté là avec son avant-bras tendu, que je me suis tortillé pour dégager mon bras et, le plaçant contre celui de Russ, je l'ai en quelque sorte embrassé avec mon tatouage de fémurs croisés.

Su-*per* ! s'est-il exclamé.

Ouais. Alors, tu pars quand ?

J'sais pas. Ben, tout de suite, je crois.

Très bien. A un de ces quatre, j'ai dit en me retournant, visage au mur.

Hé, écoute. Si jamais t'as besoin de moi, téléphone à ma tante Doris. Même si je suis ailleurs elle saura où je suis. Il avait déjà écrit son numéro de téléphone sur un bout de papier qu'il m'a tendu comme si c'était sa carte professionnelle. J'ai pas l'impression que ma mère et moi on recollera les morceaux. Sans doute je vais rester ici à Keene et peut-être reprendre le collège et puis me trouver un boulot dans le bâtiment ou un truc comme ça.

Merci, j'ai dit. Puis, incapable d'imaginer autre chose à lui dire, je n'ai même pas essayé. Il a encore un peu jacassé sur sa tante Doris, son oncle George et ses projets de nouvelle vie jusqu'à ce qu'il soit à court de mots. Il est alors resté silencieux quelques instants et je l'ai entendu mettre son poids sur un pied, puis sur l'autre, comme si enfin il se sentait coupable. Bon, à un de ces jours, man, il a dit. Et puis il a quitté la chambre.

Plusieurs minutes plus tard, lorsque j'ai été sûr qu'il était sorti de la maison, j'ai éclaté en sanglots. Mais ça n'a duré que quelques secondes, parce que, plus j'y pensais, plus j'étais en rogne contre Russ pour m'avoir lâché comme ça. D'abord il commet tout un tas de délits, comme d'écrémer la recette du *Video Den*, de vendre des amphètes aux bikers, de leur voler leur matériel électronique et ainsi de suite avec l'air de dire, hé, c'est rien du tout, Russ n'est qu'un jeune loup en train de gravir l'échelle du crime, puis c'est moi qui commence à comprendre ce qu'il y a de bien dans une vie vouée à la délinquance et nous volons une camionnette ensemble, nous échappons aux flics et nous revendons le véhicule aux frères Lapipe, nous nous faisons tatouer, nous pénétrons par effraction dans la belle et luxueuse maison de campagne des Ridgeway que nous transformons en vrai foutoir. Tout ça parce qu'à présent nous sommes des criminels et que les criminels se foutent pas mal de la propriété, ils prennent ce qu'ils veulent et l'abandonnent quand ils en ont assez. L'excitation que les mecs ordinaires trouvent dans un boulot et dans le fait de posséder des choses comme des maisons, des camionnettes, des actions et des obligations, nous les criminels nous la trouvons dans d'autres activités, par exemple dans la consommation de drogues, la musique, ou dans l'exercice de nos libertés fondamentales ainsi que dans la compagnie de nos amis. Russ plonge à fond avec moi, c'est mon partenaire dans le crime. Et puis tout d'un coup il décide qu'il ne peut plus en payer le prix, c'est-à-dire, au fond, accepter que les gens ordinaires, les Ridgeway, les tante Doris et oncle George qui peuplent le monde n'aient plus de respect pour nous. Dur. Qu'est-ce que j'en ai à foutre ! Ils ne nous ont jamais respectés avant, sauf si on acceptait de vouloir exactement les mêmes choses qu'eux. Ils ne nous ont jamais respectés pour nous-mêmes, simplement parce que nous sommes des êtres humains comme eux sauf que nous sommes des gosses que les adultes ont toujours baisés du fait que nous n'avions pas assez de fric pour les en empêcher. Eh bien je les emmerde. Je l'emmerde. J'emmerde tout le monde.

J'ai repoussé mon sac de couchage et d'un pas ferme je suis allé dans la chambre où se trouvait le pistolet. Je l'ai pris avec sa boîte de balles, puis je suis descendu à la cave. Là, j'ai mis le flingue et les balles dans un sac à dos que j'ai rempli de matériel de camping : un réchaud, une gourde, une hachette, même une trousse de premiers soins, et j'ai attaché un sac de couchage propre au châssis du sac. Puis j'ai traversé la maison en choisissant divers articles qui me paraissaient nécessaires à ma survie, entre autres une lampe de poche, deux serviettes, le reste des huîtres fumées en boîte dont j'étais devenu très friand, et un peu de ce qui restait comme provisions. J'ai pris un des pulls de M. Ridgeway ainsi que ses derniers sous-vêtements et chaussettes propres. J'ai mis une chemise de travail en flanelle plutôt cool que j'ai trouvée dans le placard – la seule chose lui appartenant que j'aurais peut-être achetée si j'avais eu de l'argent – et un vieux jean très ample avec des taches de peinture qui m'allait presque lorsque je retroussais le bas pratiquement jusqu'au genou, et enfin, bien sûr, mon vieux blouson en daim que Russ avait eu la décence de me laisser. Dans une des poches j'ai retrouvé la coupure du journal sur l'incendie. J'ai supposé que Russell ne voulait plus qu'on lui rappelle cet incident, mais moi bien sûr que si, je n'accepterais jamais de l'oublier.

Je me suis alors regardé dans le miroir des vedettes de la grande salle de bains et les fringues m'allaient pas trop mal dans le style débraillé. Je me souviens que tout d'un coup j'ai pensé que j'avais plus le même air qu'avant. J'étais toujours un gamin, et j'étais petit pour mon âge, mais je ressemblais plus à un hors-la-loi qui avait choisi de l'être et moins à un jeune sans-abri qui fait comme s'il avait rien à foutre qu'on veuille pas de lui. J'ai ôté l'anneau de mon nez – la première fois depuis un an – ainsi que ceux de mes oreilles et je les ai posés sur l'étagère. Pendant une seconde j'ai eu une sensation bizarre comme si j'allais éternuer, puis je me suis senti encore plus normal que d'habitude. Il y avait aussi les cheveux. J'ai déniché une paire de ciseaux dans l'armoire à pharmacie et j'ai coupé mon mohawk. A la fin j'avais partout des cheveux courts comme un mec qu'on vient de laisser sortir de prison.

Il y avait quelque chose d'étrange à me trouver là devant cette glace et à me voir comme si j'étais mon ami le plus proche, un garçon avec qui je voudrais traîner toute la vie. Voilà quelqu'un avec qui je pourrais faire les bords de mer, un garçon que j'aimerais rencontrer dans des villes étrangères comme Calcutta, Londres ou Brésil, un garçon en qui je pourrais avoir confiance, qui avait aussi le sens de l'humour, qui aimait les huîtres fumées en boîte et à l'occasion un litre de Malt 40. Si je devais rester seul le restant de mes jours, voilà la personne avec qui je voulais être seul.

Avant de quitter la maison des Ridgeway j'ai encore fait quelque chose : j'ai cherché des objets dont je pourrais tirer un peu d'argent liquide. Il n'y avait pas grand-chose à part des machins trop encombrants comme la télé, le magnétoscope, les belles assiettes aux bords dorés, quelques meubles anciens et des tableaux qui me semblaient valoir beaucoup sans que j'en sois vraiment sûr. J'ai quand même pris un des oiseaux empaillés qui me plaisaient personnellement, je crois que c'est une bécasse, et je l'ai mis dans un sac-poubelle en plastique avec un tas de CD classiques. C'étaient des trucs que je pourrais garder pour en profiter moi-même sans les vendre sauf si quelqu'un m'en offrait une belle somme en liquide. A part ça, il ne restait pas grand-chose dans cette maison me permettant de réaliser mes penchants criminels, vu tous les objets que j'avais déjà utilisés, mangés, fait brûler dans la cheminée ou simplement cassés et laissés par terre.

J'étais là, debout au milieu de la grande salle de séjour avec son haut plafond et sa gigantesque baie panoramique qui donnait une vue splendide sur les monts Adirondack – vue naturellement bloquée par les volets de bois à l'extérieur – et je n'arrêtais pas de penser qu'il y avait encore une chose importante que j'avais oubliée de faire ou un dernier objet que je devais voler. J'étais sans doute encore incroyablement en rogne contre Russ qui m'avait lâché, ou un truc comme ça, parce que ce que j'ai fait alors était assez débile et d'une violence sans raison, mais ça m'a fait du bien. Plongeant la main dans mon sac à dos, j'en ai retiré le pistolet et les balles. C'était un petit Smith et Wesson noir, un 9 mm lourd et solide que je tenais bien en main, et lorsque j'ai vérifié j'ai vu qu'il était déjà chargé comme si M. Ridgeway le gardait juste à côté de son lit, de sorte qu'en plongeant la main dans son tiroir à drogue et à capotes il pouvait sans même bouger de son lit éclater tout individu qui se serait glissé dans la maison pour violer sa femme et lui voler ses trésors.

J'aurais même pas été obligé de viser mais je l'ai fait quand même en tenant le flingue à deux mains comme à la télé et en criant, Bouge plus, connard ! J'ai tiré dans la baie vitrée devant moi. Ça a fait un bruit incroyable, comme si ça sortait du fond de la nature et pas d'un petit instrument de métal au creux de ma main. J'ai tiré à nouveau. C'est le troisième coup qui a été le bon, qui a tué la fenêtre, pour ainsi dire, et toute la baie, se fendillant d'un seul coup, est tombée comme un rideau de verre s'effondrant en un million d'éclats. C'était un spectacle magnifique et je suis resté là une minute à me le repasser deux ou trois fois dans la tête.

Puis j'ai franchi les débris de verre en les écrasant et j'ai envoyé une violente poussée contre les volets de bois. J'ai fait éclater les crochets qui les retenaient, et quand ils se sont ouverts ils ont laissé un flot de lumière inonder la maison comme un raz-de-marée. Deux geais ont crié. J'ai vu une buse qui dessinait des cercles lents dans le ciel, j'ai entendu le vent flotter dans les pins comme une rivière qui glisse sur des rochers polis. Je suis resté là debout dans l'air tiède du printemps et la lumière de début d'après-midi qui m'éclaboussait le visage. Mes yeux ont suivi les grandes pentes de gazon jaunâtre qui partaient de la maison, ils ont parcouru la longue vallée boisée qui venait ensuite et sont remontés sur le versant en face jusqu'aux montagnes pourpres et bleu foncé, avec leurs créneaux, leurs crevasses et leur gigantesque relief. Tout cet immense espace creux s'est déployé devant moi comme si j'étais sur le balcon d'un château d'où je découvrais le monde entier.

J'ai posé le pistolet sur le rebord de la fenêtre, j'ai entouré ma bouche de mes mains, et comme si j'étais un loup solitaire hurlant à la lune j'ai crié de toutes mes forces, Bone !

Bone !

Bone est le *roi* !

Bo-o-*o-ne* est le r-*oi-oi* !

8

LES ASSASSINS DE L'ÂME

Il aurait sans doute été plus poli de nettoyer un peu la maison de campagne des Ridgeway avant de la quitter, surtout après avoir démoli la baie vitrée et le reste, mais je me suis dit qu'en laissant la maison en foutoir et plus ou moins dévastée je procurais à Doris, la tante de Russ, et à George, son oncle, un peu de travail supplémentaire à faire à ma place et donc quelques revenus en plus. Si ça se trouve, je me suis dit, ils embaucheront même Russ, tellement il a envie de trouver un boulot. Ce que j'avais fait, de mon point de vue, c'était donc d'injecter un peu d'argent étranger dans l'économie locale, et ainsi, sans plus m'embêter à y réfléchir, j'ai balancé mon sac sur mon dos, empoigné le sac-poubelle contenant mes CD et mon oiseau empaillé, et tout heureux de sortir enfin de là j'ai enjambé le châssis de la baie vitrée. Je suis passé sur la terrasse et d'un pas nonchalant j'ai descendu l'escalier, puis j'ai suivi l'allée jusqu'à la route.

Quand je suis arrivé au pied de la colline de Keene, près du *Stewart's*, j'ai dû me demander, pour la première fois depuis un certain temps, quelle direction prendre. Vers l'ouest ou vers l'est ? La route qui traversait le village allait dans les deux sens. Vers l'ouest elle serpentait à travers les Adirondack jusqu'à nulle part, ou peut-être jusqu'à Fort Drum et quelques endroits du Canada. Ce n'était sur des centaines de kilomètres qu'une petite route de campagne avec des villages et par-ci par-là une station de ski. Mais vers l'est elle allait à la Northway, c'est-à-dire à l'autoroute reliant Montréal à Albany. Et de là où je me trouvais, Albany semblait être la porte s'ouvrant sur le reste de l'Amérique et sur le vaste monde.

J'ai posé mon sac à dos et le sac-poubelle au bord de la route et je me suis mis à faire du stop en direction de l'est. Je n'avais pas de carte ni d'argent, ni non plus de projet bien défini à part celui de dégager de ce North-country où j'avais jusqu'ici passé toute ma vie, et puis de faire le mort, pour ainsi dire, et de laisser le destin s'occuper du reste de ma vie comme si j'étais Pod-Boy, l'extraterrestre débarquant de Mars.

Un bon nombre de voitures et de pick-up sont passés devant moi comme l'éclair sans me regarder ni ralentir. D'autres sont simplement entrés au *Stewart's* pour des provisions ou de l'essence. Je commençais à me décourager et à me demander si je devais pas me résoudre à me taper à pinces les vingt putains de kilomètres jusqu'à la Northway où les bagnoles ne seraient pas toutes du coin comme ici à Keene, lorsqu'un vieux fourgon Chevrolet vert sombre, avec les mots ÉGLISE DES SAINTS DÉFAVORISÉS peints sur le côté, est sorti à toute allure du virage. Il a ralenti comme si le conducteur m'examinait et il a fini par s'arrêter un peu plus loin sur le côté. Je me suis dit, Merde, après tout même les chrétiens sont des gens et on dirait que celui-là est tout seul à l'intérieur. J'arrive en courant jusqu'à l'endroit où il s'est arrêté, j'ouvre la portière, je jette mes deux sacs à l'intérieur et je monte.

J'ai pas encore repris mes esprits que le vieux fourgon se remet à cahoter autour des cent quarante à l'heure et que tout le beau paysage montagnard défile à se brouiller tandis que le lecteur de cassettes hurle du Bodo B Street, *No Mo Hoes 4 Bo*. C'est du rap violent, une chanson *gangsta* qui avait pas mal de succès à l'époque – en tout cas chez les Blacks je suis presque sûr qu'elle en avait. Je me dis que pour un chrétien ce mec a un sacré jus, peut-être il est même pas blanc, et quand je me retourne et que pour la première fois je le regarde bien, il ne me faut qu'un quart de seconde pour le reconnaître. Pour être blanc, ça il l'est. Tout ce que je peux dire, c'est, Merde !

Il me grimace un grand sourire et me lance, Sa-lut jeune homme ! Sa-lut, sa-lut, sa-lut ! Tu te souviens de *moi* ?

Ouais, man. Je me souviens.

C'est le mec porno tout vérolé du centre commercial, Buster Brown. Il a les deux mains agrippées au volant et le pied écrasé au plancher, de sorte que le fourgon est en train de voler à travers Keene comme un de ces bombardiers indétectables dans une mission de recherche et destruction de cible. On file sous les radars et on est trop rapides pour les canons à terre. Je regarde par la vitre et je suis vraiment trop loin du sol. Je vais carrément m'éclater si j'ouvre la portière pour sauter. C'est comme si on approchait du mur du son et qu'on volait trop vite et trop bas pour que je puisse appuyer sur le bouton d'éjection sans que la simple force qu'il faut pour m'éjecter me fracture tous les os du corps. Du coup je laisse tomber et je me dis, Fais le mort, que le destin prenne tout en charge.

Et je lui dis, Alors Buster, toujours les joyeuses en folie ?

Oh ! Il s'esclaffe. Elles sont un peu seules, mon cher. Un peu seules.

Ouais ? Où est Froggy ? Ta protégée. Elle est toujours avec toi ?

Ah oui, La Froggella. Cette chère petite, chère petite. Juste derrière toi, mon gars, ajoute-t-il en désignant du pouce l'arrière du fourgon. Je me retourne et je scrute le fouillis du fond. Des boîtes, des valises, des affiches de concert, un matelas, un tas d'autres choses et enfin je la découvre, toute repliée dans un coin, apparemment en train de dormir avec un baladeur sur les oreilles et son pouce dans la bouche comme un bébé. Elle est pieds nus, elle porte la même vieille robe rouge et elle n'a pas l'air non plus en meilleure santé. Plutôt le contraire, en réalité.

Elle fait une sieste ?

Oui. Une sieste. Il me sourit et me demande où je vais.

Je décide de lui donner une destination que je crois être l'inverse de *la sienne*, et donc je dis nord, à Plattsburgh, alors que je veux en fait aller vers le sud.

Ce qui s'avère ne pas être très malin. Buster annonce alors qu'il va justement à Plattsburgh, dans un bar qui s'appelle le *Chi-Boom's*, est-ce que j'en ai entendu parler ?

Je réponds que oui mais il ne m'entend même pas, il est parti dans un de ses délires au speed – à moins que ce ne soit à la coke s'il peut s'en payer, ce qui m'étonnerait. Il jacte à peu près à la même vitesse qu'il conduit, bavassant sur tout et rien comme s'il essayait de me vendre quelque chose – mais quoi, j'aurais du mal à le dire à moins que ce ne soit lui-même. Au *Chi-Boom's* il a rendez-vous avec un groupe de rock dont il est le manager. Il va payer ses musiciens, et après encore un concert il dissoudra le groupe. Il est revenu dans le cinéma, explique-t-il. Sauf qu'à présent il est gestionnaire et pas acteur. Il y a beaucoup plus de fric à la clé mais aussi beaucoup plus de responsabilités, surtout du fait que les musiciens d'aujourd'hui ne sont pas des pros dans le vieux sens du mot, ce qui veut dire qu'on peut pas leur faire confiance et qu'il faut les traiter comme des gamins. Surtout les négros poursuit-il – et je suis étonné de l'entendre dire du mal des Blacks puisqu'il écoutait la cassette de Bodo B Street comme s'il en avait jamais assez et que j'ai remarqué toute une tapée de cassettes de rap *gangsta* hyper-violent en vrac sur le siège avant et sur le plancher à l'arrière.

Mais Buster Brown m'a tout l'air d'un homme qui aime les contrastes, un mec qui à première vue semble s'occuper d'une enfant mais dont on découvre ensuite qu'il la drogue pour lui faire tourner des films pornos, un mec qui prétend aider les gosses sans abri mais qui cherche aussi à les sucer et à les baiser, un chrétien dans un fourgon chrétien qui finalement apparaît comme un acteur raté qui prend l'accent anglais et qui cherche des gamins pour en faire ses *protégés*, un Blanc qui aime le rap *gangsta* et dirige un groupe qu'il traite de négros, un mec qui se révèle drogué au speed ou à la coke ou peut-être au crack, et qui affirme s'occuper d'une pauvre petite fille perdue et ainsi de suite dans un cercle vicieux sans fin. Buster Brown était peut-être le mec le plus bizarre que j'avais jamais rencontré. Comme j'étais presque sûr qu'il était capable de tout, y compris d'assassiner un ado de sang-froid, je l'ai traité avec toutes les précautions requises et avec humour.

A nouveau je me suis mis à réfléchir à la manière de sauver Froggy, mais cette fois je suis fier de dire que l'idée de prendre sa place ne m'est pas une seule fois venue à l'esprit, ce qui montre combien j'avais changé au cours des quelques mois précédents, depuis que Chappie était devenu Bone.

C'est quoi, cette histoire de fourgon religieux ? j'ai demandé. T'es branché Jésus, à présent ? T'as vu la lumière, man ?

Il a gloussé. La lumière ! Ah oui, j'ai parfaitement vu la lumière, petit malin. Tu serais étonné si tu savais quel profit on peut retirer d'un talent d'acteur dans ce vaste pays où fleurit si bien le sentiment religieux. Un être qui a toute l'apparence d'un homme de religion, c'est-à-dire quelqu'un comme moi, peut toujours trouver le gîte et le couvert en Amérique. Pour être connu en tant que saint homme, tout ce dont tu as besoin, mon garçon, en plus d'une certaine éloquence et des manifestations habituelles de sincérité, c'est d'un *signe*. Cherche-toi un signe ! a-t-il déclaré en riant follement. C'est le seul tremplin dont tu aies besoin. Le reste, jeune homme, n'est que du jeu d'acteur. Mais ne cherche pas le genre de signe que nous-sommes-les-trois-mages-venus-d'orient ont vu un soir s'élever dans la voûte céleste. Ou celui qu'ont aperçu les deux Marie lorsque, arrivées au tombeau, elles ont découvert qu'il était vide. Non, ce que tu dois chercher, c'est un signe de nature bien plus terre à terre, le genre que tu as vu dessiné sur le flanc de mon fourgon, l'enseigne de l'Eglise des Saints défavorisés, un signe qui, tel le doigt du destin, poursuit son chemin dès qu'il s'inscrit quelque part.

Parfait, j'ai dit. Mais pourquoi les saints *dé*-favorisés ? Tu veux dire quoi, handicapés ?

Handicapés certes non, mais défavorisés certes oui, car il s'agit de saints qui ne sont pas encore connus du monde en général. Ils ne sont connus, disons, que les uns des autres. Et, bien sûr, du Seigneur au-dessus de nous. Mon signe est ainsi un signal de reconnaissance, un drapeau de ralliement fraternel, une poignée de main secrète, et là où je vais mes semblables s'avancent et m'offrent le gîte, ainsi que, je le répète, le couvert. Ou alors, selon l'occasion, c'est moi qui m'avance et offre le gîte et le couvert à d'autres qui ont eu encore moins de chance que moi. Et c'est en fait ce qui m'a permis de commencer à organiser des tournées musicales ici, dans le Nord, a-t-il soudain déclaré en changeant de ton et en devenant le manager et l'organisateur qui a mis sur pied cet énorme concert de rap – énorme du moins selon ses dires, parce qu'il rassemblerait quatre ou cinq groupes de rap dont j'ai jamais entendu parler, ce qui veut pas dire grand-chose, vu que le rap c'est pas vraiment mon truc même quand il s'agit des Beastie Boys qui sont blancs et plutôt bons.

Le concert était patronné par le comité des étudiants ou un truc analogue de l'annexe de Plattsburgh de la SUNY, c'est-à-dire de l'université d'Etat de New York. Buster m'a tendu un dépliant imprimé où on lisait : Faites-vous tuer au concert de l'Assassinat de l'Ame. On y annonçait toutes sortes de groupes comme les House of Pain ou le Stupid Club, qui devaient jouer dans le stade couvert de la SUNY. Ça m'a impressionné. Malgré tout ce que je savais de lui, Buster était carrément branché.

Puis il a dit qu'il se rappelait que je lui devais de l'argent, ce qui était exact, vingt dollars, je ne l'ai pas nié, mais j'ai dit qu'il pouvait se brosser pour ce qui était de la baise, des pipes ou d'un quelconque bout d'essai. Je suis du genre électron libre, à présent, tu comprends ce que je veux dire ?

T'en fais pas, *caro mio*. T'en fais pas. Il allait justement retrouver un des groupes, les Hooliganz qui habitaient

Troy et qui venaient de faire un CD et tout, et il était censé les conduire au motel où ils allaient loger pendant le concert. Ça devenait un peu trop dur à suivre, les explications de Buster étant aussi délirantes que son cerveau, mais je n'aurais sans doute pas compris même s'il n'avait pas été sous l'effet de drogues. Quoi qu'il en soit, il devait une certaine somme aux Hooliganz après un autre concert qu'ils avaient donné à Schenectady, et maintenant, s'il ne leur versait pas leur dû ils refuseraient de participer au concert de l'Assassinat de l'Ame. Du coup, comme il avait déjà dépensé le fric pour d'autres frais, il avait été obligé de faire une collecte spéciale auprès des frères des Saints défavorisés, et il espérait bien que j'allais mettre mes vingt dollars dans la cagnotte puisque je les lui devais.

Rien à branler, j'ai répondu. J'peux pas. De toute façon, je suis fauché raide, man. J'ai rien que quelques CD. Du classique, man, au cas où tu voudrais les acheter. Qu'est-ce que t'en dis ? Je t'en vends pour vingt dollars et on est quitte. Deux, peut-être trois CD. Totalement neufs, man. Ils viennent de chez des gens riches, des professeurs.

Il m'a répondu de laisser tomber mais que je pouvais payer ma dette en travaillant, si ça me disait, en l'aidant à traiter avec les Hooliganz à Plattsburgh.

Et je dois faire quoi ? J'ai pas envie de me foutre dans un truc dangereux, man. Je suis encore un gamin, n'oublie pas. Mais ça me dirait assez d'avoir une place dans l'équipe qui s'occupe du concert.

Ouais, ouais, ouais. Je pouvais avoir ma place dans l'équipe, ça marchait, et ce soir tout ce que j'aurais à faire ce serait d'obéir aux ordres, entre autres de garder l'argent qu'il devait aux Hooliganz et de ne le leur donner que quand il me le dirait et surtout pas avant parce qu'il fallait d'abord que les Hooliganz signent un contrat établi par le comité des étudiants. Grâce à ce contrat il pourrait toucher une part lorsqu'on paierait les groupes. Et si je devais garder l'argent, c'était au cas où les Hooliganz tenteraient de le lui prendre de force pour participer au concert le lendemain sans d'abord signer le contrat dont Buster avait besoin pour toucher sa part.

Je suppose qu'être le manager d'un groupe c'est un peu jouer les sangsues, et c'est dur de toucher sa part avant que les musiciens aient eu la leur, mais il faut quand même pas les laisser croire qu'ils vont décrocher leur fric en premier, sinon ils vont virer le manager dans la première poubelle venue. C'est compliqué. Bref, j'ai dit d'accord.

T'as une bonne planque dans ton sac ? m'a-t-il demandé. Ces putains de négros risquent de me fouiller et de visiter aussi le fourgon, mais ils t'emmerderont pas. Tu n'es qu'un gosse, toi, a-t-il ajouté en me faisant un sourire écœurant et forcé.

J'avais pensé à Froggy pour me garder l'argent, a-t-il dit, mais elle a un peu de retard à l'allumage, pourrait-on dire. Et quand je t'ai vu au bord de la route... Eh bien, mon garçon, tu parles d'un cadeau du ciel ! Allélu-ia ! Que Dieu soit loué.

Ouais. Les voies du Seigneur sont impénétrables, j'ai dit en répétant un mot de ma grand-mère pour expliquer certaines choses mystérieuses.

Nous étions parvenus à la Northway et Buster a pris l'échangeur menant vers le nord, ce qui n'était pas la direction que je m'étais choisie au départ, mais j'y pouvais plus grand-chose. De plus, mon cerveau de criminel s'était déjà mis en marche et me disait que si Buster était assez con ou pété pour me confier l'argent des Hooliganz, il y avait une forte probabilité que je lui en soustraie un peu avant de me tirer. Restait le cas de Froggy. Franchement, je commençais à y voir un feu vert pour une opération de sauvetage avec un mot d'ordre précis, Fonce !

Vers cinq heures, c'est-à-dire le moment où Buster et les Hooliganz s'étaient donné rendez-vous, nous sommes entrés dans le parking du *Chi-Boom's*. Mais après avoir examiné les voitures garées là, Buster a déclaré qu'ils n'étaient pas encore arrivés. Deux maisons plus bas, dans Bridge Street, il y avait un McDonald's. Buster est descendu chercher des hamburgers et des frites pour nous trois en me laissant seul avec Froggy dans le fourgon. Tu veux te tirer ? j'ai alors demandé à Froggy. Tu veux échapper à Buster ?

De son coin au fond du fourgon elle m'a regardé non pas comme une petite fille mais comme un chien battu et méfiant. Elle n'a rien dit, s'est contentée de lever les yeux sur moi et de les ramener vers ses pieds en tirant sur l'ourlet de sa robe. Je voyais bien qu'elle ne savait plus ce qu'elle voulait – et c'était ce qui convenait à Buster, évidemment, la raison pour laquelle il la droguait. J'ai donc décidé sur-le-champ que pour l'aider je devais prendre en quelque sorte la place de Buster et dire à Froggy quels étaient réellement ses désirs, puis foncer et les mettre à exécution pour elle. Normalement, c'est pas ma façon d'agir. D'habitude je laisse les gens faire ce qu'ils veulent ou même ne rien faire du tout du moment qu'ils le souhaitent, mais cette fois j'étais parfaitement prêt à m'installer dans le centre de décision de Froggy et à lui donner des ordres au moins temporairement.

On va se casser d'ici ensemble, je lui ai dit. Tu restes tranquille et tu me laisses faire, man. Je connais un endroit où on peut se planquer jusqu'à ce que je sache où se trouve ta vraie maison. Peut-être t'as un père et une mère.

A ce moment-là Buster est revenu avec les Big Mac et le reste, et il s'est remis à jacasser à propos de tout et de rien comme si on avait été potes toute notre vie, lui et moi et Froggy, et que les rappeurs – les Hooliganz d'Albany ou de Troy ou d'ailleurs – n'avaient qu'une idée, c'était de nous arnaquer tous les trois et pas seulement lui, et que c'était pas lui qui essayait surtout de les arnaquer. Buster a sorti un rouleau de billets pas plus épais que le pouce et me l'a mis dans la main. Il m'a dit de le cacher bien au fond de mon sac à dos, à un endroit où on ne penserait pas à le chercher.

Il n'y avait pas d'endroit comme ça dans mon sac. C'est ce que je lui ai dit, d'abord parce que c'était vrai mais aussi parce que je ne voulais pas que qui que ce soit, lui ou un autre, voie mon flingue – c'est ainsi que je considérais désormais le pétard que j'avais pris chez les Ridgeway, *mon* flingue. Mais, au fait, j'ai un oiseau empaillé, j'ai dit en tirant la vieille bécasse du sac-poubelle. Et il est creux à l'intérieur. Je peux mettre l'argent dedans, j'ai dit. Et c'est ce que j'ai fait. J'ai enfoncé le rouleau de billets dans ce qui aurait été son trou du cul s'il n'avait pas été transformé en jolie petite pochette que j'avais déjà explorée en vain longtemps auparavant pour y chercher de la drogue. Tu vois, j'ai dit à Buster. Puis j'ai posé les CD et la vieille bécasse sur le sac à dos, mais au-dessus de tout le reste, bien en vue.

Génial, absolument génial ! il a dit. Sur quoi il s'est affalé sur son siège et il s'est assoupi un instant. La nuit est tombée lentement et des voitures sont arrivées dans le parking. En peu de temps l'endroit s'est animé et des pick-up, des motos et toutes sortes de voitures ont commencé à aller et venir. Buster était tout à fait éveillé, à présent, et il observait chaque véhicule qui apparaissait, mais il n'y avait toujours pas de rappeurs noirs venant de Troy, rien que des Blancs, des gens du coin apparemment, des costauds avec les cheveux emmêlés, la moustache, le cou épais, et quelques femmes en jeans moulants et bottes western. De temps à autre un biker, mais quand on parle du diable – et je les ai vus arriver, les Adirondack Iron, quatre d'entre eux, Joker, Roundhouse, Raoul et Packer, et cette fois ils avaient chacun sa Harley.

Je n'ai évidemment pas soufflé mot à Buster à leur sujet. Je me suis contenté de me tasser dans mon siège pour qu'ils ne m'aperçoivent pas, même par hasard, tandis qu'ils longeaient le fourgon pour entrer au *Chi-Boom's*. Comme si ça ne me suffisait pas de devoir me débrouiller avec Buster Brown, le roi fou du porno, il fallait que je me soucie à présent des Adirondack Iron. Et eux vraiment j'avais pas envie qu'ils me voient, même de très loin.

Presque tout de suite après, les rappeurs de Buster ont fini par débarquer : quatre Blacks dans une vieille Galaxie rouillée de 1979, des mecs puissants qui portaient un mouchoir serré sur la tête genre keffieh, des sweat-shirts à capuche au nom des Chicago Bulls et des tennis Fila. On aurait dit qu'ils sortaient tout droit des HLM sauf qu'il n'y avait pas de HLM à cent cinquante kilomètres à la ronde et donc ils avaient en réalité l'air de descendre d'une autre planète comme Pod-Boy l'extraterrestre sauf que Pod-Boy voyageait incognito ce soir et que les Hooliganz, eux, ne passaient pas inaperçus.

Buster bondit hors du fourgon, il le contourne au pas de course et accueille les rappeurs en faisant claquer sa main contre la leur et en leur lançant des plaisanteries black, ce qui, pour un autre Blanc obligé de l'écouter, en est presque gênant. Leurs premières paroles sont pour lui demander l'argent.

Ils discutent quelques instants et j'entends pratiquement tout. Les rappeurs veulent que Buster leur rembourse tout de suite leurs frais sinon ils ne signeront pas, mais il répond qu'il ne peut pas l'obtenir des organisateurs avant qu'ils aient signé le contrat, blabla, mais il leur a réservé deux chambres de motel et il leur fournira à manger jusqu'à ce qu'ils soient payés après le concert et ainsi de suite.

Les rappeurs savent que Buster ment et ils savent pourquoi, mais ils ne savent pas *à quel endroit* exactement il ment, et c'est là qu'il les tient, d'une certaine façon. Le plus grand des Hooliganz porte des lunettes de soleil et il a l'air assez méchant pour pouvoir réduire le cerveau de Buster en bouillie. Il passe un de ses bras, aussi large qu'un pneu, autour des épaules tombantes de Buster et déclare d'un ton furieux, Man on a besoin de boire, et c'est toi qui paies parce qu'on a pas d'autre moyen de s'offrir un *putain* de verre, tu comprends ce que je dis ? On va entrer là-dedans et démêler toute cette merde, ajoute-t-il. Buster, comme un brave petit garçon, fait ce qu'on lui demande et trottine à l'intérieur du *Chi-Boom's* me laissant dans le fourgon, seul avec Froggy et divers objets, mais surtout avec l'argent.

Bon, allez, on fout le camp ! je dis en prenant la main de Froggy et en tirant. Mais elle dégage sa main comme si elle ne voulait pas partir. Qu'est-ce qu'il y a, Froggy, tu veux pas te débarrasser de ce mec ? C'est un taré, bon sang.

Il va être en colère, articule-t-elle d'une toute petite voix. C'est pratiquement la première fois que je l'ai entendue et je crois qu'elle ne doit pas avoir plus de six ou sept ans. Elle est encore plus jeune que je croyais. Il m'a dit de rester ici et d'attendre qu'il revienne, dit-elle.

Allez, viens. C'est notre seule chance. Les rappeurs lui ont fait peur, je dis en cherchant à nouveau la main de Froggy. Mais elle se recule et se blottit contre la paroi du fourgon. Je fais le tour du siège, je passe derrière avec elle et elle se recroqueville comme si elle avait peur de moi. Ah ! écoute Froggy, je vais rien te faire de mal. Tout ce que je veux, c'est t'aider un peu, t'aider à te débarrasser de ce taré et peut-être te trouver une famille comme il faut. Peut-être même retrouver ta vraie mère et ton père. T'as une vraie mère et un vrai père, quelque part ? j'ai dit. En fait je commençais à me demander s'il y avait encore des gens qui avaient vraiment une mère et un père ailleurs qu'à la télé.

Elle a dit oui.

Ils sont dans quel coin ?

J'sais pas. A la maison, je crois.

C'est où, à la maison ?

J'sais pas. Loin. A Milwaukee.

Ouah, c'est loin. Comment t'as fait pour te fourrer avec Buster Brown ? C'est ton oncle, ou quoi ?

Non, elle a dit. C'était quelqu'un que connaissait sa mère et à qui sa mère l'avait donnée.

Elle t'a *donnée* ?

Je crois. Ouais. Elle pouvait plus s'occuper de moi et mon père était parti quelque part. En prison.

Ouah. Si ça se trouve, elle t'a *vendue* à ce mec. Je veux dire, c'est pas comme si Buster c'était le Dr Spock ou un spécialiste de l'enfance. Si on donne son gosse à un mec comme Buster on veut se faire *payer*, tu crois pas ?

Elle a répondu ouais, il avait sans doute donné de l'argent à sa mère, ce qui à mon sens était plus compréhensible, surtout si sa mère fumait du crack ou si elle avait le sida ou un truc du genre, qu'elle avait besoin du fric et ne pouvait plus s'occuper de sa fille. J'avais entendu parler de mères qui avaient fait des choses comme ça, et même si ça ne me faisait pas voir la vie de famille exactement en rose, au moins je pouvais comprendre. Mais ça voulait dire aussi que j'allais avoir du mal à placer Froggy dans une famille bien, à supposer que j'arrive d'abord à la persuader de lâcher Buster. La fidélité est un truc bizarre, elle se met là où on l'attend pas et ce sont ceux qui la méritent le moins qui paraissent en bénéficier le plus, surtout lorsqu'elle provient de jeunes enfants.

Ecoute, il faut qu'on dégage vite fait bien fait avant que Buster se réconcilie avec les rappeurs et revienne pour demander son fric. C'est notre seule chance. Je connais un endroit super où on pourra buller un moment. C'est un vrai car scolaire, sauf qu'on l'a transformé en camping-car habitable. Je lui ai alors dit que si elle n'était pas contente là-bas avec moi et qu'elle préférait être prisonnière de Buster, elle pourrait revenir avec lui ou même retourner à Milwaukee si elle en avait envie. Je lui achèterais un billet d'autobus avec l'argent de Buster. Tu sais que c'est pas légal d'acheter et de vendre des enfants, j'ai dit. Donc t'as le droit de te sortir de ses pattes et d'aller où ça te plaît. On est en Amérique et l'Amérique est un pays libre, Froggy. Même pour les enfants.

Je crois que je l'avais presque convaincue lorsque j'entends soudain un grand fracas, et la vitrine du bar s'écroule juste devant la fourgonnette comme la fois où j'avais descendu la baie vitrée des Ridgeway à coups de pistolet. Puis une bouteille arrive à la volée, suivie par deux mecs également en vol plané, un Blanc et un Noir. Le Blanc c'est Joker et le Noir c'est un rappeur, pas le colosse, mais un des plus petits. Puis voilà Buster au milieu qui essaie de décrocher Joker du rappeur lorsque survient Packer qui étend Buster d'un coup de cannette de bière sur le crâne. Ensuite Roundhouse et Raoul surgissent en braillant des trucs racistes du genre, A mort le sale nègre, ce qui, bien sûr, excite le reste des Hooliganz. Ils se mettent alors à rentrer dans les bikers comme si c'était ce qu'ils avaient fait de plus marrant ce mois-ci, taper sur la gueule d'une bande de connards de bikers venus du nord. Buster est allongé au sol, couvert de sang, se faisant piétiner par les deux bandes tandis que le meneur des Hooliganz balade Joker en le battant comme une carpette. Les autres Hooliganz se débrouillent plutôt bien contre une bande de Blancs qui sont sortis du bar et qui n'auraient normalement pas pris le parti des bikers s'il n'y avait pas eu cette histoire de race blanche.

Et maintenant on dirait une émeute raciale grandeur nature en train d'éclater dans le parking du *Chi-Boom's*. Je me dis que les flics vont être les prochains à entrer dans la danse et qu'ils sont probablement déjà partis du *Dunkin' Donuts* ou Dieu sait quel autre bistro. Et je dis à Froggy, Allez, la fille, faut se rendre invisible. J'ouvre la portière latérale du fourgon, j'attrape Froggy par le poignet et, de l'autre main, je soulève mon sac à dos qui pèse en fait plus qu'elle. Je la tire hors du véhicule et nous le contournons par l'arrière. Puis nous nous mettons à courir côte à côte. Maintenant elle s'y met vraiment, nous sommes tous les deux à foncer entre les voitures, nous arrivons à Bridge Street, et de là, en nous baissant, nous suivons Margaret Street jusqu'à une allée que je connais. Et les flics passent près de nous mais sans nous voir.

Une demi-heure plus tard, nous nous sommes retrouvés devant le grillage à mailles serrées de la clôture du terrain derrière les entrepôts. Là j'ai retrouvé le passage secret que Russ m'avait montré et j'ai soulevé le grillage pendant que Froggy se glissait dessous. Je l'ai suivie, puis, la prenant par la main, je l'ai conduite à travers ce terrain sombre et sinistre, battu par les vents, marchant dans les hautes herbes vers l'épave du vieux car scolaire. Et là rien ne semblait avoir changé, pas de signe de vie, mais je ne sentais plus tout autour la même puanteur. J'ai frappé à la porte deux ou trois fois, j'ai attendu, j'ai recommencé, mais il n'y a pas eu de réponse.

Les frères Lapipe ont dû se faire coffrer ou ils se sont cassés, j'ai dit en ouvrant la porte pour regarder à l'intérieur. Rien. Personne. Nous voilà chez nous, me semble-t-il. Je suis entré et j'ai posé mon sac. Froggy m'a suivi et elle est restée debout près du siège du chauffeur à examiner les lieux. Ils n'étaient pas si mal que ça, même si l'obscurité jouait plutôt en leur faveur. On n'arrivait à distinguer que les contours des quelques sièges qui n'avaient pas été arrachés ainsi que les matelas et les vieilles planches posées sur des parpaings.

Qu'est-ce que t'en penses ? j'ai demandé.

Il fait noir.

C'est alors que je me suis souvenu de la lampe de poche dans mon sac. Je l'ai prise et nous avons soigneusement inspecté l'endroit. Les frères Lapipe semblaient avoir dégagé toutes leurs affaires, ne laissant pour ainsi dire que les meubles. A en juger par l'odeur, personne n'habitait plus ici depuis au moins un mois. Ça sentait le sec et le propre comme si on avait aéré, et j'ai remarqué que quelques-uns des cartons qui avaient recouvert les fenêtres avaient été enlevés, laissant autant d'ouvertures libres. J'ai longé le bus vers l'arrière, éclairant de ma lampe les recoins et le dos des sièges. Mais quand je suis arrivé au bout et que j'ai projeté le faisceau sur la banquette du fond, j'ai aperçu un corps allongé.

J'ai rien dit pour pas effrayer Froggy qui me suivait d'assez près et j'ai laissé la lumière remonter lentement sur les jambes du mec – c'était un mec, ça je le voyais, vêtu d'un jean et de tennis – puis sur ses mains qu'il avait posées sur son ventre, et j'ai vu alors que c'était un Noir. Il avait une chemise de flanelle écossaise mais jusque-là pas de blessures ou de traces de sang. Je suis enfin arrivé à son visage et j'ai découvert qu'il me souriait, couché sur le dos, comme s'il venait de m'entendre raconter une blague à Froggy. Il avait des yeux gris grands ouverts avec plein de petites rides autour, un visage large couleur de café, un énorme nez aplati, des sillons comme des crevasses autour d'une grosse bouche et d'autres au-dessus de ses sourcils, et enfin une gigantesque masse de mèches rastas qui s'entortillaient autour de sa tête comme un oreiller de serpents noirs.

Il a fait une moue et m'a dit, Tu veux pas baisser la torche, man ? I-Man peut pas voir avec la lumière dans les yeux.

Très bien, j'ai dit en éloignant le faisceau lumineux.

Faut que la lumière elle *sorte* des yeux pour bien voir, a-t-il dit avec un rire qui lui est remonté du fond de la poitrine.

D'un point de vue racial, cette soirée devenait tout à fait exceptionnelle pour moi. Je n'avais pratiquement jamais de ma vie vu tant de Noirs en une seule nuit. Et il ne s'agissait pas non plus de Noirs ordinaires comme Bart, l'agent de sécurité du centre commercial, ou un de ceux de l'armée de l'air, plutôt rares, qu'on voyait en ville. Ces mecs-là étaient des vrais Noirs, presque comme des Africains.

Qu'est-ce que tu fais là, man ? j'ai demandé en tenant ma lampe baissée comme il le voulait.

Même chose que toi.

C'est quoi ?

J'essaie d'arriver chez moi, man. J'essaie d'aller chez moi, c'est tout.

Ouais, bon, c'est peut-être pareil pour nous, j'ai dit. Puis je me suis présenté, et j'ai présenté Froggy. Il a dit qu'il s'appelait I-Man et il m'a serré la main comme un Blanc ordinaire pour me donner la sensation d'être dans une situation normale, ce qui a d'ailleurs marché. Ensuite, Froggy et moi on s'est allongés sur un des matelas. Je l'ai recouverte de mon blouson et elle s'est endormie tout de suite. J'étais couché en train de penser à tout ce qui s'était passé quand j'ai soudain perçu la douce et familière odeur de la marijuana en train de brûler. I-Man a alors lancé depuis son siège au fond du car, Tu veux fumer un peu de ce spliff, man ?

J'ai dit bien sûr et je l'ai rejoint. Nous avons fumé et parlé un peu. Avant la fin de la nuit je savais que j'avais rencontré l'homme qui deviendrait mon meilleur ami.

9

A L'ÉCOLE

J'ai du mal à repasser dans ma tête cette période de vie dans le car avec I-Man et Froggy sans être tout remué par des trucs comme de la gratitude – et pourtant je ne sais pas qui remercier, pas plus aujourd'hui qu'alors, parce que I-Man n'a jamais accepté la moindre reconnaissance, et tout ce qui m'a paru si extraordinaire était pour lui parfaitement normal.

Peut-être *était-ce* en effet normal, et peut-être c'était ma vie d'avant qui avait été bizarre ou extraordinaire.

Il te faut rendre grâce et hommage, man, disait-il chaque fois que je remarquais combien la vie était sympa maintenant que nous étions là tous les trois, moi, Froggy et lui, dans le car scolaire derrière les entrepôts de Plattsburgh.

Et je répondais, Ouais, bien sûr, à qui est-ce que je dois rendre grâce et hommage ?

Un doux sourire venait alors sur les lèvres de I-Man et il disait, A Jah, ce qui devait être son idée de Dieu ou peut-être de Jésus, sauf que ce n'était pas tout à fait pareil parce que I-Man était un vieux Noir et un Jamaïquain et ainsi de suite. Je ne savais pas exactement qui était Jah, tout cela étant nouveau pour moi, et quand il m'a appris que Jah était en réalité un Africain, le roi des rois, qu'il s'appelait Hailé Sélassié et qu'il avait chassé les Blancs d'Afrique pour libérer son peuple, je me suis dit qu'il s'agissait sans doute de quelque chose que les Blancs n'arrivaient pas à comprendre, ou bien que I-Man utilisait une autre Bible que la nôtre, une Bible dont je n'avais pas encore entendu parler.

En fait j'avais déjà vu quelques rastafaris – des Américains blancs – au centre commercial et ailleurs en train de faire du stop. C'étaient surtout des jeunes qui fumaient beaucoup d'herbe et qui cherchaient une religion pour accompagner la fumette. Ils se laissaient pousser les cheveux, ils les coiffaient en tresses et mettaient dessus de la cire ou d'autres saletés pour en faire des mèches rastas, des *dreadlocks*, et ces rastas blancs, quand ils parlaient de Jah et de rendre grâce et hommage, reprenaient des mots trouvés dans les chansons de Bob Marley. Mais ils ne mentionnaient jamais cet autre mec, Hailé Sélassié. Je savais bien qu'au fond ils parlaient de Dieu et de Jésus et de machins comme ça, sauf qu'ils le représentaient comme un très vieux Noir, style Malcolm X avec une barbe grise, pour qu'ils puissent se représenter eux-mêmes comme noirs, comme si c'était ça l'essentiel, ne pas être obligés d'être des petits Américains blancs adorant le dieu de leurs parents. C'est pour ça qu'ils négligeaient le côté Hailé Sélassié qui avait pourtant de l'importance.

Parce que en fait, la réalité – du moins la partie de la réalité qui comprend les dieux, les sauveurs et ce qui va avec – n'était pas la même pour I-Man que pour nous, jeunes Américains blancs. Sans doute était-elle aussi différente de celle des enfants américains noirs, mais je ne peux évidemment pas en dire grand-chose, n'en étant pas un moi-même. Au fond, qui sait comment les enfants américains noirs se représentent Dieu ? Si on en juge par les travaux artistiques de leurs parents, les cantiques d'église et tout ça, on se dit qu'ils Le voient à peu près comme les Blancs, sauf qu'Il est peut-être un peu moins rigide.

En tout cas, chaque fois que I-Man me disait de rendre grâce et hommage à Jah du fait que je trouvais la vie sympa, c'était comme s'il m'avait dit de remercier le dieu-singe ou de rendre hommage au dieu à cent bras et à la tête d'éléphant. Mais quand j'y réfléchissais, comme c'était la première fois de ma vie que j'étais vraiment heureux, il était quand même plus raisonnable dans mon cas de remercier de tels dieux étrangers que le dieu blanc américain, barbu et méthodiste, ainsi que son fils squelettique Jésus à qui ma mère, mon beau-père et ma grand-mère m'avaient ordonné de rendre grâce et hommage quand j'étais petit et que j'allais à l'église. D'ailleurs à l'époque j'aurais menti en disant merci, parce que je n'étais pas si favorisé que ça, sauf si on considère comme des cadeaux le fait que mon vrai père m'ait largué, que mon beau-père vienne faire le pervers dans ma chambre quand il était soûl, que ma mère prétende toujours en larmoyant comme une imbécile que tout allait parfaitement bien et que ma grand-mère n'arrête pas de râler. Rendre grâce et hommage à Dieu et à Jésus dans ces conditions, ç'aurait été franchement bizarre et les autres devaient bien s'en douter. Parce qu'à cette époque comme à présent, ils n'allaient jamais régulièrement à l'église, pas même un dimanche par mois, mais juste assez pour qu'on sache autour d'eux qu'ils n'étaient ni catholiques ni juifs, ce qui à mon avis était pour eux le seul truc important.

C'est bizarre, la religion, que ce soit celle des jeunes rastas blancs ou celle de ma mère, elle sert d'habitude à autre chose qu'à rendre grâce et hommage. Je veux dire pour ceux qui font les actions de grâce et qui louent le

Seigneur. Je n'avais jamais beaucoup réfléchi à ces choses avant de rencontrer I-Man cet été-là, et puis avant même de m'en rendre compte je m'y suis mis sérieusement et j'ai commencé à me faire quelques opinions tout à fait nouvelles pour moi. En matière de religion, I-Man était différent de toutes les personnes que j'avais connues : il était sincèrement religieux, pourrait-on dire, mais à la manière dont Dieu ou Jésus ou les gens comme ça avaient dû l'être autrefois à l'époque d'Israël quand ils ont commencé à voir que la religion pourrait être une assez bonne chose pour les habitants de la Terre étant donné que ces mêmes habitants étaient si égoïstes et si ignorants, et qu'ils n'arrêtaient pas de faire comme s'ils allaient vivre pour toujours et le méritaient.

Pour I-Man, la religion était surtout un moyen de montrer qu'on était reconnaissant du simple fait de vivre parce que personne ne *méritait* vraiment la vie. C'était pas comme si on pouvait la *gagner*. En plus, pour lui la religion était un moyen de surveiller sa nourriture et en général de se reprendre en main, car les vrais rastafaris n'ont pas le droit de manger du porc ni des langoustes ni rien de ce qu'ils appellent des macchabées, c'est-à-dire de la viande en général, et pas non plus de sel parce que, m'a dit I-Man, les Africains sont allergiques au sel. Ils n'ont pas le droit non plus de boire de l'alcool à cause du lien qui existe entre le rhum et l'époque de l'esclavage – un lien que j'ai compris seulement plus tard. Bref, comme il m'a dit, tout doit être naturel, et c'était une des raisons qui l'avaient poussé à fuir le camp de travail agricole : on les forçait à avaler de la nourriture qui n'était pas naturelle. Et la deuxième raison pour laquelle il avait filé, c'était la quantité d'insecticide qu'on mettait sur les pommiers.

Il était venu de la Jamaïque en avril avec une équipe de travailleurs agricoles saisonniers, et le mec qui les avait embauchés ne l'avait pas averti qu'il ne pourrait pas pratiquer sa religion ici, même si l'Amérique est un pays libre, à cause de la mauvaise nourriture américaine pleine de macchabées, de sel et de produits chimiques. Alors I-Man était tout simplement parti. D'après son contrat il devait travailler pendant le printemps dans les vergers de pommiers, puis, en juin, la même équipe devait se rendre en Floride en car et couper de la canne à sucre tout l'été pour une autre entreprise. En automne, ils reviendraient dans le nord cueillir les pommes. Quand on avait signé on pouvait pas démissionner avant six mois, sinon on perdait tout l'argent qu'on avait gagné jusque-là et aussi son permis de travail. En quittant le camp on devenait donc un hors-la-loi international, un étranger en situation irrégulière, et en plus on était sans le sou.

Je lui ai dit que j'étais moi aussi un hors-la-loi et que Bone c'était pas mon vrai nom. I-Man a répondu que tout homme honnête était un hors-la-loi et que tout homme libre devait se choisir un nouveau nom s'il refusait son nom d'esclave. Il n'a pas voulu me dire son nom d'esclave, il a déclaré qu'il ne pouvait plus le prononcer. Je ne lui ai pas non plus révélé le mien, le même que celui de mon beau-père. J'ai juste expliqué que j'avais autrefois deux noms, Chappie plus un autre, mais que je n'en avais qu'un à présent, Bone. Il a trouvé que c'était cool.

C'était sans conteste le mec le plus intéressant de tous ceux que j'avais jamais rencontrés. Ses mèches rastas me plaisaient, ces grandes lanières épaisses et noires au nombre de quarante ou cinquante qui lui descendaient presque jusqu'à la taille – ce qui, entre parenthèses, n'était pas aussi long qu'il semble parce que I-Man était assez petit pour un adulte. Il avait ma taille, mais il était très musclé, surtout pour un mec âgé d'environ cinquante ans. Ses mèches mesuraient autour de soixante-dix centimètres, mais si on les avait dénouées elles seraient probablement descendues jusqu'à terre parce que les cheveux de I-Man étaient tout tire-bouchonnés et frisottés comme ils le sont naturellement chez les Noirs et il ne les avait jamais coupés depuis qu'il avait vu la lumière, disait-il, ce qui avait eu lieu lorsqu'il avait connu Je-même. C'était comme ça qu'il parlait. Les rastas sont pas censés se couper les cheveux, m'a-t-il dit, ni se raser, ce qui ne lui posait pas de problème étant donné qu'il n'avait pas beaucoup plus de poils que moi sur la figure, c'est-à-dire à peu près pas du tout. Je me disais à le voir qu'il était peut-être en partie chinois, mais quand je le lui ai demandé il a répondu que non, qu'il était de sang africain, cent pour cent pur.

Ce qui m'intéressait évidemment beaucoup, c'était que tous les rastafaris, comme par ordre du vieux roi des rois africain lui-même, devaient fumer de la ganja pratiquement tous les jours. Ils en fumaient pour monter jusqu'aux plus grandes hauteurs et pour plonger jusqu'aux plus extrêmes profondeurs. C'étaient les expressions qu'utilisait I-Man, même si selon moi il voulait simplement dire partir dans les vapes. Partir dans les vapes était pour lui une expérience religieuse et je trouvais ça cool, mais à sa façon de parler de la religion on comprenait qu'elle représentait aussi pour lui un moyen de se libérer des Blancs, en premier lieu des Anglais qui, disait-il, sont allés chercher ses ancêtres en Afrique et en ont fait des esclaves à la Jamaïque comme en de nombreux autres lieux. Puis, plus tard, quand les Anglais ont découvert que la colonisation était moins coûteuse et moins dérangeante pour eux que l'esclavage, mais que grâce à elle ils pouvaient tout autant s'enrichir sans avoir à quitter Londres autrement qu'en vacances, ils ont libéré tous leurs esclaves et les ont colonisés. Encore après, quand la reine d'Angleterre est enfin morte et que les Anglais ont dû rendre la liberté à la Jamaïque, les Américains et les Canadiens ont inventé le tourisme, ce qui est la même chose que la colonisation, a-t-il ajouté, sauf que les habitants de la colonie ne sont plus obligés de travailler dans des fabriques ou des plantations.

J'aimais bien les mots qu'il utilisait, ancêtres, dérangeante et ainsi de suite. Il rendait l'histoire intéressante, ce qui était pour moi une première, et pour une religion le rastafarisme était loin d'être absurde, en tout cas de la manière dont I-Man l'expliquait. J'ai trouvé qu'un jeune Blanc ne pouvait pas l'adopter sans truquer, un Blanc comme ceux que j'avais vus dans le coin avec leurs mèches rastas, mais I-Man a répondu, Bien sûr que si, si tu fumes assez de ganja tu peux, parce qu'une fois que tu atteins le fond de la compréhension et que tu aimes à connaître Je-même tu t'aperçois que toutes les choses et tous les êtres sont un seul et même Je-et-Je. Un seul amour, a-t-il dit. Un seul cœur. Un Je.

Je lui ai dit que je ne pouvais pas vraiment aller aussi loin que ça pour l'instant, mais peut-être quand je serais plus âgé et que j'aurais fait un certain nombre d'expériences importantes comme voyager à l'étranger, avoir des rapports sexuels, manger de la viande et d'autres encore, je serais d'accord pour m'aventurer dans les profondeurs de la compréhension où toutes les choses et tous les êtres sont semblables. Mais pour l'instant j'en étais encore aux différences.

Si le soir où j'étais arrivé avec Froggy j'avais trouvé que l'odeur était meilleure, c'était parce que I-Man avait transformé le bus en une sorte de serre. Je ne m'en étais évidemment pas aperçu avant le lendemain, parce qu'il faisait nuit quand nous étions entrés. Et puis j'étais sous l'effet de mon premier joint depuis un certain temps et j'avais la tête prise par tout ce qui venait de se passer. Mais la première chose que j'ai vue en me réveillant a été le flot de rayons de soleil qui pénétrait par les fenêtres, puis une incroyable profusion de plantes dans des boîtes, des pots, des bacs en bois et des vieilles barriques. Il y en avait dans tout le car, dans tous les coins où tapait le soleil, sur des planches, des sièges, des caisses en plastique, il y en avait qui pendaient du plafond par des fils de fer, et même sur le fauteuil du chauffeur et sur le tableau de bord. J'avais l'impression de me réveiller dans un jardin tropical magnifique et pas dans le fumoir à crack de mon premier séjour dans le car scolaire.

Je me suis assis sur le matelas et j'ai examiné les lieux. Les plantes étaient jeunes pour la plupart. Sans avoir encore beaucoup de feuilles elles paraissaient bien saines et vigoureuses. Il y avait toutes sortes de légumes. J'en reconnaissais quelques-uns, comme le maïs et la tomate, et I-Man m'a appris plus tard à en distinguer d'autres, par exemple les pommes de terre, les petits pois, les haricots verts, les choux, les ignames, les piments rouges, un truc jamaïquain qu'on appelle calalou et qui ressemble à des épinards, et même des carottes, des concombres et des courgettes. Evidemment il cultivait de la ganja. Je n'ai pas eu de mal à la reconnaître même si les pousses ne mesuraient alors que quelques centimètres. Quand on a fumé assez d'herbe on a un flair particulier pour la détecter, comme si on était devenu un de ces clebs entraînés à reconnaître la drogue à l'odeur. Quand on l'arrose ou quand il vient de pleuvoir, c'est une odeur qui se répand dans l'air et qu'on sent de loin comme celle des lilas ou des roses. Ce matin-là, quand je me suis réveillé, j'ai respiré et j'ai reconnu le cannabis qui venait d'être arrosé. I-Man avait relié entre eux tout un tas de petits bouts de tuyaux et de tubes qui se déversaient dans les boîtes et les pots. L'eau ruisselait aux points de connexion et sortait par de minuscules trous qu'il avait percés dans les tuyaux. On entendait les gouttes tomber les unes après les autres, la brise légère passer par les fenêtres et le bruissement des feuilles nouvelles les unes contre les autres. Avec l'odeur de marijuana fraîche et verte dans l'air, c'était une bonne façon de se réveiller. Super-bonne. C'était le jardin du paradis.

J'ai remarqué que le tuyau entrait dans le car par la fenêtre près du volant, et lorsque je me suis mis debout et que j'ai regardé dehors, j'ai vu qu'il traversait tout le terrain plein d'herbe. Au bout se tenait I-Man en short vert flottant et T-shirt jaune, très loin, à côté d'un des vieux entrepôts en parpaings où devait se trouver le robinet auquel il était branché. Puis, regardant à nouveau dans le bus, j'ai cherché Froggy mais je l'ai pas trouvée. J'ai crié, Hé, Froggy, t'es où, man ? Comme je n'ai pas reçu de réponse, je me suis dit qu'elle avait dû avoir peur en se réveillant dans ce jardin bizarre avec un petit vieux black qui parlait d'une drôle de façon, et que dès qu'il avait tourné les talons pour mettre l'eau elle s'était glissée dehors et avait filé rejoindre Buster. Pourtant j'espérais beaucoup me tromper. Je ne voulais surtout pas que Buster ou qui que ce soit d'autre sache où je me trouvais à présent et j'avais aussi le sentiment d'être personnellement responsable de Froggy. Avec l'aide de I-Man j'espérais arriver à la placer auprès de vrais parents au lieu de la voir rester avec un mec qui faisait peut-être tourner des groupes de rap et une sorte d'Eglise mais qui, à mon sens, n'était rien de plus que le roi psychopathe du porno de Plattsburgh, un malade qui droguait des gosses.

Puis en regardant à nouveau par la fenêtre j'ai vu I-Man qui revenait vers le car avec Froggy à son côté, et elle lui tenait la main comme si elle était sa fille. Quand ils ont été plus près j'ai remarqué qu'il lui parlait à toute vitesse en lui montrant les différentes sortes d'herbes et de fleurs. Il l'instruisait, en quelque sorte, et c'était sans doute la première fois dans la vie de Froggy que quelqu'un lui apprenait quelque chose de bien.

Les deux ensemble formaient un joli tableau et ça m'a fait penser à un livre, *La Case de l'oncle Tom*, que j'avais pris à la bibliothèque en cinquième parce que je devais en tirer un résumé. La prof s'était mise salement en colère parce que j'avais dit que c'était pas mal si on considérait que c'était une Blanche qui l'avait écrit. Elle m'avait collé un D. Ma prof était une Blanche elle aussi, et elle croyait que je me moquais, ce qui était faux. Mais je savais que le livre aurait été différent s'il avait été écrit par un Noir, disons, ou même par une Noire, et il aurait été meilleur parce que le vieil oncle Tom aurait sans doute cassé la baraque et qu'on l'aurait alors lynché ou un truc comme ça – ce qui aurait presque valu le coup pour lui. Dans ces temps anciens de l'esclavage les Blancs étaient *sérieusement* malades mentalement, et c'était ça que j'avais voulu dire dans mon résumé, ça et aussi que la Blanche qui avait écrit le livre essayait de ne pas en être une, de malade mentale, c'est tout. Bien sûr, les Blancs sont encore bien frappés, là y a pas grand-chose de neuf, mais il m'arrive de l'oublier, comme cette fois-là dans mon résumé.

En tout cas, Froggy a été tout de suite copine avec I-Man et lui a fait confiance en lui racontant des choses qu'elle avait peur de me dire, j'en ai l'impression, parce que je ressemblais plus à Buster que I-Man du fait que je suis blanc et qu'à une époque j'ai été en bons termes avec Buster. Et puis elle savait que j'avais chouré le rouleau de billets de Buster, ce qu'il méritait peut-être, mais ça me donnait pas l'image du mec à qui on peut faire totalement confiance. Pourtant on peut être un hors-la-loi ou un criminel et être digne de confiance, tout comme on peut être flic ou pasteur et ne pas en être digne. Mais Froggy était jeune et les autres pouvaient faire d'elle plus ou moins ce qu'ils voulaient. Elle ne s'en rendait pas encore compte. Moi je savais que même I-Man mentait jusqu'à un certain point, par exemple sur l'endroit où il se procurait son herbe. Il disait qu'il l'avait apportée de la Jamaïque mais je sentais tout de suite à son odeur qu'elle provenait de chez l'ami Hector qui ne la cède que contre argent sauf si on revend pour lui, et I-Man faisait donc le dealer. Il volait aussi un peu, de l'eau, par exemple, et sans doute aussi ce qui lui avait servi à construire sa serre même s'il disait qu'il avait tout trouvé dans des poubelles et qu'il récupérait des petits trucs au rebut comme du savon, des bougies, du shampooing et même des graines dont il prétendait qu'elles venaient des légumes qu'on jetait à *Sun Foods*, un grand supermarché du centre commercial d'où, disait I-Man, il tirait toute sa nourriture et continuerait à le faire jusqu'à ce que son jardin commence à donner.

Il ne mangeait que ça, des fruits et des légumes cuits de façon Ital dont il disait que c'est la manière rasta de cuisiner. Je suppose que c'est comme ça que faisait le vieux Hailé Sélassié en Afrique, et ça veut dire en gros pas de sel, obligatoirement de la noix de coco râpée comme huile et comme assaisonnement, plus plein de piments forts. C'était un peu étrange, mais je m'y suis habitué assez vite, surtout pour ce qui est des quelques spécialités comme le jus de Sion fait avec des carottes et d'excellents acras de haricots qu'on sert avec une sauce de piments, d'oignons, de tomates et de citrons verts. La ratatouille Ital, où on mélange de la citrouille, des ignames et de la noix de coco, était vraiment très bonne, et aussi le pudding *dreadnut*, un dessert fait de cacahuètes et de sucre. I-Man s'était bâti une sorte de cuisine complète à l'extérieur du car. Il l'avait protégée par un morceau de tôle ondulée fixé à des pieux de façon à pouvoir s'en servir même quand il pleuvait. Il avait construit un foyer avec des pierres et un gril avec des tiges de fer. Il avait deux ou trois vieilles poêles et casseroles pour faire la cuisine et, pour manger, quelques assiettes qui semblaient avoir été récupérées dans les ordures, mais elles suffisaient bien et il utilisait comme évier une vieille bassine en plastique dans laquelle il faisait couler l'eau de son tuyau. Comme il ne mangeait que des légumes et des fruits et que nous allions tous les jours à *Sun Foods*, il n'avait pas besoin de frigo.

Je sais pas pourquoi – peut-être ça me donnait une sensation d'autonomie comme si je me retrouvais à l'ère de la chasse et de la cueillette – mais la collecte de nourriture était vraiment devenue mon truc. Caché dans les buissons derrière le supermarché, j'attendais qu'on jette les machins qui arrivaient à la limite de fraîcheur, ou qui étaient abîmés ou un peu avariés et qui ne pourraient donc pas se vendre. Je plongeais dès que le mec du magasin avait tourné les talons et je remplissais mon sac à dos de choses pas croyables, des noix de coco à peine fêlées, des courgettes fendues parce qu'elles étaient tombées, toutes sortes de laitues, de légumes verts, d'oignons et de pommes de terre échappées de sacs éventrés, et ainsi de suite. Il y en aurait eu assez pour nourrir tous les gosses sans foyer de Plattsburgh si on avait pris les choses en main. La plupart des sans-abri ne sont pas végétariens, ou en tout cas ne sont pas des rastafaris avec une cuisine en plein air comme nous, et ils préfèrent les restes que leur donnent les fast-foods ou des restaurants tels que *Chuck E. Cheese* ou le *Red Lobster*. Mais nous, nous ne voulions rien avoir à faire avec ces restos à cause des macchabées, et du coup nous avions les aliments de *Sun Foods* pratiquement pour nous seuls. Parce qu'il y avait aussi un type qu'on appelait l'Homme-chat et qui farfouillait toujours dans les ordures en miaulant, et puis un couple de très vieux mecs qui venaient le mardi et le vendredi, des gays, semble-t-il. L'un d'eux était chauve et handicapé, il avait des béquilles en métal et s'appuyait dessus pour se pencher et tendre un sac de coton que son copain remplissait avec des trucs qu'il trouvait dans les détritus. Ces deux-là aimaient surtout les pâtisseries et le vieux pain, mais l'Homme-chat cherchait des hot-dogs, de la mortadelle et des produits du même genre, déjà périmés mais pas encore mauvais à manger, du moins si on se prenait pour un chat comme il le faisait.

Nous faisions notre excursion quotidienne là-bas, à *Sun Foods*, moi et Froggy et I-Man, et c'était notre activité principale à l'extérieur du car. Sauf pour I-Man qui disparaissait pendant quelques heures tous les trois ou quatre jours, et je savais qu'il allait dealer un peu, chercher de l'herbe pour lui et aussi pour moi, ce qui était cool. Je savais où il l'achetait mais pas où il la vendait, et je ne le lui ai pas non plus demandé, sans doute parce que ça n'aurait fait que me rappeler de mauvais souvenirs de la période où je vivais à Au Sable au-dessus du *Video Den* avec Russ, Bruce et les Adirondack Iron. Tout ça me semblait avoir eu lieu des années auparavant et dans un autre pays.

Chaque matin de bonne heure, après avoir arrosé les plantes nous traversions tous les trois les terrains à l'arrière des entrepôts et nous émergions au bord du parking du centre commercial, derrière *Officemax*, juste à côté de *Sun Foods*. Nous pouvions donc, en fait, aller et venir sans nous faire remarquer et sans même devoir traverser une seule rue. Ce qui était une bonne chose parce que je crois qu'on serait pas passés inaperçus, une petite fille, un rasta avec des mèches léonines et un adolescent blanc – même si, sans mon mohawk, j'étais moins voyant qu'avant. Quand même, tous les trois ensemble… Et puis il fallait toujours se méfier de Buster.

Nous étions heureux, à cette époque, du moins je sais que je l'étais et que la petite Froggy paraissait l'être pour la première fois. Sans dope elle avait commencé à se conduire normalement après quelques jours, ce qui m'a porté à croire que Buster avait dû la bourrer de trucs, principalement de tranquillisants, des Quaalude qu'il devait mettre dans ce qu'elle mangeait. Il ne lui aurait donc rien injecté, ce qui était bien parce qu'un gosse peut laisser tomber les Quaalude sans être malade. J'ai d'ailleurs surpris Froggy en train de rire à plusieurs reprises, par exemple une fois où I-Man faisait des petits pas de danse rasta et des gestes de rap devant deux ou trois casseroles qu'il avait mises à chauffer pour le repas du soir. Ou quand je me suis emmêlé avec le tuyau et que je me suis arrosé partout. C'était le genre de truc qui la faisait tordre de rire et alors elle mettait sa main sur sa bouche au cas où quelqu'un l'aurait vue, comme si elle voulait cacher de vilaines dents. Pourtant elles étaient bien, ses dents, à part deux de devant qu'elle avait perdues, des dents de lait parce qu'elle n'avait que sept ans. A présent elle portait un des vieux T-shirts de I-Man où était marqué "Revenez à la Jamaïque" et un des caleçons écossais de M. Ridgeway ajusté avec des épingles de nourrice. I-Man lui avait fabriqué des sandales avec du caoutchouc de vieux pneu et des lanières de cuir, et il en avait fait d'autres pour moi, pareilles, que je mettais à la place de mes anciennes Doc Martens, trop militaires comme me l'avait expliqué I-Man. Et je ne portais plus qu'un simple T-shirt et un jean coupé, comme I-Man.

Maintenant qu'il faisait chaud, I-Man avait décidé de mettre à l'extérieur les plantes les plus grandes – par exemple le maïs et les tomates – et de les replanter dans le jardin en pleine expansion. Nous avons alors passé beaucoup de temps à travailler ensemble dehors, ce qui nous a bien bronzés, moi et Froggy, et donné l'air d'être en super-forme. Pour la première fois de ma vie j'avais même pas mal de biceps, ce qui impressionnait Froggy quand je le lui montrais. Mais je ne me vantais pas auprès de I-Man parce qu'il était vraiment trop musclé par rapport à moi. C'était un adulte et il était donc assez normal que j'aie l'air d'un gringalet à côté de lui, mais ça m'aurait quand même gêné.

En tout cas, un jour il est rentré avec deux pelles et un râteau qu'il disait avoir trouvés dans un parc en ville. C'était probablement vrai, mais je n'étais pas persuadé que les employés municipaux les aient vraiment jetés ou qu'ils les aient perdus. Le lendemain I-Man nous a fait sortir pour creuser et retourner le sol, bien le nettoyer et le préparer, en faire un vrai jardin. Sauf qu'il ne ressemblait à aucun des jardins que j'avais vus jusqu'alors. C'était une seule bande de terre d'une trentaine de centimètres de large qui partait en boucles bizarres et en cercles comme si elle suivait une carte mystérieuse que seul I-Man aurait eue en tête. Elle serpentait autour du car, longeait la cuisine et partait dans les hautes herbes du terrain vague. Je me suis demandé à quoi ce ruban ressemblait vu du ciel, peut-être aux animaux et aux dieux que les êtres venus de l'espace avaient faits en Amérique du Sud, et quand j'ai posé la question à I-Man il m'a répondu qu'il n'en savait rien, que seul Jah savait et que Jah guidait Je-et-Je.

Il n'avait pourtant pas eu d'hésitation sur l'endroit où il devait creuser, et il avait délimité son trajet très exactement avec un cordeau et des piquets. Pendant ce temps, moi et Froggy nous le suivions avec nos pelles et nous retournions la terre qui m'étonnait parce qu'elle ne contenait pas de cailloux, qu'elle était sombre, meuble et paraissait fertile. On aurait dit que I-Man suivait la bonne veine, la seule bonne terre dans tout le coin, en fait, et s'il avait découpé un jardin ordinaire dans ce terrain, disons un carré de six mètres sur six, comme l'aurait fait quelqu'un de normal, rien n'y aurait poussé parce que la majeure partie de ce sol, comme celui de presque tout le comté, n'était que de la pierraille et du gravier, et même, en plein d'endroits, un dépôt de déchets chimiques. D'ailleurs, le terrain sur lequel nous vivions et travaillions était pratiquement situé au-dessus d'une réserve de vieux produits chimiques datant de l'époque où on y cachait du poison et des matières radioactives pour l'armée de l'air en cas d'attaque des Russes. Bizarrement, I-Man avait pu flairer la seule bande de terre qui n'était pas contaminée et dangereuse, ni même pleine de cailloux. Je n'avais encore jamais vu de sol aussi foncé et épais dans cette partie du pays et tout ce qu'a planté I-Man a germé et poussé à une allure folle en plus de resplendir de santé comme ce qu'on récoltait à l'époque des pionniers.

Il faisait encore jour assez tard parce qu'on arrivait à la fin de juin, et le soir, après notre souper, on s'asseyait tous les trois sur les marches du bus en laissant la porte ouverte. Moi et I-Man on s'envoyait alors un gros pétard et on parlait de choses et d'autres. C'était surtout lui qui parlait tandis que moi et Froggy on essayait de comprendre parce qu'il était en quelque sorte notre professeur de vie et nous ses élèves – Froggy, disons en CP ou en maternelle, et moi peut-être en CE2. Entre les sages réflexions de I-Man il y avait de longs silences pendant lesquels on restait tous les trois assis à écouter les grillons et la brise qui bruissait dans les longues herbes, dans les tiges de maïs et dans toutes les plantes du jardin. Nous regardions le soleil se coucher et le ciel virer au rouge comme de la confiture pendant que passaient lentement de fines traînées de nuages argentés et qu'une à une les étoiles apparaissaient dans la voûte bleu foncé au-dessus de nos têtes comme de vrais diamants. Puis la vieille lune montait lentement au-dessus de la crête des arbres dans le lointain, et le champ autour de nous paraissait tellement paisible et beau sous les rayons de lune qu'il était difficile de croire qu'il n'y avait pas très longtemps de cela je l'avais jugé sinistre, horrible, et que je n'avais eu qu'une envie, le fuir. Maintenant, c'était comme si pour la première fois, dans cette vieille épave de car scolaire, sur ce terrain minable, j'avais trouvé un vrai foyer et une vraie famille.

Mais ce n'était évidemment pas une vraie famille. On ne pouvait pas, moi et I-Man, être comme les parents de Froggy ni même ses frères aînés parce qu'elle était si petite, et je n'étais moi-même qu'un gamin et un hors-la-loi, tandis que I-Man était un Jamaïquain en situation irrégulière qui essayait de se débrouiller et de parvenir à rentrer chez lui sans se faire arrêter par les autorités américaines. Et puis Froggy était en réalité la fille de quelqu'un d'autre, et si tarée que soit cette personne on avait le devoir d'essayer de lui ramener sa fille si Froggy voulait être avec sa mère. Et si elle en avait pas envie, alors on serait obligés de lui trouver quelqu'un d'autre pour lui servir de mère. Il paraissait évident que parce que c'était une fille si jeune Froggy avait davantage besoin d'une mère que de moi et de I-Man. Ça, nous le comprenions et nous l'acceptions, et nous avons ensuite essayé d'en parler à Froggy.

I-Man lui disait, Loin là-bas, Froggy, dans les terres froides et sauvages d'Amérique, y a forcément une maman, et elle pleure pour que tu rentres à la maison, ma fille, une maman crie c'est l'heure de rentrer. Elle a mal au cœur, Froggy, mal au cœur d'avoir vendu son bébé à Babylone.

Moi je disais qu'on pourrait téléphoner à la mère de Froggy et tâter le terrain avant de décider quelque chose, ce que I-Man approuvait du moment que Froggy le voulait. Mais elle, quand on le lui demandait, répondait seulement, Non, on parle d'autre chose.

Ça a pris des semaines, mais elle a fini par cracher que sa mère s'appelait Nancy Riley, et elle pensait qu'elle vivait à Milwaukee, dans le Wisconsin, ou qu'elle y avait vécu avant que Buster vienne la chercher. Tout cela ça s'était passé il y avait très longtemps et sans doute sa mère n'habitait plus là. Quand nous lui parlions de revenir chez sa mère, Froggy ne pleurait pas, non, elle disait quelques mots, regardait au loin, se mordait la lèvre inférieure et ses yeux paraissaient sans vie. Je savais qu'elle n'était pas partie depuis très long-temps, six mois ou un an peut-être, et ça lui semblait long parce qu'elle était encore très petite. Je répétais, Demandons aux renseignements pour savoir si ta mère est dans l'annuaire, ça peut pas faire de mal. A la fin elle a cédé et elle a dit, D'accord.

C'était une chaude soirée de début juillet, en fait le quatre parce que je me rappelle les feux d'artifice de la fête nationale au bord du lac. Il devait être à peu près sept heures et demie quand Froggy nous a enfin autorisés à téléphoner à sa mère. Je crois qu'au fond elle n'avait pas osé appeler avant parce qu'elle avait peur que sa mère lui dise de ne pas rentrer à la maison, et je suppose que c'était une crainte bien naturelle. Ou alors elle avait peur que sa mère refuse même de lui parler, mais moi et I-Man on s'était sérieusement occupés d'elle pendant un bon bout de temps et on lui avait expliqué ce que les mères ressentent en réalité pour leurs enfants même s'il leur arrive de faire des trucs très bizarres. Du coup, elle commençait à faire un peu plus confiance aux gens. C'était une percée capitale, en quelque sorte.

Mais il avait fallu beaucoup de persuasion, surtout de ma part, parce que I-Man ne cherchait pas tant que ça à convaincre les gens de faire ce qui est bon pour eux, même les gosses comme Froggy dont on dit qu'ils sont trop petits pour savoir ce qui est leur intérêt. En tout cas ce soir-là, quand elle a dit D'a-*accord*, qu'elle parlerait à sa mère si je l'avais au téléphone, nous avons pris tous les trois notre chemin habituel à travers le terrain vague. A présent il était tout fleuri, avec des pâquerettes, des gerbes d'or et d'autres fleurs. Nous nous sommes glis-sés sous le vieux grillage de la clôture, nous avons continué jusqu'à *Officemax* et fait le tour pour arriver devant *Sun Foods* où il y avait un téléphone à pièces et peu de gens parce qu'on était le 4 juillet et qu'il se faisait tard. Je suis passé devant, suivi par Froggy et par I-Man.

I-Man avait quand même vu juste sur un point, même si à son habitude il n'avait rien prouvé par des mots mais uniquement par l'exemple – ce qui, en fait, t'oblige à garder les yeux ouverts et à penser par toi-même. Pousser des enfants à faire quelque chose pour leur bien quand ils ne le souhaitent pas peut être dangereux et ne donne de bons résultats que de temps à autre. Je ne sais même pas si ça donne jamais de bons résultats, sauf dans les cas où t'es là debout en pleine rue sans voir un dix tonnes qui déboule et qu'un brave gars te pousse de côté en te disant que c'est pour ton bien. Et même là, si tu avais eu connaissance des faits tu te serais écarté tout seul avec beaucoup moins de peur, et en plus tu ne serais pas en colère pour t'être fait pousser.

En général, je peux affirmer que jusque-là, au cours de mon existence, ce n'était pas parce que ma mère, mon beau-père, un prof ou un quelconque adulte ayant pouvoir sur moi m'avait dit que telle chose était bonne pour moi que je l'avais faite. Alors là, vraiment pas. Chaque fois qu'on m'avait dit ce genre de truc ça m'avait fait l'effet d'une alarme qui se déclenche sous un capot : *ou-in-in-in, ou-in-in-in*, je n'entendais plus que ça, il y a quelqu'un qui essaie de voler un machin qui vaut cher, et du coup je faisais plutôt le contraire. La plupart du temps ce contraire n'était pas vraiment une réussite, mais je ne l'aurais pas fait d'abord si quelqu'un n'avait pas voulu me pousser à faire le contraire de ce contraire.

Et pourtant j'étais là à pratiquement supplier Froggy, une fille plus petite que moi, à téléphoner à sa mère, comme ET quand il appelle chez lui, alors que manifestement elle ne voulait pas. Sa mère l'avait vendue à Buster contre une somme qui lui avait sans doute servi à acheter du crack, mais je n'arrivais quand même pas à croire que sa mère ne serait pas contente et terriblement soulagée d'avoir des nouvelles de sa fille et vice versa.

Je suis rentré dans le supermarché et j'ai changé un des billets de cinquante de Buster, ce qui m'a valu une inspection serrée de la part du mec du service clientèle après que la caissière a refusé de me le prendre. Je crois qu'ils ont pensé tous les deux que c'était un faux billet, ce qui se produit souvent ici parce qu'on est si près de la frontière et qu'il y a tout un tas de contrebande et tout ça, mais j'ai raconté au mec que mon père était à l'extérieur au volant d'un fourgon spécial pour handicapés parce que c'est un ancien combattant du Viêt-nam en fauteuil roulant et que pour lui c'est toute une affaire de venir à l'intérieur, et que je le faisais pour téléphoner à son avocat de sa part parce qu'il doit aller à Washington au sujet de l'agent Orange. Ça a fini par parler au mec, parce qu'il m'a vite changé le billet. Je sais pas pourquoi, mais j'aime bien mentionner ce truc d'agent Orange rien que pour les mots, depuis que j'en ai lu quelques lignes dans un journal et que j'ai cru que l'agent Orange était une sorte d'espion génial qui avait bossé pour la CIA au Viêt-nam et qui, lorsqu'il a vu quelle guerre de merde c'était, est passé du côté des anciens combattants en acceptant de témoigner pour eux comme dans le film avec Tom Cruise. Si ça se trouve, c'est sur MTV que j'en ai entendu parler, parce que je lis pas vraiment les journaux, sauf par accident, par exemple si je suis assis sur un banc dans un parc et qu'il y en a un par terre que je peux pas éviter.

Bref, je suis ressorti avec une tapée de pièces de vingt-cinq cents et une poignée de petites coupures. J'ai appelé les renseignements à Milwaukee, Wisconsin, en demandant Nancy Riley. Il y avait un numéro pour N. Riley. Je l'ai composé et une femme a répondu à la première sonnerie comme si elle était restée assise près du téléphone à attendre un appel de sa fille.

Allô ? fait-elle. Je demande, C'est Nancy Riley ? Elle dit, Ouais, et je dis, Est-ce que vous avez une petite fille ? Aussitôt elle devient méchamment soupçonneuse et se lance dans des qui est-ce, et qu'est-ce que vous voulez et tout, et de quoi parlez-vous ?

Ma fille est avec sa grand-mère, dit-elle. Je devine que c'est une abonnée de la pipe à crack, ça s'entend tout de suite au grésillement du fond de sa voix, comme si elle parlait dans un haut-parleur un peu naze.

Froggy garde pendant ce temps les yeux baissés sur ses sandales en pneu et I-Man surveille les quelques clients qui sortent du magasin avec leur caddie plein de victuailles. Il leur propose de pousser leur chariot pour eux, autrement dit il fait la manche, mais les gens disent évidemment non tout de suite, pas question de confier leurs précieuses courses à ce petit mec grimaçant avec un short flottant et un T-shirt où on lit "Revenez à la Jamaïque", sans parler de son béret rasta rouge et vert en forme de champignon d'où dépassent des mèches entortillées comme les pensées mystiques de Jah. Et pourtant un vieux couple tout courbé lui dit soudain, Oui, merci beaucoup jeune homme, et le voilà, l'heureux rasta, qui pousse leur chariot dans le parking. Donc on ne sait jamais, mais d'après l'expérience que j'ai des Blancs, quand il s'agit de traiter avec les enfants et les Noirs ce sont les vieux et les faibles qui montrent le plus de confiance, plus que les gens d'âge moyen en pleine santé et les jeunes, et cela sans doute parce que les personnes âgées n'ont plus tellement de temps à vivre.

Ecoutez, madame Riley, je dis, j'ai une petite fille près de moi. Nous sommes amis et elle me dit que vous êtes sa maman. Ou, en tout cas, sa maman a le même nom que vous.

Il y a quelques instants de silence. Je l'entends fumer une cigarette et j'aimerais tant en avoir une que je me promets d'en acheter dès que j'aurai raccroché. Les cigarettes ont ce pouvoir-là, celui de vous faire dépenser l'argent des autres. A la fin elle pousse un soupir et dit, Elle s'appelle comment ? Alors je me rends compte brusquement que je ne la connais que sous le nom de Froggy. J'ai un moment de panique, je recouvre le bas du combiné de ma main et je dis, Froggy, c'est quoi ton putain de vrai nom, man ?

Elle réfléchit un instant comme si elle pouvait pas s'en souvenir, puis, tournant les yeux vers le parking, elle dit, Froggy.

Allez, ça c'est le nom que *Buster* t'a donné. Ton *vrai* nom, c'est quoi ? Celui que ta *mère* t'a donné ?

Rose, dit-elle.

Ouah ! Rose. C'est *pas* croyable ! Dommage que je l'aie pas su.

Elle s'appelle Rose, je dis à sa mère.

D'où est-ce que vous me téléphonez ? demande la femme. Elle va bien ? Ma fille est allée chez sa grand-mère, je vous dis. C'est là qu'elle habite.

Ouais, sans déconner, man.

Vous êtes de la police ou quoi ? Vous avez une voix de gosse, il me semble. Je crois que vous n'êtes qu'un gamin. Un gamin qui fait le malin, qui se paie ma tête. J'ai pas besoin de ça.

Je *suis* un gamin, madame. Je m'appelle Bone et je suis à Plattsburgh dans l'Etat de New York. Et votre fille Rose n'est pas chez sa grand-mère. Elle est là debout à côté de moi et si ça vous intéresse, elle va bien. Elle est chez des amis, maintenant. Vous devriez lui parler. Et si vous le voulez et qu'elle le veut aussi, je vous la renverrai demain par le car, et on posera pas de questions.

Elle a répondu par un rire. C'est ce que tu vas faire, hein ? Je crois que t'es qu'un sale gosse qui veut se payer ma tête. C'est pas Jerry ? Je crois que je dois te connaître de quelque part, mais t'as un vilain sens de l'humour, c'est tout. C'est Jerry, pas vrai ? Jerry qui habite près de Madison.

Cette salope commençait à me hérisser. Est-ce que le nom de Buster Brown vous dit quelque chose, man ?

Ça a fait comme un déclic. Elle a dit, Bien, laisse-moi lui parler. Et j'ai tendu le téléphone à Froggy. A Rose. Elle a pris le combiné et elle a dit, Bonjour maman. Elle n'a pas pleuré, non. Elle n'a pratiquement manifesté aucun sentiment, ne faisant que dire des trucs comme ouais, non, pendant que sa mère, à ce qu'il me semble, lui racontait un tas de choses. J'aurais bien voulu savoir quoi, mais je ne pouvais rien déduire du comportement de Rose. Ç'aurait pu être, J'ai de la peine, s'il te plaît, reviens ma fille chérie. Ou tout autant, Ne me téléphone plus jamais, petite emmerdeuse, tu n'es l'enfant de *personne*. Dans les deux cas, Rose aurait eu la même voix et le même air.

I-Man avait décrit un cercle complet et il est venu aux nouvelles avant de se remettre à faire la manche. Je lui ai dit où nous en étions et il s'est contenté de hocher la tête comme pour signifier qu'il allait pas s'en mettre la cervelle à l'envers – une expression qu'il utilisait volontiers – et il est parti chercher d'autres vieilles gens avec des caddies parce que ça avait l'air de rapporter. J'ai toujours été étonné de voir que si on donnait à I-Man l'occasion de parler on l'aimait même si on n'arrivait pas à le comprendre. Il avait vraiment du charme, cet Africain.

A la fin Rose m'a tendu le téléphone en disant, Elle veut te parler.

Masquant à nouveau le bas du combiné, j'ai demandé à Rose, Tout va bien ? Tu veux revenir là-bas ? Mais elle a haussé les épaules pour montrer que ça lui était égal, et j'ai trouvé que ce n'était pas du tout bon signe. Je commençais à regretter d'avoir changé le billet de cinquante de Buster pour embringuer Rose dans cette histoire. T'es pas obligée de revenir si tu veux pas, j'ai dit. Mais il faut que tu ailles avec *quelqu'un*. C'est-à-dire avec quelqu'un comme tout le monde. A cause de l'école et tout ça.

Elle a dit, Ouais, je sais. C'est d'accord.

J'ai dit à sa mère, Alors, on en est où ?

Ecoute, je te connais pas du tout, mais je suppose que tu es quelqu'un de valable. Est-ce que Rosie habite avec toi ou ta famille ? Qu'est-ce que vous faites ?

Ce que je fais, c'est que je suis un gamin sans domicile fixe, comme on dit, et qu'elle crèche avec moi et un copain, ici, et qu'on est, disons, des hors-la-loi. Elle est trop petite pour ça. Ce n'est qu'une petite fille, merde. Alors, il faut que je lui trouve un vrai foyer. Et ça me paraissait logique de commencer par vous.

Rien. Rien d'autre que le grésillement de son haut-parleur un peu naze.

C'est simple, madame Riley. Vous êtes sa mère. Et grâce au dénommé Buster Brown il se trouve que j'ai assez d'argent pour lui acheter un billet de bus pour

Milwaukee dans le Wisconsin. Si vous le voulez. Elle est d'accord. Et vous ?

Toujours rien. Et je pense, Quelle salope pas possible.

Quand même, Rose n'est qu'une petite fille et vous êtes sa mère. Ça signifie quelque chose, pour vous ?

Ouais, a-t-elle fini par dire. Puis un long silence.

Alors, qu'est-ce qu'on fait, madame Riley ? Rose m'a dit que son père était en prison et tout ça. Et vous, vous en êtes où ?

Ouais, dit-elle. Ça a l'air très bien. Mais bon, comment est-ce que je vais faire face à ses dépenses quand elle sera ici ? J'ai plus de travail, je suis malade. Tu m'entends ? C'est un vrai problème. J'ai pas un sou. Et je suis malade. Plusieurs trucs.

Elle a conclu par un long soupir du fond du cœur comme si elle attendait que je lui renvoie quelques paroles de sympathie. Mais je n'ai pas voulu le faire et à la fin elle a dit, Bon, d'accord, vas-y. Achète-lui un billet pour qu'elle puisse revenir chez sa mère. C'est une bonne action, pas vrai ? J'ai besoin d'elle, elle a besoin de moi, une enfant a besoin de sa mère. Bon, je vois que tu l'aimes bien et qu'elle aussi t'aime bien, que vous êtes amis. Alors, écoute, si tu veux, donne-lui un peu d'argent dans une enveloppe quand tu la mettras au car. Dans un petit porte-monnaie ou un endroit sûr. Tu vois ? Pour Rosie. C'est quelque chose que tu peux sans doute faire pour elle. Comme ça je pourrai m'occuper d'elle quand elle arrivera. Par exemple lui acheter quelque chose de neuf et de convenable à se mettre sur le dos. Peut-être trouver un meilleur logement. Pour qu'elle ait sa chambre. Tu comprends ce que je dis ? Oh ! je l'aime. Je l'aime vraiment.

Ouais, d'accord, j'ai dit avant de lui demander si elle voulait encore dire quelque chose à Rose. Mais elle a répondu que non, que ça allait. Mets-la simplement dans un car Trailways demain matin, m'a-t-elle dit, et donne un bout de papier à Rosie avec le numéro de téléphone dessus pour qu'elle m'appelle de la gare de Milwaukee et que je vienne la chercher. Ce n'est pas loin, a-t-elle ajouté. Et n'oublie pas l'argent, que je puisse lui acheter des vêtements et peut-être lui trouver un nouvel appartement. En plus, c'est l'été et un climatiseur ne serait vraiment pas du luxe.

Ouais, tu parles. J'ai raccroché. Toute cette histoire me donnait un peu la nausée, mais c'était trop tard. Et puis je ne pouvais imaginer aucune autre solution, pas plus que I-Man d'ailleurs. Mais, lui, ça ne le gênait pas, parce qu'à part pour son jardin potager et d'autres activités quotidiennes, I-Man ne courait pas après les idées ou les plans. Il prenait en général les choses comme elles venaient et s'adaptait sur-le-champ. Il était en quelque sorte l'inverse de mon copain Russ et de la plupart des Américains qui flippent s'ils n'ont pas un projet pour le restant de leurs jours. Je dois d'ailleurs admettre que j'étais un peu comme eux.

Il faisait maintenant assez noir et nous avons entendu au loin des grondements et des crépitements. I-Man a lancé un regard vers le centre de Plattsburgh et vers le parc en bordure du lac, puis, les sourcils froncés et faisant une moue, il m'a dit, Faut croi'e l'a'mée elle vient che'cher Je-et-Je.

J'ai répondu que non, que c'étaient seulement les feux d'artifice, mais il avait carrément peur, je m'en rendais compte et ça m'a étonné parce que c'était la première fois que je voyais I-Man un tant soit peu effrayé.

C'est le 4 juillet, man, c'est tout, j'ai expliqué. La naissance de la nation et tout ça. On fait la même chose tous les ans, on fait péter le ciel avec des tonnes et des tonnes de feux d'artifice pour qu'on se rappelle toutes les guerres que l'Amérique a gagnées et tous les gens qui ont été tués par la même occasion. C'est comme une putain de danse de guerre, man. On fête la liberté, durement gagnée, de tuer les gens.

Viens avec moi, a-t-il dit en prenant Rose par la main et en me faisant signe de le suivre. Il nous a alors conduits à l'arrière de *Sun Foods*, là où se trouvaient les conteneurs à ordures et les rampes de chargement, là où nous faisions notre marché personnel une fois par jour. Dans un coin, cimentée au mur de parpaings, il y avait une échelle en fer. I-Man a aidé Rose à y grimper en disant, Va, l'enfant, va en haut, maint'nant. Va, faut pas avoi' peu'. Jah protège les p'tits enfants.

Elle s'est mise à monter lentement, une main après l'autre, et, d'un geste, I-Man m'a demandé de la suivre. Je l'ai fait et il s'est placé derrière moi, décochant des regards farouches à gauche, à droite et derrière lui comme s'il s'attendait à voir brusquement les marines débarquer sur le parking dans un bruit de tonnerre et se mettre à nous tirer dessus avec des M-16. Faut croire que cette histoire d'étranger en situation irrégulière était un délit plus important que j'avais imaginé, que c'était un crime contre toute la société et pas seulement contre un individu ou un magasin, comme le vol et les autres délits qui constituaient ma criminalité à moi. Les détonations des feux d'artifice devenant de plus en plus fortes, j'ai presque compris ses craintes. Ce vacarme faisait davantage penser à une invasion ou à une action militaire lourde qu'à une fête, et peut-être le toit du supermarché était-il en effet l'endroit le plus sûr de la ville.

Nous sommes passés par-dessus le rebord et nous avons entendu nos pas crisser sur la surface plate, couverte de graviers. I-Man, courbé en deux, nous précédait. Il nous a conduits à l'avant du bâtiment où nous nous sommes assis derrière un petit parapet en béton d'où nous avions une vue dégagée sur le parking et sur tout le centre commercial qui baignait alors dans une lumière orange pâle. Les routes étaient désertes, à peine quelques voitures garées ici et là, et pas un piéton à l'horizon, ce qui donnait à toute cette scène un aspect de solitude étrange comme dans un film de science-fiction où tout le monde aurait quitté la ville en voiture pour se rendre au point d'atterrissage des soucoupes volantes et nous aurait laissés là tout seuls.

Après une minute ou deux, je pense que I-Man a dû se sentir de nouveau en sécurité parce qu'il s'est un peu détendu et nous avons regardé les feux d'artifice qu'on organisait au bord du lac et qu'on voyait parfaitement bien depuis notre perchoir. En fait, nous avions sans doute les meilleurs sièges de toute la ville. On venait de mettre à feu de grandes fusées qui laissaient d'éblouissantes traînées bleu-blanc-rouge. Elles montaient avec un bruit comme un immense soupir et elles éclataient en grandes gerbes multicolores sur fond de ciel noir. Venaient ensuite des déflagrations assourdissantes, des explosions de tonnerre, et c'étaient à nouveau les mêmes fusées, mais cette fois elles retombaient en pluies de couleurs différentes. Après le doré c'était le vert, puis le bleu, le rose et même le jaune, tous très brillants, et à la fin même I-Man a été obligé d'admettre qu'il ne s'agissait pas d'une action militaire pour traquer les étrangers en situation irrégulière. De toute façon, dans cette ville, il ne devait pas y en avoir plus d'une dizaine.

Mais par la suite j'ai reconnu que I-Man avait fondamentalement raison même si ce soir-là il avait tort. On est toujours *bien* avisé de se trouver un abri sûr quand on entend quelque chose qui ressemble à des coups de feu, parce que en général *ce sont* des coups de feu, et si ces détonations dépassent le nombre de une ou deux, c'est qu'il y a plus d'une ou deux armes en jeu, ce qui veut probablement dire qu'il s'agit de la police ou de l'armée qui tire sur les gens. Et les gens, comme dirait I-Man, c'est *nous*. C'est une chose que j'ai apprise plus tard à la Jamaïque, mais ce soir de juillet à Plattsburgh I-Man le savait déjà et moi pas encore, sinon j'aurais sans doute balisé comme lui.

Lorsqu'il a été plus calme, je lui ai raconté en gros ma conversation avec la mère de Froggy et je lui ai révélé le vrai nom de Froggy qu'il a aimé autant que moi.

Nom très bon, man. De vrai, man, toi t'étais pas du tout g'enouille, a-t-il déclaré à Froggy. Je-et-Je le sais. Bone aussi le sait. Toi la rose, man. Comme la célèb'e Rose de Rose Hall à la Jamaïque, la femme qu'a tué tous ses ennemis à mort et ses amants avec l'obeah venu d'Afrique. Elle d'abord g'enouille Froggy et de là une Rose, man, et c'est comme ça pour connaître Je-même bien comme il faut et aller plus dans les grands fonds de Je.

En faisant un sourire en direction du visage fermé de Rose, il a ajouté, *Ex*-cellent ! ce qui était une expression qu'il m'avait empruntée et qu'il utilisait chaque fois qu'il le pouvait. Et je trouvais ça bien parce que moi aussi je lui avais pris tout un tas de mots et de petites tournures et j'étais content de sentir de temps en temps qu'il y avait un échange entre nous. Je savais bien, pourtant, que sa façon de parler était beaucoup plus intéressante que la mienne et qu'il ne me prenait un mot que par politesse. Pourtant, j'éprouvais toujours un petit frisson de fierté quand il disait *Ex*-cellent ! et Su-u-*per* !

Je lui ai dit que j'avais accepté de renvoyer Rose chez sa mère le lendemain matin, et il a pris la nouvelle d'un air sceptique, levant un sourcil et gardant les lèvres fermées pour ne rien dire ni pour ni contre. C'est ce qu'il y a de mieux à faire, j'ai dit.

Faut croire.

T'es de mon avis aussi, Rose, pas vrai ? j'ai demandé. Mais ce n'était pas une question, en réalité, et elle le savait. Elle a juste hoché la tête comme si elle m'obéissait au lieu de dire ce qu'elle pensait vraiment.

Mate un peu ça, a dit I-Man, utilisant une autre de mes expressions attitrées. Il nous invitait à regarder le feu d'artifice. Les fusées remplissaient totalement le ciel, à présent, et faisaient penser à *Star Wars*, en tout cas plus à la naissance de la planète qu'à celle de la nation, avec d'énormes explosions de supernovæ qui se dispersaient en ondes concentriques rouges, orange et pourpres, suivies par des rafales de *boum-ba-boum* qui vous faisaient trembler tout le corps. Des nuages de fumée semblables à du linge gris pendaient en grandes nappes, et on voyait, étalés au-dessous d'eux, les toits illuminés de toute la ville. Au bord du lac, c'étaient les arbres du parc qui étaient éclairés d'en haut par les fusées, et au loin, sur l'étendue d'eau, on apercevait les reflets des feux d'artifice venant du fond de l'obscurité, de l'endroit où devait se trouver Burlington dans le Vermont. En plissant les yeux on pouvait même distinguer les fusées du Vermont montant dans la nuit de là-bas. Un peu plus au sud, sur le rivage opposé du lac, c'étaient les feux d'artifice des villages, des ports et des chantiers navals, tandis que de ce côté-ci, sur le bord new-yorkais du lac, nous avions les pièces d'artifice de Willsboro. Les gens de Westport illuminaient de leurs explosions l'obscurité qui nous recouvrait tous. Et même à l'intérieur des terres, du côté des monts Adirondack, on pouvait voir la lueur jaune pâle et les reflets rouges, bleus et argentés des pièces tirées à Lake Placid et à Keene où je me figurais que Russ assistait au spectacle en compagnie de sa tante Doris, de son oncle George et de ses cousins. Et puis en longeant encore la vallée on arrivait à Au Sable où le feu d'artifice avait lieu sur le terrain de sport et où ma mère, j'en étais sûr, se trouvait sur les gradins avec, soit quelques-uns de ses collègues, soit ma grand-mère, et où ils lançaient tous des *Ah-h-h !* et des *Oh-h-h !* quand les fusées partaient et jetaient sur la nuit des gerbes aux couleurs resplendissantes. Mon beau-père sans doute s'y trouvait aussi, mais j'étais certain qu'il était avec ses potes, les buveurs de bière, tous assis sur des chaises pliantes en plastique et en aluminium, qu'il parlait de la chatte des petites adolescentes et déblatérait en général contre les jeunes tout en laissant traîner un œil au cas où il pourrait mater quelque chose sous le short en jean d'une fille ou reluquer les nénés d'une gamine. Il ruminait ses pensées dégueulasses sans que personne s'en doute, sauf moi, bien sûr, qui étais loin, très loin, et la seule chose qu'il espérait, c'était que je sois mort ou parti à jamais.

Le lendemain matin, de bonne heure, je me suis réveillé avant Rose et I-Man. J'ai pris un petit filet à provisions qui à l'origine avait contenu des oignons et je l'ai rempli de choses pour Rose : un T-shirt propre, le pull en laine de M. Ridgeway au cas où il ferait froid dans le bus, et aussi de quoi manger, surtout des fruits, puis un bocal de ratatouille Ital et deux morceaux de gâteau rasta. Je ne savais pas combien de temps il allait lui falloir pour arriver à Milwaukee en car, mais peut-être deux ou trois jours, en tout cas longtemps, et elle aurait faim. Je me disais donc qu'elle serait contente d'avoir avec elle le genre de nourriture à laquelle elle était habituée pour qu'elle ne soit pas obligée d'aller dans un restaurant de gare routière si elle n'en avait pas envie. Car ces endroits, tard le soir, peuvent être carrément glauques pour une petite fille.

J'ai aussi mis de l'argent dans le filet. J'ai caché dans une chaussette les petites coupures qui m'étaient revenues la veille quand j'avais acheté un paquet de cigarettes, et j'y ai ajouté cinquante dollars. Ça pourrait peut-être lui procurer quelques robes neuves. Probablement pas. Pourtant, le risque valait d'être pris.

Peu après, I-Man s'est levé. Il a allumé le feu et vite préparé le petit déjeuner : des œufs durs, des bananes, du jus de Sion. Puis Rose est arrivée dans ses vêtements de voyage, c'est-à-dire sa vieille robe rouge bien propre, ses sandales, et une casquette de base-ball à l'insigne des Expos de Montréal que I-Man lui avait donnée quelques semaines auparavant. Je lui avais montré comment recourber la visière et la porter devant derrière pour avoir l'air cool. Nous avons tous mangé rapidement sans beaucoup parler jusqu'à ce qu'il m'ait semblé qu'il était près de huit heures. Alors j'ai dit, Bon, allons-y, Rosie, et je lui ai tendu le filet.

Rose, elle a dit. M'appelle pas Rosie.

Pas de problème, j'ai répondu, et je lui ai parlé de l'argent dans la chaussette, lui expliquant qu'il était à elle et à personne d'autre, qu'elle devait le dépenser comme il lui plairait ou comme elle aurait besoin de le faire, qu'elle devait ne le donner à personne, pas même à sa mère – et en disant cela je pensais, surtout pas à sa mère.

Elle a dit merci et tout, puis I-Man s'est approché, l'a serrée dans ses bras, et lui a donné un baiser sur chaque joue comme si c'était sa fille qui partait passer l'été chez des parents. D'une voix très grave il lui a dit, Un amour, sœur Rose. Un cœur. Un Je. Haut les cœurs, ma fille.

Elle a hoché la tête comme si elle comprenait, puis elle m'a pris la main et nous sommes partis, laissant I-Man debout près du feu nous suivre des yeux. Quand nous sommes arrivés à peu près au milieu du terrain vague, je me suis retourné et je l'ai vu toujours au même endroit, les bras ballants, et brusquement une idée m'a traversé l'esprit, une idée aussi radicale qu'inattendue. Au même instant I-Man a levé les deux mains vers le ciel comme s'il louait Jah et lui rendait grâce, et je me suis dit qu'il avait lu dans mes pensées.

Attends-moi ici, j'ai dit à Rose. Je reviens tout de suite.

J'ai couru jusqu'au car de ramassage scolaire, j'ai foncé à l'intérieur, j'ai pris mon sac à dos d'un geste vif, je l'ai bourré de toutes mes fringues en vrac et d'objets divers, entre autres la torche électrique, les CD et l'oiseau empaillé qui traînait sur mon matelas et contenait toujours l'argent de Buster, puis je suis ressorti avec mon chargement.

En me voyant, I-Man a eu un grand sourire qui lui a éclairé le visage et, les mains sur les hanches, il m'a dit, Alors, Bone, tu vas crapahuter jusqu'à Milwaukee, Wisconsin ? Ça, tout à fait irie*, p'tit frère.

* *Irie* est fréquemment utilisé par les rastas pour signifier "bien", "bon", voire "spirituellement éclairé". (*N.d.T.*)

Non, j'ai répondu. C'est pas ça. Elle se débrouillera sans moi. Non, moi aussi je vais chez moi. Comme Rose. J'ai aussi besoin de voir *ma* mère. Tu vois ce que je veux dire ?

Irie, Bone. Ça vraiment irie, a-t-il dit. Il utilisait le mot "irie" de cent manières différentes, de même que le mot "je", mais cette fois "irie" avait quelque chose de sarcastique mêlé à un peu de tristesse étonnée.

Comme je savais pas quoi lui répondre, je me suis contenté de dire, Merci, merci pour tout, en fait. Tu m'as appris un tas de choses, man. C'est pour ça que je crois que je peux, disons, rentrer chez moi maintenant. A cause de ce que tu m'as appris. Je pense que je peux faire face à ma mère, et même à mon beau-père, comprendre ce qu'ils veulent que je fasse et, disons, le faire. Il *faut* que j'y aille, man, j'ai ajouté comme si c'était une explication – et peut-être ça l'était. Moi et sœur Rose on est un peu pareils.

Frère Bone et sœur Rose, il a dit.

Un seul cœur, un seul amour, c'est ça ?

Oui, man. C'est vrai. Un seul Je.

Tu veux le reste de l'argent de Buster ? je lui ai demandé en plongeant la main dans mon sac à dos pour y chercher la bécasse et le rouleau de billets.

Pas question, man. Tu le gardes. Ça, pou' toi, man. Je-et-Je sais gagner plein d'sous à pousser des chariots au magasin, a-t-il dit avec un grand sourire. Il m'a alors montré une poignée de pièces de vingt-cinq cents, et je me suis dit qu'il n'avait pas tellement besoin de plus, ici, surtout une fois que moi et Rose on serait partis.

Bon, merci, j'ai dit. J'ai tendu la main et nous avons échangé un salut à la *black power*. Puis je suis reparti en courant dans le champ en direction de Rose, et cette fois-là je n'ai pas regardé derrière moi de peur de me mettre à pleurer.

10

DE RETOUR A LA MAISON, YOUPI YOUPI

Je n'y avais pas pensé avant notre arrivée, mais on devait avoir l'air un peu bizarre, moi et Rose, ce matin-là à la gare routière Trailways : Rose dans sa robe d'orpheline de bande dessinée et sa casquette des Expos de Montréal, et moi dans un des T-shirts attitrés de I-Man ("Revenez à la Jamaïque") et le vieux pantalon flottant de M. Ridgeway, vert pomme et orné de deux ancres rouges, que j'avais coupé au-dessus des genoux. Nous marchions tous les deux avec les sandales fantastiques de I-Man, faites maison et taillées dans du vieux pneu. Enfin, j'étais dans ma période keffieh, c'est-à-dire que je mettais sur la tête un mouchoir de paysan à carreaux rouges que j'avais trouvé un matin dans le parking de *Sun Foods* et que j'avais ensuite lavé. I-Man m'avait montré comment le nouer à la manière de nombreux Blacks hyper-cool qui empêchent ainsi, m'avait affirmé I-Man, leurs cheveux de roussir au soleil.

Ça me gêne pas, moi, je lui ai répondu, puisque je suis déjà plutôt rouquin.

Mais Je-et-Je dois avoir un couve'cle pour protéger son ce'veau du soleil, m'a-t-il dit, et pour le chauffer quand l'air est tout f'oid et mouillé. Pour le Blanc ou pour le Noir, le ce'veau est la clé du Je-même, et s'il est pas trop chaud ni trop f'oid, il est bien f'ais juste comme il faut, et toute la st'ucture de Je est aussi bien f'aîche juste comme il faut, même si le soleil i'va et i'vient.

J'ai d'abord pensé que ce mouchoir me faisait ressembler à un gosse malade du cancer qui cache son crâne chauve, et cela parce que j'avais déjà la tête un peu grosse pour mon corps qui était plutôt chétif, et puis je m'y suis habitué comme si j'étais dans le gang des Crip ou des Blood de Los Angeles – mais version blanche de Plattsburgh, New York – et ensuite je ne l'ai pratiquement jamais plus quitté de jour ou de nuit. En plus ça faisait plutôt bien avec le tatouage de fémurs en croix que j'aimais bien montrer en faisant de la main gauche une foule de petites choses pour lesquelles j'avais jusque-là employé la droite. I-Man prétendait d'ailleurs qu'il était bon pour moi de ne pas toujours utiliser le même bras, que ça améliorait mon équilibre mental. C'est pour ça qu'en achetant le billet de Rose pour Milwaukee j'ai naturellement tendu l'argent de la main gauche. Le mec qui vendait les tickets, voyant mon tatouage, s'est exclamé, Bravo le tatouage ! d'un ton moqueur, et il a ajouté, Oh ! putain, les gosses d'aujourd'hui ! J'allais répliquer un truc du genre, J't'emmerde, mec, mais je me suis retenu parce que son ton signifiait qu'il n'allait plus nous faire chier après ça, que ce qu'il ferait ce serait de ne plus nous accorder un regard comme si c'était de la pitié qu'il ressentait et pas de la colère.

J'ai passé peut-être une heure là sur un banc à côté de Rose, à attendre le car pour Albany où elle changerait de bus pour Chicago et, de là, en prendrait un troisième pour Milwaukee. Elle ne disait pas un mot mais elle était agitée et j'espérais qu'elle ne m'en voulait pas, mais je ne savais pas comment le lui demander sans avoir l'air bête ou sans l'obliger à se faire encore plus de souci pour ce qui l'attendait. Du coup je suis resté assis, ne parlant pas non plus, et à la fin le car est arrivé de Montréal. Quelques instants plus tard on a appelé tous les passagers pour Albany à monter dans le bus.

Il n'y a pas eu grand monde avec elle, deux ou trois gars de l'armée de l'air et une petite vieille qui a dit au revoir à des gens qui m'ont paru être son fils et sa belle-fille. La dame avait les cheveux normalement blancs pour son âge, mais son fils, qui lui avait passé le bras autour des épaules pour lui montrer qu'il l'aimait encore – sans cesser quand même de surveiller l'horloge –, était d'une blancheur comme je n'en avais jamais vu : des cheveux courts absolument blancs, une barbe des sourcils et des cils de neige, des yeux bleu pâle, une peau rose, on aurait cru qu'il avait une maladie, un manque de pigmentation. Sa femme, grande et maigre, ressemblait à l'actrice aux cheveux courts, comment elle s'appelle ? Jamie Lee Curtis, mais la petite vieille avait l'air plutôt gentille et j'ai espéré qu'elle allait à Chicago ou même, pourquoi pas, jusqu'à Milwaukee et qu'elle pourrait s'occuper un peu de Rose.

Va t'asseoir près de la grand-mère, j'ai chuchoté à Rose. Puis je me suis approché de M. Blanc et j'ai lancé assez fort pour que lui et sa Jamie m'entendent bien : Bon, fais bien attention, petite sœur ! Souviens-toi de ce que papa t'a dit, il faut pas parler à des hommes que tu connais pas.

Elle voyage toute seule ? a demandé Blanchot. Il portait un pantalon framboise et un polo blanc qui m'éblouissait un peu. Il avait aussi un diamant comme bouton d'oreille, ce qui était cool mais carrément pas normal. La femme portait une jupe longue en jean avec un T-shirt

rayé et une casquette à longue visière où était écrit Alpi-
niste, et comme elle avait l'air assez normale j'étais
davantage attiré par elle que par son mari. Mais c'était
manifestement lui le chef.

Ouais, elle est toute seule, j'ai dit. Elle rentre à Milwaukee chez maman. J'habite avec notre père.

Ah bon ? il a dit. Et où il est, ton père ?

Il conduit un car de ramassage scolaire. Il peut pas
venir à cette heure-ci, alors c'est moi qui emmène ma
sœur.

Dommage. Puis, s'adressant à la petite vieille à côté
de lui, Mère, est-ce que tu pourrais avoir l'œil sur la
petite fille ? En tout cas jusqu'à Albany. Elle te tiendra
compagnie, a-t-il ajouté avec un sourire forcé. On aurait
dit qu'il venait de lui enlever sa laisse, parce qu'elle a
aussitôt foncé sur sœur Rose et s'est mise à lui parler
comme une vraie grand-mère. Elle devait sans doute
avoir passé plusieurs semaines à se sentir de trop et trop
vieille chez M. Blanchot et sa digne épouse.

C'est le moment que j'ai choisi pour reculer, m'éclipser et vite gagner la rue avant que je me mette à pleurer
ou à me faire trop de souci en pensant à ce qui arriverait
à sœur Rose quand, arrivée à Milwaukee, elle devrait
retrouver sa mère.

Environ dix minutes plus tard, me voilà dans Bridge
Street à tendre le pouce lorsque s'arrête une Saab
Turbo 9000 gris métallisé ultrachic : ce n'est autre que
Blanchot et Jamie Lee Curtis. Jamie est au volant, et
Blanchot me lance, Grimpe, gamin. J'ai sauté sur le siège
arrière et nous voilà partis. Un instant plus tard, sortis de
la ville, nous roulions vers l'ouest et les montagnes en
direction de ma vieille ville d'Au Sable. Car ils allaient

à Keene, où justement ils habitaient. Nous étions donc sur la 9 North à bavarder de tout et de rien, surtout Blanchot, en fait, parce que sa femme s'occupait de conduire. Je pensais que la Saab devait être à Jamie et qu'elle avait une odeur de neuf lorsque, sans raison, je leur ai demandé s'ils connaissaient les Ridgeway, route East Hill à Keene, et ils ont tous les deux répondu, Mais oui, bien sûr.

Des gens bien, a dit le mec, et elle a gloussé comme si ce n'était peut-être pas vrai.

Ouais. J'ai bossé pour eux, j'ai dit, encore une fois sans raison. Les mots avaient glissé tout seuls de ma bouche, comme des billes. On aurait dit que j'avais voulu faire un aveu ou un truc du genre.

Ah bon ? il a dit. Quoi, comme travail ?

Oh, des petits boulots, ratisser les pelouses, nettoyer la piscine, des choses comme ça.

Alors tu es allé là-haut, a dit Blanchot d'un ton méfiant. Je me suis demandé s'il avait entendu parler de l'effraction et du reste.

Ouais, mais en fait je suis allé donner un coup de main à un pote qui bossait pour eux régulièrement, ai-je dit en faisant machine arrière toute.

Tiens donc ! a dit Blanchot. Et qui c'est, ton pote ?

Je suis sûr que vous le connaissez pas. Il habite Au Sable, sauf quand il vient à Keene chez sa tante et son oncle. Il s'appelle Russ Rodgers. C'est un ami à moi.

Oh, mais on connaît Russ ! a lancé la femme d'une petite voix aiguë. Blanchot lui a alors décoché un regard lui signifiant de ne pas s'en mêler, et j'ai pensé, Merde je viens de déconner, ce mec-là est en train de me soupçonner et, soit il en sait plus que je crois, soit il est au courant d'autre chose qui m'échappe. Si ça se trouve, Russ s'est fait gauler et il a tout avoué, tout dit sur moi pour ne pas aller en taule. Il a même sans doute raconté que j'étais impliqué dans le vol du matériel électronique et l'incendie. J'ai soudain été pris d'une rage incroyable contre Russ, pas pour avoir avoué, mais pour avoir plaidé coupable de cette manière et à mon détriment. Il aurait dû subir sa punition comme un homme et pas moucharder un ami.

Vous connaissez Russ ? j'ai dit. Sans blague. Comment il va, l'ami Russ ? En fait y a eu une embrouille entre nous. Ça fait plus d'un an que je l'ai pas vu, et pour être franc, je l'ai aidé qu'une seule fois chez les Ridgeway, pendant un ou deux jours. Il y a longtemps. C'était l'été dernier, je crois. Ou au printemps, avant que les Ridgeway viennent de... de là où ils viennent.

Du Connecticut, a dit Blanchot.

Ouais, du Connecticut. Alors, comment ils vont, les Ridgeway ? Ce sont des gens bien, à ce qu'on dit.

Oh, ils vont bien, très bien, a-t-il répondu.

Comme nous arrivions à Au Sable je leur ai demandé de me déposer où ils voudraient, juste là près du *Grand Union* serait parfait. La femme a rangé la Saab sur le côté, je suis sorti, j'ai pris mon sac à dos, et juste au moment où je refermais la portière, le mec Blanchot s'est penché par sa fenêtre et il a dit, Comment tu t'appelles, jeune homme ?

Bone, j'ai dit.

Bone, hein ? C'est quoi, ton nom de famille ? Et ton père, c'est qui ?

J'ai pas le même nom que mon père. Parce qu'on m'a adopté, j'ai dit en lui faisant un signe de la main. Et aussitôt j'ai ajouté, A un de ces quatre, puis je me suis éloigné au plus vite dans la direction opposée. Plus de questions, man. J'ai entendu la Saab démarrer, et au bout de quelques secondes je me suis retourné pour m'assurer qu'ils étaient bien partis. La voiture avait déjà fait une trentaine de mètres et j'ai alors vu qu'elle était immatriculée dans le Connecticut. Soudain j'ai compris : les Ridgeway, c'étaient eux, et en un éclair je me suis rappelé avoir vu des photos d'eux dans la maison, avec des raquettes de tennis, à cheval, avec leurs enfants, et même avec la petite vieille qu'ils venaient d'accompagner au car.

Alors j'ai été submergé par quelque chose qui ressemblait à une énorme vague d'eau froide venue des mers arctiques, et, pour la première fois, j'ai réellement regretté d'avoir fait tant de dégâts chez eux, d'avoir brûlé leur vieux mobilier, descendu leur baie vitrée, dévoré leurs provisions et tout laissé sens dessus dessous. Je me suis demandé s'ils s'imaginaient qui ils avaient pris en stop et j'ai conclu que oui. Ils n'étaient pas idiots. Je me suis aussi demandé si M. Ridgeway avait remarqué que mon froc coupé aux genoux n'était autre que son pantalon vert orné d'ancres rouges, s'il avait reconnu le sac à dos que j'avais volé chez eux et s'il s'était douté que pratiquement tout ce que contenait ce sac lui appartenait, la bécasse, le pistolet, les fringues, le sac de couchage, le réchaud, la torche électrique, les CD de musique classique. La seule chose qui était à moi – que je ne lui avais pas prise –, c'était le rouleau de billets que j'avais volé à Buster. Et je me suis dit en me dirigeant vers la sortie de la ville, Quel petit salaud de voleur, bête et sans scrupules je suis devenu. Puis, après avoir franchi le pont, je suis arrivé au mobile home bleu pâle où vivaient ma mère et mon beau-père, et où j'avais vécu avec eux.

Mon vieux VTT était dehors, derrière, près de la terrasse, en train de rouiller, et tout était presque comme si j'habitais encore là. Rien n'avait changé, en fait, du moins en apparence. J'ai donc gravi les marches de la terrasse, passant par-derrière comme si on m'avait renvoyé chez moi avant l'heure pour avoir fait l'imbécile en classe une fois de plus. J'ai tourné le bouton de la porte, m'attendant presque à ce qu'elle ne soit pas fermée, et en effet elle était ouverte, ce qui m'a un peu étonné parce que d'habitude, quand ma mère et Ken sont au travail, ils mettent le verrou et laissent la clé sous le paillasson.

L'intérieur était un vrai capharnaüm : des bouteilles de bière, des cendriers qui débordaient, des meubles déplacés, la télé cassée et renversée, des assiettes et des verres sales dans tous les coins, on aurait cru que c'étaient les bikers qui vivaient ici, pas ma mère avec Ken, son mari. Ça puait la transpiration, la bière éventée, la bouffe pourrie et les mégots comme si on avait fait la foire toute une semaine. C'était étrange. Autrefois il leur arrivait de temps à autre de vraiment s'éclater pendant des week-ends entiers ou même plus longtemps en oubliant mon existence, mais d'habitude ils étaient dessoûlés pour le lundi matin, nettoyaient et allaient à leur travail comme des citoyens ordinaires. Ce que je voyais là était si inhabituel que je suis resté près de la porte en me demandant pendant plusieurs secondes s'ils n'avaient pas déménagé. Mais tout était bien à eux, les meubles, la cuisine, et même les chopes et les boîtes de bière que Ken collectionnait – sauf qu'elles étaient en désordre et pas du tout en rang d'oignons comme il voulait toujours que ma mère les remette après avoir dépoussiéré et nettoyé les étagères et comme il me demandait aussi de le faire si j'avais le malheur d'en toucher une.

J'ai déposé mon sac à dos près de la porte et, repensant à ce brave Willie, j'ai commencé à le chercher en disant, Viens, Willie, viens Willie, sors de là où t'es, Willie, et je venais de traverser le coin repas pour entrer dans le séjour lorsque j'ai vu Ken, mon beau-père, debout dans le couloir qui mène aux deux chambres du fond. Il ne portait que son slip bleu vif et un T-shirt, et il avait une sale gueule comme s'il ne s'était ni rasé ni lavé depuis une semaine. En plus, il bandait.

Je cherchais Willie, c'est tout, j'ai dit.

Sans déconner. Willie est mort. Mais *toi*, qu'est-ce que tu branles ici ? Qu'est-ce que tu fous à être encore *vivant*, bordel ?

Willie est mort ? Comment ça ?

Ecrasé par une bagnole. Juste devant la porte. Qui sait ? Et puis on s'en fout.

Moi, je m'en fous pas ! Qui l'a écrasé ? Toi ?

Ouais, bien sûr, *toi*, tu t'en fous pas, il a dit en entrant dans la pièce. Il est resté un instant debout au milieu du foutoir en se grattant le ventre, puis il a regardé autour de lui et il a fini par trouver un paquet de cigarettes tout froissé sur la table basse. Peut-être que je l'ai écrasé, peut-être pas, il a dit. Son problème, c'est qu'il est resté sans bouger alors qu'il aurait dû détaler. Il a fouillé dans le paquet, en a extrait une cigarette, l'a allumée et a inspiré lentement. Pendant quelques secondes il m'a dévisagé comme s'il ne me reconnaissait pas vraiment, puis il a dit, Alors, c'est quoi ton histoire, belle-de-jour ?

Qu'est-ce que tu veux dire ?

Tu t'es bien marré ? T'es sacrément habillé.

Tu ressembles pas tout à fait à Ralph Lauren toi non plus, j'ai dit. Ce qui l'a presque fait rire.

Cette histoire, là, que t'étais mort dans l'incendie du *Video Den*, on n'y a jamais cru. Surtout quand ils n'ont retrouvé qu'un corps et que quelques semaines plus tard ton petit copain s'est pointé chez sa tata à Keene. Alors, où t'étais passé, tout ce temps-là ? T'as vendu ton cul à

New York ? C'est tout ce que vous savez faire, vous les p'tits accros, pas vrai ? Un tour à Times Square où vous vendez votre cul à de vieux pédés pleins de fric et de virus du sida, et puis vous revenez crever chez maman.

C'est plutôt le genre de truc qui te plairait à *toi*, j'ai dit. Et ma mère, où elle est ?

Au travail. Où je devrais être aussi, a-t-il ajouté avec un soupir. Il s'est assis sur le canapé, il a mis ses pieds sur la table basse et j'ai remarqué qu'il ne bandait plus. Eh bien, Chappie, ça me fait plaisir de te voir, a-t-il dit. Sans déconner, c'est vrai. Désolé d'être aussi chiant. Mais il y a eu pas mal de gens qui ont morflé à cause de ta disparition. Surtout ta mère. Et ta grand-mère. Et moi aussi, que tu le croies ou pas. Même moi.

Ouais, bon, je me suis bien débrouillé, j'ai dit. J'ai habité chez des copains. C'est tout. Mais qu'est-ce qui se passe, Ken, vous avez fait la foire, ou quoi ? j'ai demandé en désignant d'un geste tout le foutoir. Avec un petit sourire il m'a appris qu'il avait été licencié de la base aérienne quelques semaines auparavant parce que les démocrates avaient décidé de la fermer. Et comme toujours, les premiers à être remerciés c'étaient les techniciens d'entretien, et ma mère était en rogne contre lui, d'abord pour ça mais aussi pour d'autres trucs qui le dépassaient et ne valaient même pas la peine qu'on en parle. Ils avaient eu quelques disputes et elle était partie habiter chez ma grand-mère un moment. Il admettait qu'il était pas très doué pour le ménage et j'ai dit, Ouais, d'après ce que je vois. Il avait l'air complètement dans la mélasse, avachi sur le canapé et baignant dans sa propre saleté. Tout en restant celui qu'il avait été auparavant, encore assez en forme pour son âge – la quarantaine, je crois –, il paraissait plus âgé, plus mou et plus triste, comme si les mauvaises nouvelles qu'il avait fuies toute sa vie venaient enfin de le rattraper.

Je lui ai demandé s'ils allaient se séparer, ma mère et lui, et il m'a dit que non, qu'ils avaient seulement besoin de se donner un peu d'espace du fait qu'elle était entrée aux AA, et il allait être obligé de faire pareil s'il voulait qu'elle revienne. Et il le voulait. En fait il y entrait aujourd'hui même.

Ma *mère* ? j'ai dit. Aux Alcooliques *Anonymes* ? Tu veux dire qu'elle est *alcoolique* ?

Oui, les AA ou un machin approchant, un de ces groupes qui se réunissent à l'hôpital. AA ou Al Anon, ou Ali Baba, ou PLO ou une autre connerie, qu'est-ce que ça peut bien faire, c'est tous le même baratin. Remarque qu'ils ont pas tort, Chappie. Ils ont même raison. Ils te remettent sur les rails et t'y maintiennent. Mais ta mère, c'est devenu une vraie teigne pour cette histoire de boisson.

Il a ensuite expliqué que ma mère n'était pas vraiment une alcoolique, ou du moins elle affirmait ne pas l'être, mais elle s'était mise dans un groupe où les participants prétendaient tous que c'était leur mari ou leur femme qui buvait, ou qui était toxicomane ou Dieu sait quoi, et ils se réunissaient une fois par semaine et en discutaient. Selon Ken, si on voulait retrouver sa femme, on était obligé d'entrer aux AA et de cesser de boire ou de se droguer ou de prendre les trucs auxquels on était paraît-il accro.

Ça me paraît bizarre, j'ai dit, et il a répondu, Ouais, ça l'est, mais comme il voulait vraiment qu'elle revienne il allait le faire.

Tu veux un coup de main pour nettoyer ? j'ai demandé. Elle aura peut-être envie de rentrer si la maison est propre et que je suis là, maintenant. Je me disais que j'avais quand même besoin de la faire revenir vivre ici – avec ou sans Ken – parce que le logement de ma grand-mère n'était qu'un petit studio en ville, dans le Mayflower Arms, sans cuisine et avec juste une petite alcôve pour le lit, ce qui voulait dire que ma mère dormait sur le canapé. Il était donc hors de question que je puisse aller habiter là-bas avec elle.

Ken a trouvé ma proposition super, et pour la première fois il a souri, mais d'abord est-ce que je voulais bien aller voir dans le frigo s'il restait une bière ? Je l'ai fait, mais sans grand plaisir, parce que le frigo était si crade que j'ai compris que c'était moi qui allais m'en coltiner le nettoyage. Ken avait beau être M. Propre en personne, je l'avais encore jamais vu lever le petit doigt pour décrasser quoi que ce soit. Ça tombait toujours sur moi ou sur ma mère.

Je lui ai apporté sa bière et quand je la lui ai tendue il m'a agrippé le poignet avec violence. C'est *quoi*, cette merde ? il a dit en parlant du tatouage.

Rien, j'ai répondu en essayant de me dégager. Mais il me retenait. Petite *foufounette* ! Petite *chagatte* à la con, à te faire tatouer comme une lope. Tu t'en es déjà fait mettre un sur le cul ? Fais-moi voir, tapette, fais-moi voir ton cul, il a dit en essayant d'attraper mon pantalon court. Et c'est alors que je lui ai échappé. J'ai couru dans la cuisine pendant qu'il braillait, Reviens ici tout de suite, que j't'encule une bonne fois pour toutes !

J'aurais facilement pu prendre la porte. Il n'aurait pas été capable de me rattraper : il était soûl, à moitié nu, et je cours vite. Mais j'ai plongé la main dans mon sac à dos, j'ai sorti le pistolet, je me suis retourné et, très calme, je suis rentré dans le séjour au moment où il contournait la table basse. Il bandait à nouveau.

En voyant le flingue il s'est arrêté. Et il a dit, Allez, Chappie, donne-moi ça. Tu sais pas t'en servir.

Essaie un peu, pauvre con. Avance, que je te brûle comme il faut, man. Je plaisante pas. *S'il te plaît !* j'ai dit. Je souhaitais vraiment qu'il fasse un ou deux pas dans ma direction ou qu'il me traite à nouveau de tapette, de chagatte ou de foufounette. Je désirais vraiment l'entendre dire qu'il allait m'enculer une bonne fois pour toutes. J'avais envie d'entendre ces mots juste une fois de plus, envie qu'il fasse un pas dans ma direction. Un seul. Parce que je voulais le tuer. Je n'ai jamais rien souhaité si fort dans ma vie que de pouvoir descendre mon beau-père à cet instant. Mais je savais que je ne pouvais pas s'il ne me lançait pas une autre insulte ou s'il ne faisait pas un pas vers moi. C'était comme un contrat passé avec Dieu, comme si j'avais reçu de Dieu la permission de faire sauter la gueule de ce salaud à la seule condition qu'il empiète sur ma vie d'un pas de plus, qu'il en rajoute juste encore un peu sur toutes les nuits où il s'était glissé dans ma chambre, m'avait obligé à lui toucher la queue et à la lui sucer pour me traiter ensuite de petit suceur, qu'il en rajoute sur tous les mensonges qu'il avait racontés à ma mère et qu'il m'avait obligé à lui raconter aussi pour qu'elle ne se doute de rien, sur toutes les fois où il m'avait menacé de me couper la bite si je parlais en ajoutant que de toute façon personne ne me croirait parce que tout le monde savait que c'était moi qui provoquais mon propre malheur puisque c'était moi qui lui suçais la bite. J'aurais voulu qu'il en rajoute sur toutes les fois où il m'avait cogné dessus pour ensuite dire qu'il était désolé et venir s'excuser dans ma chambre en s'allongeant sur mon lit et en se branlant dans le noir à côté de moi. S'il te plaît, s'il te plaît, Ken, traite-moi de chagatte, traite-moi de tapette, viens, tends la main et essaie de me prendre ce pistolet, essaie de m'attraper le poignet, *s'il te plaît* !

Il ne l'a pas fait. Le salopard. Il est retombé sur le canapé, et se prenant le visage à deux mains il s'est mis à chialer. C'était la première fois que je le voyais pleurer, et il pleurait comme un gosse, avec des sanglots et de la bave et de la morve qui coulaient, et ses épaules et son dos qui tressautaient comme s'il dégueulait. C'était pitoyable mais je n'ai pas éprouvé la moindre compassion pour lui. La seule chose que je regrettais, c'était de ne pas avoir pu lui tirer en plein dans la gueule, une occasion perdue qui, je le savais, ne se représenterait jamais plus.

J'ai fait demi-tour et je suis revenu dans la cuisine où j'ai ramassé mon sac à dos. J'ai remis mon pistolet dedans, puis je suis sorti en fermant la porte derrière moi. Debout sur la terrasse, je me suis senti d'un calme incroyable et presque vieux, comme si j'avais déjà vécu la totalité de ma vie et que je ne faisais plus qu'une chose, attendre de mourir. C'était une journée fraîche et grise où on sentait la pluie venir. Les feuilles sur les arbres s'étaient retournées et montraient une teinte argentée. Un vent fort soufflait et on voyait s'amonceler des bancs de nuages noirs au-dessus de Jay où se forme une grande partie des orages d'été qui éclatent à Au Sable. D'un pas lent j'ai descendu les marches, je suis passé à côté de mon vieux vélo en train de rouiller et je suis arrivé dans la rue. Là, je me suis arrêté un instant en pensant à Willie et en me posant la question suivante : serait-il encore en vie si je ne m'étais pas enfui ? Et puis je me suis dit qu'aucun de nous ne serait encore en vie si je n'étais pas parti. J'ai pris à gauche en direction de la ville, et après avoir marché quelques minutes très lentement, comme si j'étais dans le brouillard, j'ai un peu accéléré le pas. Je me disais que j'avais intérêt à me presser si je voulais arriver à la clinique où travaillait ma mère avant que la pluie commence à tomber.

11

L'ÉPERVIER

J'étais pas encore arrivé à la clinique que j'étais déjà pris de tremblements partout et j'avais les articulations toutes molles. Même ma mâchoire pendouillait et je gardais la bouche ouverte comme si un spectacle épouvantable m'avait mis en état de choc – un accident horrible ou un crime de sang. D'ailleurs je crois bien que je l'étais, en état de choc. J'avais les mains moites et les genoux en coton, et j'avais peur d'exploser si quelqu'un me jetait un regard soupçonneux ou me montrait le moindre manque de respect. Et j'étais dangereux, salement *dangereux*, parce que après le numéro à la maison avec Ken j'avais maintenant conscience d'avoir de l'artillerie, j'étais un dur avec un calibre neuf dans son sac, un dur qui pouvait cartonner s'il le voulait, qui pouvait descendre un individu en chair et en os et pas seulement la baie panoramique avec vue sur la montagne d'un mec friqué. Pour la première fois je comprenais comment ces gars furieux d'avoir perdu leur boulot ou ces pères divorcés qui n'avaient plus le droit de voir leurs gosses pouvaient entrer dans un bureau de poste ou dans une *Pizza Hut* bourrée de monde, sortir leur pétoire et se mettre à tirer en se foutant pas mal de qui se faisait allumer. Je ne *voulais* évidemment pas faire ce genre de truc, mais j'avais le sentiment qu'à la moindre chose qui irait de travers dans l'heure ou les deux heures qui suivaient, je deviendrais incapable de me maîtriser. Voilà où j'en étais arrivé à cause de mon beau-père, du naufrage de notre maison et de notre famille, à cause du fait que personne n'avait apparemment rien à cirer de la mort de ce brave vieux Willie et que personne, pas même moi, ne semblait comprendre que ce que je faisais, c'était d'essayer de revenir à la maison.

La clinique est un bâtiment assez bas, en briques, à côté du terrain de base-ball. Comme il y avait un match de niveau cadet ou junior et que les quelques parents assis sur les gradins le suivaient avec la même passion que si c'était le championnat national, personne ne m'a remarqué. Je me sentais presque invisible ou comme si j'assistais à un film dont j'étais aussi l'acteur, et ce sentiment persistait même quand quelqu'un me croisait sur le trottoir ou passait devant moi en voiture. Tout était faussement normal à part l'orage qui se préparait et les feuilles des arbres qui tourbillonnaient déjà dans le vent.

Il n'y avait pas de patients dans la salle d'attente de la clinique et le bâtiment était aussi silencieux qu'une morgue. Une ambiance sinistre. Je me suis avancé vers la réceptionniste, une blonde plantureuse du nom de Chérie aux charmes célèbres dans toute la ville. Je la connaissais de réputation par ce qu'en disaient les copains, mais aussi déjà un peu avant quand il lui arrivait de venir prendre une bière chez nous avec ma mère après le travail, et je lui ai dit, Est-ce que ma mère est là ?

Elle a lentement levé les yeux, laissant le magazine *People* qu'elle était en train de lire, et elle a fait, Hein ?

Ma mère. Est-ce qu'elle est là ? Faut que je lui parle, man.

C'est qui, votre mère ?

De toute évidence elle ne me reconnaissait pas, maintenant que mes cheveux avaient repoussé et que je n'avais plus ni mohawk ni anneaux dans le nez et les oreilles, toutes choses qui autrefois avaient permis aux gens de ne pas vraiment me regarder et de ne pas voir mon visage tel qu'il est – ce qui, bien sûr, était le but recherché. Mais à présent j'acceptais Je-même, comme aurait dit I-Man, et par conséquent je n'avais strictement rien à foutre de ce que les gens pensaient en me voyant.

Quand j'ai prononcé le nom de ma mère, tout s'est soudain cristallisé dans l'esprit de Chérie : elle m'a reconnu, compris que je n'étais plus disparu et présumé mort. Comme ça soulevait dans sa petite tête une foule de nouvelles questions auxquelles je ne tenais pas particulièrement à répondre, j'ai demandé, Elle est encore en comptabilité, pas vrai ?

Oh, oui, bien sûr. Mais dis-moi, mon petit Chappie, où étais-tu donc *passé* ?

Appelez-la en comptabilité, d'accord ? Et dites-lui que je suis à la réception et que je veux lui parler de quelque chose d'important. Là-dessus j'ai fait demi-tour et j'ai traversé la pièce pour aller dans l'angle opposé. J'ai posé mon sac derrière une grande plante, j'ai pris un siège et je me suis croisé les jambes et les bras. J'ai attendu en étudiant le panneau d'interdiction de fumer.

Au bout d'une minute ou deux ma mère est arrivée, l'air hagard et effrayé, comme si – merci Chérie – elle s'attendait à me voir couvert de sang ou presque. J'aime ma mère, je l'aime vraiment, malgré tout. Et je l'ai tout spécialement aimée à ce moment-là, quand elle est sortie de la comptabilité en courant, qu'elle est passée devant le bureau de Chérie la réceptionniste sans ralentir et qu'en arrivant à moi elle avait déjà les bras grands ouverts comme une vraie maman. Et lorsque je me suis levé, c'était comme si je m'avançais en elle, que je disparaissais dans son corps. En tout cas c'est la sensation que j'ai eue. Elle s'est mise à pleurer en disant des trucs comme, Oh Chappie, Chappie, où étais-tu passé ? Laisse-moi te voir, laisse-moi te *regarder* ! Je me suis tellement fait de souci, mon petit, je croyais que t'étais *mort* !

Elle m'a dit qu'elle était certaine que j'avais brûlé dans l'incendie, mais Ken avait toujours soutenu le contraire, et quand mon ami Russell avait refait surface elle avait commencé à espérer que Ken ait raison. Et maintenant te *voilà* ! a-t-elle dit, le visage tout illuminé. Elle s'est reculée, elle m'a pris par les bras et elle a souri. J'ai souri à mon tour et elle m'a de nouveau embrassé, et ainsi de suite, chacun son tour, jusqu'à ce que la scène de la réunion commence à s'épuiser et qu'on soit prêts à passer à des choses plus sérieuses.

Comme elle voulait naturellement savoir où j'avais été pendant tous ces derniers mois et avec qui j'avais habité, j'ai un peu menti pour qu'elle ne pense pas que j'étais resté caché d'abord à Keene puis à Plattsburgh – pas plus loin que le bout de la rue, en somme – et que j'aurais pu venir à la maison sans problème. J'ai donc raconté que j'étais parti de l'autre côté du lac, dans le Vermont, presque dans le New Hampshire, et que j'avais vécu en communauté avec de vieux hippies qui tenaient une école organique. Je n'avais aucune idée de ce que c'était, mais je voyais bien que les mots "école" et "organique" apaisaient un peu les craintes de ma mère, bien qu'elle soit très loin d'être une hippie. Elle n'a pas peur d'eux, c'est tout, et elle estime que tout ce qui est "organique" est bon, sauf que c'est trop cher. Et bien sûr le mot "école" est magique. Ça faisait comme si j'avais traîné avec des riches.

Elle m'a serré dans ses bras encore un peu et elle s'est extasiée de me voir en si bonne santé et si bronzé.

Je lui ai dit que j'avais fait beaucoup de jardinage pour les hippies, et que récemment, le jardin étant prêt, j'avais eu un peu de temps libre. J'avais alors senti à quel point elle me manquait et j'étais rentré du Vermont avec l'idée de peut-être lui rendre visite – au cas où elle souhaiterait que je vienne, ou que je passe ici quelque temps, ou quelque chose comme ça.

Je restais prudent parce que je ne savais pas si elle avait envie que je revienne chez eux après tout ce que je lui avais fait endurer cette année. Une fois qu'elle aurait la certitude que j'allais bien, elle risquait de se remettre en colère comme avant et me claquer encore la porte au nez – bien que, pour être franc, ce ne fut pas du tout elle qui m'avait mis à la porte l'été précédent quand j'étais parti, c'était Ken, et d'une certaine façon ce fût moi. Ma mère n'avait jamais fait que suivre le mouvement des hommes, ce qui est toujours – bien que ce soit triste à dire – la manière dont elle règle ses problèmes. Jusqu'à présent, en tout cas. Car quelque chose de nouveau apparaissait avec son programme des AA. C'était sans doute ça qui l'avait poussée à partir en laissant Ken, même si ce n'était que pour aller chez grand-mère. Il y avait là, à mon sens, les germes d'un changement très intéressant.

Je lui ai dit que j'étais déjà passé à la maison, que j'avais vu Ken et appris que Willie s'était fait rétamer. Oui, a-t-elle répondu, ça lui faisait de la peine. C'était une bien triste fin pour un gentil chat. Mais il s'agit d'un accident, tu sais, une de ces choses qui arrivent. Elle a expliqué que Willie avait changé après mon départ, qu'il ne rentrait plus beaucoup à la maison et qu'elle n'avait donc pas été tellement surprise de le trouver écrasé comme une crêpe sur la route, quelques maisons plus bas, un matin où elle se rendait au travail.

Je n'avais aucune envie d'entendre ça. Ouais, bon, il y a un tas de choses qui ont changé, faut croire. Et on dirait que Ken déraille complètement. Sans parler de la maison. Tu devrais la voir. Ça te ferait gerber. Au fait, Ken m'a expliqué ce qui s'est passé. A propos de votre séparation, je veux dire, et du fait que tu habites chez grand-mère.

Ah bon ? Il a employé le mot "séparation" ?

J'sais pas. Peut-être c'est moi qui l'ai ajouté. Mais vraiment il est pas bien, tu sais ? Je veux dire que c'est un type malsain, malade, tu crois pas ? Une sorte de pervers. Tu vois ce que je veux dire ?

J'essayais de trouver un moyen de lui révéler enfin ce qu'il en était de Ken, ce qu'il m'avait fait subir quand j'étais gosse. Je voulais qu'elle sache la laideur qui nous reliait encore l'un à l'autre, combien je détestais cette laideur et combien je souhaitais la voir disparaître de ma vie – ce qui était impossible tant que j'étais obligé de m'accommoder de lui pour être avec elle, ma mère, et donc de tout garder secret. Car cela signifiait que je ne pouvais pas réellement *être* avec elle, je ne pouvais pas être avec ma propre mère de façon nette et sans bavure, tant que son mari – mon beau-père – ne serait pas expulsé une fois pour toutes de sa vie et que les secrets n'auraient plus de raison d'être. Toutes ces histoires d'alcoolisme et de AA n'avaient aucune importance, pas plus que les promesses de Ken de se reprendre en main, parce que ce qu'il trimballait, lui, c'était le secret du passé, *mon* passé caché, c'était la partie détruite de ma vie que Ken introduisait avec lui chaque fois qu'il entrait dans la pièce où j'étais, comme s'il promenait la cape de Dracula sur ses épaules et un masque de loup-garou sur ses yeux. Chaque fois que je le voyais j'avais peur et je me sentais sale, laid et faible. Dès que Ken arrivait dans les parages j'éprouvais exactement l'inverse de ce que je ressentais lorsque je me trouvais seul avec ma mère – rien qu'elle et moi comme en cet instant – ou lorsque j'étais avec I-Man, ou avec Rose, ou même avec mon vieux copain Russ. Avec eux j'étais Bone, qu'ils s'en rendent compte ou pas, tandis qu'avec mon beau-père j'étais toujours le petit Chappie allongé tout seul dans le noir. Sauf quand j'avais brandi le pistolet.

C'est boire qui le rend malade, Chappie, m'a-t-elle dit. C'est l'alcool. Il est allergique à l'alcool, c'est pourquoi il se conduit comme ça. Il faut que tu le comprennes.

Quel tissu de conneries, j'ai dit.

Voyons, Chappie, je t'en prie, ne nous embarquons pas là-dedans. Ne parle pas de Ken, d'accord ? Ce sont *nos* retrouvailles, d'accord ? Ne gâche pas tout, mon petit. Et ne dis pas de gros mots, ça me ferait plaisir.

Ouais, bon, est-ce que tu vas demander le divorce ? Tu vas le faire ? Parce que tu devrais. Sérieusement. Il y a des trucs sur Ken que tu sais pas. Même toi tu les sais pas. Des trucs qu'on m'a dits. Des trucs que je *sais*.

Je n'ai pas envie d'entendre ce qu'on t'a *dit*.

Ouais, bon, t'aurais quand même intérêt à le virer tout de suite de ta maison pour qu'on puisse y revenir et faire un peu de nettoyage. Il est complètement déjanté. Mais la maison elle est à toi. C'est pas mon vrai père qui te l'a donnée ? Ken n'est que le beau-père, en fait. Il n'a aucun droit d'habiter cette maison sauf si tu l'y autorises. Et puis tu devrais voir le bordel qu'il a foutu dans la baraque, désolé de parler comme ça, mais c'est vraiment horrible, à gerber.

Chappie, je t'en *supplie*. Je te demande de ne pas te mêler de mes affaires. Nous essayons, Ken et moi, de dénouer les choses, et nous y arriverons si tu veux bien ne pas mettre ton grain de sel.

Moi ? j'ai fait d'une voix soudain grêle et aiguë comme un timbre de bicyclette. *Moi ?* Tu penses que c'est *moi* le problème ? Ah ! C'est à mourir de rire.

Elle a regardé au-dessus de ma tête comme si elle savourait la brise.

C'est *Ken* le problème, pas moi ! j'ai dit. Mais je savais que ça ne servait à rien.

C'est faux, Chappie ! Elle criait. Elle était furieuse, à présent, et tout est ressorti, la même sempiternelle histoire. En fait, jeune homme, a-t-elle dit, depuis à peu près un an c'est *toi* qui poses de sérieux problèmes, tu ne crois pas ? Sinon il me semble que Ken et moi nous nous serions mieux entendus. Parce que je n'aurais pas été si tendue toute l'année et peut-être il n'aurait pas eu besoin de tant d'alcool pour supporter ses problèmes et sa frustration. Vraiment, qui sait combien de choses auraient tourné différemment si tu ne t'étais pas mis à te droguer et à voler ? Si t'étais resté en classe, par exemple, et si tu avais eu des copains convenables, qui sait comment les choses auraient tourné ? Bon, mais maintenant tu vas bien, tu es de retour et c'est merveilleux, Chappie. Je suis sûre que nous allons pouvoir débrouiller tout ça à présent, mon chéri, tous les trois.

Rien. A. Branler.

Comment ? Tu ne *veux* pas améliorer la situation ?

Non, pas si on doit le faire à trois. Je veux dire, je veux être avec toi. Avec toi je peux faire avancer les choses. Mais pas avec lui. Pas s'il est là.

Où ?

Là où tu es.

Eh bien, excuse-moi, mon petit monsieur, mais cette décision ne t'appartient pas. C'est à moi de dire si Ken et moi allons rester ensemble. A moi et à Ken, pas à toi. Nous sommes encore en train d'essayer de démêler les choses et je ne suis chez grand-mère que temporairement. Jusqu'à ce que Ken décide de résoudre son problème de boisson, c'est tout. Et toi, tu ne peux en tout cas pas habiter aussi chez grand-mère parce qu'il y a tout juste de la place pour moi. Si tu veux vivre à la maison avec moi, comme je le souhaite – et je veux que tu le saches –, tu devras d'abord nous permettre, à Ken et à moi, de démêler nos problèmes. Nous y arriverons, et quand ce sera fait tu seras obligé, j'en ai bien peur, de supporter Ken. Et d'aimer ça, en plus. Et d'être gentil avec lui, ce qui sera nouveau. Il faudra que bien des choses changent, Chappie, pour que nous puissions recommencer à vivre tous les trois comme avant, comme à l'époque où tu n'avais pas tous ces ennuis. Et c'est toi, mon petit monsieur, qui dois changer le plus, a-t-elle dit. Toi et Ken, bien entendu, Ken devra lui aussi changer certaines choses, a-t-elle ajouté comme si elle avait fait une grande concession. Puis elle s'est reculée et elle a croisé les bras, ce qui signifie depuis toujours qu'elle a pris une décision, qu'elle a délimité son territoire et qu'à partir de là il n'y a plus de discussion possible. Sinon tout se transforme en défi, en défi direct lancé en plein visage, du style je-t'emmerde-maman.

Rien n'a changé ! j'ai crié. Et rien ne changera jamais ! Rien ! Si je criais, sans doute, c'est qu'elle reculait comme si elle avait peur de moi. Tu veux tout simplement qu'on retombe dans le même truc qu'avant ! Je crois que j'avais des larmes dans les yeux. Ecoute, maman, je t'en prie, je t'en prie ! Essaie, d'accord ? Essaie au moins une fois de voir les choses de mon point de vue. J'étais en train de la supplier et pourtant je savais qu'elle n'*essaierait* même pas d'adopter mon point de vue. Elle ne pouvait pas, sans doute, sauf si elle était au courant de mon secret, et je n'avais aucun moyen de le lui révéler à ce moment-là. C'était trop tard. Alors j'ai continué à brailler et à formuler un tas d'exigences imbéciles, pas parce que je pensais qu'elle allait répondre à mes demandes – je ne l'espérais même pas – mais parce que j'étais furieux de voir tout s'écrouler, déçu de constater qu'il était trop tard pour changer quoi que ce soit, et enfin parce que j'étais incapable de m'exprimer autrement.

Tu sais quoi, maman ? Tu veux que je te dise ? Je vais te le dire. C'est *toi* qui dois choisir ! Ouais, tu dois choisir entre moi et Ken ! Parfaitement, choisis celui de nous deux que tu veux. Parce que tu peux pas avoir les deux. C'est la seule chose que je garantis. Allez, maman, choisis, l'un ou l'autre. Ken ou moi. Faut être sérieux, maintenant.

Arrête ! a-t-elle dit. Arrête tout de suite !

Qui est-ce que tu veux près de toi, maman ? Ça va être ton alcoolo d'abruti de pervers de mari déjanté, ou le garçon sans foyer qui est issu de ta chair et de ton sang ? Epervier, épervier, qui appelles-tu, maman ? Moi, ou Ken ?

A ce moment-là je me souvenais de la cour de l'école quand j'étais tout petit et du jeu de l'épervier. Les instits trouvaient ça mignon, mais moi ça me faisait peur. Il y avait deux rangées de gosses qui se tenaient par la main. Ils se faisaient face et un gamin au milieu du rang disait, Epervier, épervier, c'est Chappie l'épervier. Ça m'excitait terriblement, comme si on venait de me désigner pour quelque chose d'extraordinaire. Je lâchais les mains des gamins à ma gauche et à ma droite et je m'avançais, tout seul entre les deux rangées comme dans l'espace qui sépare deux armées. Je me sentais exposé aux regards de tous, et ramassant mes forces, je fonçais aussi vite que je pouvais vers la ligne adverse. Je me jetais contre les mains nouées ensemble des gosses devant moi – je me souviens seulement qu'ils étaient plus grands que moi parce que, même si à l'époque je ne m'en rendais pas compte, on appelle seulement les enfants les plus petits, ceux qui sont pas assez costauds pour passer de force. Car celui qui réussit à traverser peut tranquillement regagner son rang et c'est alors à son côté d'appeler le plus petit adversaire pour qu'il tente de faire sauter le filet des mains jointes les unes aux autres. S'il échoue, il est prisonnier. On fait ainsi des aller-retour jusqu'à ce qu'à la fin il ne reste plus qu'un gosse d'un côté en face d'une grande rangée où il y a tous les autres. Ce dernier joueur ne peut plus appeler personne du camp adverse parce qu'il est isolé. C'est généralement le plus grand et le plus fort des enfants alors présents dans la cour, un CM1 ou un CM2, qui se retrouve là tout seul. Et curieusement c'est aussi lui le perdant. En tout cas je ne suis jamais resté en dernier. On m'appelait toujours en début de partie et j'étais fait prisonnier. Et même si je me plaignais avec des, Oh non, c'est pas vrai, j'étais secrètement content d'avoir été capturé. J'avais pas envie d'être le gros dur qui finissait tout seul de l'autre côté et se trouvait incapable de dire, Epervier, épervier, c'est au plus petit de toute la cour, c'est à Chappie d'être l'épervier.

Tu – tu es – tu es un enfant *épouvantable* ! a-t-elle crachouillé en se mettant à pleurer de colère plus que de tristesse.

Ouais, bon, ça devrait te rendre le choix plus facile, j'ai dit. Alors, c'est qui, maman ? Le mari formidable ou le fils épouvantable ?

En la voyant se tordre les mains j'ai compris que je bousillais notre relation, sans doute à jamais, mais j'étais plus capable de m'arrêter. Le visage de ma mère était devenu cramoisi, creusé de plus de rides que je ne lui en avais jamais vu. Elle vieillissait là, directement sous mes yeux, et je regrettais vraiment d'avoir dû la forcer à faire ce choix. Mais je me sentais comme si je n'avais pas le choix, moi non plus, comme si c'était son mari, l'homme qu'elle avait choisi pour époux après le départ de mon vrai père, qui m'y obligeait, qui avait fait en sorte que ni ma mère ni moi n'avions plus de liberté de choix. Et celui qui nous avait enlevé cette liberté, Ken, n'était même pas là.

D'une voix faible, presque un chuchotement, elle a dit, Dans ce cas, va-t'en, Chappie. Va-t'en.

Je me souviendrai toujours de cet instant. Je l'ai repassé dans ma tête au moins une centaine de fois. Mais je ne me souviens pas beaucoup de ce qui a suivi. Je crois avoir dit d'accord. J'étais calme. J'ai soulevé mon sac à dos, je me rappelle avoir pensé au calibre 9 qui était dedans et avoir remarqué avec soulagement que je n'avais plus alors la moindre envie de me faire un massacre général.

Je vais d'abord passer voir grand-mère, j'ai dit. Rien que pour lui dire au revoir. Je ne l'ai pas encore fait. Puis je suppose que je retournerai dans le Vermont, à l'école organique.

Comme tu voudras, elle a dit. Elle avait l'air totalement abattue, comme si son fils unique était mort. Sauf que bien sûr il était vivant, qu'il se tenait debout devant elle et lui disait au revoir. Mais je pense qu'à sa manière elle souhaitait que je sois mort, qu'elle avait préféré depuis le début me savoir porté disparu et présumé mort que me voir ici comme j'étais maintenant. D'une certaine façon, en disparaissant je ne faisais que lui accorder ce qu'elle voulait vraiment sans oser le demander.

J'ai pensé, Quel brave garçon je fais. J'ai dit, A un de ces quatre, maman. Et je l'ai laissée là, assise, sur la chaise derrière la grande plante verte dans l'entrée de la clinique. Elle avait l'air triste et songeuse, et quand je me suis retourné depuis la porte j'ai vu qu'elle paraissait aussi soulagée.

12

PAR-DESSUS LA RIVIÈRE
ET A TRAVERS BOIS

Il pleuvait plutôt fort au moment où j'ai quitté la clinique, et j'étais trempé quand je suis arrivé chez grand-mère, près du pont, devant l'immeuble divisé en appartements qui s'appelle le Mayflower Arms. J'avais pourtant couru pendant presque tout le trajet. Je devais avoir l'air d'un chaton qu'on a voulu noyer dans un sac, parce que lorsque grand-mère est venue ouvrir elle ne m'a pas reconnu au premier abord et j'ai dû lui donner mon nom. C'est moi, ton petit-fils. Le seul, en fait, mais passons : elle est vieille et d'un égocentrisme étonnant pour quelqu'un qui n'a plus longtemps à vivre. En plus, elle s'était probablement mis dans la tête que j'étais mort brûlé dans l'incendie et je devais lui faire l'effet d'une apparition. Personne n'a envie de reconnaître un fantôme, pas même celui de son unique petit-fils.

Portant les mains à son imposante poitrine, elle a dit, Chappie ? C'est vraiment *toi* ? Mon Dieu, j'ai cru que tu avais été calciné dans l'incendie du *Video Den* au point de ne plus être identifiable. Tu sais qu'on a trouvé un corps, a-t-elle ajouté, et j'ai répondu, Ouais, j'suis au courant.

Elle m'a serré dans ses bras comme d'habitude, prenant soin de tenir sa cigarette à distance pour pas me brûler et de tourner la tête pour que je fasse pas tomber les énormes clips qu'elle porte jour et nuit. Elle était vraiment contente de me voir, en fait, et elle a montré un vrai plaisir à me prendre les doigts dans ses mains douces et usées après avoir posé sa cigarette dans un cendrier. Elle a aussi eu plaisir à se reculer, à me détailler du regard et à me sourire avec des larmes dans les yeux en soulignant combien elle était *heureuse* de savoir que ce n'était pas moi qui avais été calciné au point de ne plus être identifiable. Elle semblait particulièrement satisfaite d'utiliser cette expression, parce qu'elle l'a employée bien plus souvent que nécessaire si elle voulait simplement me persuader de ma chance d'être encore en vie, comme elle le prétendait. Parce que c'est ça qu'elle me disait, que je devrais m'estimer heureux de ne pas avoir été calciné au point de ne plus être identifiable. Mais au fait, est-ce que j'étais au courant de l'incendie ? Est-ce que je l'avais vu ? Elle me questionnait comme s'il s'était agi pour elle du grand événement de l'année.

J'aime ma grand-mère et je l'ai toujours aimée depuis mon enfance, mais je peux jamais vraiment savoir ce qu'elle pense. Et cela entre autres parce qu'elle le sait pas non plus. Et puis elle s'épile les sourcils complètement et s'en trace de nouveaux avec un crayon spécial pour qu'ils ressemblent à ce qu'elle aimerait voir dans un magazine de mode. Ça veut dire qu'ils lui montent très haut sur le front comme si elle avait été pétrifiée dans un état d'étonnement ravi. On ne peut donc pas très bien déchiffrer son expression. C'est une sorte de masque. Elle a aussi le don de renverser la manière habituelle de poser les questions, de sorte qu'elle parle toujours d'*elle*, mais on ne doit pas s'en rendre compte. La plupart des gens ne le remarquent sans doute pas. Même moi je ne l'ai découvert qu'après m'y être habitué. Ainsi, pour mon treizième anniversaire, ma mère avait préparé un repas de fête. Lorsque grand-mère s'est assise à table, elle a pris ma main entre les siennes, m'a regardé au fond des yeux et m'a demandé, As-tu jamais pensé qu'un jour tu serais assez âgé pour avoir une grand-mère qui aura soixante-quinze ans en septembre ?

J'ai répondu, Sans blague, grand-mère. Joyeux anniversaire d'avance, au cas où je vivrais pas jusqu'en septembre. Mais aussitôt ma mère m'a engueulé parce qu'elle savait ce que je faisais même si grand-mère ne s'en rendait pas compte. C'était juste pour plaisanter et grand-mère aime bien qu'on plaisante avec elle. Elle sait parfaitement quand on s'occupe d'elle.

Cette fois-ci elle m'a dit, Je parie que tu n'aurais jamais cru revoir ta grand-mère, pas vrai, Chappie ?

Ouais, c'est à peine croyable, j'ai dit. Mais j'étais dans le Vermont. Et puis j'ai ajouté le refrain sur l'école organique et la famille hippie composée de ces gens assez âgés et super-chouettes avec leurs gosses et une immense ferme qui les faisait tous vivre, eux et encore d'autres jeunes tel moi qu'on traitait comme des enfants adoptés. Là-bas, on faisait pousser ce qu'on mangeait, les gens avaient leur propre école dans la grange et ils fabriquaient leurs vêtements – même les chaussures, j'ai dit en lui montrant mes sandales.

Elles sont jolies, tes sandales. Ça me rappelle une autre paire que j'ai eue, fabriquée par des Indiens du Mexique ou de par là. Je les avais achetées dans une boutique de souvenirs indiens du lac George. Mais elles n'ont pas duré. Les tiennes, en revanche, ont l'air bien. Je vois que tu t'es débarrassé de ta coupe de cheveux bizarre, de tes boucles d'oreilles, de l'anneau que tu portais dans le nez et de tout ça, a-t-elle dit.

Ouais. A cause du règlement de l'école. C'est le seul ennui, j'ai précisé au cas où elle aurait cru que j'avais agi pour faire plaisir à des gens comme elle. Devant la porte, quand j'avais ôté mon keffieh trempé, elle avait vu mes cheveux et elle n'avait rien pu faire que hocher la tête pour marquer son approbation – ce qui m'avait instantanément donné envie de me raser la tête et de faire repousser mon bon vieux mohawk le plus vite possible. C'est pour ça que j'ai bien fait voir mon avant-bras à plusieurs reprises. Je voulais lui donner matière à dégoiser sur mes os en croix, mais il faut croire qu'elle était distraite et qu'elle ne les a pas remarqués. Ou bien elle a cru que je les avais toujours eus, que je pouvais pas m'en débarrasser comme du mohawk et des anneaux, et que par conséquent il valait mieux qu'elle n'y pense pas – ce qu'elle a fait. Elle était comme ça, elle avait le pouvoir de penser à ce qu'elle voulait quand elle voulait, c'est-à-dire également de décider de ne plus penser à quelque chose et d'y arriver. Grand-mère avait toujours ses ongles à vernir, ses sourcils à épiler, ses émissions télé à regarder, puis l'église et les réunions des AA. Elle fait partie des AA depuis un demi-siècle ou en tout cas depuis l'époque où ma mère était toute gosse et où son mari, le père de ma mère, s'est tué dans un accident de voiture après avoir trop bu. C'est un événement que grand-mère appelle son "réveil" et elle en parle encore comme s'il avait eu lieu il y a un an et que c'était au fond un coup de chance.

Aux réunions hebdomadaires qui se tiennent dans le sous-sol de l'église méthodiste, grand-mère est celle qui prépare le café, qui range quand tout le monde est parti et qui se plaint de faire partie des meubles. J'étais sûr que c'était elle qui avait poussé ma mère à entrer aux AA, parce qu'elle essayait depuis des années – ce que je trouvais d'ailleurs normal –, et c'était sans doute pour ça que ma mère vivait avec elle ces temps-ci. Je me suis dit que dès que ma mère serait certaine de pouvoir continuer à venir aux réunions des AA toute seule, elle partirait de chez grand-mère et reviendrait avec Ken.

De toute façon, habiter chez grand-mère ne devait pas être très drôle. C'était un immeuble antique et miteux, plein de vieux qui vivaient du minimum vieillesse, d'épaves humaines et d'ivrognes, et son appartement tout entier était plus petit qu'une chambre ordinaire, sans parler du fait qu'il était bourré de meubles dont elle n'arrivait pas à se séparer. Et puis je savais que pour ce qui était des repas, de la télé, du ménage et tout ça, c'était forcément grand-mère qui dictait sa loi, pas maman, même si maman versait de l'argent pour le loyer et la nourriture et même si grand-mère n'avait pour vivre que son allocation vieillesse. Grand-mère était totalement centrée sur elle-même et elle était forte. Ma mère, tout aussi centrée sur elle-même, était faible. J'aimais quand même mieux la façon d'être de ma grand-mère parce qu'on la voyait venir de très loin et qu'elle ne vous obligeait pas à vous apitoyer sur son sort en permanence. Même quand j'en voulais tellement à ma mère que je pouvais à peine la regarder – comme en ce moment – je me sentais encore coupable envers elle et elle me faisait de la peine. Ce qui explique sans doute la manière dont je me suis conduit ce jour-là chez grand-mère.

Je me suis laissé tomber sur son canapé et je n'ai pas bronché quand elle a commencé à se tordre les mains en gémissant que je mettais de l'eau partout. Elle ressemblait à un oiseau dont le nid vient d'être envahi par un oiseau d'une autre espèce. Elle voletait dans tous les sens en pépiant, mais je restais assis sans me soucier d'elle. Prenant la télécommande, je me suis mis à zapper, l'esprit absent, et j'ai posé les pieds sur sa table basse, ce qui était assez nul, je l'avoue, mais j'étais terriblement en rogne tout au fond de moi et j'avais aussi la trouille, et pourtant je n'aurais su dire à personne, pas même à moi, ce qui m'embêtait tellement. Sauf qu'il s'agissait bien sûr de mon beau-père et de ma mère, de l'impossibilité où je me trouvais de partager avec eux une vie ordinaire.

Tout ça était vrai depuis longtemps, mais, pour une raison ou une autre ça ne m'avait jamais encore autant dérangé que maintenant. Brusquement j'avais l'impression que tout était bien trop compliqué pour que je puisse maîtriser la situation. D'ailleurs personne d'autre ne la dominait non plus et je n'avais donc personne à qui demander de l'aide. Sauf grand-mère. Mais dès l'instant où devant sa porte elle ne m'avait pas reconnu, j'avais compris qu'elle aussi allait être incapable de me porter secours. C'était comme si j'étais tout à fait invisible, impossible à détecter ou un truc comme ça. Non, en fait, c'était plutôt comme si j'étais un miroir humain ambulant. La seule chose qu'on percevait en me regardant c'était son propre regard renvoyé par le miroir, et en fin de compte personne ne me voyait moi, ni en tant que Chappie ni en tant que Bone, personne ne me voyait autrement que comme moyen de satisfaire ses désirs ou ses besoins – lesquels, d'ailleurs, pouvaient parfaitement rester ignorés jusqu'à ce que j'entre en scène, comme ça s'était passé avec mon beau-père.

Malgré tout, il me semble que je n'aurais pas dû en vouloir autant à ma grand-mère d'être incapable de s'occuper de moi. Elle était vieille, pauvre, coincée, et elle avait probablement peur de choses que je n'imaginais même pas encore, peur de monstres et de démons

qui tourmentent les vieux dont la vie est entièrement
derrière eux et qui, sous cet angle, paraissent détruits,
bêtes et malheureux, et pour qui ne reste plus aucune
possibilité d'améliorer les choses. C'est comme une fin
de fête : les réjouissances se sont soldées par un bide et
on n'en fera pas d'autres. Pas étonnant que tant de vieux
se comportent comme si on les avait maltraités pendant
leur enfance. J'aurais dû aider grand-mère à prendre les
choses un peu mieux pendant les dernières années de sa
pauvre vie, à lui permettre peut-être de voir que tout ce
qu'elle avait vécu n'était pas si mal que ça, après tout.
Au lieu de ça j'aggravais la situation en lui rappelant à
quel point nous n'étions, elle, ma mère et moi, que la
pitoyable imitation d'une vraie famille. C'était comme
si elle était la graine, ma mère la plante et moi le fruit
pourri. Et puisque je ne pouvais pas être le bon petit-fils,
j'aurais dû au moins ne pas venir l'embêter, rester hors
de sa vue et laisser cette vieille femme continuer à aller
se vanter partout d'être la grand-mère du pauvre garçon
qui, le printemps dernier, avait été calciné dans l'incendie du *Video Den* au point de ne plus être identifiable.
Alors on la plaindrait, on en ferait toute une histoire, et
elle serait aux anges.

Comme elle avait le câble j'ai regardé un peu MTV
mais elle n'arrêtait pas d'intervenir, d'essayer d'entamer
la conversation en me demandant si j'avais déjà vu ma
mère ou Ken. Je hochais simplement la tête ou je disais
ouais et continuais à regarder la télé, passant à d'autres
chaînes dès qu'arrivait la publicité et revenant à MTV
pour les vidéoclips qui d'ailleurs ne me semblaient pas
avoir changé depuis la dernière fois, c'est-à-dire environ
un an auparavant, à l'époque où j'avais été viré de chez
ma mère. La plupart de ces clips sont comme des trips à
l'acide avec une bande sonore et ceux qui sont bons

vous font planer immédiatement comme par contagion, sans qu'on soit obligé de faire d'efforts, ce qui est peinard et marche encore mieux quand on est déjà déprimé.

Beck, un chanteur avec un seul nom comme moi et I-Man, se dressait dans une brume orange et pourpre, entouré par les arbres nus de la mort qui se détachaient contre un ciel rose, et il était en train de chanter que personne ne le comprenait lorsque grand-mère, perdant son calme, s'est écriée, *Chappie*, je t'en prie, aie la politesse de baisser le son ! Et écoute-moi quand je te parle, jeune homme ! Tu n'es pas chez toi, tu sais, tu es chez moi !

J'ai éteint la télé, je me suis levé, et j'ai dit, Ouais, je suis pas chez moi. Là, tu as dit la vérité. Je me suis dirigé vers le frigo, je l'ai ouvert et j'ai farfouillé à l'intérieur comme si je cherchais quelque chose de précis. Mais je n'agissais même pas par curiosité. Tout simplement, je ne savais pas quoi faire d'autre. Je crois que j'essayais surtout de ne pas causer plus de dégâts que nécessaire, mais grand-mère n'a sans doute pas compris les choses de cette façon.

T'as quelque chose de bon, là-dedans ? j'ai dit. Je n'avais pas réellement faim. Je ne faisais que remplir de mots l'air qui nous séparait.

Tu aimes la salade mimosa ? Tu *adorais* ma salade mimosa.

Ouais. Je me demandais, j'ai dit en refermant la porte du frigo assez fort pour faire sursauter ma grand-mère. Je me demandais si tu pouvais me prêter cinquante tickets.

Moi ? Elle s'est mise à bouger les yeux dans tous les sens comme si elle craignait que je la dévalise et qu'elle cherchait une issue pour s'enfuir. Je… j'ai pas d'argent, Chappie. Je peux pas… il faudra que tu demandes à ta mère. Ou à Ken. Demande à ton beau-père. Pourquoi est-ce que tu veux cet argent ?

C'est pas que je le *veuille*, grand-mère. C'est qu'il me le *faut*. Y a une nuance.

Oh.

Laisse tomber, grand-mère. Laisse tomber ces cinquante dollars. Je plaisantais.

Elle est restée muette une minute, comme moi, puis elle a dit, T'as des ennuis, Chappie ? Tu peux m'en parler, mon grand. Tu peux me faire confiance, c'est vrai. On aurait dit qu'elle était en train de monter sur le plateau d'une série télévisée, un de ses feuilletons mélos de l'après-midi, parce que c'est de là qu'elle tirait ses paroles à présent. Je suis ta grand-mère, mon grand, et si tu ne peux pas me faire confiance, *à qui* peux-tu faire confiance ?

J'ai grimacé un sourire si près de son visage qu'elle s'est reculée en sursautant. Puis j'ai dit, *Y a bon !* Y a bon, grand-mère ! Moi vouloir y a bon ! Est-ce que grand-mère peut donner y a bon à Chappie ? Parce que si elle peut, Chappie i'va être tout content, i'va plus avoir de problèmes !

Tais-toi ! Tu… t'es exactement comme ton père ! Tu me fais les mêmes choses que lui !

Qu'est-ce que tu racontes, man ! J'ai *rien* à voir avec lui ! C'est pour ça que ma mère et lui m'ont jeté, pas vrai ? Faut t'réveiller, grand-mère.

Je voulais pas dire Ken. Je *sais* que tu n'as rien à voir avec lui. Bien que, si tu veux que je sois franche, ça te ferait pas de mal d'*être* un peu plus comme lui. Sauf pour ce qui est de boire, peut-être. Elle a inspiré, se gonflant un peu, puis, après quelques secondes, elle s'est souvenue de ce qu'elle racontait juste avant. Non, je voulais dire ton *vrai* père. Paul. Il me parlait exactement comme toi à l'instant. Il m'effrayait, comme s'il allait me faire une crise de folie, bien qu'il ne l'ait jamais faite. En tout cas, c'était quelqu'un qui savait me mettre très mal à l'aise. Il n'était pas normal.

Mon vrai père te mettait très mal à l'aise ? Comment est-ce qu'il s'y prenait ? Pourquoi ?

Oh, tu sais bien, en parlant bizarrement, à toute allure, et de choses absurdes comme toi à l'instant, et on aurait dit que ça ne lui faisait ni chaud ni froid. Je pensais qu'il se droguait à cause de sa façon de parler. Après le divorce, ta mère m'a dit qu'elle croyait qu'il prenait de la cocaïne, et qu'il était même peut-être accro, tellement il dépensait d'argent. Il gagnait beaucoup.

Pas possible ! De la coke ? Mon père ? Ouah, j'ai dit, c'est cool. Soudain, pour la première fois depuis que j'étais tout gosse, j'avais très envie d'entendre parler de mon vrai père. D'habitude je me taisais dès que son nom surgissait dans la conversation et je faisais comme si on parlait de quelqu'un que je n'avais jamais rencontré et qui de toute façon n'avait rien à voir avec ma vie. Donc pourquoi est-ce que ça me ferait quelque chose, etc. Mais j'étais âgé d'à peu près cinq ans quand mon père était parti, et je me souvenais un peu de lui, j'en retenais quelque chose, bien que mes souvenirs soient brouillés et que je ne sois pas capable de me le représenter autrement que par la photo de lui que j'avais trouvée un jour dans un album appartenant à ma grand-mère. On l'y voit debout avec ma mère devant son 4 X 4, un Blazer 1981, dans l'allée de garage de la maison qu'ils viennent d'acheter, celle que ma mère a obtenue plus tard par divorce. Il est beaucoup plus grand que ma mère, plus grand aussi que Ken, et il est maigre. Il a l'air de s'amuser, comme s'il était au courant d'une plaisanterie dont les autres ne se sont pas encore aperçus et je vois à son grand manteau de cuir qu'il aime les fringues qui en jettent. Il est plus cool que ma mère, c'est un mec qui aime son 4 X 4 tout neuf et ne voudrait pas être vu même mort dans les joggings en nylon turquoise que porte Ken. De toute façon, j'ai jamais voulu trop en savoir à son sujet, probablement parce qu'il m'a laissé à Ken, bien qu'en fait il ne m'ait pas laissé à Ken puisque je suis presque sûr qu'il n'a même jamais fait la connaissance de Ken qui est arrivé plus tard. La réalité, c'est que j'ai pour ainsi dire gelé le sujet de mon vrai père pendant des années et que je n'ai même pas voulu entendre son nom. Paul. Paul Dorset.

Mais soudain je me suis mis à poser un tas de questions à grand-mère du genre, qu'est-ce qu'il faisait comme travail à cette époque, où est-il allé après le divorce, et ainsi de suite. Je crois qu'elle a été soulagée d'entamer avec moi une conversation normale quel qu'en soit le sujet, parce qu'elle s'est lancée dans un flot de paroles et en un rien de temps elle n'a plus eu besoin de mes questions pour continuer à parler.

Elle m'a dit que mon père travaillait comme technicien médical, ce que j'ai trouvé cool. Un expert en rayons X, a-t-elle précisé, et il gagnait plein d'argent, mais elle a ajouté aussitôt qu'à son avis il n'était pas expert en grand-chose sauf en mensonges parce qu'elle savait de source sûre qu'il n'avait jamais eu de diplôme de technicien médical, qu'il n'avait même pas étudié les rayons X, qu'il avait menti sur ses états de service militaire où il était censé avoir été chauffeur d'ambulance dans un service d'urgences. Ma mère qui travaillait alors au service du personnel de la clinique connaissait la vérité : elle était censée vérifier ce genre de choses quand on engageait quelqu'un. C'était elle qui avait parlé à grand-mère des mensonges de mon père après le divorce, quand elle avait cessé de le protéger. Elle avait quand même fait jurer à grand-mère de garder le secret pour la bonne raison que c'était elle qui avait couvert mon père. C'était un malin, il avait eu l'audace d'inviter ma mère à sortir avec lui le jour même où il avait posé sa candidature et elle avait eu le coup de foudre pour lui. Quand elle a appris qu'il n'avait jamais fait les études en question et qu'il avait été renvoyé de l'armée pour mauvaise conduite, elle n'a rien dit à personne parce qu'elle était déjà éperdument amoureuse de lui.

Mon père était un séducteur, un beau parleur, a dit grand-mère, ce qui m'a quand même bien étonné : comment imaginer mon père en beau parleur gaspillant son talent pour séduire maman et grand-mère, deux personnes qu'on pourrait dire extraordinairement crédules, surtout vis-à-vis des hommes, qu'elles ont presque en adoration ? Mais ça m'a fait plaisir d'imaginer mon père déployant son talent pour elles et pour toute la ville d'Au Sable, en fait, une ville d'où viennent parfois de beaux parleurs mais qui, s'ils ont le moindre succès, n'y restent jamais. Etait-il originaire d'Au Sable ? j'ai demandé. Est-ce là qu'il a grandi, est-ce qu'il y avait sa famille ? Dans ce cas, je serais parent avec eux, j'ai dit, j'aurais des cousins.

Non, il venait d'ailleurs, a-t-elle répondu. Il était de quelque part dans le sud de l'Etat – bien que même pour ça il soit capable de mentir – et, de fait, il avait un drôle d'accent comme s'il était originaire du Massachusetts ou du Maine, là où les gens parlent comme John Kennedy, du nez et sans prononcer les *r* – ce qui d'ailleurs avait son charme et lui donnait l'air d'être plus intelligent et plus instruit qu'il ne l'était en réalité.

J'ai trouvé ça très bien, et, en me remettant sa photo en tête, j'ai pensé qu'en effet il avait une ressemblance avec JFK. En tout cas la même coiffure. Une sorte de John Kennedy en plus jeune, voilà mon véritable père.

Bon, dis-moi la vérité, grand-mère. Pourquoi est-ce qu'ils ont divorcé ? lui ai-je demandé. On m'avait raconté certaines choses au fil des ans, mais ça se ramenait au fait qu'il avait une petite amie, Rosalie. Et d'ailleurs – à en juger par les lettres que j'avais trouvées et lues – il ne l'aimait pas vraiment, du moins pas comme il aimait ma mère. Encore une fois c'est ce qu'il écrivait dans ses lettres. Mais d'habitude les gens ne se coltinent pas toute la galère d'un divorce pour ça, surtout quand on a un petit gosse de cinq ans qui aime ses deux parents également et qui a besoin de l'un comme de l'autre. Sauf s'il y a aussi quelque chose qui cloche sérieusement – quelque chose de plus important que le fait que l'un ou l'autre ait rencontré une autre personne à quelques reprises ou même souvent. Je me suis donc demandé ce qu'il en était vraiment.

Bon, pour ma part, j'ai rien regretté quand ils ont divorcé, a-t-elle déclaré. Cet homme ne valait rien. C'était probablement un toxicomane, ce que je ne soupçonnais pas à l'époque, et il buvait trop, bien que ce ne soit pas un péché. Mais j'ai dit à ta mère qu'elle devait être forte et elle l'a été.

Quoi ?

Forte.

Pour quoi ?

Pour demander le divorce. Quand elle a découvert qu'il voyait d'autres femmes. Toute la ville était au courant, a-t-elle ajouté.

Tu *voulais* qu'elle demande le divorce ?

Oh oui, bien sûr. Elle se débrouillerait bien mieux sans lui.

Selon grand-mère, mon père avait prétendu qu'il regrettait, il avait pleuré et supplié, répété à ma mère qu'il ne voulait pas de divorce, mais grand-mère s'était occupée de prendre un bon avocat pour sa fille, et en fin de compte le juge avait donné la maison à ma mère, plus cent dollars par semaine de pension pour moi dont elle n'a jamais vu le moindre centime. Il avait accordé à mon père un droit de visite très large dont il n'a jamais fait usage parce qu'il aurait dû, s'il avait voulu me voir, payer un peu de la pension.

Alors elle lui a pas permis de me rendre visite ? Peut-être, me suis-je dit, les choses auraient-elles évolué autrement si j'avais pu me tourner vers mon vrai père à sept ans, quand Ken a commencé ses histoires. Je crois que je serais allé le voir, que je lui aurais parlé et que mon vrai père m'aurait emmené avec lui. Pendant un instant ça m'est apparu avec une netteté éblouissante, comme une photo de lui et de moi dans son 4 X 4 Blazer : lui, il est comme JFK et moi je suis son jeune fils. Avec mon vrai père pour m'aider, je n'aurais jamais eu peur de parler comme ç'a été le cas avec ma mère. Je ne pouvais pas me tourner vers elle, ou en tout cas je ne croyais pas pouvoir parce qu'elle était mariée à Ken, et comme elle était censée l'aimer elle ne me laissait jamais me plaindre de lui, même un tout petit peu, sans me répondre que j'avais une sacrée chance de l'avoir comme beau-père.

Non, a dit grand-mère, je ne voulais pas que cet homme soit dans la même maison que vous deux. Sûr que non. Sauf s'il acceptait de payer la pension pour toi qu'il devait à ta mère. Grand-mère a ajouté qu'à cette époque elle avait proposé de venir habiter avec moi et ma mère, mais maman sortait déjà avec Ken et c'est lui qui était venu habiter avec nous. J'ai bien compris que grand-mère n'avait pas aimé ça, mais elle n'aurait pas pu l'avouer sans qu'on la soupçonne d'avoir poussé au divorce pour avoir un logement plus confortable. Grand-mère est quelqu'un qui a toujours des arrière-pensées.

Je lui ai demandé si elle savait où mon père s'était tiré après le divorce, puisque à ma connaissance il n'était resté ni à Au Sable ni à Plattsburgh. Personne en ville ne m'en avait jamais parlé. C'était une sorte d'étranger mystérieux du nom de Paul Dorset, avec l'accent et le look de JFK, qui était un jour entré dans Au Sable sur son grand cheval, s'était trouvé la plus jolie fille du coin, l'avait mise enceinte et épousée, et puis un autre jour à la suite d'une méchante histoire l'étranger avait de nouveau quitté la ville sur son grand cheval, et à part la fille et ses proches parents nul ne se souvenait de lui ou de son passage. Ils demandaient, Mais qui *c'était*, cet homme masqué ? Et lui, il s'écriait, Oh yo-o ! Silver, au galop !

Grand-mère m'a dit qu'après le divorce il était allé dans les Caraïbes, dans un pays étranger par là-bas, peut-être la Jamaïque ou Cuba, du moins c'était ce qu'elle avait entendu dire par quelqu'un de la banque, une amie à elle, une employée qui, un an environ après le divorce, avait reçu une lettre lui demandant de clore le compte de mon père et d'envoyer le solde dans une banque de la Jamaïque ou d'un endroit comme ça. Et l'employée s'en souvenait parce que dès qu'elle avait fermé le compte la banque avait reçu tout un tas de chèques évidemment en bois et on n'avait rien pu faire parce que mon père était à l'étranger. Il y avait un mandat d'arrêt lancé contre lui, a déclaré ma grand-mère, d'abord pour chèques sans provision et puis pour refus de paiement de pension alimentaire. Ma grand-mère avait poussé ma mère à porter plainte parce qu'il était criminel de la part d'un père de ne pas contribuer à payer la nourriture, les vêtements et le logement de son fils. Est-ce que j'étais pas de son avis ?

Ben, sans doute, j'ai dit. Mais peut-être que s'il avait eu la possibilité de me connaître un peu il aurait davantage accepté de mettre la main au portefeuille et d'aider à payer. Avec tout ça, à présent, il irait en taule rien que s'il essayait de me voir.

Ça, tu l'as dit, mon petit monsieur ! a affirmé ma grand-mère. Elle savait avoir l'air redoutable quand elle voulait, un vrai loup déguisé en aïeule. Et tu devrais montrer davantage de reconnaissance pour tout ce que ta mère a fait pour toi, a-t-elle ajouté. Et pour ce que Ken a fait. Il a plus été un père pour toi que ton vrai père.

Oh ouais, ouah ! Sans déconner ! Ce bon vieux papa Ken, j'avais failli oublier quel mec *génial* il a été toute ma vie. Merci de m'y avoir fait penser, man, j'ai dit en me levant et en me mettant à arpenter la pièce à pas lourds. J'avais envie de renverser quelque chose, de tout casser dans le studio, de balancer les meubles par la fenêtre pour les voir s'écraser sur le trottoir. J'ai alors pensé qu'il valait mieux que je dégage vite fait avant de faire un truc que je regretterais vraiment, parce que je voulais pas blesser ma grand-mère, être trop dur avec elle, lui casser ses affaires. Elle était incapable d'autre chose que de croupir dans sa bêtise.

Bon, il faut que je me tire, grand-mère. J'ai pris mon sac à dos et j'ai renoué autour de ma tête le keffieh que j'avais fait sécher sur le radiateur pendant que nous parlions.

Elle s'est mise à se tordre les mains en gémissant qu'elle espérait ne pas m'avoir bouleversé en me parlant de mon père, mais je lui ai dit que ça risquait pas et que si ça ne tenait qu'à moi je partirais dès le lendemain pour la Jamaïque ou n'importe quel autre endroit où j'aurais une chance de le retrouver, parce que je savais certains trucs qu'il aimerait sans doute apprendre. Sur mon beau-père.

Ça lui a rallumé son écran d'un coup. Vraiment ? elle a dit. Sur Ken ? Et quoi donc ?

Je lui ai fait un sourire et j'ai dit, Ça te plairait bien de le savoir, pas vrai ? Te décourage pas, mémé. Si tout se passe bien, tu risques même d'arriver à habiter avec maman dans sa maison, au bout du compte.

Elle a alors souri de l'air le plus innocent, comme elle sait le faire, et elle a dit, Je leur ai d'ailleurs fait remarquer qu'ils avaient une chambre de plus, maintenant. Pendant ton absence, je veux dire.

Ouais, bon, t'inquiète pas, absent, je le resterai. Mais la baraque aurait besoin d'un petit nettoyage, j'ai dit. Je l'ai embrassée sur la joue, j'ai suivi le vieux couloir décrépi et puant jusqu'à l'escalier, et de là je suis descendu dans la rue. Je pouvais pas vraiment la critiquer de vouloir quitter cet endroit. Quant à ma mère, c'était carrément une pauvre nouille d'habiter ici avec elle. Tout leur truc me foutait les boules.

Dans la rue, il faisait presque nuit et la pluie continuait à tomber. Je n'ai pas tendu le pouce, je n'ai pas cherché de voiture qui montait, non, je suis sorti tout droit de la ville à pied et j'ai suivi la route, la 9 North, en direction de Plattsburgh. Avec ma chance, si je faisais du stop je tomberais sur Russ ou sur les frères Lapipe, peut-être même sur les Ridgeway dans leur Saab ou, pourquoi pas, l'ami Buster Brown dans son fourgon ecclésiastique. Mieux valait passer toute la nuit à marcher sous la pluie, si c'était la seule façon de regagner le bus scolaire et I-Man. Et puis j'avais un tas de nouveaux trucs à remuer dans ma tête, en particulier à propos de moi et de mon vrai père.

13

MR YESTERDAY

Je peux dire que la nuit où j'ai quitté à jamais Au Sable en marchant sous la pluie a été une des plus étranges de ma vie – sauf qu'il ne s'est rien passé. Et puis, par la suite, j'ai vécu des nuits encore plus bizarres, sans parler du fait que j'en avais déjà connu quelques-unes qui ne sont pas le lot habituel des gens normaux, grâce à la drogue, aux bikers et à certaines aventures partagées avec Russ comme notre passage dans la maison de campagne des Ridgeway à Keene. Mais même si ce soir-là aucun événement extraordinaire n'avait lieu, c'était à l'extérieur que ça paraissait calme : à l'intérieur j'étais parti dans un vrai trip sauf que j'étais pas défoncé.

Au bout d'un moment j'ai cessé de penser à nous, mon vrai père et moi, parce que je n'avais pas assez de renseignements pour alimenter ma pensée, en quelque sorte. J'avais la même impression que si mon cerveau était en panne de choses à me dire. J'avançais dans l'obscurité sur le bas-côté de la 9 North à travers un déluge de pluie, marchant droit devant sans m'arrêter comme si je fonçais vers le bord de la planète avec l'intention de basculer enfin dans l'espace, dans le vide noir et froid. J'avais l'esprit vide et mon corps n'était qu'une machine à faire des pas. De temps à autre une voiture ou un pick-up passaient, m'enveloppant dans la lueur de leurs phares et ralentissant pour voir qui j'étais. Deux ou trois fois on s'est arrêté. Le conducteur, baissant sa vitre, m'a demandé si je voulais monter, mais comme je continuais à avancer il a dû penser que j'étais un paumé complètement stone ou un tueur fou ou Dieu sait quoi et il est reparti.

En fait, j'étais une sorte de tueur fou. Un adolescent massacre sa famille avant de se donner la mort. J'avais commencé à avoir des visions incroyablement réalistes dans lesquelles je déchargeais mon calibre 9 sur mon beau-père. Je lui tirais dans la tempe droite à quinze centimètres de distance après l'avoir maintenu au sol, mon pied sur son cou, pendant qu'il me suppliait de ne pas tirer. C'était plutôt fracassant comme image, il y avait même le sang et la cervelle qui m'éclaboussaient tout le pied.

Puis ma mère entre dans la pièce – mon ancienne chambre, à la maison – et voit ce qui est arrivé à Ken, le pistolet, le sang qui a giclé partout sur la jambe de pantalon, sur la sandale que j'avais posée sur son cou, sur mes mains qui ont tenu le pistolet tout près de sa tête quand j'ai tiré. Aussitôt elle s'enfuit dans le couloir, mais je la poursuis et je la rattrape juste quand elle va sortir. La porte est fermée à clé et elle n'arrive pas à l'ouvrir à temps. Elle crie, Non, Chappie, *fais pas ça* !

Mais je le fais. Je lui envoie une balle droit dans le cœur. C'est comme dans un jeu vidéo sauf que c'est vrai.

Je jette alors un coup d'œil par la fenêtre du séjour et j'aperçois grand-mère qui remonte l'allée. Je lui ouvre la porte, et lorsqu'une fois entrée elle aperçoit ma mère par terre avec plein de sang sur sa poitrine, ses yeux révulsés et sa bouche grande ouverte d'où sortent des bulles de sang, grand-mère dit, Mais qu'est-ce qui se *passe* ? et c'est alors que je l'allume à son tour. En plein dans le cœur, comme maman.

Après ça je déambule un peu dans la maison en appelant Willie jusqu'à ce que je me souvienne qu'il est mort lui aussi et que c'est Ken qui l'a écrasé. Je me rends compte alors que si ce bon vieux Willie était toujours en vie rien de ceci n'aurait peut-être eu lieu. C'est incroyable, mais je n'avais sans doute besoin de rien d'autre que de ce petit chat noir et blanc qui m'aimait pour ne pas devoir massacrer ma famille. Il ne pesait pas beaucoup plus de quatre kilos, le poids d'un sac de sucre, et il ne savait pas parler, mais on aurait dit que dans sa tête couverte de fourrure il y avait un concentré d'être humain, une personne qui m'aimait vraiment, qui était toujours contente de me voir rentrer à la maison, qui s'endormait sur mes genoux quand je restais tard le soir tout seul à regarder MTV et qui ronronnait de bonheur comme si je lui avais donné la sensation d'être bien à l'abri d'un monde dangereux.

Je me suis souvenu du jour où j'ai pris la 22 long rifle de Ken avec sa lunette dans la mallette cachée au fond du placard de la chambre. Je l'avais braquée sur Willie et j'avais appuyé sur la détente, mais la sécurité était mise et le coup n'était pas parti. J'avais alors utilisé la carabine pour tirer sur le lit de Ken et de ma mère. Je m'étais senti terriblement coupable à l'époque d'avoir failli tuer Willie. Je suppose qu'on fait parfois quelque chose de mal pour pas commettre quelque chose de pire à quoi on ne pourrait pas résister autrement. Un adolescent tue son chat et se donne la mort, voilà ce qu'on aurait marqué dans le journal ce jour-là si la sécurité de la 22 de Ken n'avait pas été mise. Ken, maman et grand-mère n'auraient rien eu, ils seraient même allés à l'enterrement et puis pour eux la vie aurait repris comme d'habitude.

Willie a eu de la chance, je suppose, même s'il l'a payé plus tard. Mais ce sont eux qui n'ont pas eu de chance parce que du coup j'ai commis le pire au lieu de me contenter de faire le mal.

C'était comme si j'étais acteur d'un film d'horreur vidéo et que je le regardais en même temps au magnétoscope avec une télécommande dans la main. Comme si je pouvais sans arrêt repasser les mêmes trois scènes et découvrir chaque fois de nouveaux détails. Je presse *rewind* après avoir descendu grand-mère et la voilà qui se relève, qui part à reculons jusqu'à la porte, descend les marches et regagne la rue. Ma mère se lève, tire désespérément sur la poignée de la porte puis vient vers moi dans le couloir en me tournant le dos comme si nous jouions à colin-maillard. Soudain elle pivote, elle voit Ken par terre, la tête couverte de sang, puis je me lève, je mets le pistolet dans mon sac à dos et voilà que Ken est déjà en train de se faufiler hors de la chambre. Ensuite j'appuie sur *play* et je remarque que lorsqu'il se glisse dans ma chambre Ken ne porte que son mini-slip. Il bande et il a dans les yeux cette lueur vitreuse qui lui vient de l'alcool et qui me rend mou comme si j'étais de la guimauve. La première réaction de ma mère, c'est de m'en vouloir d'avoir fait partir une arme à feu dans la maison, mais pas de m'en être servi pour tuer son mari. Quant à la première pensée de grand-mère, je la lis sur son visage quand elle aperçoit ma mère gisant au sol, c'est que peut-être elle en tirera un petit bénéfice personnel – pourquoi pas la maison ?

Les heures passaient, il devait être autour de trois heures du matin, il n'y avait plus de voitures sur la route mais la pluie continuait à tomber et mon corps à mettre un pied devant l'autre tandis que l'intérieur de ma tête était englué dans la vidéo du massacre familial dont il passait en revue chaque détail obscène. A Keeseville, là où la route traverse la rivière Au Sable, j'étais déjà à la moitié du pont lorsque j'ai senti la force du vent. Brusquement le magnétoscope s'est coincé au moment où tout le monde – sauf moi – était mort dans la maison, et il a refusé d'avancer ou de reculer. Il est resté figé sur la scène finale où je déambule dans la maison à la recherche de Willie. Par ici, Willie, allez, viens Willie.

Pour la première fois depuis que j'avais quitté l'appartement de ma grand-mère, je me suis arrêté de marcher. J'ai regardé par-dessus le garde-fou, plongeant mes regards une centaine de mètres plus bas dans l'abîme, les rochers, les eaux furieuses que je pouvais entendre malgré les rafales de pluie et de vent. L'obscurité était trop épaisse pour que je distingue la rivière ou les rochers et je me suis dit que s'il voulait faire les choses bien, l'adolescent avait trouvé le moment et le lieu pour se suicider. Sans tambour ni trompette. Derrière lui, rien que le chaos et des scènes de carnage. Devant lui, la même chose.

J'ai ôté mon sac à dos, je l'ai posé sur la chaussée et j'ai grimpé sur l'extrémité plate d'un pilier en béton auquel était fixé le garde-fou en fer. Les bras ballants, je suis resté là un moment à écouter l'eau tout en bas qui tourbillonnait dans les rochers et j'ai senti un vent froid plaquer contre moi mon T-shirt et mon pantalon dégoulinant d'eau. J'ai levé les yeux vers le ciel noir et j'ai laissé la pluie me tomber tout droit sur le visage. L'eau et le froid me faisaient frissonner, mais à part ces deux éléments je ne pouvais plus distinguer ce qui était réel de ce qui n'était que dans ma tête.

Mes pieds glissaient sur le pilier. Quand je m'en suis aperçu, je me suis aussi rendu compte que je n'avais aucune envie de tomber dans l'abîme par accident et de m'écraser contre les rochers. Je me suis dit qu'il valait mieux que je redescende et que je réfléchisse un peu plus à ce que je voulais vraiment. Je ne sais pas pourquoi, mais il m'a semblé alors que le pire pour moi serait de me tuer par accident. Je voulais que ce soit totalement délibéré. Pas de cafouillage imbécile.

C'est à ce moment-là que j'ai aperçu les phares d'une voiture venant du côté de Willsboro. Comme elle était encore loin, je me suis retourné et j'ai commencé à redescendre pour quitter le pont avant qu'elle soit assez près pour me voir. Je me disais qu'à cette heure-là il ne pouvait s'agir que de flics. Mais quand je me suis retourné mon pied droit a dérapé sur le bord du pilier, mon pied gauche a suivi, et pendant une fraction de seconde j'ai flotté en l'air avant que mes deux mains tendues dans le noir rencontrent les barreaux métalliques du garde-fou. Je m'y suis cramponné et je suis resté suspendu, mon corps entier se balançant sous le pont tandis que le ruissellement continu de la pluie au-dessus et le bouillonnement de la rivière très loin en bas m'emplissaient le cerveau comme la musique classique de la station de Burlington que j'avais un soir entendue dans une voiture qui me ramenait en stop du centre commercial jusqu'à Au Sable. C'était une musique très douce et apaisante, avec des violons, des clarinettes, et des centaines d'autres instruments, tous jouant une mélodie forte et harmonieuse qui s'élevait en spirales, retombait, tourbillonnait et montait à nouveau dans une répétition qui semblait pouvoir se reproduire éternellement ou en tout cas très longtemps.

Je commençais à croire que la musique avait assez de force pour me soulever et m'emporter sur un beau nuage moelleux si je lâchais ce garde-fou en fer auquel je m'accrochais comme à des barreaux de prison. Mes mains s'étaient beaucoup refroidies et je ne pourrais sans doute pas tenir plus de quelques secondes de plus, lorsque la voiture que j'avais aperçue est arrivée sur le pont en soulevant des gerbes d'eau. Ses phares ont tout illuminé et m'ont montré clairement où je me trouvais : je me balançais à une centaine de mètres au-dessus d'une rivière plus que dangereuse sous une pluie torrentielle. Lorsque la voiture s'est éloignée, j'ai eu l'impression qu'elle avait laissé ses phares derrière parce que je pouvais voir avec une précision parfaite ce que j'avais entrevu en une fraction de seconde. Et ça m'a tellement secoué que j'ai fait un rétablissement, j'ai posé un pied sur le pont, puis l'autre, et j'ai réussi à grimper par-dessus le garde-fou pour me mettre en sécurité.

Je haletais. J'avais les dents qui claquaient et j'étais mouillé jusqu'aux os. J'avais l'impression que mon cœur et mon foie s'étaient congelés. J'ai marché vers mon sac à dos qui représentait tout ce que je possédais en ce monde, vers ces choses terrestres qu'on aurait retrouvées trempées le lendemain matin en même temps que mon corps déchiqueté par les rochers. Je l'ai ouvert, j'ai plongé la main à l'intérieur et j'en ai retiré le pistolet que j'avais utilisé ou que je croyais avoir utilisé, et toujours à genoux je l'ai lancé par-dessus mon épaule. Je l'ai regardé voler dans les airs en tournoyant comme une petite créature morte puis disparaître dans les ténèbres et dans l'abîme. Je me suis relevé, j'ai remis le sac sur mon dos et je suis reparti vers Plattsburgh. Je n'avais jamais été aussi près de commettre un massacre et de me suicider, mais jusqu'ici je n'en ai jamais parlé à personne.

Quand je suis enfin parvenu au terrain vague derrière les entrepôts et que j'ai vu le car scolaire quelque part au milieu, l'aube était déjà là et la pluie avait enfin cessé. Le ciel était devenu d'un gris étincelant comme s'il était recouvert de peinture humide, et sous sa chape de minces traînées de nuages flottaient çà et là. Je suis passé par le grillage de clôture. De l'autre côté j'ai marché dans les grandes herbes et fleurs mouillées, ambroisies et gerbes d'or, qui fouettaient mes jambes nues et laissaient leurs graines collées sur ma peau. J'avançais vers ce que je pensais à présent être mon chez-moi. En fait, je ne pensais à peu près à rien, j'avais le vertige, je frissonnais, j'avais sans doute quarante et un de fièvre et deux ou trois fois au cours de cette expédition de toute une nuit j'ai amèrement regretté d'avoir donné à sœur Rose, à la gare routière, le pull que j'avais pris à M. Ridgeway. Je ne le lui avais donné que la veille au matin, mais à ce moment-là je me figurais qu'elle partait pour des destinations inconnues tandis que je rentrais à la maison où j'avais des parents qui m'achèteraient des vêtements. Je pouvais donc me permettre d'être généreux.

Je ne me rappelle pas vraiment l'instant où j'ai atteint le bus, je me revois seulement en train de traverser le terrain avec ses mauvaises herbes, ses graines, ses centaines de pâquerettes et d'obéliscaires tandis que le car devenait de plus en plus gros jusqu'à être la seule chose dans tout mon champ de vision, ce grand car scolaire jaune tout cabossé avec, à la place des enfants, d'énormes plantes aux feuilles vertes qui se penchaient aux fenêtres toutes brisées ou presque. Puis j'ai frappé à la portière à la manière d'un gosse qui voudrait monter pour aller à l'école, et je ne me souviens de rien d'autre. C'était comme si une fois arrivé ici je pouvais enfin me laisser aller de la même façon que j'avais souhaité tout lâcher quand je me balançais, suspendu au pont. Et après ça, je me rappelle seulement que je me suis réveillé dans le bus sur un matelas, enveloppé dans une couverture, portant un T-shirt bien sec mais si grand qu'il me faisait une chemise de nuit.

Je me suis senti comme un bébé qui vient de naître. Les rayons du soleil jaillissaient à l'intérieur par les fenêtres, j'étais au chaud, au sec et j'entendais de la musique, du reggae, cette jolie chanson, si légère et pleine d'élan qui dit *Hey mister Yesterday, what are you doing from today* * ? C'était une musique tellement différente de celle que j'avais entendue sur le pont – je sentais à présent combien elle avait été sinistre et mauvaise, sans doute produite par Satan comme celle qu'on est censé entendre quand on passe du heavy metal à l'envers – que je me suis sur-le-champ totalement converti au reggae. Il m'emplissait l'esprit de lumière, et pour la première fois, aussi loin que je me souvienne, je me suis senti heureux de vivre.

J'avais cependant mal partout comme si mon corps était plein de cailloux, et c'est tout juste si j'ai pu tourner la tête pour voir d'où venait la musique – elle partait d'un endroit en hauteur derrière moi – lorsque I-Man a surgi, dansant pieds nus, vêtu de son short flottant et balançant la tête de telle sorte que ses tresses marquaient la cadence. Il avait dans la bouche un énorme joint de marijuana qui sentait le soleil et la terre qu'on vient de retourner. Il a continué à faire des pas de danse autour de mon lit au son de cet excellent reggae, tout en souriant et en hochant la tête comme s'il était content de

* "Hé, monsieur Hier, qu'est-ce que tu fais à partir d'aujourd'hui ?" *(N.d.T.)*

voir que j'étais réveillé mais ne voulait rien dire pour ne pas interrompre la musique. Il s'est contenté de passer en dansant pour voir où en était Mr Yesterday puis il a continué vers l'arrière du car pour revenir quelques instants plus tard avec un bol fumant dans une main, dansant encore et tirant toujours sur son joint jusqu'à ce qu'à la fin de la chanson il me dise que je commençais à récupérer et que je devais boire ce bouillon d'herbes pour revenir "à la st'ucture de la vie et à la plénitude".

C'est ce que j'ai fait. Ça m'a pris un certain temps et parfois je suis retombé pendant des heures dans des frissons suivis de sueurs, surtout la nuit. J'étais si faible que je pouvais à peine m'asseoir et que je devais même pisser dans un bocal. Mais I-Man connaissait tous ces vieux remèdes africains et rastafaris à base d'herbes et d'autres plantes qu'il trouvait dans le terrain vague ou dans les bois obscurs derrière *Sun Foods*, et même en ville dans le parc au bord du lac. Il sortait en chercher le soir, puis il les écrasait et les faisait bouillir pour en tirer une tisane qu'il m'a littéralement administrée à la petite cuillère pendant un bon nombre de jours. Tous les matins je me réveillais en me sentant un peu mieux, et assez vite nous avons pu reprendre nos conversations d'autrefois. I-Man avait encore beaucoup de sagesse rasta à me communiquer et j'avais de mon côté bien des choses à apprendre sur la vie en général ainsi que sur l'esprit de la vérité et du bien. C'était là quelque chose que j'avais découvert en essayant de revenir à la maison, et c'est pour ça que j'essayais de simplement me détendre, d'écouter et d'observer.

Les chansons reggae étaient en cassettes. Nous les passions sur un bon appareil Sony sans doute volé que I-Man avait reçu d'un gars du coin qu'il appelait Jah Mood. Mais je savais que le prétendu Jah Mood n'était en fait que Randy Mood, un garçon très branché reggae et drogue qui s'était laissé pousser des nattes poisseuses, imitation blanche des tresses rastas : il les trouvait cool, et elles l'étaient assez quand on ne connaissait pas les vraies. Mais Randy était trop débile pour reconnaître la différence entre les Blancs et les Noirs ou trop raciste pour admettre cette différence, et quoi qu'il fasse il ne serait toute sa vie qu'un ado blanc de Plattsburgh.

Lorsqu'un matin j'ai fait cette remarque à I-Man, il a souri, m'a tapoté la main et dit, Jah Mood arrivera à Je-même selon le temps de Jah et selon sa manière, et toi, Bone, faut pas t'en faire, i'va pas me déplacer l'cœur. C'est alors que j'ai conclu que je ferais mieux d'écouter plus et de parler moins.

Personne ne savait qu'on avait squatté le car scolaire, pas même Jah Mood. Après que les frères Lapipe s'étaient fait coffrer, on avait jugé dans le coin que l'endroit était glauque. Les jeunes l'évitaient et je suppose que les flics avaient dû l'oublier. La ganja plantée par I-Man arrivant à maturité, il se méfiait encore plus des flics qu'avant, à l'époque où il n'était qu'un étranger en situation irrégulière. Il ne partait plus pendant la journée sauf quand il y était absolument obligé, ce qui signifiait pratiquement jamais – pas même pour se rendre à *Sun Foods* maintenant que ses légumes étaient mûrs. Il ne disait pas non plus où il vivait aux autres mecs qu'il connaissait, pour la plupart des rats de centre commercial et des ados sans abri, ni avec qui il habitait, ni où il faisait pousser son herbe. Ses plantes de ganja venaient, prétendait-il, de graines qu'il avait apportées sur lui en douce de la Jamaïque. Il les avait fait germer dans de vieux cartons à œufs à l'intérieur du bus puis il les avait disséminées parmi les mauvaises herbes du champ qui nous entourait. Il les avait taillées quand elles étaient jeunes pour qu'elles poussent en largeur et au ras du sol, de sorte qu'on ne s'apercevait même pas de leur existence s'il ne les montrait pas lui-même. C'étaient des plantes géniales et I-Man était une espèce de savant fou quand il s'agissait de faire pousser et de traiter la ganja, tant et si bien qu'à la fin ce que nous fumions était un pur délice, nous en avions autant que nous voulions et c'était sans doute la meilleure herbe de tout le nord du pays cet été-là. Peut-être même de tous les Etats-Unis.

C'est drôle, mais quand on a toute la bonne dope qu'on veut, qu'on est pas à flipper pour en trouver, on découvre assez vite ce dont on a besoin et on en fume jamais plus que ça. Avec I-Man, dès que la récolte de ganja a été faite, je ne me suis jamais plus défoncé raide comme autrefois. Je me tapais juste un bât le matin après le petit déj' et je bullais au moment du coucher du soleil en en fumant un autre, ce qui dans mes conversations sur le "Je" avec I-Man nous mettait à Je égal, pour ainsi dire. Autrefois j'allais avec Russ me procurer de l'herbe auprès d'Hector ou d'un autre, puis on s'achetait des bouteilles de cette bière super-alcoolisée qu'on appelle du Malt 40 et on se pétait tant qu'on pouvait en tirant sur la pipe et en vidant les bouteilles jusqu'à ce qu'on soit stone à mort ou à court de munitions. Et ça ne nous apprenait rien du tout sur nous-mêmes ou sur le monde. Mais maintenant j'avais la tête toujours à mi-chemin : entre le manque de dope qui la rendait naze et l'excès de dope qui la rendait inconsciente. Sauf que c'était mon vrai moi que j'avais aussi accroché à cet endroit, c'était le moi que mon enfance n'avait pas bousillé, le moi qui n'était pas totalement sonné par sa propre réaction. I-Man disait que je m'approchais de mes lumières : le Bone, lui, i'va connaît' Je-même et se met' à deveni' rasta. Il disait que je faisais mes premiers pas de bébé sur la voie de la vérité et de la droiture, la voie qui me mènerait hors de Babylone et je répondais, Excellent, man, c'est vraiment excellent, et ça le faisait rire.

Puis, un soir de fin de juillet, alors que toute ma santé m'était revenue – en fait j'étais plus fort que je ne l'avais jamais été à cause des racines et des herbes de I-Man ainsi que du régime végétarien Ital et du travail que j'avais fourni au soleil à cultiver le jardin –, je me suis réveillé quelques heures après m'être endormi et j'ai entendu une mélodie lente et étrange provenant de la radiocassette de I-Man qui tournait très doucement au fond du car. C'était là que I-Man dormait et gardait ses affaires personnelles. J'avais mon pieu à l'avant, près du siège du chauffeur, et on se servait du milieu comme espace pour discuter, travailler ou simplement traîner les jours de pluie. Bref, je me suis réveillé au son triste et lent d'une vieille chanson qui s'appelle *Many Rivers to Cross**. Elle parle de la vie à la Jamaïque et c'est Jimmy Cliff qui la chante bien que ce ne soit pas un reggae. On dirait plutôt un chant religieux des Noirs américains sur l'esclavage, la patience, le paradis qu'on va gagner et des trucs comme ça.

Je me suis levé et je suis allé dans le coin de I-Man parce que j'avais une drôle de sensation très prenante qui me disait que I-Man m'envoyait un message par cette chanson. Et c'était le cas, parce que dès que je me suis assis sur le siège à côté de son matelas, sa voix a surgi de l'obscurité, et elle était lugubre, pesante et

* "Bien des rivières à traverser." *(N.d.T.)*

fatiguée. Bone, Bone, Bone, a-t-il dit. Je-et-Je ai bien des rivières à traverser.

Il m'a expliqué qu'il lui fallait rentrer en Jamaïque. Il avait besoin de retrouver les forêts, les ruisseaux de montagne et la mer si bleue des Caraïbes pour vivre à nouveau avec ses frères. C'était la première fois que je l'entendais parler de la Jamaïque comme d'un lieu réel et non comme de Babylone, d'un endroit où vivaient de vraies personnes qu'il aimait et qui lui manquaient, et parce que je comprenais bien ça j'ai eu de la peine pour lui. Ce sentiment-là était tout neuf pour moi et il m'a effrayé un peu. Mais j'ai vite surmonté ma peur et je me suis mis à lui poser des questions : de quel endroit de la Jamaïque venait-il, comment c'était, là-bas, est-ce qu'il avait une femme ou des gosses ?

Il venait d'un village du nom d'Accompong, tout là-haut dans les collines, m'a-t-il dit, là où se trouve une nation indépendante de guerriers achantis qui ont échappé à l'esclavage et battu les Anglais dans une guerre ancienne, dans les années 1900, je crois. Il m'a dit qu'il avait une petite plantation là-haut à Accompong, et il m'a énuméré tout ce qu'il y faisait pousser : du fruit à pain, des ignames afou, de la noix de coco, du calalou, du blighia, des bananes. Tout cela dans ce qu'il appelait sa "fondation" et il avait une femme, là-haut, et aussi quelques gosses, quatre ou cinq, il a dit, et l'imprécision m'a paru étrange mais j'étais déjà habitué à ce que I-Man soit vague vis-à-vis de choses pour lesquelles les Américains se montrent d'une grande exactitude et à l'inverse soit implacablement exact sur des sujets où les Américains font dans l'à-peu-près, par exemple sur l'histoire et la religion qui le touchent d'aussi près que ses cheveux et ses dents.

Il parlait d'une voix très lente et d'un ton plus triste que je ne l'avais jamais entendu. J'ai cru que j'allais me

mettre à pleurer sans savoir pourquoi mais je soupçonnais ce qui allait venir. Je me suis levé, je suis allé à
mon extrémité du car où se trouvait mon sac. J'y ai pris
mon vieil oiseau empaillé, la bécasse, et j'en ai extrait le
rouleau de billets ayant appartenu à Buster. Je ne savais
pas quelle somme il y avait là, je ne m'étais jamais
donné la peine de la compter, sans doute parce que je
me sentais coupable de l'avoir volée, même à quelqu'un d'aussi malfaisant que Buster. C'était de l'argent
sale, gagné avec du porno fait par des enfants, sinon
pire, même si Buster prétendait l'avoir eu en produi-
sant des concerts de rap. Mais comme je ne l'avais
jamais cru, j'avais en quelque sorte décidé de ne pas
le dépenser, sauf de façon complètement propre, par
exemple en achetant le billet de bus de sœur Rose. J'ai
allumé une bougie à côté de mon matelas et j'ai
compté : sept cent quarante dollars, beaucoup plus que
ce que j'avais cru.

Puis je suis revenu voir I-Man qui faisait toujours
passer sa cassette de Jimmy Cliff. C'est en fait la musique d'un film jamaïquain célèbre, *The Harder They
Come*. Je l'ai jamais vu mais on m'a dit qu'il est absolument incroyable. J'ai posé ma bougie par terre et je lui
ai tendu l'argent, les sept cent quarante dollars au complet. Il a écarquillé les yeux et fait la moue, ce qui est
toujours sa façon de dire merci aussi bien pour un grand
service que pour un petit, il a plié les billets sans les
compter et les a mis dans la poche de son short. Il a dit,
Grand cœur, Bone. Avec un sourire, il a ajouté qu'il
allait dormir, à présent. Il devait reposer Je-même avant
le long crapahutage à la maison, selon ses propres
termes. J'ai répondu, Bien sûr, moi aussi.

Je t'accompagnerai, j'ai dit. Mais jusqu'à Burlington,
seulement, sur l'autre rive du lac, celle qui est dans le

Vermont, là où il y a l'aéroport international. Je te ferai au revoir de la main. Je l'ai encore jamais fait.

Excellent, a-t-il dit en me copiant, ce qui était sa manière cool de me remercier à nouveau pour l'argent, même si je faisais pas vraiment un grand sacrifice en m'en séparant. En réalité j'étais content de m'en débarrasser. Mais I-Man me manquait déjà plus que ma mère ou mon vrai père m'avaient manqué, et quand j'ai regagné mon matelas j'ai pleuré comme un petit enfant, mais le plus doucement possible, même si je savais que I-Man m'entendait. C'était le genre de personne qui était assez sage et sympa pour me laisser pleurer sans m'embêter encore plus en voulant me faire croire que tout irait bien. Et pour cela, entre autres, je l'aimais. J'ai pleuré jusqu'à ce que le ciel, un peu avant l'aube, commence à virer au gris à l'est, au-dessus du Vermont où nous arriverions par ferry dans quelques heures. C'est alors que je me suis enfin endormi.

14

FRANCHIR LA BARRE

Le lendemain il a fait beau et chaud, une journée parfaite pour un voyage. Du moins elle l'était pour I-Man et je sautillais partout derrière lui en essayant de ressentir le même plaisir que lui. Il dansait dans le car, fourrant ses affaires dans un sac avion en plastique bleu, et quand il a eu fini il m'a mené une dernière fois dans son jardin pour me faire ses ultimes recommandations sur la manière de m'occuper des légumes, de cueillir la ganja et de la sécher, toutes choses que j'avais plus ou moins apprises, étant déjà capable de prendre soin tout seul de ses plantations.

Il a eu un bref moment de tristesse – je crois que c'était surtout à la pensée de ne pas voir, comme il disait, ses cultures arriver à plénitude, et il a pris quelques feuilles de chaque pied de ganja en souvenir. Il les a glissées au cœur du rouleau de tresses rastas que retenait son béret rouge, or et vert.

Il a proposé de me laisser sa radiocassette et les enregistrements de reggae que Jah Mood lui avait donnés, mais comme j'ai senti qu'il avait en fait plutôt envie de les emporter avec lui, je lui ai dit, Laisse tomber, man, j'aurai pas de problème pour en trouver d'autres, ce qui ne sera sans doute pas le cas pour toi. Il a écarquillé les yeux et fait la moue à sa manière, puis il a jeté les cassettes dans son sac. Après un petit déjeuner de haricots Ital frits avec une sauce piquante, de restes de cacahuètes cuites et une infusion de chicorée, nous nous sommes assis sur les marches du vieux bus de ramassage scolaire et nous avons fumé ensemble un spliff de marijuana. Puis nous sommes partis pour aller prendre le ferry.

J'avais moi aussi entassé un certain nombre de choses dans mon sac à dos, entre autres des vêtements, ma bécasse empaillée et des objets personnels au cas où je tomberais sur une occasion d'explorer un peu le Vermont. Pourtant je ne pensais pas tellement alors à mon avenir : l'avenir sans la compagnie et les enseignements de I-Man me faisait trop peur à cause de la solitude pour que je veuille y penser, et je comptais simplement me laisser flotter un peu, prendre les choses heure par heure et voir ce qui allait se passer.

Lorsque j'en ai parlé à I-Man, il a dit que j'étais en train de devenir un "mendiant tout neuf" et m'a lancé un sourire chaleureux. Pas de projets, pas de regrets, a-t-il déclaré. Grâce et hommage, ça suffit pou' chaqu' jou'.

J'ai répondu ouais, mais je risquais d'avoir du mal à faire ça toute ma vie. Avoir des projets et des regrets, man, c'est une seconde nature, chez moi.

Ta premiè' nature, c'est ça où t'as qu'arriver, man, a-t-il expliqué. Je me suis promis au fond de moi de ne pas oublier ses paroles. Tout ce matin-là je m'étais d'ailleurs fait la même promesse parce que je m'attendais à ne plus jamais le revoir ni recevoir de ses nouvelles. Je ne pensais pas que I-Man serait très fort pour écrire des lettres.

Il portait sa radiocassette – un truc énorme, un appareil à quatre baffles qui avait la taille d'une valise ordinaire – sur une épaule, son sac avion en plastique en bandoulière sur l'autre, et de sa main libre il tenait son bâton de Jah, c'est-à-dire un serpent d'une longueur incroyable surmonté par une tête de lion avec des mèches rastas. Il avait passé tout l'été à le sculpter pendant les longues soirées où nous échangions nos points de vue assis devant le car. Le bâton de Jah mesurait environ trente centimètres de plus que I-Man et lui donnait l'air d'un vieux prophète africain ou de quelqu'un comme ça. Et il faut croire que c'était ce qu'il recherchait parce qu'il n'avait pas vraiment besoin de ce bâton pour quoi que ce soit d'autre.

Quand on est arrivés au quai d'où partait le ferry et que les gens qui étaient là à attendre se sont mis à nous regarder, j'ai vu I-Man, pour la première fois depuis des mois, tel qu'il devait paraître au citoyen de base qui n'a même pas l'habitude de voir des Noirs ordinaires, sans parler de prophètes africains. Je me suis rendu compte que c'était en effet un drôle de petit mec hyper-étrange, comme je l'étais sans doute aussi mais en moins bizarre parce que j'étais un ado et un Blanc. Je portais quand même mon keffieh et nous avions tous les deux des pantalons coupés court et amples comme des shorts de surfeur, plus nos T-shirts "Revenez à la Jamaïque" de couleur orange passé et nos sandales artisanales. Enfin nous avions un tas de bracelets : I-Man m'avait montré comment en faire avec le chanvre sauvage que nous avions trouvé un jour dans le fossé au bout du terrain vague.

On était hyper-cool et j'aimais la façon dont les gens nous jetaient des coups d'œil à la dérobée. Quand ils croyaient que nous ne les remarquions pas ils s'envoyaient des coups de coude en n'arrêtant pas de nous regarder, et j'aurais voulu avoir deux ou trois tatouages de plus, du genre un lion rasta ou les mots "Jah est vivant", ou une feuille de ganja bien verte pour les impressionner. Je me suis dit que j'allais m'en payer d'autres après le départ de I-Man, ne serait-ce que pour m'aider à me souvenir de cette période quand elle serait passée depuis longtemps. Les os en croix gravés sur mon avant-bras, même s'ils étaient à l'origine de mon nom, me paraissaient plutôt froids et durs. Et ils étaient trop liés à mon ancienne vie avec Russ, avant ma rencontre avec I-Man, pour qu'ils puissent montrer aux gens que j'étais en train de devenir un mendiant tout neuf. Ces os-là représentaient en somme le tatouage de Mr Yesterday, mais je l'acceptais, je ne voulais pas faire semblant d'avoir perdu la mémoire.

Au bout d'une vingtaine de minutes le ferry est arrivé et I-Man a pris les billets en détachant les coupures du rouleau de Buster comme si c'était un mec habitué à claquer des fortunes. J'ai été sidéré par la grande taille du bateau, genre transatlantique de luxe à trois ponts, c'était pour ainsi dire le *Love Boat*. Il a déchargé toute une cargaison de touristes avec leurs voitures venant du Vermont, à quarante kilomètres de là, et il en a repris une autre. Il s'agissait surtout de familles qui partaient en vacances dans des breaks bourrés jusqu'au toit de chaises pliantes, de glacières et de grils, des banlieusards bien gras lardés de coups de soleil avec leurs gosses tout aussi gras qui semblaient malades à l'idée de devoir se taper ce que leurs parents appelaient s'amuser. Il y avait aussi quelques jeunes couples du genre sportif qui se montraient dans leurs Audi, BMW, Volvo ou d'autres caisses du même acabit, et des groupes d'étudiants qui avaient pris la voiture de leurs parents, sans parler de quelques motards obèses d'âge bien mûr avec des cuirs neufs qui partaient faire un grand tour. Ceux-là, Bruce les appelait les Ramollos ; ils aimaient la merde nippone avec des side-cars. Il y avait aussi quelques pick-up, des camping-cars et un petit nombre d'individus qui sont montés à pied comme nous. La plupart d'entre eux étaient des malades de l'exercice avec de l'argent et un corps bien bronzé, des gens minces qui portaient des shorts J. Crew, des T-shirts où étaient imprimées des pensées politiques qu'ils avaient dû trouver dans des beignets chinois. Ils poussaient à bord leurs vélos à dix vitesses avec des allures de lévriers. Il y avait enfin une bande d'excursionnistes super-écolos, avec des barbes, des queues de cheval, des sacs à dos de haute technologie, d'énormes chaussures en cuir suédé montées sur des semelles comme des pneus de tracteur. Ils semblaient se croire moralement supérieurs à tout le monde et aussi écologiques sur toutes les coutures que si on les avait recyclés dans une vie antérieure.

Là plus qu'ailleurs, plus qu'à l'époque du centre commercial, je me suis senti vraiment largué. Je me voyais différent de tout le monde, j'avais l'impression d'assister à une émission scientifique sur la chaîne Discovery : "Mode de vie des Débiles Décérébrés", ou un truc du genre. Et puis, après toutes ces semaines passées dans le car scolaire je n'avais plus l'habitude de me retrouver avec tant de gens, surtout avec des ringards, et ça me rendait nerveux, voire un peu parano. J'ai donc dit à I-Man, qui en fait semblait content d'observer les débiles et d'être dévisagé par eux, Allons tout en haut, man, on va se payer un peu de splendeur naturelle.

Il a souri, trouvé l'idée excellente et nous avons gravi les escaliers avant les autres pour trouver de bons sièges sur le pont le plus élevé, tout à l'avant du bateau. Dès qu'on s'est assis I-Man a sorti son petit tas de dope de son sac avion, il a roulé un pétard bien ventru et l'a allumé comme si on était chez nous, dans notre plantation, tout seuls.

Je craignais évidemment qu'on se fasse arrêter, mais j'ai rien dit. Du fait qu'il était jamaïquain, I-Man ne connaissait peut-être pas encore les mœurs américaines, mais il était bien plus âgé que moi, bien plus malin aussi pour ce qui était des gens en général, et comme j'avais pas vu de flics à bord je me suis dit, Merde, advienne que pourra, Jah est aux commandes, etc., et quand il m'a tendu le spliff allumé j'ai pris une bonne bouffée qui m'est instantanément montée à la tête. Le bateau avait à peine commencé à glisser sur les eaux scintillantes avec au-dessus de lui un ciel bleu sans nuages, que je partais moi aussi.

Nous nous sommes levés et nous nous sommes déplacés vers l'avant aussi loin que possible, jusqu'à un petit portillon d'où nous pouvions regarder en bas et voir tout le bateau au-dessous de nous. Nos regards portaient jusqu'au Canada au nord, pratiquement jusqu'à Ticonderoga au sud, jusqu'aux montagnes Vertes devant nous et jusqu'aux Adirondack derrière. Et tout autour, les eaux miroitantes du lac Champlain. Je sentais le teuf-teuf du moteur sous mes pieds comme si quelqu'un jouait d'un tambour énorme dans la cale. Les débiles semblaient avoir disparu ou alors ils s'étaient métamorphosés, devenant l'équipage du *Love Boat* et donc des personnes inoffensives. Moi et I-Man on était le second et le capitaine de notre propre vaisseau qui traversait l'océan tandis que des mouettes sillonnaient le ciel au-dessus de nous et qu'apparaissait une succession de petites îles vertes, couvertes d'arbres, à mesure que nous laissions le continent derrière nous pour entrer en haute mer.

Par-dessus mon épaule j'ai jeté un dernier coup d'œil à l'Etat de New York et à Plattsburgh, regardant mon passé se réduire de plus en plus tandis qu'à côté de moi I-Man, le prophète muni de son sceptre, plongeait son regard dans l'avenir. Nous traversons l'Egypte en direction de la Terre promise, je me suis dit comme si je me transformais moi aussi en une sorte de petit rastafari. Evidemment, à force d'être avec I-Man ! et je ne savais pas si c'était une bonne chose ou une mauvaise, d'autant plus que j'avais une vision plutôt négative des jeunes rastas blancs du type Jah Mood. Mais je devais aussi admettre qu'il était difficile de ne pas glisser vers son mode de pensée et d'expression, car il était incomparablement plus intéressant que celui dans lequel la plupart des gens sont éduqués à penser et à parler, surtout chez nous, les chrétiens blancs d'Amérique du Nord.

Je me rappelle avoir pensé qu'on vit instant par instant et que tous ces moments se fondent les uns dans les autres vers l'avant ou vers l'arrière, de sorte qu'on ne peut presque jamais en saisir un qui soit séparé des autres. Cette idée m'est apparue comme une pierre précieuse que j'ai tenue entre mon pouce et mon index et que j'ai soulevée vers la lumière du soleil, de telle façon que plein d'étincelles de lumière froide, bleue, blanche et dorée, en ont jailli.

Je me suis ensuite tourné vers I-Man et je lui ai dit, Qu'est-ce que t'en penses, man ? Je devrais peut-être venir à la Jamaïque, moi aussi. Tu crois pas ?

Il a hoché la tête sans dire oui, ni non, ni peut-être. Il s'est contenté de regarder vers le rivage lointain comme s'il était Christophe Colomb ou Dieu sait qui, pendant que les oiseaux tournoyaient et plongeaient au-dessus de nos têtes et que l'étrave du bateau fendait les flots.

Qu'est-ce que t'en penses ? je lui ai demandé.

A toi de décider, Bone.

Ouais, bon, je suppose que c'est comme ça. Je devrais faire ce que Jah veut que je fasse. C'est ce que je crois. Jah règne sur nous, j'ai dit.

La vérité vraie. Tu dois.

Ouais, mais comment je sais ce que je dois ? Comment je sais ce que Jah veut ?

Jah i's'en fout des p'tites choses, Bone.

J'ai alors décidé de laisser faire Jah, ce qui n'était pas la même chose que décider d'aller à la Jamaïque, je le savais bien, mais c'était ce que je pouvais faire de mieux. Si Jah fait en sorte qu'il y ait assez d'argent dans le rouleau de l'ami Buster pour qu'on s'achète deux billets, bon, alors on prendra deux billets et je viendrai à la Jamaïque avec toi. Sinon, c'est-à-dire s'il n'y a pas assez d'argent, eh bien je visiterai un peu le Vermont et je reviendrai en stop à notre plantation.

Ça collait pour I-Man, je crois bien. Il a hoché la tête, mais sans se prononcer. Je crois qu'il aurait préféré que j'emmerde pas Jah avec mes petites histoires. Mais c'était là mon éducation chrétienne. Il n'est pas facile de changer de religion, et quoi que I-Man ait pu dire par courtoisie, j'étais encore bien loin d'être un mendiant tout neuf. Et puis quand arrivent des moments importants de la vie tels que celui-là, on a son éducation qui revient à fond la caisse quelle que soit la religion ou la philosophie qu'on prétend avoir choisie en tant qu'adulte ou, dans mon cas, en tant que garçon déjà mûr. Quand nous sommes forcés de choisir, nous les chrétiens, nous aimons croire que Dieu va même jusqu'à fixer le prix des billets d'avion.

En tout cas, nous sommes descendus du ferry environ une heure plus tard à Burlington et nous avons demandé notre chemin à un flic qui a d'abord fait une gueule comme s'il allait nous arrêter. Mais du fait que I-Man avait une allure royale, pratiquement celle du Président ou d'une star d'Hollywood, le flic s'est contenté de nous indiquer le chemin de l'aéroport et il a même conclu par un, Bonne journée, les gars. C'est comme ça qu'ils parlent dans le Vermont. Le Vermont ressemble beaucoup à la Californie, sauf qu'il y fait froid et qu'il n'y a pas beaucoup de gens.

Quand nous sommes arrivés à l'aéroport, à cinq ou six kilomètres dans les hauteurs qui dominent la ville, I-Man a déclaré que c'était dans un avion Delta qu'il était monté auparavant, et donc nous sommes allés vers la dame qui vendait des tickets Delta. Elle nous a dit qu'en moins d'une heure nous pouvions prendre un vol qui allait de Burlington à Montego Bay avec une escale à Philadelphie ou un endroit comme ça et une autre à Miami. Vous n'aurez pas à changer d'avion, nous a-t-elle affirmé. En plus, grâce à l'attention de Jah pour les détails, les sept cent quarante dollars de Buster suffiraient à payer nos deux passages et il en resterait même un peu.

I-Man m'a regardé, puis il a dit, Alors, Bone ? Tu viens ?

Je lui ai fait signe de s'approcher de moi pour que la vendeuse de chez Delta ne nous entende pas et j'ai chuchoté, Est-ce que tu crois que c'est mal de ma part d'utiliser l'argent sale de Buster pour ça ? Ça m'inquiète un peu, man. Envoyer sœur Rose chez sa mère, d'accord. Et t'envoyer chez toi, c'est à peu près pareil. Mais m'en servir pour me faire *partir* de chez moi, c'est encore autre chose, pas vrai ?

Il a haussé les épaules comme s'il s'en foutait pas mal.

Faut que tu m'aides pour ce truc, man. Je ne suis qu'un gosse et j'ai pas l'habitude de dépenser de l'argent sale. C'est ça que veut Jah ?

Il a répondu, Jah *te* connaît, Bone, mais toi tu connais pas Jah. Pas avant que tu connaisses Je-même. Lui peut pas êt' le papa de Je-et-Je. Je-et-Je a qu'à d'abord trouver son papa. Puis il m'a gentiment fait remarquer que j'avais déjà pris la décision sur le bateau.

J'ai alors dit, D'accord, allons-y. Achètes-en deux. Et il a tendu tout le rouleau de billets à la femme derrière le comptoir.

Elle a ramassé l'argent, elle l'a compté, rendu sa monnaie à I-Man et s'est mise à taper sur un tas de touches sur son ordinateur. Je peux voir vos passeports, s'il vous plaît ? a-t-elle demandé. I-Man et moi on s'est regardés en levant les yeux de la même manière. Comme pour dire, Nos passeports ? C'était un étranger en situation irrégulière et moi un ado SDF, disparu et présumé mort, pratiquement un gosse bon à mettre sur les cartons de lait. Soudain j'ai eu l'impression que la vérité allait éclater.

Il a posé son bâton de Jah contre le comptoir, il s'est mis à fouiller dans son sac et il en a retiré un passeport jamaïquain rouge qu'on avait dû tamponner à son entrée aux Etats-Unis de façon à montrer qu'il n'était autorisé à venir que pour cueillir des pommes dans l'Etat de New York et couper de la canne à sucre en Floride, et qu'il n'avait pas le droit de rentrer avant que la société qui l'employait le lui permette. Elle exigerait le remboursement du billet qu'elle lui avait acheté pour partir de la Jamaïque, et l'ordinateur risquait d'afficher la facture juste à côté de son numéro de passeport. Je pourrais me brosser pour récupérer l'argent de mon billet. Quant à moi, tout ce que j'avais en guise de passeport était une fausse pièce d'identité que j'avais achetée un jour à un gamin du centre commercial et sur laquelle j'avais dix-huit ans. Mais à part Art le tatoueur personne ne me croyait quand je voulais m'en servir. En fait je n'avais essayé que deux ou trois fois. Mais je me suis dit, après tout, que la volonté de Jah soit faite, j'ai tiré la carte d'identité de mon sac et d'un coup sec je l'ai plaquée sur le comptoir à côté du passeport de I-Man.

L'employée Delta a pris nos papiers, mais il s'est trouvé qu'au même moment elle a aperçu le bâton de Jah et ça a dû retenir son attention parce qu'elle n'a jeté qu'un coup d'œil sur ma carte et sur le passeport de I-Man sans détourner tout à fait son regard du bâton de Jah. Et soudain elle a déclaré à I-Man, Je regrette, monsieur, mais vous ne pouvez pas emmener ça à bord avec vous.

Faut, pourtant, il a dit.

Je vous demande pardon ?

C'est un truc religieux, j'ai dit. C'est un prêtre.

Un quoi ?

J'étais un peu parano, à ce moment-là, et encore pas mal parti à cause du spliff qu'on avait fumé sur le bateau, et du coup je me suis lancé dans une longue harangue sur le fait que I-Man ne pouvait pas se séparer de son bâton de Jah parce qu'il était en quelque sorte le pape du rastafarisme, c'était un chef religieux *par excellence* connu dans le monde entier et en plus son sceptre protégerait l'avion et le reste des passagers. Toutes ces explications l'ont bien embrouillée, sans compter qu'à présent il y avait derrière nous toute une queue de gens qui, bien qu'étant du Vermont, commençaient à s'impatienter.

J'ai alors affirmé, Ce bâton, il est *vivant*. Personne peut le toucher sans se faire mordre, sauf lui.

Elle a fait un sourire comme pour dire, Ouais, c'est ça, puis elle a mis la main sur le bâton et aussitôt poussé un cri, *Aï-aïe*. Lâchant prise, elle a fourré sa main dans sa bouche comme une petite fille.

I-Man a alors pris le bâton de Jah, son passeport et sa radiocassette tandis que j'attrapais mon sac à dos, ma pièce d'identité, nos billets et nos cartes d'embarquement. Nous avons filé sans un mot de plus. Après avoir trouvé notre porte, nous sommes passés par le détecteur de métaux et nous nous sommes assis en attendant qu'on nous appelle pour monter à bord.

A la fin, après quelques minutes passées à attendre, je me suis tourné vers I-Man et je lui ai demandé, Comment t'as fait, man ?

Fait quoi ?

Tu sais bien. Pour que le bâton la morde. Comment t'as fait ?

Il a haussé les épaules comme s'il n'en savait rien et n'en avait rien à faire.

Je me suis enfoncé dans mon fauteuil, j'ai croisé les jambes, j'ai souri intérieurement et je me suis dit, Ça va être une aventure méchamment bizarre. Je crois, Bone mon vieux, où qu'ce soit que t'as été avant, t'es maintenant de l'autre côté.

15

ÉBLOUISSEMENTS

Bien qu'on soit en été j'avais l'impression que la plupart des passagers, en tout cas au départ de Miami, étaient des touristes et qu'ils profitaient de tarifs exceptionnels. D'ailleurs c'est ce que m'a expliqué le mec assis à côté de moi quand je lui ai demandé pourquoi il allait à la Jamaïque maintenant au lieu d'attendre l'hiver.

On est hors saison, jeune homme. Ça nous fait des prix super-bas. Et puis on a un forfait complet. Ça veut dire qu'on ne quitte *jamais* l'hôtel si on veut. Vous comprenez bien ? Tout ce que vous voulez on vous le procure sur place, à l'hôtel. Vous me suivez, jeune homme ? m'a-t-il répété avec l'air de me faire des clins d'œil et de m'envoyer des petits coups de coude.

Ouais, mais vous avez pas envie de vous déplacer un peu à l'extérieur ? Par exemple, de sortir et de voir le pays, de crapahuter un peu, mec ?

Oh non ! On veut faire la *fête* !

Ce "on" signifiait lui et trente ou quarante autres individus dans l'avion. Ils avaient tous le corps flasque, des coiffures bouffantes, des jeans de haute couture délavés chimiquement et des débardeurs, les hommes comme les femmes, d'ailleurs en nombre à peu près égal. Il y en avait qui portaient déjà le chapeau de paille qu'ils avaient acheté à l'aéroport. Le genre de nullards qu'on voit dans les pubs de la télé pour la bière Miller. Des tocards qui n'osent pas sortir de chez eux sans leur glacière.

Ça fait loin, la Jamaïque, pour une fête, j'ai dit.

Et lui de répondre, *Ouais !* comme si c'était ça qu'il y avait de mieux. Ils avaient l'air de vouloir se faire méchamment baiser, autant que possible par des Noirs, de fumer des pétards vraiment explosifs et de sniffer de la coke, mais ils étaient trop coincés pour s'y risquer aux Etats-Unis, et du coup j'ai laissé tomber. Finalement on fait ce qu'on peut où on peut.

C'étaient des célibataires autour de la trentaine, certains plus, d'autres moins, qui venaient de l'Indiana. Je pense qu'ils vivaient tous dans le même ensemble d'immeubles et qu'ils avaient des boulots à la con du genre de ceux qu'on trouve dans les centres commerciaux. Il faut croire qu'ils voyageaient pas beaucoup parce que, quand l'avion a atterri, bien qu'il fasse noir au sol et qu'on ne puisse rien voir d'autre par les hublots que les lumières de la Jamaïque qui sont les mêmes que partout ailleurs, ils ont applaudi, lancé des cris de joie et des *Ou-ai-ai-ais !* et des *Su-u-u-per !*.

Le gars assis près de moi a levé et baissé le poing, puis, avec un grand sourire, il a lancé, Que la fête *commence* !

Faut pas rater l'trésor, mec, je lui ai dit tout en retirant du compartiment à bagages mon sac à dos, le sac en plastique de I-Man et sa radiocassette. Puis je suis allé à l'avant chercher son bâton de Jah à l'endroit où la dame lui avait demandé de le mettre – et il avait été tout à fait d'accord. J'avais encore jamais été plus loin qu'Albany et voilà que je me retrouvais en pays étranger – ce qui peut vraiment être un choc quand c'est la première fois. Sauf que j'étais avec I-Man, et même si c'était un étranger pour la plupart des gens, pour moi c'était pratiquement à la fois mon copain d'enfance et mon guide spirituel. Et comme nous étions sur sa terre natale, je pouvais me détendre et le suivre comme si je n'allais qu'à Albany au lieu de la Jamaïque et comme si j'y allais tout le temps.

Quand on s'était arrêtés à Miami et que l'avion attendait – pour être ravitaillé en kérosène, je suppose – on s'était un peu baladés dans l'aéroport, moi et I-Man, pour aller pisser et des trucs comme ça, puis on avait observé les bêtes de fête de l'Indiana, ce qui faisait qu'on se sentait encore tout à fait dans l'Amérique normale où ce sont les Blancs qui commandent presque tout. Mais quand on est descendus de l'avion à la Jamaïque, ç'a été une autre affaire. Tous les responsables étaient noirs, pour commencer, et ça peut suffire à vous faire perdre les pédales si vous êtes américain. J'y étais déjà pas mal habitué à force d'être avec I-Man, bien sûr, mais ça me faisait drôle de voir mes compatriotes, les Américains blancs, s'agiter brusquement, parler trop fort et se trouver bêtes comme s'ils étaient incapables de lire les panneaux et comme si les Noirs savaient pas parler anglais.

Ils devaient avoir un peu peur, et quand leurs valises arrivaient sur le tapis roulant ils se mettaient à crier, à tirer sur leurs bagages et à les faire tomber. Tout allait de travers et les Jamaïquains qui travaillaient là étaient obligés de tout le temps s'occuper d'eux pour qu'ils arrivent à l'endroit où on vérifie que les bagages ne contiennent pas de drogue puis à un autre endroit où on tamponne les papiers. En plus il faisait très chaud bien que la nuit soit tombée, et les touristes transpiraient tous à grosses gouttes. Ils n'y étaient pas habitués et ça les foutait en rogne, je crois, comme s'ils s'étaient attendus à ce que le pays tout entier soit climatisé. Moi et I-Man nous avions déjà nos sacs et nous n'avions pas de papiers à faire tamponner parce que quand on nous les avait distribués dans l'avion I-Man avait dit qu'il allait pas s'amuser à remplir ça. Y a pas besoin pour traiter avec Babylone, Bone, avait-il déclaré quand j'avais demandé au mec à côté de moi de me prêter son stylo une fois qu'il aurait fini. Pense plus, avait-il dit – ce qui était une de ses expressions favorites. Pense plus.

Mais à présent, devant tous ces soldats et douaniers qui passaient tout au peigne fin, je commençais à me poser des questions. J'ai donc suivi I-Man et son bâton de Jah magique quand il s'est éloigné de la mêlée des Américains à la recherche de leurs valises. Il a traversé la salle, se dirigeant tout droit vers un mec qui se tenait près de la porte et semblait être le chef des douaniers. C'était un gros Noir ventru avec des lunettes de soleil, une moustache, un cure-dent à la bouche et un bloc-notes dans la main.

Si j'avais été seul, ç'aurait été le mec que j'aurais évité en priorité, mais I-Man est allé droit sur lui et ils se sont mis à discuter en jamaïquain, ce que j'avais jamais encore entendu I-Man faire. Il avait toujours parlé anglais et j'avais cru que c'était sa langue maternelle. Mais ici les gens connaissent une autre langue maternelle qu'ils n'emploient qu'avec d'autres Jamaïquains. Il y a pas mal de mots anglais dedans, mais c'est surtout de l'africain, je crois. Je suis plus tard arrivé à le comprendre assez bien, mais les premières fois que je l'ai entendu ç'aurait été pareil pour moi s'ils avaient baragouiné du français ou du russe.

En tout cas, d'après ce que j'ai compris, le gars des douanes et I-Man étaient de vrais potes ou à peu près, parce que après avoir discuté de la pluie et du beau temps avec I-Man pendant quelques minutes, il nous a simplement fait signe de passer par une petite porte un peu à l'écart. Et nous nous sommes retrouvés dans la partie centrale de l'aéroport, ouverte sur la rue, avec tout un tas de Jamaïquains dans des fourgons et des taxis qui étaient là à attendre. Il y en avait une cinquantaine, peut-être cent, quelques-uns brandissant des panneaux avec des noms d'hôtel, il y avait même des bus qui attendaient et tout un tas de femmes portant d'énormes plateaux de souvenirs, de T-shirts de la Jamaïque, de chapeaux de paille et des choses comme ça, tandis que des petits garçons tout maigres rôdaient autour, prêts à faire la manche ou Dieu sait quoi. Sans parler des jeunes mecs, grands et cool, portant des lunettes de soleil malgré la nuit et des mèches rastas très courtes, la ceinture défaite, la braguette à moitié ouverte, l'air mauvais, qui revendaient sans doute de la coke ou s'efforçaient d'avoir l'air disponibles pour les filles blanches de l'Indiana. Tout ce monde surveillait les portes et s'apprêtait à foncer sur le premier Américain moyen qui en sortirait. Il y avait aussi quelques flics en chemisette rayée et pantalon bleu, et ils avaient principalement l'œil sur les civils jamaïquains, sans doute pour les empêcher d'effrayer les bêtes de fête quand elles sortiraient et se rendraient compte qu'on ne les avait pas encore parquées derrière les clôtures protectrices de leur hôtel.

Moi et I-Man, en revanche, on devait être invisibles, parce que personne nous a remarqués. Nous avons franchi la foule puis nous avons suivi la rue encombrée jusqu'à la grande route. Là, I-Man a pris à gauche et nous avons marché d'un bon pas, laissant l'aéroport pour nous plonger dans l'obscurité. Un silence étrange nous a enveloppés tout d'un coup bien qu'il m'ait semblé entendre les vagues de l'océan se briser à quelque distance sur notre gauche. J'ai déduit des lumières derrière nous que la ville – je supposais qu'il s'agissait de Montego Bay – se trouvait dans la direction opposée, et j'ai demandé à I-Man, Où est-ce qu'on va, maintenant ? Il a répondu, Pas loin, Bone. On rejoint le lion dans son royaume.

Super ! j'ai dit. Mais nous avons continué longtemps à marcher au bord de la route. De temps à autre j'apercevais au loin la lumière d'une maison, ou bien il y avait un car ou une voiture qui nous dépassaient dans un souffle, ou encore j'entendais un chien aboyer. Sinon c'était l'obscurité et, à part le bruit de nos sandales et le martèlement du bâton de I-Man, le silence. J'avais bien encore un millier de questions à poser, mais elles venaient trop tôt et j'ai donc continué à marcher derrière I-Man sans rien dire. Je me retrouvais comme un bébé pataugeant dans son innocence. Il faisait une chaleur pas croyable et l'air, doux et très humide, avait une odeur de fumée de bois et d'eau de mer au curry ou un truc du genre, complètement inconnue pour moi. C'était une odeur étrange, pas agréable, d'ailleurs, et je me suis mis à penser que je me trouvais peut-être sur une autre planète que celle dont j'étais originaire, que j'étais peut-être un autre Pod-Boy venu de la Terre et pas de Mars. Pour la première fois depuis le décollage de l'avion dans le Vermont – c'était aussi la première fois que j'avais connu *ça* – j'ai eu vraiment peur, je me suis mis à penser que peut-être j'arriverais pas à respirer comme il faut, que peut-être il y avait trop d'oxygène ici ou qu'il y avait un gaz des marais bizarre dans l'air, un gaz

jamaïquain qui convient à I-Man parce qu'il a des bran-
chies ou Dieu sait quoi, mais pas à moi parce que ayant
grandi dans l'Etat de New York je ne suis pas physiquement équipé pour le supporter. Voyager fait du bien,
voilà ce que je n'arrêtais pas de me dire, ça varie les
points de vue, ça élargit les horizons, etc. Mais au fond
de moi je souhaitais me retrouver à Plattsburgh dans
le car scolaire, redevenir un rat de centre commercial
comme tant d'autres, sans abri dans le nord du pays,
fuyant les flics, me procurant un joint de temps à autre,
vivant au jour le jour en faisant la manche jusqu'à ce
que ça finisse par faire tilt dans la tête de ma mère et
qu'elle se tire d'avec Ken pour que je puisse rentrer
chez moi et que je grandisse en étant à nouveau son fils
habitant avec elle.

C'est à ce moment que I-Man a quitté la route et
qu'il est descendu dans ce qui ressemblait à un fossé
pour franchir ensuite un petit muret. Il y avait un peu de
clair de lune, à présent, et j'ai pu voir une chèvre debout
sur le muret qui nous contemplait avec des yeux pâles,
comme vitrifiés, et je l'ai observée à mon tour parce que
n'ayant encore vu de chèvres que sur des dessins je ne
savais pas si elles mordaient. Viens, Bone, a dit I-Man.
Je l'ai suivi et la chèvre n'a rien fait.

On était dans un sentier qui coupait à travers un bosquet de palmiers et en peu de temps on est arrivés à la
plage. Là on a marché sur le sable. Des vagues venaient
s'y étaler, mais elles étaient étrangement douces et paisibles, pas du tout comme les vagues à surf auxquelles
on s'attendrait dans un véritable océan, et soudain les
nuages se sont écartés et une grande lune argentée est
apparue. J'ai alors pu voir un peu où je me trouvais, sur
une longue bande de plage bordée d'un côté par un
enchevêtrement de buissons bas avec, en arrière-fond,

des silhouettes de palmiers de carte postale et des montagnes entassées dans le lointain. L'eau était sombre et sous le clair de lune elle avait la douceur du velours. Les nuages, illuminés, semblaient bordés d'argent fondu. C'était méchamment beau.

L'air doux et humide était toujours le même mais il me paraissait à présent tout à fait naturel et il avait un parfum de fleur au lieu de sentir la pisse sur un feu de bois. Je ne souhaitais déjà plus revenir à Plattsburgh. Je comprenais que sans I-Man et sœur Rose, maintenant que Russ faisait sa vie dans le monde ordinaire, je m'y retrouverais tout seul. Bientôt il ferait de nouveau froid, la neige descendrait du Canada et toutes les plantes, tous les légumes de la "fondation" de I-Man gèleraient et mourraient tandis que je me mettrais sans doute à mendier pour acheter du crack. Et je serais tellement démoli par ce genre de vie qu'à partir de là ce serait la dégringolade assurée. Je savais aussi que ça ne ferait jamais tilt chez ma mère. Absolument pas. Non, j'allais être obligé de devenir un mendiant tout neuf. Comme l'avait dit I-Man.

Au bout d'un moment nous sommes partis de la plage et nous sommes passés à travers les buissons pour suivre un chemin en zigzag que je n'aurais jamais pu voir tout seul si je n'avais pas emboîté le pas à I-Man. Nous avons abouti à une clôture en bambou avec une porte où était peinte, en rouge, vert et or, une tête de lion. Nous avons pénétré dans une petite cour sablée, puis I-Man a pris une bougie sur une étagère près d'une porte, l'a allumée, et passant cette porte il est entré dans une cave en bambou qui était en fait une maison. Mais une maison incroyable, recouverte par du chaume en plan incliné comme en Afrique et des murs entièrement faits de tiges de bambou attachées par des lianes. Il y avait tout un tas de petites pièces circulaires et de couloirs qui se succédaient dans une centaine de directions : ça ressemblait à une fourmilière que j'avais construite à l'école.

Dans les pièces il y avait de nombreux et énormes coussins posés le long des murs pour qu'on s'assoie comme dans un harem. Il y avait aussi des hamacs pour dormir, des tables basses, des rideaux en perles de verre sur le seuil des portes, et au mur les portraits de héros rastas tels que Marcus Garvey – dont I-Man a déclaré qu'il a été le premier Jamaïquain à trouver comment rentrer en Afrique – et Martin Luther King que j'ai su reconnaître tout seul. Il y avait aussi un roi africain en costume – il s'appelait Mandela, m'a dit I-Man quand j'ai demandé – et bien sûr le rasta en chef, Haïlé Sélassié en personne, négus de Bethsabée, empereur d'Ethiopie, Jah ras Tafari. J'apprenais plein de choses.

A part les portraits, les coussins, les hamacs et les rideaux de perles, tout dans la maison était fait à la main, y compris les cadres des portraits qui étaient en bambou. On se serait cru à Bambou World, parc d'attractions rasta, et c'était sans conteste la crèche la plus cool qu'il m'avait été donné de voir. Ça m'a littéralement assis, et j'ai dit, c'est super, mec, ce qui m'a frappé comme si débile que je pouvais à peine croire avoir dit ça. J'étais réellement de Plattsburgh, New York.

Le lion dans son royaume a peur de personne, Bone. Nya Bingh dans son royaume, douze tribus dans son royaume, Bobo dans son royaume. On aurait dit qu'il psalmodiait, assis sur un coussin, et il était en train de remplir, avec un énorme bol de ganja, la plus grande pipe à eau que j'avais jamais vue. Ça fait rien où on va, avec le lion dans son royaume. Assis, Bone, et fume le calice.

Il était parti dans un grand monologue rasta, une sorte de trip pour célébrer son retour, je suppose, et c'était un truc que je comprenais, même si ça me faisait bizarre, mais à présent tout était si différent de ma vie passée qu'il ne restait plus grand-chose capable de me faire flipper. D'ailleurs, comme j'avais envie de tirer moi aussi sur la pipe à eau, j'ai dit, C'est, disons, chez toi ici, c'est ça ? C'est ta crèche jamaïquaine ? Et personne d'autre est au courant ?

Il tirait d'énormes bouffées, et sa tête était enveloppée par des nuages de fumée qui montaient en spirale. Le calice faisait des bulles et glougloutait, et la fumée que je prenais à distance suffisait déjà à m'envoyer dans les vapes. Il a dit, Faut que Je-et-Je sois malin pour qu'ils tombent pas sur Je-et-Je. Gens de ce monde, i'voient l'œuvre de Je, i'connaissent Je et i'veulent tomber sur Je. Calomniateurs, eux, i'veulent tomber sur Je, sale esprit, eux, i'veulent tomber sur Je…

C'est parfait, man. Laisse-moi tirer une bouffée, j'ai dit. Il m'a tendu le calice et je suis parti, plus pété en quelques secondes que j'aurais voulu, et voilà que je me mets à avoir peur de perdre la tête, ce qui m'arrive presque jamais quand je fume. Alors j'ai essayé de faire semblant en aspirant moins fort et j'ai rendu le shilom à I-Man qui était allongé sur le coussin en face de moi quelques secondes plus tôt mais qui venait de disparaître. Trop tard, je volais, le harem avait décollé, la fourmilière en bambou était dans les airs, le monde entier volait à travers l'univers connu et inconnu, dans les profondeurs de l'espace, là où aucun garçon n'a encore eu l'audace d'aller. J'ai cru apercevoir I-Man mais il s'était transformé, c'était un grand rasta que j'avais jamais vu avec des nattes empilées sur sa tête comme un nœud énorme et doux, et il y avait aussi deux autres rastas qui passaient en marchant d'un pas léger comme des courants d'air. J'entendais du reggae quelque part, parfois c'était très fort, avec des paroles et des voix chantantes, et puis il n'y avait plus que le martèlement sourd du rythme, presque sans bruit, et assez vite tout redevenait silencieux.

J'étais écroulé sur un coussin à regarder la flamme de la bougie lorsqu'une araignée est soudain descendue du plafond en se balançant. Elle est restée un instant suspendue au-dessus de la flamme, puis, comme si c'était devenu trop chaud, elle a essayé de remonter jusqu'à sa toile. Elle a lutté, elle s'est démenée, mais il était trop tard : la toile est devenue un fil doré, l'araignée l'a lâché et elle est tombée sur la bougie où elle a aussitôt été grillée. Son minuscule corps tout en cendres a flotté un instant sur l'onde de chaleur, puis il a disparu dans l'air.

Je me suis alors retrouvé presque en pleurs. J'étais responsable, j'avais fait exprès de mettre la bougie sous l'araignée, tout était ma faute. J'ai essayé de me lever, mais comme je n'y arrivais pas j'ai fait le tour de la pièce en me traînant sur les genoux comme un bébé, cherchant I-Man. J'ai continué le long d'un couloir sombre, me disant que si je parvenais à trouver un coin tranquille je me recroquevillerais, le dos au mur, de sorte que rien ne puisse venir me prendre par surprise, ni chèvre, ni lion, ni araignée cherchant à se venger. Mais le couloir se poursuivait toujours, et toujours en courbe, jusqu'à ce qu'enfin j'arrive à une porte. Lorsque je l'ai poussée, je me suis retrouvé dans la cour de sable. Le ciel était clair et des millions d'étoiles passaient au-dessus de moi en nageant comme des bancs de poissons ou en volant comme des nuées d'oiseaux tandis que la lune éclaboussait chaque chose sur terre d'une poudre blanche et sèche semblable à de la farine.

J'étais maintenant capable de me tenir debout. Je me suis levé et j'ai réussi à aller jusqu'au portail de la clôture en bambou. J'ai laissé mes pieds me guider dans la direction générale de l'océan que je déduisais assez bien à partir du bruit des vagues. Arrivé sur la plage, je me suis affaissé sur le sable blanc et j'ai contemplé les vagues qui déferlaient sans arrêt avec lenteur et gentillesse sans vouloir me prendre par surprise, et à la fin mon cœur s'est arrêté de battre à cent à l'heure tandis que ma respiration se faisait plus légère et plus calme. Je ne pensais pas pouvoir retrouver mon chemin jusqu'à la fourmilière. En fait, je ne *voulais* pas y revenir pour l'instant et j'ai décidé de me calmer en passant la nuit sur la plage. J'attendrais le lever du jour pour la suite des événements. J'étais complètement déprimé. Ce genre de solitude était tout à fait nouvelle pour moi. Ça me donnait envie de ne plus jamais être proche de personne.

Cet état n'a pas duré, bien sûr. Le lendemain matin, assis sur la plage, j'ai vu un lever de soleil carrément atomique au fond de l'horizon, derrière l'océan gris. Des couches de nuages rouges, jaunes et roses semblaient en plein délire, et l'eau était toute veinée comme si du sang avait coulé dedans. Ce n'était pas le genre de spectacle qu'on voit au nord de l'Etat de New York quand on s'est éclaté la tête avec du shit la veille au soir, et puis tout à coup I-Man s'est trouvé là, accroupi à côté de moi. J'étais vraiment heureux de voir son visage marron si familier qu'il était pour moi comme celui d'un parent, et je ne me suis plus senti seul.

Posant sa main sur mon épaule il m'a dit qu'il avait de la nourriture "pou' donner des forces à la structu' et pou' effacer les dégâts de not' long voyage hors de Babylone". Je l'ai alors suivi jusqu'à la fourmilière où nous avons trouvé d'autres rastas accroupis sur leurs talons dans la cour en train de fumer des spliffs et de bavarder. Et I-Man m'a dit à qui il me présentait, à Fattis, à Buju et au prince Shabba qui, ensemble, a déclaré I-Man, constituaient sa bande.

J'ai reconnu le prince Shabba, que j'avais entrevu la nuit précédente, à son énorme coiffure en forme de nœud papillon. Les deux autres m'ont paru vaguement familiers. Ils étaient plus jeunes que I-Man, la trentaine ou la quarantaine, peut-être, c'est difficile à dire parce qu'ils étaient maigres, ces mecs, et leurs très longues nattes me déroutaient un peu, sans parler du fait que les Blancs, y compris moi-même, ont du mal à déterminer l'âge des adultes noirs autrement que par leur habillement, sauf quand ils sont vraiment mûrs comme I-Man. Comme ils se parlaient dans leur langue maternelle j'ai pas bien saisi ce qu'ils racontaient mais ils ne s'occupaient pour ainsi dire pas du tout de moi, et I-Man non plus, d'ailleurs, mais j'ai trouvé ça bien parce que je me disais que la chose la plus intelligente à faire pour moi ce serait d'être là tout simplement, de les observer et d'apprendre un max avant de partir de mon côté, parce que ces mecs qui étaient tout aussi différents de moi dans leur esprit que dans leurs actions étaient super-bien adaptés à leur environnement – ce qui me donnait une bonne idée du danger que je courais chaque fois que je prenais une initiative qui me paraissait sans problème.

Parce que en fait leur environnement était désormais le mien et le séjour à la fourmilière n'était absolument pas un voyage tout ficelé comme celui des noceurs de l'Indiana. J'ai donc fait exactement ce que I-Man me disait, j'ai mangé ce qu'il voulait quand il voulait, j'ai bu ce qu'il me donnait et je n'ai pris que de toutes petites bouffées de cette super-ganja qu'ils appellent kali en tirant sur le shilom quand I-Man me le passait. Et je faisais circuler les spliffs rapidement, comme si j'en avais plein chez moi à fumer plus tard. Plus question pour Bone de se défoncer à mort.

La bande de I-Man ressemblait un peu à celle des Adirondack Iron sauf qu'elle était plus relax. Au début j'ai cru qu'elle était non violente, mais plus tard j'ai vu les mecs discuter en tirant sur la pipe à eau – le shilom –, et ils s'excitaient complètement en racontant des histoires que j'arrivais pas à comprendre jusqu'à ce que soudain Fattis ou le prince Shabba sorte une machette aussi tranchante qu'un rasoir et se mette à fendre l'air avec des coups d'une violence incroyable tandis que tous les autres hurlaient et riaient comme des malades. A ce moment-là, j'avais déjà appris assez de mots dans leur langue pour savoir qu'ils parlaient de faire sauter la tête de certaines personnes et de trucs comme ça. Coupe Satan en tranches ! hurlait le prince Shabba en plantant sa machette dans une noix de coco qu'il fendait en deux.

Et comme les bikers, les rastas ne semblaient pas avoir de travail régulier ni de famille – en tout cas pas à la fourmilière – et ils passaient le plus clair de leur temps à buller, à s'envoyer dans les vapes et à bricoler la fourmilière de la même façon que les bikers travaillaient sur leurs bécanes. Au lieu d'écouter du heavy metal, les rastas ne faisaient que passer en permanence du reggae sur la radiocassette de I-Man qu'ils avaient baptisée son gueuloir, et ce jusqu'à épuisement des piles. De la même façon que les bikers nous avaient envoyés moi et Russ chercher de la pizza, ils expédiaient Fattis, ou Buju qui était le plus jeune, je crois, en ville acheter de nouvelles piles. Je savais pas encore comment ils se procuraient leur fric – à moins que I-Man ne soit encore à dépenser ce qui restait du paquet de Buster, ce qui m'allait parfaitement. J'en voulais pas pour moi, c'était sûr. Je voulais que ce fric disparaisse totalement, et des batteries pour le gueuloir de I-Man me semblaient être un moyen inoffensif d'y arriver.

On mangeait surtout des machins qu'ils détachaient des arbres avec leurs machettes ou qu'ils déterraient et qu'ils faisaient cuire sur un feu dans la cour : des fruits à pain, qui ressemblent à des pamplemousses mais ont le goût du pain, et du blighia qui est un peu comme des œufs brouillés quand il est cuit. Il y avait aussi les inévitables noix de coco, vertes et velues, dont on écrase la chair pour la mélanger à tout le reste, de longues bananes plantains qu'on coupe et qu'on fait frire, des corossols qui sont sucrés et crémeux à l'intérieur comme du flan, des oranges ordinaires, de longues ignames blanches, du calalou et ainsi de suite, tout un potager d'excellents trucs tropicaux qui poussaient aux abords de la fourmilière au milieu d'arbres et de buissons, dans le même genre de désordre ahurissant que celui du jardin de I-Man dans le terrain vague autour du car scolaire. Sauf qu'ici ça paraissait plus naturel.

Il nous arrivait parfois de tous descendre à la plage pour aller nager. Les autres lavaient leurs mèches et les frottaient ensuite de certaines feuilles vertes qui les rendaient luisantes et noires comme de la réglisse. Puis toute la bande se livrait à un jeu avec une balle et une pagaie et ils appelaient ça du cricket. C'est un peu comme le base-ball, mais en plus lent, et davantage comme une danse. Ça vient d'Afrique, je crois, bien qu'à les voir lancer la balle, la frapper, la rattraper et courir dans tous les sens ils ressemblent plus à des antilopes qu'à des criquets – à moins qu'il n'existe des criquets qui sautent, courent et s'arrêtent. I-Man était bon pour lancer la balle au batteur et on le laissait toujours passer en premier. Il lançait longtemps, mais en levant la main au-dessus de l'épaule, contrairement à la méthode que je connaissais.

Il y avait pas mal de gens différents qui venaient à la fourmilière, des potes rastas, quelques Jamaïquains ordinaires et même des Chinois. Une fois, j'ai même vu deux femmes hyper-belles qui sont venues fumer une heure ou deux puis se sont tirées, et j'ai vite compris que I-Man et sa bande faisaient en douce pas mal de revente de ganja, ce qui expliquait un certain nombre de choses. Ils en avaient des baquets entiers planqués dans les pièces du fond et ils en prenaient dans des sacs en papier comme si c'était du riz vendu à la livre. La fourmilière était une sorte d'*Usine Center* pour la ganja. Pour un bon fumeur de dope, se retrouver là avec I-Man et son groupe, c'était comme mourir et aller au ciel, mais j'étais devenu prudent à cause des surprises que j'avais chaque jour et je ne prenais ma taffe que quand ç'aurait été bizarre ou gênant de pas le faire.

Disons que j'étais en train de réviser un peu l'image que j'avais de I-Man. J'avais même aperçu des flingues. Le prince Shabba en avait un, un 11,43 il me semble, et I-Man aussi : il gardait le sien dans le vieux sac avion qu'il traînait partout avec lui. Et puis il y avait bien sûr les machettes étincelantes que ces mecs maniaient avec la plus grande nonchalance comme si c'étaient des couteaux suisses ou à peu près. En plus on voyait pas mal de fric circuler, y compris entre eux et les flics et dans les deux sens. Une nuit, le douanier bedonnant qui nous avait laissés sortir de l'aéroport sans vérifier, moi et I-Man, s'est pointé à la fourmilière et il est reparti avec une commande qu'on aurait crue passée d'avance par téléphone. Il emportait en supplément une livre d'herbe extra toute chargée de bourgeons. Et il y avait aussi les jeunes mecs super-cool à la braguette à moitié ouverte – ceux-là mêmes que j'avais vus à l'aéroport attendre les filles blanches – qui passaient tous les trois ou quatre jours se procurer leur dose, et en m'imaginant les noceurs de l'Indiana en train de se rouler des joints dans leur chambre d'hôtel, trop pétés pour pouvoir penser, devenus paranos et tout, j'en arrivais presque à avoir pitié d'eux.

I-Man, le prince Shabba et Fattis faisaient plein d'allées et venues, sans doute pour livrer de la marchandise chez des gens ou pour collecter les sommes dues, et chaque fois que I-Man quittait les lieux il prenait son sac bleu, son bâton de Jah, et on aurait dit un prêtre partant en pèlerinage. Il était cool, j'étais fier d'être sous sa protection – car les gens me traitaient en effet comme son protégé. Ce que je faisais surtout, c'étaient des corvées comme de balayer la cour tous les jours et de trimballer de l'eau avec Buju. On allait la chercher à un robinet fixé sur un tuyau, au bord de la route, à un endroit où venaient aussi plein d'autres Jamaïquains munis de seaux en plastique et de casseroles. Il y avait là des femmes, des gosses à moitié nus et quelques nanas adolescentes super-belles à qui j'osais même pas adresser la parole, et comme ça Buju et moi on restait là à parler entre nous pendant que nos seaux se remplissaient. Il me disait qu'il irait bientôt à Miami couper de la canne à sucre ou à New York cueillir des pommes comme I-Man et qu'il achèterait de la marchandise. Et moi je me disais qu'il y arriverait pas. Parce que ce qui

l'intéressait, c'étaient les caméscopes, les magnétoscopes, les télés à écran géant et tout ça, mais il ne pourrait même pas s'en servir à la fourmilière du fait qu'il
n'y avait pas d'électricité. Il croyait que tous ces appareils marchaient avec des piles.

Il était pas beaucoup plus âgé que moi, un peu abruti
mais sympa, et il avait une bonne voix pour le chant. Il
connaissait toutes les chansons reggae qui passaient sur
la radiocassette de I-Man. Mais comme j'arrivais toujours pas à comprendre ce qu'il disait, je parlais pas trop
et je me contentais d'écouter. Je crois qu'à part I-Man
ils me croyaient aussi un peu abruti, surtout pour un
jeune Américain blanc, mais le fait que les gens vous
prennent pour plus débile que vous l'êtes n'est pas une
mauvaise chose tant que vous ne connaissez pas encore
toutes les règles du jeu.

Puis, un après-midi, le prince Shabba est parti quelque
part, peut-être pour Kingston. Fattis dormait, Buju tail-
lait des tasses dans des cylindres de bambou et I-Man
voulait sortir pour, disait-il, faire commerce ave' les
frères, et il m'a demandé de l'accompagner. Viens voi'
les beautés de la Jamaïque, Bone.

Cool, j'ai dit, et nous avons traversé les buissons
jusqu'à la route où nous avons pris un bus bondé, rempli de Jamaïquains ordinaires, pour arriver au bout de
neuf ou dix kilomètres dans Mobay – c'est ainsi qu'ils
appellent Montego Bay, une ville assez importante, de
la taille de Plattsburgh mais avec beaucoup plus de gens
partout. Je ne savais pas au juste combien de temps
j'avais passé à la fourmilière, peut-être deux ou trois
semaines en tout cas une longue période, mais quand
j'ai à nouveau vu des Blancs – et il y en avait ici et là
dans les rues de Mobay ou dans des voitures – j'ai
remarqué à quel point ils ressortaient et ressemblaient à

des extraterrestres avec leur peau crayeuse, leur nez long et étroit et leurs cheveux clairsemés. J'arrêtais pas de les dévisager tellement ils avaient l'air étrange, comme si j'en étais pas un moi-même. J'observais leur démarche rapide et saccadée, leur façon de bouger les mains mais pas les bras quand ils parlaient. Et puis ils ne s'approchaient pas trop quand ils se rencontraient, ils ne se mettaient pas pratiquement visage contre visage comme ici – une manière de saluer à laquelle je m'étais habitué – mais ils gardaient leurs distances et parlaient de loin.

Les rues étaient chaudes, bourrées de gens, rendues boueuses par une averse tombée le matin, et quand nous sommes descendus du car j'ai vu qu'il y avait là dix ou vingt bus de plus qui déchargeaient des foules de gens portant de grandes bâches roulées pour contenir des légumes, des fruits et même des animaux tels que des poulets, des cochons et des chèvres. J'ai alors découvert que nous étions dans un grand marché encombré d'étals chargés de toutes sortes de marchandises, depuis des sandales en caoutchouc et de la mortadelle en boîte jusqu'à du sucre de canne et des ignames grosses comme le bras. C'était, je suppose, l'équivalent jamaïquain d'un centre commercial qui se spécialiserait dans l'alimentaire. Et comme dans un centre ordinaire, les gens discutaient, traînaient, mangeaient de ces petits pâtés de viande qu'on peut tenir dans une main, suçaient des tiges de canne à sucre et s'abordaient les uns les autres à la recherche de toutes sortes de choses, depuis une liaison sexuelle ou de la drogue jusqu'aux derniers potins.

J'ai vite compris que I-Man était en train de faire sa livraison hebdomadaire à des gens qui habitaient trop loin de la fourmilière, ou qui étaient trop occupés pour y venir en personne. Il portait environ une douzaine de paquets de ganja extra – de la sinsemilla de qualité supérieure tassée en briques pesant une livre chacune et qu'il avait mises dans son vieux sac en plastique bleu. Il s'approchait de quelqu'un, disons un type qui vendait des perroquets verts dans des cages artisanales, ils bavardaient quelques minutes à propos de n'importe quoi, puis il sortait la ganja enveloppée dans du papier brun et la lui tendait sous les yeux des flics partout présents. Le gars aux perroquets disait merci, planquait la dope sous sa table, comptait les cent cinquante dollars ou le prix de gros convenu – ce que d'ailleurs j'avais du mal à suivre parce que je ne voyais jamais de balance et qu'ils utilisaient l'argent jamaïquain auquel je n'étais pas encore habitué. J'en avais déduit que I-Man et son équipe étaient des intermédiaires, pas des producteurs, que la vente en gros se faisait surtout à la fourmilière et la vente au détail dans les rues, et que plus on achetait plus le prix à la livre était bas, sauf si on négociait avec un inconnu ou avec un Blanc riche, ce qui, me semble-t-il, revient au système de l'entreprise libérale telle qu'on la connaît partout.

En parlant d'argent, j'aurais bien voulu en avoir parce que ça commençait à bien faire d'être toujours obligé de mendier des clopes, des bières et le reste auprès de I-Man et de sa bande, bien que tout le monde soit très cool là-dessus du fait que la fourmilière était comme une communauté. Et chaque fois que je m'excusais de demander encore une Craven A ou une Red Stripe quand les mecs bullaient en se tapant quelques cannettes ou jouaient au cricket sur la plage, I-Man répondait, De chacun ave' ses capacités, Bone, et à chacun selon ses besoins. Ce qui pour moi était tout à fait bien, sauf que tant que j'avais pas un peu de flouze mes besoins étaient plus grands que mes capacités. Ma seule expérience de travail jusqu'ici avait consisté à dealer de petites quantités de dope et à faire la manche, et ces deux compétences n'étaient pas des plus utiles ici, surtout pas celle de faire la manche. Du moins jusqu'à ce jour où, au marché de Mobay, j'ai vu tous ces Blancs au milieu des Jamaïquains.

Je me suis alors éloigné un moment de I-Man et j'ai tenté de taxer quelques touristes bronzés, portant chapeaux de paille et caméscopes, venus mater les indigènes. J'ai choisi des couples hétéros parce qu'ils sont parfois plus faciles à faire cracher, l'un des deux reprochant facilement à l'autre sa méfiance et donnant, du coup, deux ou trois pièces au pauvre gamin. J'ai pris un air anxieux et apeuré et j'ai dit que j'étais en voyage avec mon collège mais que mon prof et tous les autres élèves étaient partis plus tôt que prévu pour Kingston en prenant le fourgon sans moi, et qu'il me fallait seulement dix-sept dollars pour les rejoindre, sinon j'allais rater l'avion qui devait me ramener dans le Connecticut et je resterais tout seul à la Jamaïque. Mon truc aurait sans doute marché si les deux couples que j'avais abordés n'avaient pas été allemands ou italiens ou Dieu sait quoi. Ils ont simplement haussé les épaules, souri, secoué la tête avec des *no comprendo* jusqu'à ce que je finisse par abandonner et que je tende la main en disant, Z'avez pas cent balles ? ce qui doit être universel parce qu'ils m'ont renvoyé un non bien net et bien fort en paraissant écœurés de voir un jeune Américain blanc se comporter de la sorte devant tous ces pauvres Jamaïquains qui ne mangent même pas à leur faim.

Je commençais à souhaiter tomber sur quelques-unes des bêtes de fête de l'Indiana en me disant qu'elles seraient soulagées de pouvoir acheter leur ganja à un garçon blanc qui parlait l'anglais comme elles au lieu d'être obligées de passer par un Jamaïquain noir qui leur foutait un peu la trouille, un mec du genre I-Man. En d'autres termes j'étais prêt à exploiter le racisme de mes compatriotes américains. Et qui sait, peut-être que si ça marchait j'en ferais, en liaison avec I-Man et sa bande, un vrai boulot où je me spécialiserais dans les hôtels à touristes paranos en voyage organisé. Le fait d'avoir un adolescent blanc dans leur équipe, pour ainsi dire, donnerait à I-Man et à sa troupe un avantage certain sur leurs concurrents pour avoir la clientèle des touristes. Puis je me suis demandé si I-Man n'avait pas déjà pensé à tout ça depuis longtemps, peut-être depuis Plattsburgh, et si pendant tout ce temps-là il ne m'avait pas simplement laissé venir sans que j'en soupçonne rien, si en somme, il ne m'avait pas recruté. Tout ceci ne serait alors qu'une sorte d'apprentissage du commerce de la ganja. Et si, au bout du compte, j'étais persuadé que l'idée venait de moi et pas de lui, je n'aurais jamais l'impression qu'il avait fait de moi une victime, qu'il avait exploité un gosse innocent.

C'était pas comme avec Buster et sœur Rose. D'une façon ou de l'autre, que ce soit d'abord mon idée ou un plan conçu depuis toujours par I-Man, ça revenait au même à partir du moment où je l'exécutais. Car, à tout instant, depuis le passage en ferry sur le lac Champlain jusqu'à cette matinée à Mobay, j'aurais pu dire, Je me tire, et I-Man aurait répondu, A toi de décider, Bone. Je crois important de ne pas oublier que même si I-Man savait généralement ce que j'allais faire avant que je le fasse, il n'essayait jamais de m'y entraîner.

Bon, en tout cas, juste au moment où j'étais en train de me décider à reprendre mon ancienne vie de délinquant, j'ai aperçu un autre couple blanc de l'autre côté du marché. Ils sont faciles à repérer, bien sûr, par le fait que pratiquement tous les autres sont noirs ou au moins marron. Et voilà que cet homme et cette femme descendent d'une grande Range Rover toute maculée de boue et se dirigent vers I-Man qui les accueille comme s'il les connaissait. Ils étaient tous les deux assez âgés, la quarantaine, bronzés comme s'ils vivaient à la Jamaïque depuis longtemps, et ils avaient l'air incroyablement cool, nettement plus cool que tous les autres Blancs que j'avais aperçus ici jusqu'alors.

Le mec était très grand, maigre, rasé de près, portant une queue de cheval, une saharienne beige, un casque de grand chasseur blanc comme en ont les dompteurs de lions, et des lunettes de soleil réfléchissantes. La femme avait un béret rasta d'où s'échappaient des nattes brunes et emmêlées, et tout un tas de bracelets et de colliers rastas. Bien qu'assez âgée et du genre plutôt costaud, elle était étonnamment sexy, même à mes yeux, à cause de son pantalon de danseuse du ventre à raies rouges et vertes avec juste un haut de bikini jaune sur la poitrine. Et en plus elle avait des nichons super.

Depuis l'autre côté du marché j'ai vu I-Man passer un pavé de sinsemilla au grand mec tandis que l'autre lui tendait de l'argent. Puis ils se sont tous fait un salut à la *black power*, y compris I-Man et la femme, en se touchant deux ou trois fois du bout du poing. Quand le couple s'est retourné pour revenir à la Range Rover, l'homme a retiré ses lunettes de soleil et son casque pour s'essuyer le visage avec la manche. Brusquement j'ai avalé ma salive et mes yeux ont failli me sortir de la tête.

Je le connais. Je connais ce visage, tout au fond de moi, à l'intérieur, au plus profond de ma poitrine, je le connais. Et pour la première fois je comprends pourquoi j'ai voulu suivre I-Man a la Jamaïque. J'étais sûr qu'il serait ici. C'est mon *père* ! mon véritable père ! Ma bouche s'est ouverte, j'étais incapable de dire quoi que ce soit, mais en pensée je l'appelais avec une voix de petit garçon. Papa ! Papa ! Viens ici, c'est moi, ton fils Chappie !

L'idée que je puisse m'être trompé sur son identité ne m'a même pas effleuré. Je savais sans l'ombre d'un doute que c'était lui. J'avais reconnu son visage dès l'instant où je l'avais aperçu à cause du souvenir qui m'en était resté de mon enfance et de la photo qu'avait ma grand-mère. Et puis il ressemblait encore un peu à JFK en plus mince et plus grand, même avec sa queue de cheval. Il me restait le souvenir de quand j'étais avec lui tout le temps, quand il était encore marié à ma mère et que la vie était parfaite. C'était sans l'ombre d'un doute mon vrai *père* !

Je me suis alors mis à courir, fonçant tout en évitant les gens, sautant par-dessus des chèvres et des poulets en cage, me frayant un passage dans les couloirs bondés entre les stands jusqu'à ce que je parvienne à l'extrémité de ce grand marché couvert de tôle ondulée. Là j'ai dépassé I-Man en coup de vent juste au moment où mon père et la rasta blanche claquaient les portières de la Range Rover à une trentaine de mètres de moi. La voiture a aussitôt commencé à quitter le parking en passant entre un tas d'autobus, puis elle a débouché dans une petite rue. Mon père était au volant et il n'avançait pas très vite à cause de la boue et des ornières. Je me suis donc mis à leur courir après en plein milieu de la chaussée. Des gens s'écartaient en sautant pour m'éviter, des chiens m'aboyaient après, mais je fonçais, je n'avais jamais couru aussi vite, j'allongeais mes jambes devant moi autant que je le pouvais, j'actionnais mes bras comme des pistons et je hurlais, Attends ! Attends ! C'est moi, c'est ton fils Chappie !

Je les ai poursuivis tout le long d'une rue, puis dans une autre. J'étais arrivé quelques mètres derrière eux et je gagnais du terrain, presque assez pour bondir sur le pare-chocs arrière où je me serais accroché à la roue de secours, lorsqu'ils ont tourné dans une rue plus grande. La Range Rover a accéléré un peu mais j'ai continué à courir et à crier bien que mes poumons me brûlent et que mes jambes soient lourdes comme du fer. J'ai glissé une première fois, je suis tombé, je me suis écorché et je me suis mis de la boue partout, mais je me suis relevé aussi vite que j'ai pu. Ils étaient toujours devant moi, un peu plus loin, maintenant, et j'ai quand même continué à les poursuivre en boitant. J'avais les genoux et la paume d'une main qui saignaient à cause de ma chute. Ils sont arrivés au centre-ville à un grand rond-point, et quand j'y suis parvenu à mon tour la Rover était déjà de l'autre côté. Une grande fontaine nous séparait, puis la voiture a tourné pour prendre ce qui m'a paru être une grande route menant hors de la ville. J'ai entendu mon père enclencher la quatrième, appuyer sur l'accélérateur, et la Rover a disparu au virage, roulant sans doute déjà à quatre-vingts kilomètres-heure.

Je suis resté là longtemps, le cœur battant et la poitrine en feu, ne pensant qu'à une chose : j'avais enfin vu mon père. Mon vrai père. Enfin, après tant d'années, j'étais venu à la Jamaïque sans même savoir que j'étais à sa recherche, et puis un jour, tout à fait par hasard, je l'avais trouvé. Et même si je l'avais ensuite reperdu, je savais que ce n'était que temporaire, cette fois. Je saignais, j'étais couvert de boue, mais j'avais la sensation de m'être enfin réveillé d'un de ces cauchemars dont la ruse consiste à faire croire qu'on est déjà éveillé et que ce qui se passe a lieu en vrai. J'ai ressenti un *soulagement* incroyable.

16

STARPORT

Après être resté une minute ou deux près de la fontaine comme un petit idiot suant, haletant, saignant des genoux et des mains, j'ai repris mes esprits, fait demi-tour et traversé lentement la ville en sens inverse. Sur mon chemin, des gens qui avaient dû me voir courir venaient me réconforter avec des tapes sur le dos et prenaient des mines attristées comme s'ils savaient que c'était mon père que j'avais poursuivi et de nouveau perdu. A mon avis, perdu il ne l'était pas parce que je n'avais jamais encore été si près de le retrouver : nous étions au moins sur la même île. Mais je trouvais ces gens sympas de partager ma peine. Aux Etats-Unis on aurait trouvé ça con.

Je suis finalement revenu au marché où, près d'un étal chargé de bois sculptés représentant des lions d'Afrique et des Noirs très nobles coiffés à la rasta, j'ai vu I-Man debout à l'ombre en train de fumer un spliff et de discuter avec le sculpteur qui ressemblait beaucoup à ses statues. Il y avait aussi un flic, un jeune mec à chemise rayée rouge et blanche, qui a paru s'intéresser davantage à moi qu'au joint de I-Man. Dès que je les ai rejoints il m'a demandé, Vous le connaissez ?

Qui ? I-Man ? Ouais, je crois bien, j'ai répondu en me disant qu'il s'agissait peut-être d'une ruse et qu'il allait nous coffrer tous les deux. Pourtant, jusqu'ici rien ne m'avait montré que la vente de ganja était illégale, sauf peut-être en magasin – et même là on pouvait en acheter si on s'adressait au type qu'il fallait.

Non, man. Je veux dire le Blanc. Doc. Vous le connaissez ?

Oui, j'ai dit fièrement.

Alors, pourquoi vous lui courez après, man ?

C'est mon père. Mais ça fait longtemps que je l'ai pas vu, je vivais aux Etats-Unis et il sait pas que je suis de retour à la Jamaïque. C'est pour ça qu'il a continué à rouler, j'ai dit. Sans doute il m'a pas vu.

Doc est cool, a alors dit I-Man. Lui, il va et il vient, tout le temps à crapahuter dans le pays, c'est lui qui donne le rythme. Le temps, la matière, l'espace, man, accélérer, débrayer, freiner. La technologie, Bone, c'est la technologie qui donne le rythme.

Je leur ai dit d'arrêter, de ne plus me sortir toutes ces conneries et de m'expliquer ce qu'il en était de Doc parce que je savais seulement ce que ma mère et ma grand-mère m'en avaient dit, c'est-à-dire pas grand-chose. Alors le flic s'est mis à rire en répétant les paroles de I-Man, Doc il est cool, mais moi j'savais pas qu'il avait un fils aux States.

C'est Baby Doc, a dit I-Man en riant à son tour. Papa Doc et lui Baby.

Ils étaient en train d'éviter le sujet, mais j'ai continué à poser des questions et il est apparu que mon père était un vrai docteur qui travaillait pour l'Etat à Kingston, à cent cinquante kilomètres d'ici, et qu'il habitait aussi là-bas dans un grand appartement de fonction. La femme avec qui il était dans la Range Rover était sa petite amie, elle s'appelait Evening Star, c'était une riche Américaine qui vivait dans ce qu'ils ont appelé une maison de maître. Il lui rendait visite de temps à autre, venait à Mobay en prenant sa voiture et des choses comme ça.

Papa Doc, c'est un homme bon pour les affaires, a dit I-Man. Connais pas sa femme, moi. Elle s'appelle Evening Star ?

Ouais, a fait le flic, oh ouais, il la connaissait bien, lui, presque tout le monde à Mobay connaissait Evening Star et aussi sa maison, cette grande baraque ultrachic avec tout plein de gens qui y traînaient, y compris Doc. Tous à faire les feignants, il a dit, et il nous a indiqué où se situait la grande maison. C'était pas loin, dans un village du nom de Montpelier, à une quinzaine de kilomètres d'ici, dans les collines. I-Man, haussant les épaules, a proposé de s'y rendre sur-le-champ par bus si ça me disait. J'ai répondu, Super, allons-y tout de suite.

Pas de problème, a dit I-Man, et nous sommes partis, laissant le flic grimacer un sourire dans notre dos comme s'il flairait quelque chose que nous ne soupçonnions pas, mais j'ai pensé que c'était seulement parce qu'il savait que I-Man montait là-haut pour essayer d'y vendre de la ganja, pas vraiment pour m'aider à retrouver mon père, ce qui d'ailleurs ne me gênait pas. Chacun a son petit calcul en tête et c'est bien comme ça. Ce que I-Man avait de bon, c'est qu'il ne me piégeait pas dans son truc à lui. Contrairement à d'autres. Il se contentait de dire, A toi de décider, Bone.

Nous sommes montés dans un bus asthmatique trop chargé en hauteur et entièrement décoré d'images rastas genre lions couronnés, et on lui avait même écrit un nom à l'avant, la Porte de Sion. Nous avons gravi une longue montée sinueuse sur une route étroite aux flancs aussi abrupts que ceux d'un précipice, et au fond on voyait des voitures et des camions en train de rouiller, même un car qui s'était écrasé là, et la jungle repoussait par-dessus. Des cahutes se dressaient tout au bord de la route. Des enfants debout sur le seuil nous regardaient passer, et un peu plus loin des femmes faisaient leur lessive près d'un ruisseau. Et cela jusqu'à notre arrivée à un village qui devait être Montpelier et qui possédait deux ou trois épiceries comme chez nous les *Stewart's* ou les *7-Eleven* sauf qu'elles étaient plus petites. Celle dans laquelle nous sommes entrés en descendant du car pour acheter des Craven A n'avait pratiquement rien à vendre : du lait en boîte, du fromage jaune, du rhum, de la bière, c'était à peu près tout.

I-Man a demandé à la femme derrière le comptoir comment se rendre à la maison d'Evening Star, et elle s'est mise à jacasser si vite en jamaïquain que j'ai rien compris. Nous sommes ressortis, nous avons marché un peu sur la route pour prendre ensuite sur la gauche un long sentier qui serpentait devant des petites maisons de parpaings au toit de tôle nichées dans les buissons. Des chèvres prenaient leur déjeuner de broussaille, des porcs se promenaient tranquillement ou dormaient dans la cour, et des petits chiens au poil blond lançaient des aboiements en nous voyant passer, nous, un garçon blanc avec un mouchoir à carreaux sur la tête et un rasta venu d'ailleurs avec son bâton de Jah, tous les deux gravissant lentement la colline. De temps à autre nous apercevions très loin au-dessous de nous l'océan bleu et lumineux. Des colibris et d'autres oiseaux plus ordinaires nous accompagnaient, et il y avait plein de papillons voletant dans tous les sens. Au bout d'un moment il n'y a plus eu de maisons, rien que le sentier, les arbres, les lianes, les oiseaux, les papillons et ces grands vautours noirs appelés urubus qui tournoyaient très haut dans le ciel. Un grand silence nous entourait et nous étions couverts de sueur à force de monter. Je commençais à me demander si I-Man avait bien compris les indications de la femme.

Mais très vite nous sommes arrivés au sommet de cette montagne et de là nos regards ont porté au-delà des collines et des vallées au-dessous de nous. Nous avions soudain une vue panoramique jusqu'à l'océan, et Mobay nous est apparue comme une ville portuaire ordinaire, avec des bateaux, des bâtiments blancs, des toits orange. Pendant une fraction de seconde je me suis souvenu de la vue magnifique qu'on avait sur les Adirondack dans la maison des Ridgeway. Puis, nous avançant un peu plus, nous avons tourné à un angle et nous sommes tombés sur un panneau où était marqué STARPORT. J'ai compris que c'était le nom de la maison, pas de ses propriétaires, et perdant presque le sens du lieu je me suis revu à Keene, route East Hill, avec Russ et non plus I-Man, le lendemain du jour où je m'étais fait tatouer et où j'avais pris le nom de Bone

Une petite chèvre aux yeux bleus se tenait dans les buissons. Elle nous observait, moi et I-Man, et c'est elle qui m'a aussitôt ramené à la Jamaïque. Nous sommes ensuite passés entre des grands piliers de pierre pour nous retrouver soudain dans une cour fantastique avec des terrasses où poussaient de l'herbe verte et toutes sortes de fleurs. On voyait partout des sculptures étranges représentant des animaux américains grandeur nature, entre autres des lapins, des renards et des castors, peints en blanc à part les yeux, les narines et la bouche qui étaient rouge vif. Ils avaient un côté bizarre. Pour une cour elle était vraiment inhabituelle comme s'il s'agissait d'un décor de film ou d'une terrasse de restaurant de luxe.

L'allée serpentait un bon moment avant d'arriver à une maison ancienne et gigantesque, avec un rez-de-chaussée et un étage et qui semblait de style français ou anglais. Bâtie sur le flanc de la montagne, elle donnait sur Mobay et sur la mer à quinze kilomètres de là comme si elle dominait la région et qu'elle était habitée par un duc ou un petit roi. Nous nous en sommes approchés par le bas, levant les yeux vers sa majestueuse présence comme si nous avancions à genoux par respect, sauf qu'en fait nous marchions, debout dans l'allée de garage en essayant d'avoir l'air cool – ou du moins c'était ce que je faisais. La maison était très vieille, elle devait dater de l'esclavage, mais elle avait été restaurée avec plein de colonnes en façade et des fenêtres très hautes. Elle était entourée par des sortes de patios dont les murs étaient aussi ornés ici et là des mêmes sculptures d'animaux aux yeux et à la bouche rouges. Il y avait une piscine sur la droite de la maison. Des Blancs et des Noirs se tenaient tout autour, un verre à la main. Au milieu du groupe, nous avons vu deux femmes blanches portant un bas de bikini mais rien en haut pour couvrir les nénés, exactement comme les hommes. Sur la gauche, à l'autre bout de la maison et vers l'avant, j'ai vu quelques voitures garées. La Range Rover était là.

J'ai été alors pris d'une agitation incroyable. Et s'il me disait de dégager ? J'étais sûr et certain que c'était mon père. Je n'avais pas peur de me tromper, mais que faire s'il niait tout simplement avoir un fils de mon âge et du nom de Chappie qu'il aurait laissé dans l'Etat de New York presque dix ans auparavant ? Et si je lui déplaisais en tant que personne ? S'il me trouvait trop petit ou un truc comme ça ?

On a alors entendu une déflagration et j'ai cru qu'une bombe explosait, mais c'était un grand éclat de musique en provenance de la piscine comme si un concert de reggae commençait. C'était le groupe Culture jouant *Baldhead Bridge*. Je l'ai reconnu pour l'avoir entendu sur les cassettes à la fourmilière, et la musique surgissait de deux énormes baffles fixés au mur près de la piscine. Ces haut-parleurs avaient chacun la taille d'un frigo, comme ceux qu'on voit aux Etats-Unis dans les concerts de plein air, et ils tournaient le dos à la piscine de sorte qu'ils baignaient de musique tout l'environnement, déversant du reggae dans les jardins et les collines recouvertes de jungle et suivant les parois abruptes de la vallée pratiquement jusqu'à Mobay. Les gens autour de la piscine se sont mis à danser, les seins des femmes sautillaient tandis que les hommes se balançaient et claquaient des doigts, tous le verre à la main et le joint à la bouche. La musique était si forte et les basses si profondes que même le battement de mon cœur y obéissait et je me disais que les feuilles allaient tomber des arbres d'un instant à l'autre et que les animaux peints en blanc allaient se craqueler et se désintégrer.

En montant la longue volée de grandes marches menant à la porte d'entrée, I-Man s'est penché vers moi et m'a dit, Des lèche-Jah, Bone, et il a paru très grave, contrairement à son habitude où il était plutôt curieux et patient. Puis nous nous sommes retrouvés debout sur un vaste perron devant une gigantesque porte ouverte et nous avons pu regarder à l'intérieur, apercevant ce qui m'a paru être le séjour, une salle sombre toute recouverte de boiseries et remplie de beaux canapés. Il y avait de longues tables, un grand escalier disparaissant dans les hauteurs, un bon nombre de cages en bambou renfermant des perroquets verts et d'autres oiseaux, et toute une série d'étranges tableaux sur les murs représentant des bêtes sauvages et des paysages tropicaux. On aurait dit qu'ils avaient été peints par un gamin qui aurait pris du LSD, et pendant un bref moment j'ai eu envie de m'enfuir et de retourner à la fourmilière où les choses étaient plus normales.

Et puis voilà qu'à ce moment-là est apparue Evening Star, la rasta blanche de la maison, dans une robe flottante rouge, verte et or, avec ses tresses qui se balançaient autour de sa tête et ses bracelets qui s'entrechoquaient, et j'ai remarqué qu'elle tenait un méga-joint comme si ce n'était qu'une cigarette. La couleur de sa peau était à peu près celle de quelqu'un qui se bronze professionnellement, disons presque de la teinte d'un portefeuille, mais elle était plutôt belle pour son âge, comme si elle faisait plein d'exercice, surveillait son régime et tout ça, parce que même si elle avait tendance à être grosse on voyait qu'elle avait beaucoup de muscle. Elle était accompagnée d'un gros et vieux labrador tout noir. Trottant derrière le labrador venait un de ces minuscules chiens blonds des cours de la Jamaïque. D'habitude ils sont faméliques mais celui-là était gras comme une crêpe fourrée. Les deux chiens paraissaient habitués à voir des inconnus et presque contents de nous accueillir, ce qui n'est pas du tout comme les autres chiens que j'ai rencontrés.

Evening Star a fait un sourire à I-Man et lui a dit, Salut, rasta ! Respect, man. Tout est irie, man ?

Il a approuvé d'un signe de tête et s'est tourné vers moi comme si j'étais censé dire quelque chose, mais rien n'est venu. Je ne sais pas pourquoi, c'était comme si ma langue refusait tout à coup de fonctionner. J'ai même ouvert la bouche mais aucun mot, aucun son n'est sorti.

Finalement I-Man a dit, Le garçon, là, lui Baby Doc, et il cherche son pè', Papa Doc.

Le reggae faisait un bruit d'enfer près de la piscine et on pouvait à peine entendre des mots ordinaires, sans parler des phrases rastas de I-Man, et elle lui a donc demandé de répéter. Il l'a fait, et semblant enfin comprendre, elle m'a fait un très gentil sourire, puis, d'une voix traînante elle a dit, Oh, vous voulez voir les *tableaux* ! Les tableaux de Haïti. Tu es donc un *artiste* ? m'a-t-elle demandé comme si j'étais en maternelle, ce qui m'a énervé, et j'ai répondu non. Très soulagé de pouvoir à nouveau parler, j'ai ajouté, Je cherche quelqu'un.

Je *vois*, a-t-elle dit d'un air très sérieux. Mais comme moi je voyais qu'elle ne voyait pas, j'ai continué et je lui ai dit que j'étais à la recherche de l'homme avec qui elle était allée au marché à Mobay. Je cherche Paul Dorset, j'ai dit.

Paul ? Tu veux dire *Doc* !

Ouais, bon, lui.

Tu es *américain*, n'est-ce pas ? Personne d'ici ne l'appellerait *Paul*, a-t-elle dit. Sauf *moi*. Elle avait une manière lente et bizarre de prononcer, en accentuant très fort certaines syllabes, et quand elle s'exprimait elle se penchait en avant et entourait le mot de ses lèvres comme si elle l'embrassait. Ça retenait tellement mon attention que j'avais tendance à ne pas remarquer qu'elle ne disait rien de très important ni de très intéressant. Son intonation m'a fait penser au Sud, peut-être l'Alabama ou la Géorgie. Et comme elle ne portait pas de soutien-gorge, quand elle se penchait je voyais ses nichons. Même si ça lui faisait plaisir, comme je le crois, ça n'incitait pas à se concentrer sur ses paroles.

Par-*fait*, a-t-elle dit. Toi et le rasta, vous pas bouger, tout est irie, man, et moi amener Doc. Elle a virevolté et elle est partie dans le grand escalier tournant, suivie par ses chiens comme par des ombres, nous laissant, moi et I-Man, nous regarder comme pour dire, qu'est-ce que c'est que ces conneries ?

Nous avons déambulé dans le salon en regardant d'abord les oiseaux puis les tableaux qui venaient de Haïti, je suppose, et quand on les examinait on remarquait qu'ils étaient au fond paisibles et bienveillants, qu'ils vous décontractaient même s'ils étaient carrément bizarres. La pièce ressemblait à une salle de bal, avec son haut plafond, des fenêtres qui faisaient presque toute la hauteur des murs et s'ouvraient sur le grand perron devant. L'ombre et la brise rafraîchissaient ce salon, et quand j'entendais le reggae avec de temps à autre le rire des gens autour de la piscine et le bruit des plongeons, je me disais que mon père avait une vie plutôt sympa. Meilleure que celle qu'il avait connue avec ma mère, ça c'était sûr.

I-Man, à l'autre bout de la salle, examinait un grand tableau montrant un lion couché dans la jungle au milieu de plein d'autres animaux qu'il tuerait d'ordinaire. Debout près de la porte j'avais déjà franchi du regard les jardins en terrasse avec tous leurs animaux blancs aux yeux rouges et je contemplais la vallée et la mer – je m'étais même laissé aller un instant à observer deux urubus décrivant des cercles ascendants le long de la grande pente, s'élevant et tournoyant sans un seul battement d'ailes, montant dans le ciel jusqu'à me faire oublier pourquoi j'étais ici –, lorsque j'ai entendu des pas claquer sur le parquet ciré derrière moi. Je me suis retourné et il était là, mon véritable père !

Il ne m'a pas reconnu, c'est évident, parce que j'avais quand même beaucoup changé physiquement depuis l'âge de cinq ans. Il paraissait plutôt de mauvaise humeur comme si Evening Star l'avait tiré de sa sieste ou quelque chose comme ça. Il était incroyablement grand, en tout cas par rapport à moi, et maigre, mais tout de même bien bâti, et il avait une longue queue de cheval châtain et un bouton en diamant dans l'oreille gauche. Il portait un short beige très ample, des sandales et une belle chemise blanche à manches courtes qui devait être en soie. Il était tout bronzé lui aussi, comme Evening Star, sauf qu'on avait l'impression que son bronzage lui était venu naturellement et pas en prenant des bains de soleil exprès. Pourtant j'ai tout de suite vu que c'était un de ces mecs qui pensent beaucoup à leur look, comme ce bon vieux Bruce, sauf que mon père avait l'air bien plus normal que Bruce. En plus il devait être plein de flouze du fait qu'il était médecin et tout.

Il m'a demandé, Qu'est-ce que je peux faire pour toi ? Puis, jetant un coup d'œil autour de lui, il a aperçu I-Man au bout de la pièce et il a dit, C'est I-Man ? Yo, rasta, quoi d'neuf ? Respect, man. Tout irie ? Il parlait pseudo-rasta comme Evening Star, ce qui m'a fait tiquer un peu. Mais ce qui était cool, c'était que mon père sache le faire.

Tout irie, a répondu I-Man en se remettant à examiner le tableau du lion comme s'il s'exerçait à un jeu vidéo.

Bon, et toi ? m'a-t-il demandé. Evening Star me dit que tu es venu pour me voir. Est-ce que je te connais ? a-t-il poursuivi en baissant les yeux vers moi et en me scrutant de près. Evening Star se tenait un peu en retrait, paresseusement appuyée contre la rampe de l'escalier. Elle tirait de temps à autre sur son bâton de ganja, dodelinant de la tête au rythme de la musique et faisant glisser ses pieds comme si elle esquissait un pas de danse en fermant les yeux et tout. Vraiment *dans* le truc, quoi.

Comment tu t'appelles, jeune homme ? m'a-t-il demandé en sortant une cigarette d'un paquet de Craven A et en l'allumant.

Je m'appelle Bone. Mais… mais avant je m'appelais Chappie. Chapman.

Ah bon ? a-t-il dit en levant les sourcils comme si le lien venait de se faire dans toute son ampleur mais que, n'y croyant pas encore, il restait sur ses gardes. Quel est ton nom de famille ? Bone comment ?

Bone, c'est tout. Mais avant, c'était Dorset. Le même que le vôtre.

Il m'a tendu le paquet de cigarettes et j'en ai pris une qu'il m'a allumée. J'ai alors vu que sa main tremblait, et j'ai trouvé que c'était bon signe.

D'accord. Dorset, a-t-il dit. Le même que le mien. Bon, est-ce que ça veut dire que nous sommes parents ?

Evening Star, comprenant le sens général de notre conversation, s'est rapprochée, les yeux tout brillants, et ses chiens se sont excités à leur tour comme s'ils pouvaient lire dans son esprit. J'ai alors décidé de tout révéler d'un coup, advienne que pourra, que la volonté de Jah soit faite et ainsi de suite. J'ai déclaré, Ouais, man, on est tout à fait parents. Je suis votre fils.

Sa bouche s'est ouverte et il a dit, Mon *fils* ! Chappie ? *C'est toi* Chappie ? comme s'il s'attendait peut-être à voir un champion de football américain d'un mètre quatre-vingt-cinq au lieu d'un gamin tout petit et tout maigre avec des croûtes sur les genoux, un mouchoir à carreaux sur la tête, un T-shirt et des pantalons coupés court.

Mais il a grimacé un sourire, en fait il a paru heureux de me voir et il a dit, Laisse-moi te regarder ! Laisse-moi voir de quoi t'as l'air, bon sang ! Il m'a arraché mon keffieh et il m'a examiné le visage un moment en continuant à sourire comme si à présent il était absolument ravi de me voir, ce qui m'a pas mal soulagé.

C'est trop *cool* ! s'est écriée Evening Star. C'est *hallucinant* ! Les chiens se sont eux aussi mis à sauter et à grimacer, et I-Man s'est rapproché. Son sourire amusé flottait à nouveau sur ses lèvres comme si c'était lui qui avait tout manigancé et qu'il était content que ça se passe si bien pour tout le monde. J'ai alors entendu une chanson super de Bob Marley, *I Shot the Sheriff*, jaillir des baffles près de la piscine, et un mec a hurlé, Cynthia, Cynthia, regarde ! Aussitôt le plongeoir a résonné sourdement et un grand plouf a suivi.

Mon père a posé sa cigarette dans un cendrier. Prenant ensuite la mienne, il l'a aussi écrasée dans le cendrier avant de me mettre les mains sur les épaules. Il m'a tenu à bout de bras, m'a dévisagé comme s'il regardait dans son propre passé désormais lointain, et ses yeux se sont remplis de larmes.

Alors il a dit, Ah, bon sang, Chappie, heureusement que tu m'as enfin retrouvé, mon fils. Et il m'a ramené contre sa poitrine, m'a serré fort, et ç'a été mon tour de sentir les larmes me monter aux yeux, mais je n'ai pas pleuré parce que même si j'étais sûr que désormais tout allait être différent, je ne savais pas de quelle manière. Du coup, alors que je vivais le moment qui aurait dû être le plus heureux de ma vie, j'ai surtout éprouvé de la peur.

Il a reculé d'un pas, remarqué les fémurs croisés, et il a dit en souriant, C'est quoi ?

Un truc. Un tatouage.

Fais-moi voir, a-t-il dit en me prenant le bras et en le retournant comme un médecin cherchant une veine à piquer. C'est à cause du nom ? Bone ?

C'est l'inverse.

Il a laissé retomber mon bras, m'a regardé de très haut et s'est mis à rire. Ah, petit démon. Ouais, ouais, t'es bien mon fils ! a-t-il dit avant de me serrer à nouveau dans ses bras.

17

JOYEUX ANNIVERSAIRE, BONE

Après ça on peut dire que je n'ai pas manqué d'occupations sauf pendant les périodes où mon père devait revenir à Kingston travailler comme médecin, ce qu'il faisait trois ou quatre jours par semaine. La maison s'appelait Starport mais j'ai préféré lui donner le nom de Vaisseau-mère à cause de la façon dont Evening Star la faisait tourner. Un nom que je gardais pour moi et pour I-Man, les autres y compris mon père ne montrant pas beaucoup d'humour quand il s'agissait de ce qui se passait ici. Il y avait toutes sortes d'animaux perdus qu'Evening Star recueillait, des chiens, des chats, des chèvres et des oiseaux. Sans parler des gens que j'appelais les campeurs. Comme I-Man ne savait pas ce qu'étaient des campeurs j'ai voulu le lui expliquer mais ça a dû se perdre dans la traduction parce qu'il a continué à ne pas comprendre.

Les campeurs venaient pour la plupart des States, en tout cas les Blancs et les femmes. Les autres étaient des mecs de la Jamaïque qui traînaient là essentiellement à cause de ce qu'ils espéraient tirer des Américaines, lesquelles étaient du genre artistes, assez âgées, et, comparées aux Jamaïquains, pleines de fric. Celle qui à mes yeux avait vraiment de l'argent, c'était Evening Star. Je crois que c'était une sorte d'héritière, que le Vaisseau-mère avait dû être pour elle un bien de famille, et je remarquais qu'elle payait tout.

Quand mon père n'était pas là, les campeurs ne s'occupaient pratiquement pas de moi, et Evening Star non plus, ce qui fait que je pouvais me planquer à l'arrière-plan, pour ainsi dire, et découvrir les choses par moi-même ou avec I-Man. A part les trois ou quatre gosses du coin qui s'occupaient de la cour et faisaient des courses contre un peu de monnaie, les Jamaïquains étaient des *natties*, c'est-à-dire des jeunes mecs qui commençaient à se laisser pousser des tresses rastas. Ils étaient en général super-bien bâtis, se promenaient pieds nus, portaient des shorts flottants qui laissaient voir parfois leurs bonbons, et ils pelotaient les Américaines blanches sur les canapés. Je suppose qu'ensuite ils les retrouvaient ailleurs. Les femmes étaient du genre plutôt mûres mais en général branchées, assez belles, et je suppose qu'elles étaient célibataires ou que leur mari était resté aux Etats-Unis pour gagner un peu plus de fric ou un truc comme ça. Il y en avait d'habitude deux ou trois, toujours différentes, parce que chaque fois qu'Evening Star en reconduisait une à l'aéroport pour qu'elle rentre aux USA elle en ramenait une autre à la place, ou alors c'était un taxi qui arrivait quelques jours plus tard en haut de la colline avec la nouvelle. Les *natties*, eux, étaient plus ou moins les mêmes. C'était un peu bizarre de voir des femmes de cet âge se comporter comme ça. Je comprenais mieux les *natties* parce que de toute façon leur truc c'était de chercher du fric par n'importe quel moyen étant donné que la Jamaïque est si pauvre. Mais tout ça me donnait parfois envie de gerber.

C'est difficile à expliquer. Je me fous pas mal, d'habitude, de ce que les gens font si c'est ce qu'ils veulent. Mais on aurait dit que ces Américaines blanches cherchaient vraiment des jeunes Noirs et qu'elles avaient sans doute la trouille de se faire un Black ordinaire des States qui les aurait vues venir et les aurait peut-être envoyées chier. Du coup elles se mettaient avec ces Jamaïquains qui étaient en permanence sans un rond et qui ne connaissaient même pas quelqu'un à qui ils auraient pu piquer de quoi vivre. Je voyais bien que ces femmes se sentaient supérieures aux *natties*, et puis elles pouvaient sauter dans un avion et rentrer aux Etats-Unis quand ça leur chantait pour reprendre une vie normale. Mais les *natties*, eux, ils étaient coincés ici à chercher du fric pour toujours.

I-Man les appelait des loca-rastas, mais je crois que ce qui le foutait en rogne, plus que de les voir se vendre pour si peu, c'était qu'ils prétendent être des disciples de Jah comme lui et qu'ils passent leur temps à blablater des machins rastas sur Babylone, sur Sion, un seul amour et des trucs de ce style pour impressionner les nanas. C'étaient pas vraiment des putes, ces mecs-là, mais à bien y réfléchir, si c'en était leur prix était trop bas. C'est ça qui m'emmerdait *moi*, je pense. Ils pouvaient traîner autour de la piscine, fumer plein de ganja pour rien, sniffer de la coke et écouter du reggae sur des baffles vraiment super. En plus, pour un Jamaïquain la bouffe était plutôt bonne au Vaisseau-mère parce que Evening Star adorait disposer tous les soirs sur la terrasse des repas incroyables avec des bougies et tout, et enfin ils couchaient avec des Blanches, mais c'était à peu près tout. Il n'y avait pas de fric qui changeait de main. Les gens qui sont obligés de se vendre devraient se faire payer en bon argent, voilà ce que je pense.

Avec moi les campeurs agissaient comme si j'étais un des gosses du coin, sauf quand mon père était là. Je devenais alors le petit prince. Mais ils traitaient I-Man à la manière d'une vedette de cinéma ou quelqu'un de ce genre parce que c'était un rasta pur et dur des premiers temps – surtout Evening Star et les *natties* qui croyaient que I-Man avait été pote avec Bob Marley, Toots, les Wailers et tous ces gens-là. Ce qui était d'ailleurs probable puisque la Jamaïque est si petite et qu'à cette époque, dans les années soixante-dix, les vrais rastas n'étaient pas si nombreux que ça en dehors de Bob, de Toots et des autres musiciens reggae de Kingston. Et ils lui demandaient, I-Man, c'est vrai que tu as *connu* ces gens ? Il répondait, Je-et-Je et ras Bob, on était comme des frères, man. Toots, lui, Toots cool, lui aussi. Je-et-Je et Toots et Bob, on a été à l'école ensemble, man. Puis il devenait tout songeur comme s'il se souvenait des temps anciens dans le ghetto, ce qui fait qu'on pouvait pas vraiment savoir et puis personne ne le poussait trop loin dans ses retranchements parce que je suppose que tout le monde, y compris moi, voulait croire que ce mec très cool avec qui nous passions notre temps avait presque été célèbre.

En général I-Man bullait et ne s'intéressait pas à ce qui se passait au bord de la piscine sous le prétexte qu'il devait beaucoup méditer et ne pas s'occuper des femmes. Mais quand il finissait par venir se joindre aux campeurs autour de la pipe – le shilom –, ce qu'il faisait régulièrement, tous les autres le traitaient comme si c'était grand-père rasta en personne plein de sagesse irie, et, en un sens c'était le cas. Il était contaminé par tout ça, je le voyais. Il parlait comme on s'y attendait et il faisait ce qu'il fallait. Les gens venaient inspecter son terrible bâton de Jah, et deux ou trois fois un des *natties* qui avait tendu la main pour toucher la tête du lion s'est fait pincer exactement comme la femme de Delta Airlines à Burlington. Et tout le monde en est resté cisaillé, bouche bée et plein d'admiration, mais je savais déjà – pour avoir inspecté son bâton à la fourmilière un soir qu'il dormait – que I-Man avait planté de minuscules aiguilles sur la tête du lion à l'endroit des moustaches et sur le sommet de chaque oreille. On ne pouvait pas les voir sauf si on se mettait tout près, et il savait faire bouger le bâton en une fraction de seconde et vous piquer bien comme il faut avec une des aiguilles de façon à vous faire croire que c'était de la magie rasta. Pour moi c'était une blague mais je me taisais. Je faisais comme si j'étais habitué à la magie de I-Man, et je touchais le bâton de Jah chaque fois que j'en avais envie parce qu'il était très facile d'éviter les aiguilles quand on savait où elles se trouvaient.

Au fond, la situation de I-Man était cool parce qu'il pouvait vendre plein d'herbe aux campeurs et à leurs amis – tellement, même, qu'il lui fallait revenir en chercher à la fourmilière tous les trois ou quatre jours. En plus, je pense qu'il employait les *natties* résidant ici pour dealer un peu dans les environs, et au total c'était comme s'il avait installé une succursale. Moi, ça m'allait, en tout cas pour l'instant. Evening Star me plaisait beaucoup, d'abord parce que c'était la copine de mon père mais aussi parce qu'elle faisait plus attention à moi que la plupart des autres, me posant des questions par exemple pour savoir mon signe astral et des choses comme ça. En plus elle me laissait donner un coup de main pour les repas parce que depuis que je vivais avec I-Man j'avais pas mal appris à cuisiner Ital – ce qui était ici le régime de base, sauf quand quelqu'un arrivait des States et apportait ce qu'elle appelait de bons trucs qu'on ne trouve pas à la Jamaïque, c'est-à-dire des jambons en boîte spéciaux, des salamis et même une fois des huîtres fumées comme j'avais appris à les aimer le temps que j'avais passé enfermé avec Russ dans la maison de campagne des Ridgeway. I-Man, bien sûr, ne touchait pas à ce genre d'aliments, mais les *natties* en prenaient tous malgré le fait que les rastafaris n'ont pas le droit de manger du porc ni aucun animal venant de la mer et ne sachant pas nager, ce qui est la description parfaite des huîtres fumées. Et aussi d'autres bons trucs comme les crabes et les langoustes. Voir des gens assis en train de manger du jambon, des huîtres et des machins comme ça plongeait ce brave I-Man dans la déprime pendant des jours entiers, et il râlait contre tout le monde pour ça, surtout contre les *natties*, puis il allait se terrer dans le fond du grand salon, tout seul dans le noir, les bras croisés sur la poitrine, et il fulminait. Du coup, je ne mangeais les macchabées qu'en cachette, même si personnellement je ne prétendais pas tellement être un rasta en formation et n'avais pas d'image à défendre. J'essayais seulement d'être gentil.

Mon père faisait pas mal d'allées et venues. Nous avions passé un accord : je donnerais un coup de main dans le Vaisseau-mère pour payer ma pension pendant ses absences – je ferais le même genre de corvées que les gosses du voisinage –, et quand il serait de retour nous nous efforcerions d'avoir une vraie relation de père à fils en allant à divers endroits ensemble et en parlant du passé. On n'allait évidemment pas à la pêche ni jouer au base-ball, on faisait pas des trucs débiles comme ça, c'était pas son genre ni le mien. Mais il m'amenait à Mobay dans la Range Rover pour acheter de la coke à un mec qui dirigeait le *Holiday Inn* ou une autre fois on est allés à Negril pour une transaction avec un Jamaïquain qui s'occupait d'immobilier : on a échangé des dollars américains à un autre taux que celui de la banque, et mon père m'a expliqué comment ça marchait. J'ai trouvé que c'était intéressant à savoir au cas où je mettrais la main sur des billets américains.

Il était cool, mais c'était pas ce qu'on appelle un père ordinaire. Il voulait pas que je vienne habiter avec lui à Kingston. Il disait que c'était parce qu'il était jamais là et que son appart n'avait qu'une chambre, mais je me doutais que c'était à cause d'une petite amie. Il était du genre à en avoir une et Evening Star du genre à s'en foutre tant qu'elle était pas obligée de traiter avec l'autre en personne. Et mon père était trop malin pour lui imposer ça. Je l'ai interrogé sur son métier de docteur et il m'a dit qu'il travaillait dans un hôpital de Kingston. Mais comme il ne semblait pas avoir tellement envie d'en parler j'ai pas trop poussé. Je suppose que c'était comme à Au Sable, à la clinique où il avait travaillé en tant qu'expert en radiologie avec des titres faux et qu'il avait obtenu de ma mère qu'elle le couvre. Il avait crapahuté pas mal, depuis Au Sable, et parfois il restait assis avec moi et I-Man sur la terrasse tard dans la soirée, quand tous les autres étaient partis former leurs petits couples, et il nous parlait de ses voyages dans des coins comme la Floride et Haïti.

Un soir, il s'est même excusé de m'avoir abandonné à l'âge de cinq ans. C'est à cause de ta mère, il a dit. Sans elle, je ne t'aurais jamais quitté, Bone, il a déclaré. J'ai aimé qu'il m'appelle Bone à un moment où il savait qu'il n'y était pas obligé. A cette époque, je l'aurais laissé me donner n'importe quel nom. Il aurait pu m'appeler Buck.

D'après ce qu'il a dit, ma mère avait voulu le faire mettre en prison pour non-paiement de pension alimentaire. Mais il savait que si on l'avait enfermé ça n'aurait abouti qu'à gâcher non seulement sa vie mais aussi la mienne, parce que, *a)* il n'avait aucun moyen de trouver de l'argent en prison, et *b)* il savait que je devrais grandir dans une petite ville où tout le monde me regarderait de haut parce que mon père avait fait de la taule. Par conséquent, avant que ma mère et le shérif puissent le coffrer il avait quitté le pays. Il a dit qu'il avait eu l'intention de gagner de l'argent à l'étranger pour pouvoir me l'envoyer plus tard en cachette mais il n'avait jamais réussi à trouver le moyen de me le faire parvenir sans que ma mère et les flics s'en aperçoivent. Et une fois que ma mère s'était remariée il n'était pas question qu'il lui expédie du fric pour qu'elle le donne tout simplement à mon beau-père, lequel n'était qu'une merde. Pendant toutes ces années, m'a-t-il dit, il avait en quelque sorte attendu que je vienne le rejoindre de moi-même. Et c'était ce que je venais de faire.

Le Vaisseau-mère était aussi immense qu'un hôtel, avec plein de chambres à l'étage, et il y en avait une, au bout du long couloir, qu'Evening Star m'avait donnée le premier soir parce qu'elle était vide. Elle était petite et contenait deux lits. Dès le lendemain, mon père et moi étions allés chercher mes affaires à la fourmilière et j'avais tout emmené, y compris ma vieille bécasse empaillée et les CD classiques que je n'avais pas encore écoutés. Je me suis installé dans cette chambre de façon plus ou moins permanente, et I-Man la partageait avec moi quand il n'était pas à son tour à la fourmilière en train de se ravitailler en herbe fraîche ou en déplacement à la campagne pour implanter des succursales, ou en train de faire lui-même de la revente. La plupart des autres chambres à l'étage étaient réservées aux invités venus des USA et aux partenaires qu'ils se trouvaient, mais il y avait aussi une chambre et une cuisine dans le pavillon de la piscine ainsi que deux cabines – on les appelait des cabanes – dans la forêt au bord du jardin. Des gens y couchaient aussi.

Evening Star et mon père, que je m'étais mis à appeler pa pour ne plus lui dire papa comme à mon beau-père, occupaient la chambre principale qui se trouvait au rez-de-chaussée et à l'arrière. Ils avaient leur propre salle de bains, leur porche privé tout grillagé et le reste, mais ils ne dormaient pas vraiment ensemble comme un couple marié. Pa, en effet, était un véritable couche-tard sans doute parce qu'il aimait tant la coke, tandis qu'Evening Star était une couche-tôt lève-tôt, ce qui est généralement le cas des gens qui fument de l'herbe mais veulent quand même continuer à faire tourner leurs affaires.

D'habitude, après une longue journée passée avec pa à faire des trucs pas très légaux, puis après une soirée de conversation entre père et fils où c'était surtout lui qui parlait et moi qui écoutais, je montais les marches du grand escalier central vers deux ou trois heures du matin et je tombais sur mon lit. I-Man ronflait déjà mais j'étais encore tout surexcité, surtout si j'avais goûté à la coke de pa, et pendant des heures je restais allongé à l'écouter au-dessous de moi déambuler dans la cuisine ou passer de vieux chanteurs des années soixante-dix tels que les Bee Gees sur la chaîne stéréo du salon, jusqu'à ce que je finisse par m'endormir moi aussi. Puis le soleil me réveillait de très bonne heure du fait que ma chambre donnait à l'est et n'avait pas de rideaux. J'entendais alors Evening Star passer l'aspirateur en bas, laver la vaisselle et vider les cendriers. Je commençais à me demander s'ils faisaient jamais l'amour.

Un matin, après le lever du soleil, comme je n'arrivais pas à me rendormir, je suis descendu et on a commencé à discuter dans la cuisine, Evening Star et moi, en buvant du café. On a parlé de mon signe, le Lion, qui apparemment l'impressionnait pas mal à cause des rastas qui racontent toujours que Hailé Sélassié est le lion de Juda. Ton *signe* astrologique, m'a-t-elle expliqué, est ton point d'*entrée* dans l'univers. C'est l'endroit où tous nous quittons le niveau *astral*, mon cher, pour atterrir sur le niveau *planétaire* et c'est pour cela que ça détermine ton *caractère* et ton *destin* !

Ouais, mais il y a, disons, onze autres signes, pas vrai ? Douze en tout ?

Tout *juste* ! s'est-elle exclamée, ravie.

Ouais, bon, merde, je me suis dit. Et tout haut, Ça veut dire qu'un douzième des milliards de gens qui sont sur terre ont le même signe que moi, d'accord ? Des millions et des millions de gens dans le monde entier qui sont tous Lion, d'accord ? Avec le même caractère et le même destin que moi. Sauf que j'ai encore jamais rencontré un seul individu qui ait un caractère et un destin proches des miens. Tu me suis ? Alors peut-être tous les autres Lion sont en Chine ou un truc comme ça.

Non, non *non*, mon chou, écoute-moi. Chaque être sur cette *planète* est une créature *unique*. C'est *très* compliqué. Ecoute. On a tous un signe *ascendant* et un signe *descendant*, et ainsi de suite, et tous les *autres* signes réagissent sur ton signe solaire principal – celui de ta *naissance* – selon leur distance. C'est très compliqué, mon chou. Ce sont comme des planètes qui agiraient mutuellement sur leurs *orbites* autour du soleil. Tu sais quoi, Bone ? Tu devrais être plus *ouvert* à la métaphysique, a-t-elle déclaré. Puis elle m'a demandé la date exacte de ma naissance et quand je la lui ai dite elle s'est écriée, Mais c'est cette *semaine*, dans trois jours seulement ! ce qui m'a étonné parce que ça faisait longtemps que je ne savais plus quel jour on était ou quelle semaine, en fait depuis que j'étais revenu au car scolaire après être parti de chez les Ridgeway, et je croyais que mon anniversaire était encore loin. On va te faire une *fête*, mon chou, elle a dit. Une fête d'*anniversaire* !

Super, j'ai dit. Et je le pensais, même si je savais bien qu'Evening Star cherchait toujours un prétexte pour ses soirées, et que pour elle ce n'était rien de plus que cela, un prétexte. Malgré tout, il y avait longtemps que personne n'avait organisé de fête en mon honneur.

Mon père avait son propre chauffeur, un type payé par l'Etat ou un truc comme ça qui le déposait et venait le chercher. Il dormait chez des parents à Mobay quand pa restait au Vaisseau-mère. Comme pa devait repartir pour Kingston le lendemain, Evening Star a décidé de célébrer l'événement le soir même, parce que, selon ses termes, ce serait la première fois que mon père et moi serions réunis pour mon anniversaire depuis que j'étais un tout petit bout d'chou. C'est ainsi qu'elle parlait, tantôt comme ci tantôt comme ça, de sorte qu'on savait jamais qui allait ouvrir la bouche : une dame du Sud riche et entre deux âges, un ado dans mon genre avec des mots tels que meufs et thons, un soi-disant rasta en train de radoter du irie ou une maman de maternelle à l'heure du bac à sable – ce dernier traitement m'étant spécialement réservé quand nous étions seuls tous les deux. Je suppose qu'à force de traîner toute sa vie avec tant de gens divers en fumant une herbe extra pendant autant d'années, il ne restait plus en elle de mots assez forts pour barrer l'entrée à des expressions venues de dehors et je me suis demandé quel genre de pensées elle avait quand elle était seule. Elle ressemblait à une actrice qui jouerait toute une variété de personnages dans un tas de pièces différentes et tous en même temps.

A part I-Man, il n'y avait alors au Vaisseau-mère que deux Jamaïquains : un mec baraqué d'une trentaine d'années qui s'appelait Jason et se prétendait champion de dominos bien qu'il ne soit pas une lumière – mais je l'aimais bien parce qu'il me donnait des leçons –, et un autre au teint clair, mi-chinois mi-africain, du nom de Toker, avec une moustache à la Fu Manchu et un physique super comme celui de Bruce Lee. Il s'occupait de revendre l'herbe de I-Man dans le coin et il se servait du Vaisseau-mère comme d'un endroit où pieuter de temps à autre, venir tirer un coup et s'entraîner au karaté. Cette semaine-là, il y avait aussi deux Américaines : d'abord une grande nana osseuse du nom de Cynthia, qui était prof dans une université et qui passait sa journée à lire allongée au bord de la piscine. Le soir, elle se défonçait en tirant sur le shilom après quoi elle aimait bien boire du rhum et danser avec Jason et Toker, ce qu'elle ne faisait pas trop mal pour une femme blanche et maigre de son âge. La deuxième meuf, plus jeune, s'appelait Jan. C'était la cousine d'Evening Star, elle venait de La Nouvelle-Orléans et elle était en plus poète. Je voyais bien qu'elle n'approuvait pas trop les jeux du Vaisseau-mère, mais comme elle ne voulait pas embêter les autres elle suivait et faisait semblant de bien s'amuser chez sa cousine bizarre de la Jamaïque.

Jan était plus branchée que les autres sur la vie des indigènes, pour ainsi dire, et elle passait pas mal de temps à essayer d'obtenir de I-Man et des *natties* des réponses précises à des questions sur le chômage, la vie familiale et tout ça, des sujets dont ils n'ont pas l'habitude de parler même s'ils en sont bien informés par leur propre expérience. J'aimais bien cette nana à cause du rire grave et agréable qui la prenait – et alors elle secouait aussi la tête – à chaque fois que Jason ou un autre *nattie* se mettait à lui raconter qu'il voulait aller aux Etats-Unis pour gagner de quoi entretenir ses cinq gosses et leurs trois mères, et est-ce qu'elle ne pourrait pas l'aider à obtenir un visa, etc. Ou encore, quand I-Man, s'assombrissant, déclarait, A la Jamaïque, la femme est comme une ombre, Jan, et l'homme comme une flèche, Jan partait de son rire profond et répondait, Y a pas à dire, c'est bien vrai tout ça !

Toute cette journée-là, Evening Star et I-Man sont restés dans la cuisine à préparer à manger pour la fête tandis que les autres campeurs se prélassaient comme d'habitude autour de la maison. Pa, Jason et moi on a passé l'après-midi à tourner en voiture dans Mobay à la recherche d'un mec qu'on n'a jamais trouvé et qui, selon pa, devait vendre un flingue à Jason qui prétendait en avoir besoin pour tuer à Negril un type qui avait incendié la maison de son frère. Je n'en croyais évidemment pas un mot, on entend plein d'histoires comme ça, et pa ne s'y laissait pas prendre non plus, mais je sentais bien que s'il acceptait de payer le pistolet – Jason n'ayant pas d'argent – c'était pour que Jason le lui doive. Ainsi, pa aurait à son service une sorte de flic personnel qui ferait usage de son arme selon les souhaits de pa, ce qui pourrait lui être utile un jour. En tout cas, on n'a jamais trouvé le mec en question.

Quand on est rentrés à la maison vers six heures, il y avait plein de ballons attachés partout et une grande banderole faite de trois draps entiers accrochée entre deux arbres où on lisait JOYEUX ANNIVERSAIRE, BONE !!! La musique retentissait dans les collines. Elle venait des baffles près de la piscine, laquelle était à présent entourée de grandes torches enflammées montées sur des piquets. Il y avait des glacières débordant de glaçons et de bouteilles de Red Stripe ainsi que des tables chargées de nourriture ital, de riz, de haricots jamaïquains et de plein d'autres choses, sans parler des litres de rhum et autres alcools, d'un chevreau entier qui rôtissait sur un gril et d'une marmite de soupe faite avec la tête du chevreau, ses tripes et même ses roubignoles qu'on appelle ici eaux-monsieur. Le tout me donnait la sensation qu'une soirée incroyable, organisée pour une personne très aimée, allait commencer.

Peu de temps après, pratiquement tout le village s'est mis à monter vers la maison de maître : des familles avec des gosses tout jeunes et des vieux, plein de *natties* des environs que j'avais vus en train de buller le jour comme la nuit au bord de la route de Mobay, et même la bande aux tresses rastas de I-Man qui est arrivée de la fourmilière : Fattis, le prince Shabba et Buju, tous ravis de me voir et me saluant à n'en plus finir avec de grandes claques sur les mains. Il y avait aussi deux Jamaïquains blancs qui m'étaient inconnus, des costauds avec des femmes de couleur qui portaient des talons aiguilles et montraient bien leurs cuisses. Je crois qu'ils venaient de Mobay parce qu'ils étaient arrivés en Mercedes. Il y avait aussi le chauffeur de pa avec la Buick noire et le gros type des douanes dont je me souvenais depuis le coup de l'aéroport. Le tout représentait une foule énorme qui remplissait les patios, les terrasses, le pourtour de la piscine et même les jardins. Partout des gens qui mangeaient, qui buvaient, qui dansaient au son de la musique. Chaque fois que je regardais, j'apercevais Evening Star au centre de l'action comme une reine blanche à tresses rastas vêtue d'une longue robe en dentelle presque transparente, entièrement nue dessous, qui embrassait et serrait les gens contre elle lorsqu'ils arrivaient puis leur disait où trouver à boire et à manger. I-Man semblait se concerter avec sa bande dans le salon où ils s'étaient réunis autour d'un énorme shilom. Il se tenait devant son tableau haïtien préféré, celui qui montre un lion paisiblement couché au milieu des animaux qu'il dévore d'habitude. Cynthia et Jan dansaient avec divers Jamaïquains tandis que Jason essayait de faire croire qu'il était un des organisateurs en s'occupant du son. Il mettait surtout de la musique de dancing, et entre les morceaux il jacassait dans le micro à la manière de Yellowman le célèbre animateur. Toker voulait se rendre intéressant en faisant des longueurs de piscine, et il ne s'est arrêté que lorsqu'il y a eu trop de gosses dans l'eau pour continuer. Mon père passait comme en flottant d'un groupe à l'autre, l'air très cool et très supérieur, et de temps à autre quand il m'apercevait il m'envoyait un clin d'œil comme si nous partagions un secret que personne d'autre ne connaissait. Mais même moi je n'étais pas encore au courant.

Je m'amusais bien, comme ça, au bord de la piscine à fumer un joint, m'envoyer des Red Stripe et regarder la foule. Je déteste entendre les gens chanter *Joyeux Anniversaire* et applaudir, mais au fond de moi j'attendais quand même l'arrivée du gâteau avec les bougies et tout le tralala. Je crois que je m'étais dit que ça allait être un de ces Grands Moments Publics où devant tout un tas de gens on déclare la fin d'une vie et le début d'une autre – même si j'allais avoir seulement quinze ans, pas vingt et un ni quarante, et que je ne partais pas non plus à la retraite. Pourtant, je m'imaginais bien pa prenant le micro des mains de Jason et faisant un petit exposé à tout le monde pour raconter comment Bone, son fils unique, après une enfance épouvantable aux Etats-Unis, avait enfin réussi à venir se mettre sous sa protection et comment il deviendrait un homme, ici, à la Jamaïque. I-Man se pencherait vers moi pendant le discours de pa et me dirait, Monde tout neuf, Bone, expérience toute nouve-e-lle, et quand pa aurait terminé, peut-être avec une larme dans les yeux, il viendrait vers moi lui aussi, me serrerait dans ses bras et me dirait, Bienvenue chez toi, mon fils. Et juste à ce moment-là Jason et peut-être aussi Jan sortiraient de la maison en portant un énorme gâteau avec quinze bougies allumées. Evening Star lèverait son verre, commencerait à chanter, Joyeux anniversaire, Bone, et tout le monde s'y mettrait, même les petits gosses qui ne me connaissaient pas.

Mais il se faisait de plus en plus tard et les gens commençaient à partir, sauf ceux qui s'étaient écroulés dans le jardin et dans les buissons ou ceux qui étaient défoncés ou ivres morts sur les canapés et les transats de la piscine. Presque toute la nourriture et les boissons étaient finies, même les eaux-monsieur et le chevreau. Seule restait une bonne partie des plats Ital, parce qu'il y a pas mal de gens qui n'aiment pas ça y compris chez les Jamaïquains. Les chiens erraient çà et là à la recherche de restes et les chats léchaient les assiettes ou fouillaient dans ce qui était encore sur les tables. Jan et Jason dansaient très lentement sur une chanson de Dennis Brown. Ils étaient entortillés comme des serpents en train de baiser et ça m'a rendu un peu triste même si je les préférais tous les deux aux autres campeurs. J'avais aperçu, il y avait des heures de ça, Cynthia le professeur qui s'éclipsait avec Buju de la bande à I-Man. Du coup, les potes de Buju, le prince Shabba et Fattis, avaient fini par partir sans lui. Il me semblait que Toker s'était tiré avec les amis blancs de pa dans une des Mercedes qui se rendait à une autre fête, au *Holiday Inn*. Une brise fraîche s'était levée, éteignant les dernières torches et arrachant les deux tiers de la banderole proclamant JOYEUX ANNIVERSAIRE, BONE !!! de sorte qu'on ne voyait plus que JOYEUX. La dizaine de ballons qui n'avait pas été crevée par les gosses un peu plus tôt avait fini par se dégonfler et se rider, tandis que sur la piscine flottaient des assiettes en carton et des gobelets en plastique.

L'endroit était devenu plutôt crade mais je me disais qu'au moins tout le monde s'était amusé. Pourtant je me posais toujours la question de mon gâteau d'anniversaire, comme s'il avait vraiment existé et qu'Evening n'y avait plus pensé à cause de l'immense succès de sa soirée. J'ai déambulé un bon moment à la recherche de quelqu'un à qui parler mais tout le monde était déjà parti ou raide. Je me suis dit que pa avait dû se tirer avec les Blancs et aller lui aussi à la fête du *Holiday Inn*. J'ai fini par rentrer dans la maison, et en contournant le salon je suis allé à la cuisine pour voir. Mais je n'y ai trouvé que des tas de casseroles et de poêles dans lesquelles on avait fait la cuisine. Pas le moindre gâteau d'anniversaire.

Je vais pas en faire une maladie, je me suis dit en ouvrant le frigo et en prenant pratiquement la dernière bière. J'étais en train de regarder autour de moi à la recherche d'un ouvre-bouteille quand j'ai entendu des grognements comme si quelqu'un était malade. Ça provenait de la pièce adjacente à la cuisine, là où on fait la lessive. Il y a aussi un lit de camp, une douche et des W.-C. pour le mec qui s'occupe des jardins. Peut-être que c'est Jan qui dégueule ou quelqu'un d'autre qui a besoin d'aide, je me suis dit. J'ai poussé la porte et je suis entré. La pièce était sombre, mais il y avait assez de lumière venant de la cuisine par la porte ouverte pour que j'aperçoive Evening Star à quatre pattes sur le lit, sa robe en dentelles relevée sur sa taille et I-Man, le pantalon aux chevilles, en train de la tringler par-derrière. Il faisait la moitié de la taille d'Evening Star et le spectacle n'était pas des plus beaux.

C'est alors qu'Evening Star s'est retournée et en regardant par-dessus son épaule elle m'a surpris là, à mater. Avec une grimace elle a fait, Merde ! mais I-Man a continué à la tromboner comme s'il était sur le point de décharger. J'ai laissé la porte se refermer lentement et je suis sorti de la cuisine à reculons, le visage rouge et en feu, traversé par une rage terrible mais me sentant aussi paumé parce que je ne savais pas contre quoi j'étais en rogne. Contre tout, je crois bien. Pas de gâteau d'anniversaire, I-Man qui baise Evening Star, mon père qui s'en va sans même dire au revoir. Quand je suis arrivé sur la terrasse j'ai vu que je tenais encore la bouteille de bière que je n'avais pas réussi à ouvrir, et je l'ai jetée de toutes mes forces dans l'obscurité vaguement en direction de la piscine.

Je l'ai entendue s'écraser sur le dallage et un des chiens, le labrador il me semble, s'est mis à glapir comme si un bout de verre l'avait atteint, ce qui m'a donné le sentiment d'être vraiment un salaud. J'ai couru jusqu'à la piscine mais les chiens étaient partis et les chats aussi. Le sol était jonché de morceaux de verre marron. Je ne savais plus quoi faire. J'aurais sans doute dû nettoyer mais je l'ai pas fait.

J'ai marché un moment en contrebas dans les jardins fleuris. La lune était apparue et sous son éclat les animaux blancs à la bouche écarlate et aux yeux rouges ont commencé à me foutre les chocottes. Au-dessus des jardins le bruit du vent dans les palmiers m'a fait penser aux voix lugubres des fantômes des milliers d'esclaves africains qui étaient nés ici et qui avaient travaillé dans les champs de canne toute leur vie. On leur mettait les menottes et on les fouettait s'ils essayaient de résister ou de s'échapper. Ils avaient crevé comme ça, génération après génération, pendant des centaines d'années, et on les avait enterrés quelque part dans les broussailles là où personne ne pourrait se souvenir d'eux parce que la jungle avait tout recouvert et qu'il n'était même pas possible de fleurir leurs tombes. Je n'avais jamais rien entendu d'aussi triste que ce vent et j'ai dû partir avant que j'éclate en sanglots.

Je traversais le salon plongé dans l'obscurité et je me dirigeais vers l'escalier lorsque j'ai entendu la voix de mon père surgir de son fauteuil dans l'angle. C'est toi, Bone ?

J'ai répondu, Ouais, mais sans m'arrêter. Il a repris, Qu'est-ce qui se passe ? Je me suis retourné, j'ai aperçu le bout allumé de sa cigarette, je suis allé vers lui et je me suis assis dans le fauteuil à côté du sien. J'ai dû pousser un soupir, parce qu'il m'a demandé, Qu'est-ce qu'il y a, mon fils ?

Rien, j'ai dit. Bon… *quelque* chose.

Il a ri un peu trop fort, comme il le fait quand il sniffe depuis un bon moment. Une jolie petite métisse t'a brisé le cœur ?

C'est alors que je le lui ai dit. J'ai eu tort et je m'en suis rendu compte dès que c'est sorti, mais je n'ai pas pu m'en empêcher. Et puis je ne pensais pas qu'il réagirait comme il l'a fait. D'ailleurs je ne savais pas *comment* il réagirait et je n'y avais même pas réfléchi. J'ai donc dit tout net que quelques minutes plus tôt j'étais tombé sur I-Man en train de baiser Evening Star.

Il est d'abord resté calme et il a fait, Oh ? et il m'a demandé s'ils m'avaient vu. J'ai répondu oui, mais quand il m'a demandé où je les avais surpris en train de baiser, son calme m'a fait peur et j'ai menti.

En bas. Dans le jardin, j'ai dit.

Comme il voulait savoir exactement où, j'ai dit que je n'étais pas sûr, peut-être à côté des sculptures des agneaux, des renards ou des autres bêtes. Près de la grande vasque pour les oiseaux, j'ai précisé. Elle se trouvait à côté du portail : on ne pouvait pas être plus loin de la maison sans arriver à la route. Je lui ai demandé, Qu'est-ce que tu vas faire ?

Eh bien, Bone, je vais être obligé de le tuer.

Ah bon ? Et pourquoi ?

Pourquoi ? Parce que ce qui est à moi est à moi. C'est *ma* règle de vie, Bone. Et quand un petit négro de merde arrive dans ma maison et me prend ce qui m'appartient, il faut qu'il paie. Il faut qu'il paie et pas qu'une fois. Or, la seule chose que ce négro possède, c'est sa vie qui d'ailleurs ne vaut rien. C'est quand même avec elle qu'il va devoir payer.

Ah bon ? C'est dur, j'ai dit. Il s'est levé très lentement de son fauteuil et j'ai ajouté, Je croyais que c'était la maison d'Evening Star.

Evening Star m'appartient, Bone. Donc tout ce qu'elle possède est à moi. Il est entré dans sa chambre et il en est ressorti quelques instants plus tard. Quand il s'est approché de la porte, les rayons de lune ont rejailli sur le pistolet qu'il tenait dans sa main ainsi que sur son visage devenu gris et froid comme de la glace. Près de la vasque aux oiseaux, tu m'as dit ?

Ouais. Je balisais à fond et je regrettais amèrement d'avoir ouvert la bouche, mais trop tard. Ecoute, pa, je crois que je vais rester ici, si ça te fait rien.

Comme tu voudras, Bone. Je peux comprendre, il a dit avant de sortir. J'ai filé comme l'éclair vers la cuisine et la buanderie. Quand j'y suis arrivé, I-Man était en train de reboutonner son pantalon et Evening Star avait disparu.

Bone ! il a dit, légèrement étonné de me voir comme s'il ne savait pas encore que je l'avais surpris avec Evening Star. Quoi d'neuf, man ? a-t-il fait avant d'entrer d'un pas nonchalant dans la cuisine, l'air aussi dégagé que s'il venait de sortir pisser et que maintenant il avait bien l'intention de chercher dans le frigo de quoi se faire un en-cas pour la nuit.

Ecoute, faut que tu te tires d'ici. Doc est après toi. Ça n'a pas eu l'air de faire tilt : il s'est contenté de lever les sourcils et d'avancer les lèvres, puis il a posé la main sur la poignée du frigo.

Il est armé, j'ai dit. Ça lui a enfin fait dresser l'oreille.

Sérieux ? Où ce qu'il est ?

En bas, près de la vasque aux oiseaux. Il est froid comme la mort, mec. Et il a son flingue.

Pourquoi Doc i'veut tuer Je-et-Je, Bone ?

Parce que t'as baisé Evening Star, bordel ! Qu'est-ce que tu crois ? Bouge ton cul et dégage par la porte de derrière ! Il y avait de vieux sentiers qui serpentaient dans les broussailles. Les gens du coin les prenaient de préférence à la route quand ils montaient sur la colline à pied.

Il a hoché la tête, s'est lentement dirigé vers la porte donnant sur l'arrière-cour, puis il s'est arrêté et s'est tourné vers moi. Comment il a fait, Doc, pour savoir que Je-et-Je il a enjambé Evening Star ?

Ouais, bon, j'en sais trop rien. C'est peut-être elle qui lui a dit. Ou peut-être il vous a vus. Il était ici pendant que vous le faisiez, assis dans le salon à six mètres de vous. Même s'il était bourré de coke jusqu'aux ouïes il avait encore des sens, man. Il se peut qu'il vous ait entendus.

En vrai, Bone ?

Ouais, c'est la vérité. Maintenant fous le camp d'ici, man. Bordel, tu vas dégager, oui ou non ?

Tu viens aussi, Bone ?

Où ça ? Pas à la fourmilière. C'est là qu'il ira te chercher en premier.

Pas à la fourmilière. Je-et-Je vais au royaume de Jah. Là-haut dans le Cockpit, là où Je-et-Je dois rester avec mes frères marrons et devenir Je-lion dans le Je-royaume. Le temps vient, le temps s'en va, le temps vole, Bone, mais Je-et-Je dois revenir au pays Cockpit.

Je ne savais pas vraiment ce qu'était ce pays Cockpit, à moins que ce ne soit le petit village dans la cambrousse dont il m'avait parlé à l'époque du car scolaire quand il avait la nostalgie de sa terre natale. Si c'était le cas, je me faisais une assez bonne idée de l'endroit et en ce moment précis il me paraissait avoir pas mal d'avantages sur le Vaisseau-mère, d'autant plus que je tenais beaucoup moins qu'avant à me transformer en Baby Doc. J'ai donc répondu, Ouais, ouais, je viens. Laisse-moi prendre mes affaires et je te retrouve dehors derrière la maison.

Irie, a-t-il dit. Puis il a empoigné son bâton de Jah et il est sorti dans l'arrière-cour baignée de lune pendant que je courais dans ma chambre à l'étage. Là, j'ai jeté dans mon sac à dos ma vieille bécasse empaillée, les disques classiques que je n'avais toujours pas écoutés et mes quelques vêtements. Je marchais dans le couloir en direction de l'escalier lorsque, regardant par-dessus la rampe, j'ai aperçu pa, son pistolet à la main, qui entrait dans le séjour. Il s'est arrêté, enveloppé de clair de lune et il a regardé autour de lui en reniflant comme si c'était un serpent calculant où il allait frapper. A ce moment-là la porte de la chambre qu'il partageait avec Evening Star s'est ouverte. Elle est apparue toute nue dans le salon éclairé de rayons de lune et ils se sont fait face tandis que je les regardais du haut de mes ténèbres.

Allez, Doc, a-t-elle dit d'une voix grave et patiente comme si elle appelait un de ses chiens. Allez, viens te coucher. La fête est finie.

Bone t'a vue avec le négro.

Elle a poussé un soupir comme si elle était très fatiguée et elle a dit, Ouais, je sais.

Je vais être obligé de le tuer, tu le sais. Ou de le faire tuer.

Pas ce soir, chéri. Allez, viens, maintenant.

Puis il a dit un truc du genre qu'elle était plutôt belle comme ça debout toute nue dans le clair de lune, et elle a ri en disant qu'il avait de l'allure lui aussi avec ce pistolet dans sa main, que ça l'excitait. Ils se sont avancés lentement l'un vers l'autre, et en marchant il a commencé à défaire sa ceinture. J'en ai profité pour regagner ma chambre au bout du couloir sur la pointe des pieds. Je me suis dirigé vers l'unique fenêtre. Je l'ai ouverte et j'ai grimpé sur le toit de la buanderie. Avec mon sac sur le dos, je me suis suspendu à la branche du grand arbre à pain qui passait au-dessus, et je l'ai remontée jusqu'au tronc. De là je me suis laissé glisser à terre. I-Man, debout dans l'ombre, m'observait.

Tu es prêt, Bone ?

Ouvre la voie, man. Babylone est derrière nous, à présent, j'ai dit. Il a ri en gloussant comme d'habitude, puis il s'est retourné et m'a conduit dans la brousse.

18

BONE L'INDIGÈNE

L'après-midi tirait déjà à sa fin lorsque le lendemain nous sommes parvenus à Accompong en pays Cockpit. Il s'agissait bien, comme je l'avais pensé, du village natal de I-Man dont il avait tellement eu la nostalgie aux States. Nous avions dû faire du stop à quatre reprises pour y arriver du fait qu'Accompong est très loin de Mobay et qu'il n'y a pas beaucoup de gens qui s'y rendent. Ce qui nous avait obligés à traîner pas mal de temps au bord de routes de campagne sinueuses en attendant d'être pris – parfois par des pick-up où nous montions à l'arrière – et nous avions dû faire à pied les sept ou huit kilomètres de la route jusqu'au village. Une fois sur place j'ai vu que c'était à peu près comme je me l'étais imaginé : pratiquement rien qu'un chemin de terre avec de l'herbe au milieu, une douzaine de cases ou de maisonnettes au bord et encore quelques-unes qu'on apercevait ici et là dans la jungle. Et puis plein de petits jardins potagers, des bananiers, des gosses qui couraient partout en slip, des vieux qui somnolaient à l'ombre d'un arbre à pain, des chèvres, un cochon de temps à autre et des femmes qui portaient sur leurs têtes des paniers d'ignames ou des seaux en plastique remplis d'eau du puits.

Si on l'appelle le pays Cockpit, c'est sans doute en raison de l'aspect du paysage. Sur des kilomètres à la ronde, à perte de vue, on trouve d'immenses cratères, des dolines* là où le sol s'est effondré il y a très très longtemps. Ces creux sont recouverts d'arbres, de plantes grimpantes, de buissons épineux, et du coup les gens qui vivent par ici aiment mieux courir sur les crêtes que faire de l'alpinisme sur les parois. Ils ne descendent dans les dolines que s'ils y sont obligés pour récupérer une chèvre ou un gosse égarés, ou pour échapper aux flics et à d'autres ennemis. Comme il y a des centaines de grottes dans ces cratères et que la brousse y est très épaisse, ça fait des siècles que les habitants sont passés maîtres dans l'art de se cacher, m'a expliqué I-Man. Les gens d'ici s'appellent les Marrons, a-t-il dit, à cause de la teinte rougeâtre de leur peau. A vrai dire je n'ai pas été capable de distinguer cette nuance : j'ai vu des Noirs ordinaires, peut-être un peu plus foncés que les autres. Mais ils descendent de ces Africains incroyablement redoutables qui s'appellent les Achantis. Après avoir été capturés en Afrique et expédiés par bateau à la Jamaïque, ces Achantis se sont enfuis dans la brousse à la première occasion et ils ont salement amoché les négriers blancs qui ont essayé de les rattraper. A la fin les négriers ont baissé les bras, ils sont retournés à leurs plantations de canne à sucre sur la côte en laissant les Marrons vivre là-haut à leur guise. Ils ont simplement dit, Ne nous envoyez plus de ces guerriers achantis, et c'est alors que la reine d'Angleterre a signé un traité de paix avec le chef des Marrons qui s'appelait Cudjoe.

Mais maintenant le village était plein de planteurs de ganja et de délinquants de toutes sortes qui après avoir été élevés ici étaient allés en ville où ils avaient fait des

* En anglais, *pit*, d'où Cock-*pit*. (*N.d.T.*)

bêtises puis étaient revenus. Il y avait aussi de vrais paysans jamaïquains et d'autres gens ordinaires, mais ils vivaient en grande partie comme leurs ancêtres marrons, sans électricité, eau courante, télé, voiture et autres commodités modernes. En plus, beaucoup de rastas avaient leur "fondation" ici dans le Cockpit et I-Man affirmait que la vraie raison de ce nom de Cockpit, c'est que cette région a toujours été celle où les descendants rastafaris des anciens guerriers achantis ont pris place pour piloter l'univers.

Durant la longue nuit où nous avions fui Papa Doc et la maison de maître en attendant au bord de la route de Mobay la voiture qui nous prendrait en stop, I-Man s'était donné du mal pour m'enseigner tous ces trucs sur les Marrons, Accompong et les guerriers achantis d'autrefois. C'était comme s'il avait décidé que j'étais désormais prêt à apprendre ces choses et à m'en servir dans ma vie de tous les jours, bien que je sois toujours un petit Blanc venu des Etats-Unis. Mais je me sentais tout bizarre et coupable d'avoir dit à pa que I-Man avait baisé avec Evening Star – ce qui était la raison principale de notre fuite – et I-Man ne me facilitait pas les choses en me traitant comme son élève préféré.

Je n'avais pas encore compris pourquoi j'avais agi comme ça et contrairement à mon habitude je ne pouvais pas demander à I-Man. Du coup, je me mettais à accuser les Blancs en général et je me disais que je l'avais sans doute fait à cause de ce fonds de traîtrise et de mensonge dont j'avais hérité tout gosse de mon beau-père et d'autres adultes tous blancs. Et pendant que I-Man parlait et parlait des anciens Achantis et des chasseurs d'esclaves qui avaient poursuivi ces mêmes Achantis avec d'énormes molosses mangeurs d'hommes venus du Panamá, je me disais, Saloperie de Babylone, man, les Blancs sont de vraies merdes, on peut pas leur faire confiance, etc., comme si ça allait m'enlever la responsabilité d'avoir presque fait tuer I-Man par mon propre père.

Il y avait à peine quelques centaines d'habitants à Accompong, et peut-être autant dans la région alentour. Tous se disaient Marrons et prétendaient être apparentés, du moins c'est ce qu'il me semblait et ça devait être vrai parce qu'on ne pouvait pas être l'un sans l'autre, les Marrons formant ainsi une sorte de tribu. Ils étaient tous ensemble propriétaires du Cockpit et se partageaient la terre selon le traité que leurs arrière-grands-pères avaient signé avec la reine d'Angleterre, plus ou moins comme le font chez nous les Mohicans et d'autres Indiens. Sauf que les Marrons ne disaient pas du Cockpit que c'était une réserve : pour eux c'était plutôt un pays indépendant appelé Accompong, peuplé et dirigé exclusivement par des Marrons – toujours selon ce qu'ils en disaient. Ils avaient un chef et tout, et même un secrétaire d'Etat : en réalité il s'agissait de très vieux bonshommes que j'ai aperçus deux ou trois fois mais avec qui je n'ai jamais eu l'occasion de discuter parce que dès que nous sommes arrivés I-Man m'a installé dans la brousse loin du village, là où il avait sa "fondation", et c'est là que je suis resté presque tout le temps.

Sans qu'il le dise nettement, c'est pour me protéger que I-Man m'a placé si loin dans le Cockpit, à trois ou quatre kilomètres du village. Je devais surveiller sa plantation de ganja qui était assez importante : il y avait des centaines de pieds que j'avais aussi pour mission d'arroser en allant chercher de l'eau à une source située tout au fond d'une doline. Faire camper un étranger blanc – ou n'importe quelle sorte d'étranger – à l'intérieur du village n'aurait pas été très bien vu. Du moins c'est l'impression que j'ai eue. Parce qu'à notre arrivée, quand I-Man m'a présenté à certaines personnes, entre autres à la femme dont il disait que c'était la mère de ses enfants, pas sa femme, je l'ai bien remarqué, ou encore à un de ses cousins qui traînait dans la cour, il a dit, Bone i'fait que passer. Et puis avec tous ses gosses il n'avait pas de place pour moi dans sa cabane. Ils n'avaient que deux petites pièces où tout le monde dormait : les enfants dans un seul lit et I-Man avec la mère des gosses dans l'autre. Le reste du temps, ils étaient tous dans la cour où on faisait la cuisine sous un toit en chaume tenu par des piquets, et ils s'asseyaient sur des petits tabourets et un vieux siège de voiture.

Mais l'endroit où il m'avait mis était méchamment cool. Là-bas, dans le Cockpit, sur une crête avec une vue panoramique de tous les côtés, avec devant moi une pente débroussaillée et des terrasses où poussait la ganja, j'avais ma propre cabane en bambou au toit de chaume, un hamac pour dormir, un foyer de pierres pour faire la cuisine, des casseroles et les autres ustensiles indispensables ainsi que plein de nourriture tout autour : du fruit à pain, des ignames, du blighia, des noix de coco, du calalou, sans compter les plats que I-Man me portait du village et que la mère de ses enfants avait préparés. C'est la meilleure crèche que j'aie jamais eue. J'étais heureux et puis je crois que j'avais besoin d'être seul là-bas avec plein de temps pour réfléchir et me souvenir. Mais le soir, la plupart du temps, I-Man arrivait avec deux ou trois de ses cousins rastas, et ils s'asseyaient pour méditer. Ils tiraient sur le shilom, ils jouaient un peu à l'africaine sur des tambours artisanaux vraiment excellents et se livraient à de grandes réflexions parfois jusqu'à l'aube. Pour ma part, je restais un peu en retrait, j'observais et j'écoutais, parce qu'il s'agissait de mecs hyperimpressionnants qui parlaient de tuer des gens à Kingston et à Mobay et qui, à part I-Man, ne s'intéressaient pas beaucoup à moi, pensant probablement que j'étais un petit Blanc américain à fond dans la fumette que I-Man avait recruté comme chien de garde.

Ce qui était vrai, finalement. J'étais alors un fumeur régulier de ganja et je travaillais pour I-Man qui avait passé toute une journée à m'enseigner à souffler dans une conque comme une trompe au cas où quelqu'un essaierait de lui voler sa récolte. Mais il y avait dans la vie des choses qui m'intéressaient encore plus que de fumer de l'herbe et de faire le chien de garde pour I-Man. I-Man, qui s'en rendait compte, venait souvent à la "fondation", soit seul, soit avec un de ses gniards, comme il disait de ses quatre gosses, puis après avoir inspecté ses plantes, leur avoir parlé un moment, arraché quelques mauvaises herbes, pincé quelques bourgeons et m'avoir montré un ou deux nouveaux trucs du parfait cultivateur de ganja, il s'installait dans la cour de la cabane et se lançait dans un discours rasta sur un nouveau chapitre de l'histoire de la captivité des Africains à Babylone.

Mes cheveux avaient fini par être assez longs, ils me descendaient sur les yeux et sur les épaules et quand je réfléchissais j'avais la manie de les entortiller au bout de mes doigts. Un jour, alors qu'il était en train de me raconter comment Marcus Garvey s'était fait empoisonner par les capitalistes pour avoir voulu ramener les Africains vers la Terre promise dans une arche qu'ils auraient construite, I-Man a remarqué mon geste, s'est levé, a disparu dans les fourrés et il en est ressorti en portant tout un tas de feuilles qu'il a écrasées pour en extraire un suc dont il m'a dit d'enduire mes cheveux. Ce jus avait une odeur de réglisse, mais il avait aussi un effet parce que le lendemain, quand je me suis réveillé, j'ai vu que de vraies nattes rastas étaient en train de se former sur ma tête : pas très grandes, mais des mèches souples, irrégulières, d'un brun rougeâtre, mesurant une trentaine de centimètres. Je ne pouvais pas bien les examiner puisque je n'avais pas de glace, mais en les tâtant j'ai su qu'elles avaient l'air cool. Et du fait que je ne portais que des shorts et que j'allais torse nu, j'étais super-bronzé. Un jour où j'étais tout seul à asperger les plantes en me servant d'un seau comme I-Man m'avait appris à le faire, j'ai secoué la tête pour chasser un moustique et j'ai vu sur mon ombre au sol des mèches rastas fendre l'air. J'ai alors regardé mes bras et mes jambes qui avaient pris une couleur de café, et quand je me suis aperçu que je ne ressemblais plus à un petit ado blanc ordinaire, j'ai posé le seau et j'ai fait une danse rasta, là, en plein soleil.

C'est drôle de constater que quand on change un peu son look, ne serait-ce que par un tatouage, on se sent aussi différent à l'intérieur. J'apprenais que I-Man avait dit vrai, que quand on s'y efforce assez longtemps et sérieusement, on *peut* devenir un mendiant tout neuf, et c'est la même chose, disons, pour un charpentier qui aurait découvert sur son chantier un matériau nouveau grâce auquel il pourrait modifier ses plans et se construire pour y habiter une maison plus belle et plus grande. J'avais même commencé à parler autrement, à ne plus dire "cool" et "super" à tout bout de champ mais plutôt "irie man", et quand je voulais parler seulement de moi en tant que moi, je disais "Je-et-Je", ce qui donne la sensation d'être un peu à l'écart de son corps, comme si mon vrai moi était un esprit capable de flotter dans les airs, de communier avec l'univers et même de voyager dans le temps vers l'avenir et vers le passé.

Tous ces tambours africains et ces longues méditations tard dans la nuit, toutes les séances de réflexion avec les Marrons et leurs ancêtres achantis qui, ainsi que me l'expliquait I-Man, étaient avec nous en esprit, l'enseignement minutieux d'histoire et de vie au quotidien que je recevais de I-Man, ma participation régulière au sacrement du *kali* autour du shilom avec les rastas, l'exploration solitaire de Je-même que je pratiquais quotidiennement grâce à une ganja excellente depuis le jour où j'avais rencontré I-Man dans le car scolaire de Plattsburgh, tout cela avait exercé peu à peu un effet très profond sur moi sans que je m'en rende compte, et un matin, me réveillant dans mon hamac en regardant le toit de chaume au-dessus de moi, je me suis rendu compte que j'avais jeté mon vieux moi par-dessus bord et que je me retrouvais tout nu dans l'univers comme au jour de ma naissance quinze ans plus tôt à Au Sable, New York, Etats-Unis d'Amérique, planète Terre.

Puis, le soir de la pleine lune, alors que les plants de ganja déjà plus hauts que moi devaient être fauchés le lendemain, I-Man et trois de ses frères rastas d'Accompong sont arrivés à la fondation avec des mines graves. Ils portaient des machettes et quand ils m'ont dit qu'ils m'emmenaient à la grotte secrète des Marrons "jeter l'œil dans les vraies lumières de Je-même", j'étais prêt, man. J'étais prêt à mort. Autrefois j'aurais sans doute répondu cool ou un truc comme ça et j'aurais peut-être tenté de retarder les choses en essayant de ne pas leur faire voir que j'avais peur, mais là j'ai seulement dit, irie, et j'ai suivi I-Man sous le clair de lune, droit dans la jungle, les frères sur mes talons et personne ne disant mot.

C'était pas que je cherchais à devenir un Noir honoraire ou ce genre de machin. La vérité, c'est que je croyais alors en la sagesse, je croyais que c'était quelque chose qui existait vraiment, qu'il y avait des gens qui la possédaient, en premier lieu I-Man, et que si les conditions étaient remplies ces individus pouvaient la transmettre même à un gosse. Et je me disais qu'étant donné mon passé, le fait que je sois blanc, américain et tout ça, j'avais particulièrement besoin d'un peu de sagesse si je voulais en grandissant vivre un peu mieux ma vie que la plupart des adultes que j'avais connus jusqu'alors.

J'avais l'impression que nous ne suivions pas un vrai sentier – et parfois I-Man était obligé de tailler dans les buissons de maccas pour que nous puissions franchir un cockpit, monter sur la crête et descendre dans le suivant –, mais il devait quand même s'agir d'une piste plus ou moins répertoriée parce que I-Man n'avait pas d'hésitation et ne changeait pas d'avis sur la direction prise. Il me semble que nous avons marché pendant des heures, montant en zigzag le long de pentes abruptes puis descendant de l'autre côté, jusqu'à ce que je finisse par avoir la sensation de me trouver sur un continent entièrement différent de celui que j'avais connu toute ma vie, comme si j'arrivais en Afrique, et je me sentais un peu nerveux parce que je savais qu'il y avait ici des sangliers réputés dangereux et j'étais content que I-Man et les frères aient leurs machettes.

J'avais appris à connaître assez bien les frères : Terron, Elroy et Rubber, des gens dans la trentaine ou la quarantaine, des rastas assez âgés, donc, avec un méchant tas de nattes sur la tête. Terron et Elroy étaient les cousins de I-Man, disons des associés dans sa fondation. Rubber – son nom signifiant caoutchouc lui venait de sa figure qu'il pouvait déformer à volonté pour afficher tout un tas d'expressions différentes même s'il gardait le plus souvent une mine triste – était son neveu et possédait sa propre fondation dans le Cockpit à côté de celle de I-Man. C'étaient des mecs puissants, plus sombres et plus durs que la bande de la fourmilière, des experts en maniement de machette, des gars super-bien bâtis qui donnaient l'impression de pouvoir vous arracher les bras si ça leur plaisait. Comparé à eux I-Man était tout petit et vieux mais ils le traitaient avec un respect total et Terron m'a dit un jour que I-Man, lorsqu'il se serait élevé "à la plénitude de son âge et aurait fini son crapahutage chez les divers peuples du monde", deviendrait probablement le chef des Marrons à Accompong, ou au moins leur secrétaire d'Etat.

Nous avons fini par arriver tout au fond d'une doline à un endroit que n'éclairaient pas les rayons de lune et d'où on ne pouvait même pas voir les étoiles. Dans cette totale obscurité je suivais I-Man au seul son de ses pas. Soudain, ne l'entendant plus, je me suis arrêté et après quelques secondes j'ai dit, Yo, I-Man, où que t'es ?

Rubber, juste derrière moi, m'a lancé, Avance, rasta.

Mais Je-et-Je vois rien.

Ça fait rien, man, il a dit en me poussant un peu l'épaule du bout de sa machette. Et ça m'a remis en marche. J'ai dû continuer ainsi dans le noir absolu pendant quatre cents mètres, environ, en me disant, Bon, si je dégringole dans un précipice je m'en apercevrai pas avant que ce soit trop tard, donc j'ai pas à m'en faire. Puis j'ai remarqué que l'air s'était rafraîchi comme si un ventilateur tournait. J'ai senti à travers mes sandales que je marchais à présent sur de la pierre plate et polie, pas sur de la terre ou de l'herbe, et j'ai entendu des gouttes d'eau tomber. J'ai compris que je me trouvais dans une grotte, mais c'était comme si j'avais les yeux bandés et j'ai commencé à m'imaginer des chauves-souris, des serpents et de la vermine qui s'élançaient sur moi du fond de l'obscurité et j'ai eu une chair de poule terrible. Pendant une seconde j'ai eu peur de m'affoler, de fuir comme un dingue pour revenir au clair de lune et de devoir ressentir tout le reste de ma vie la honte d'avoir paniqué au moment où j'accédais aux lumières de Je-même et où, dans cette clarté irie, atteignant les hauteurs du Je-et-Je, je parvenais enfin à connaître Jah.

C'est alors que j'ai entendu gratter une allumette, que j'ai vu d'abord la flamme puis le visage brun et crevassé de I-Man allumant un spliff. Il a tiré une grande bouffée, puis, toujours avec la même allumette, il a fait prendre une bougie avec laquelle il s'est déplacé pour en allumer d'autres posées dans des creux et des fissures de la paroi de la grotte. L'obscurité a disparu et de grandes ombres ont surgi avant de retomber un peu partout comme si I-Man était en train de faire tomber des couvertures d'une corde à linge – des couvertures de laine serrée gris foncé – et qu'il révélait, cachée derrière elles, une salle gigantesque aux murs de pierre d'un blanc jaunâtre aussi lisses et courbes que si l'eau les avait taillés dans le roc pendant des millions d'années. J'ai eu l'impression que nous nous trouvions dans un immense crâne d'homme où nous serions entrés par la bouche. Au-dessus de nous il y avait deux autres grottes sombres qui menaient vers l'extérieur comme des orbites vides, tandis que du côté du fond, là où serait, je crois, la colonne vertébrale, je ne voyais qu'un trou noir de plus et j'entendais de l'eau couler comme si c'était là que se situait le lit de cette rivière ancienne et qu'elle continuait à se creuser une voie de plus en plus loin au cœur de la terre.

I-Man m'a fait asseoir sur un petit rebord rocheux, puis, prenant place à côté de moi, il m'a montré du doigt un tas de peintures rouges au sommet de la voûte du crâne. C'étaient des signes bizarres comme des gribouillis avec quelques animaux que je reconnaissais, par exemple des tortues, des oiseaux et des serpents, ainsi que des hommes représentés par de simples traits et qui se combattaient avec des lances. Certains d'entre eux, allongés, avaient une lance qui leur sortait du corps, d'autres avaient la tête coupée alors que d'autres encore leur tapaient dessus. Ces peintures étaient tout en haut de la grotte, si haut qu'il aurait fallu une échelle double pour les atteindre, et comme en ce temps-là les gens n'en avaient pas, je me suis demandé comment ils avaient réussi à monter là-haut pour peindre.

Eux voler, Bone, a dit I-Man. Eux les vieux Africains, eux voler comme des oiseaux, man.

Je me suis dit qu'il allait y avoir une sorte de cérémonie, et j'espérais sincèrement que ça ne voulait pas dire des coupures et du sang, mais comme j'étais parvenu jusqu'ici sans faire demi-tour, j'étais prêt à aller jusqu'au bout quoi qu'on me demande. Du coup j'ai été vraiment soulagé quand Rubber, plongeant la main dans le sac de tissu où je croyais qu'ils avaient mis les couteaux et les bols pour recueillir le sang, en a retiré une belle petite pipe en argile sculptée qui représentait une Africaine enceinte, assise en tailleur avec les bras croisés sous ses gigantesques nichons. I-Man l'a aussitôt remplie d'herbe tirée d'un sachet et il a dit, De l'herbe spéciale, Bone, en l'allumant. Il a ensuite passé le shilom à Terron, Elroy et Rubber qui ont tous tiré d'énormes bouffées, puis à moi. Je me suis contenté d'inspirer à moitié selon mon habitude avant de repasser le shilom à I-Man. Mais l'embout ne touchait pas encore les lèvres de I-Man que je me sentais déjà emporté dans un tourbillon comme si je roulais dans une barrique traversant une cascade.

Pendant un instant tout est redevenu noir, je ne voyais plus rien et la seule chose que je savais c'était que je tournais dans ma barrique. Puis la vue m'est revenue et je me suis retrouvé dans un tout autre endroit que cette cave et avec des gens différents.

Je m'en souviens quand je le raconte maintenant, et c'est comme si je me trouvais en deux lieux à la fois : ici et maintenant, là-bas et autrefois. Mais quand ça s'est passé j'étais dans un seul endroit, et ce n'était pas une grotte calcaire du pays Cockpit à la Jamaïque avec I-Man et ses frères rastas. Ça ne ressemblait pas non plus à un trip à l'acide comme j'en avais connu avant, où on se trouve aussi en deux lieux en même temps, un normal et l'autre bizarre. Même quand on rêve on est d'habitude en deux endroits à la fois. Non, ça, c'était la réalité et je n'avais pas du tout le souvenir de comment j'étais arrivé là ni aucun plan pour en sortir.

Un tambour battait, très lourd et très lent, doum, doum, doum, sans relâche, sans variation, comme une bande sonore se répétant indéfiniment, et ce battement semblait provenir de l'endroit lui-même comme le bruit du vent, comme s'il surgissait des arbres, des champs, du ciel et n'arrivait pas de l'extérieur. Pour l'instant je n'avais pas peur, je suivais le son, je découvrais les choses une par une et je faisais avec. Je m'aperçois ainsi que je suis sur un chariot à conduire un attelage de ce que je crois être des bœufs, puisque c'est comme des vaches en plus gros. Je parcours lentement un chemin qui traverse un grand champ de canne à sucre tout vert et mon chariot se remplit de canne. Au loin il y a la mer avec des vagues qui s'échouent sur une mince plage de sable, et encore plus loin des récifs. Le ciel est d'un bleu éclatant, le soleil brûlant et, derrière moi, il y a des montagnes vert foncé.

Je suis tout seul ici sur mon chariot. Sous le soleil de midi il fait très chaud. Il me faut longtemps pour parvenir à la rangée d'arbres qui borde l'autre côté du champ de canne et quand je passe sous son ombre je sens un peu de fraîcheur, une brise légère qui y souffle, et pendant quelques instants je suis content. Un petit ruisseau coule tout près. Au moment où mon chemin le croise, j'arrête le chariot et je laisse les bœufs y boire. J'y bois à mon tour et j'y trempe mon keffieh que je me passe ensuite sur le visage.

Je remonte sur mon chariot, et poursuivant ma route je traverse d'autres champs de canne, finissant par arriver dans un village avec une véritable église en pierres, quelques magasins et plein de gens qui vont de-ci de-là, principalement des Noirs pieds nus, en vêtements de travail, ainsi que quelques Blancs habillés à peu près pareil. Puis je parviens à la place du village où les Blancs sont maintenant plus nombreux que les Noirs et portent des chapeaux de paille et des costumes d'autrefois. Comme personne ne fait attention à moi je continue tout doucement et j'essaie de saisir ce qui se passe bien que j'en aie déjà honte et que j'hésite à regarder. Mais je le fais quand même.

Les Blancs sont en train d'acheter et de vendre des Noirs. Un Blanc, au milieu d'une sorte d'estrade, exhibe un gosse noir à peu près de mon âge, tout nu, et qui a l'air d'avoir peur. Il le fait se retourner, se pencher, écarter les fesses et montrer son cul et ses couilles au public où il y a pas mal de femmes. Quelques Blancs dans la foule font des offres pour le gamin tandis qu'un autre Blanc sur un côté de l'estrade – je suppose que c'est le commissaire-priseur – indique tel ou tel acheteur et continue à faire monter les enchères. Tout le monde fait comme si c'était normal. Même les Noirs.

Des tout petits gosses de couleur courent partout, des femmes noires passent en portant des paquets sur leurs têtes et des hommes blancs discutent en fumant le cigare. Personne ne pleure ni ne semble gêné ou furieux, les gens sont détendus et à l'aise, se traitant familièrement, les Noirs comme les Blancs bien qu'évidemment les Blancs soient les patrons, et quand ils disent aux Noirs de faire ci ou ça les autres obéissent mais sans trop se presser.

Le commissaire-priseur, un grand mec tout maigre avec une figure d'oiseau de proie comme pa, oblige le gosse tout nu sur scène à s'accroupir et à sauter comme une grenouille, ce qui fait rire tout le monde, même les quelques Noirs qui sont dans la foule. Il y a pourtant, je m'en aperçois maintenant, une autre rangée de Noirs debout derrière l'estrade : des hommes, des femmes, quelques enfants et bébés, tous nus, même les gens les plus âgés, et ils sont attachés aux chevilles par des chaînes, couverts de croûtes et ils ont l'air malheureux. Ça ne les fait pas rire de voir le gamin qui saute sur scène comme une grenouille noire et luisante. Je suppose qu'ils sont encore africains et que pour eux ce n'est pas devenu normal.

Comme toute cette scène me donne envie de gerber, je lance un petit coup de bâton à mes bœufs pour les faire avancer. Nous sortons du village et suivons quelque temps le bord de mer. Au bout de quelques minutes je n'ai plus de pensées ou de souvenirs très compliqués ni même d'ailleurs d'idées simples ou bêtes, je suis là à prendre le soleil sur mon chariot, je savoure l'odeur de canne et la légère brise marine sur mon visage. De temps à autre je chasse une mouche d'un geste et je laisse les bœufs prendre toutes les décisions. La piste monte progressivement entre de nouveaux champs de canne et j'arrive à un grand portail de pierre où je tourne. Je fais avancer le chariot jusqu'à un ensemble de bâtiments ressemblant à des granges. Là, il y a environ une douzaine de mecs, des Noirs, et quelques femmes qui déchargent la canne à sucre d'autres chariots et la portent dans une grange où ils l'entassent. Il y a aussi une énorme meule avec un bœuf qui, les yeux bandés, décrit perpétuellement le même cercle au bout d'une longue perche à laquelle il est attaché. Un bâtiment avec une très haute cheminée en briques émet un nuage de fumée blanche agréable à sentir et je vois aussi diverses autres constructions plus petites du genre bureaux et ateliers.

C'est une fabrique de sucre, et dès que je m'arrête avec mon chariot, un tas d'hommes et de femmes assez âgés ainsi que des adolescents, tous noirs, sales et pleins de sueur, surgissent pour le décharger. Personne ne parle. On travaille, c'est tout. Comme je sais pas quoi faire, je reste assis à attendre des directives – peut-être les bœufs sauront, eux. C'est alors que je remarque sur ma droite un homme blanc en train de battre une Noire avec un petit fouet. Il lui a fait ôter sa chemise, elle est à quatre pattes par terre, et chaque fois qu'il la frappe elle a les nénés qui tremblent. Pendant ce temps j'entends à nouveau le tambour qui bat comme avant sauf qu'à présent il résonne à la même cadence que le fouet. Le Blanc est couvert de sueur, il a une moustache comme celle de mon beau-père bien que ce ne soit pas tout à fait lui et il tape mécaniquement sur cette femme comme s'il ne faisait que fendre du bois : rien de personnel ni d'émotionnel, on fait son boulot et c'est tout. Je regarde autour de moi et les autres Noirs eux aussi s'occupent de leur travail. On fait son boulot.

Soudain quelqu'un me saisit le bras et me fait tomber violemment du chariot. C'est un autre Blanc, torse nu et

jeune – une vingtaine d'années à peu près –, et il a l'air
dur avec plein de muscles et une poitrine sans poils avec
un super-relief comme ce bon vieux Bruce, sauf qu'il
n'a pas de tatouage ni d'anneaux aux tétons ni rien de
ce genre. Pendant une seconde les Noirs s'arrêtent de
travailler pour me regarder, mais ils se détournent aussitôt et reprennent le déchargement. Le Blanc a une sorte
de brosse blonde très courte et de bonnes dents. Il plonge
vers moi, m'agrippe le bras et me soulève comme si je
ne pesais rien du tout – ce qui est exact si je me compare
à lui –, puis, sans rien dire, il me tire derrière une des
granges comme si je n'étais qu'un poulet dont il devait
couper la tête pour le cuisiner. Dès que les autres ne
peuvent plus nous voir, le Blanc déboutonne son pantalon et me sort une grosse bite bien raide qu'il m'oblige à
branler pendant qu'il me serre tout contre lui. Il décharge
en haletant et m'embrasse sur la nuque. Puis il remet
son article dans son pantalon, se reboutonne et me pousse
en direction du chariot et des autres en m'emboîtant le
pas comme si rien ne s'était passé. En fait je suis soulagé
que ça n'ait pas été pire mais comme je me sens bien
merdique quand même, je suis content de trouver mon
chariot vide. Dès que je remonte dessus, les bœufs font
demi-tour et prennent en sens inverse la longue piste
sinueuse entre les champs de canne jusqu'à la route qui
longe la mer, celle-là même que nous avons suivie en
venant.

Toute la journée se déroule de la même façon, au
soleil, avec beaucoup de lenteur et sans pensée quand je
suis seul avec les bœufs dans les champs de canne ou
pendant que les Noirs déchargent le chariot. Mais dès
que je me trouve avec des Blancs, tout devient dingue,
tout prend une vitesse folle, tout tourne à la violence. Je vois
un Blanc envoyer des coups de pied dans les couilles

d'un vieux Noir puis lui verser dessus un seau d'eau froide avant de s'en aller. Je vois deux Blancs qui se gueulent dessus – ils ont les tendons du cou saillants et il y a de la salive qui vole – pendant qu'une jeune et belle Noire, un peu à l'écart, attend, les yeux rivés au sol. Je vois un Blanc en costume et chapeau à larges bords qui fonce vers moi sur son cheval au galop, et pour lui faire de la place je tire mes bœufs vers le champ. Le chariot écrase quelques cannes pendant que le cavalier passe à toute vitesse et aussitôt un autre Blanc surgit de la cannaie en courant et me tape dessus à grands coups de bambou en me traitant de sale abruti. Je vois un Noir pendu à un arbre à l'entrée du village : des gosses jettent des cailloux au cadavre et des urubus, perchés sur les plus hautes branches, attendent que les gamins en aient assez et s'en aillent.

Le soir, quand tout le monde a quitté les champs et que la plupart des Noirs ont regagné leurs cabanes derrière la grande maison qui ressemble assez à Starport – en moins luxueux, et puis elle n'est pas sur une colline –, je dois servir les Blancs à leur table, leur porter à boire et à manger. Ils parlent comme si j'étais incapable de comprendre l'anglais et ils ne se rendent pas compte que leur seul sujet de conversation c'est de répéter combien les Noirs sont bêtes, paresseux et voleurs. Il y a là quatre ou cinq hommes que je n'arrive pas à reconnaître individuellement parce qu'ils se fondent les uns dans les autres et que chaque fois que je suis près d'eux j'ai peur ou je me sens mal à l'aise ou j'ai envie de fuir, mais je sais qu'ils sont de la même famille, qu'ils sont père et fils et frères. Deux femmes sont avec eux : l'une est la femme du père et la mère des fils, l'autre, plus jeune, est une des filles ou bien elle est mariée à l'un des fils. Il y a aussi quelques jeunes enfants blancs que j'essaie de ne pas regarder, sauf quand ils m'ordonnent d'apporter ou de débarrasser quelque chose.

Plus tard les hommes vont sur le porche, et, assis, ils regardent au-delà des champs la mer qui miroite sous la lune. Je suis censé rester debout derrière eux et les éventer avec une palme pour chasser les moustiques pendant qu'ils boivent, qu'ils fument, qu'ils discutent argent et esclaves, racontant des histoires bizarres sur la vie sexuelle des Noirs. A la fin ils annoncent qu'ils vont se coucher et, partant d'un pas mal assuré, ils me laissent seul. Maintenant que les Blancs sont partis je ne sais pas ce que je dois faire. Je reste un moment à errer dans la maison coloniale toute vide, puis je sors, et alors que je me dirige vers le quartier des esclaves à l'arrière, je vois surgir devant moi, sur mon chemin, I-Man, ses frères marrons Terron, Elroy et Rubber, portant tous les trois des machettes, et ils ont l'air grave. Il y a du sang sur les lames. La chemise de Rubber est tachée par une grande éclaboussure de sang qui doit provenir du surveillant blanc qui habite dans la grange ou de l'employé blanc qui a une chambre dans le bâtiment des bureaux près de la forge.

Avant que je puisse dire quoi que ce soit I-Man porte un doigt à sa bouche pour me signifier de me taire. J'aperçois alors dans l'ombre derrière lui un autre groupe de Noirs. Il y a surtout des hommes, mais aussi des femmes, certaines avec de jeunes enfants. Ce sont les Noirs que j'ai vus toute la journée dans les champs, dans la fabrique de sucre et dans la maison de maître, la femme qu'on fouettait, le vieux qui prenait des coups de pied, la jeune femme pour qui les deux gardiens se battaient, tous ceux qui travaillaient près de moi comme des machines muettes, sans pensée ni sentiment.

Eux aussi portent des machettes, ainsi que des faux, des faucilles et des petites haches. Ils passent rapidement près de moi en me frôlant, ils suivent I-Man et les autres Marrons en direction de la maison coloniale. Je voudrais aller avec eux mais quelque chose m'arrête, on dirait que mes pieds sont soudain en plomb et que je ne peux pas marcher. Je suis donc obligé de rester là dans l'ombre des buissons au bord de la grande pelouse à regarder les Noirs entrer dans la maison sans lumière par toutes les portes : celles de devant, de derrière, du côté. A part le battement incessant du tambour auquel je suis désormais aussi habitué que si c'était celui de mon cœur, et à part le vent qui vient de la mer et secoue les palmes baignées de lune, tout est complètement silencieux. Je reste là longtemps à me demander si je rêve lorsque j'entends un hurlement qui me glace le sang. Il est suivi par des cris et la plainte d'une femme brusquement interrompue, puis c'est un homme, un Blanc, qui implore, Non, non, je vous en supplie ! mais il est fauché à son tour. A nouveau le silence. J'entends alors du verre qui se brise à l'intérieur et je remarque quelqu'un : c'est un enfant qui sort à quatre pattes sur le porche devant la maison. Un garçon blond, pieds nus dans une chemise de nuit, âgé de cinq ou six ans, qui traverse tout le porche puis descend jusqu'au sol où il se met à courir tout droit vers l'endroit où je suis. Il arrive soudain sur moi, les yeux hagards, remuant les bras et les jambes comme un fou, et juste au moment où il va me dépasser, je l'attrape, je colle ma main sur sa bouche paralysée de terreur et je l'entraîne dans l'ombre des buissons en le serrant très fort.

Une minute plus tard, je vois des flammes s'élever à l'arrière de la maison tandis qu'à l'étage quelqu'un brise les fenêtres et jette des objets dehors : des livres qui voltigent, des assiettes, des pots de chambre, un mannequin de tailleur. Les rideaux du premier étage sont maintenant en flammes, et je vois des Noirs avec leurs machettes et leurs autres armes sortir de la maison et se regrouper à distance. Avec le petit Blanc qui tremble dans mes bras, je me recule de quelques pas dans les buissons pendant que les Noirs se comptent puis s'enfuient en courant. Ils sont vingt ou trente à brandir des machettes ensanglantées en traversant la grande pelouse sous le clair de lune, et ils se dirigent vers un bosquet de chênes de Virginie et un immense pré en pente où on parque les vaches. La maison brûle vraiment, à présent. De grandes gerbes d'étincelles jaillissent et le ciel brille d'une lueur orange et jaune.

Derrière moi le long chemin carrossable rejoint en serpentant la route du bord de mer et je vois au loin les premiers Blancs à cheval suivis à peu de distance par un deuxième contingent. Les Noirs ont disparu dans le pré aux vaches ; derrière le pré il y a les bois puis les collines, et après les collines se trouve le Cockpit. Il ne reste plus personne, ici, plus personne de vivant à part moi et le petit garçon blanc et blond qui sanglote dans mes bras. Les cavaliers blancs arrivent au galop sur le chemin, armés de fusils et d'épées qui miroitent sous la lune, prêts à abattre le premier Noir qu'ils trouvent. Ils sont avides de tuer un Noir, de faire gicler son sang, et aucun enfant blanc ne sera assez fort pour le sauver.

Soudain quelqu'un me touche l'épaule. Je me retourne et c'est I-Man. Il me dit, Tu viens, Bone ?

Et lui ? je dis en montrant le petit Blanc.

Oublie-le, Bone.

Pratiquement en larmes, je lui dis, Oh, rasta, Je-et-Je peux pas faire ça !

Comme tu voudras, Bone. Il s'éloigne vers les buissons et s'évanouit dans l'obscurité.

Je relâche mon étreinte autour du petit garçon blanc, mais dès que je le laisse il fonce à toute vitesse vers les hommes à cheval qui sont déjà arrivés devant la maison. Ils crient, déchargent leurs armes en l'air avec des gestes de fous furieux jusqu'à ce qu'ils aperçoivent l'enfant. Le chef des Blancs descend tout de suite de cheval, soulève le garçon dans ses bras et aussitôt celui-ci désigne l'endroit où je me cache dans les buissons. Le petit salaud me montre du doigt ! Le chef des Blancs se met à courir vers moi à petites foulées, son fusil prêt à m'exploser, et il est suivi par plusieurs de ses compagnons. Je détale, fonçant derrière les granges et la fabrique de sucre où j'escalade à toute vitesse une clôture en pierres, je plonge dans le champ de canne pourchassé par des balles qui sifflent au-dessus de ma tête et je file à travers la cannaie en brisant des tiges dans ma course au milieu de cette mer verte, immense et plus haute que moi, m'attendant à mourir à chaque instant.

Mais non. Très loin, en plein milieu de la cannaie, alors que j'ai la poitrine qui cogne et les jambes presque trop lourdes pour faire un pas de plus, je repousse un bouquet de tiges et j'aperçois un trou dans le sol. Je l'examine aussi vite que je peux et je vois qu'il s'enfonce profondément, qu'il est juste assez large pour qu'un gosse aussi maigre que moi puisse y entrer mais trop étroit pour laisser passer un Blanc ordinaire. Je jette un dernier regard à la maison coloniale, maintenant tout embrasée, et aux Blancs qui caracolent autour comme si c'était eux les incendiaires et qui tirent dans toutes les directions y compris dans la mienne. Je remarque alors que des cavaliers sont en train de mettre le feu à trois côtés du champ de canne tandis qu'un autre groupe galope vers le quatrième pour m'y attendre. Je me laisse alors tomber à quatre pattes et je rampe dans les ténèbres du trou au sol.

Je suis étonné et un peu effrayé de voir que le trou se prolonge, que c'est un tunnel et que très vite il y fait totalement noir. Je ne peux plus entendre les détonations, ni le rugissement des feux, ni les hurlements des Blancs, mais seulement le son des tambours, le même battement qu'avant sauf qu'il se fait de plus en plus fort à mesure que je m'enfonce en tâtonnant, les mains en avant. Je me tortille, je rampe comme ça pendant ce qui me semble être des heures, et le bruit des tambours s'amplifie tout le temps jusqu'à ce qu'après avoir négocié un angle très serré dans le tunnel j'aperçoive devant moi une brève lueur vacillante et en un rien de temps me voilà au bout du souterrain.

Je m'en extirpe, et quand je relève la tête pour regarder autour de moi je vois que je suis arrivé à la grotte des Marrons avec son éclairage de bougies. Je grimpe pour sortir du trou à l'arrière du crâne, là où aboutit la colonne vertébrale, et je trouve I-Man en train de fumer tranquillement un spliff tandis que l'ami Rubber joue comme un fou sur un petit tambour carré en peau de chèvre et que les autres rastas, Terron et Elroy, se roulent des joints. Ils ont tous l'air contents de me voir, même s'ils m'attendent patiemment depuis quelque temps et sont prêts à se tirer. Rubber arrête le tambour, se lève, s'étire, et les autres font pareil. Puis I-Man éteint les bougies les unes après les autres et, passant le premier, nous fait ressortir de la bouche pour nous conduire dans l'obscurité.

19

EN Y REPENSANT

Après ça tout est allé si vite que pendant des semaines – en réalité jusqu'à mon départ de la Jamaïque – je n'ai pas vraiment eu le temps de digérer cette expérience où j'étais en quelque sorte arrivé à connaître Je-même, ni de saisir comment le fait de voir à travers la lumière du Je-même avait modifié ma façon de percevoir tout le reste, car c'était ça qui était censé se passer. Qui s'était passé, en fait. Mais pendant les quelques jours qui ont suivi nous n'avons fait que travailler toute la journée et même la nuit à la récolte de ganja. On coupait les plantes à la machette, moi, I-Man et les autres gars, dans les deux champs, celui de I-Man et celui de Rubber à côté, et puis on les portait jusqu'à ma cabane sur des claies qu'ils avaient fabriquées avec des bambous pour les faire sécher. Ensuite, dès que le sol du champ était nu on le sarclait et on le fertilisait avec de la vieille merde de chauve-souris en poudre qu'on allait récupérer dans une grotte très loin dans le Cockpit et qu'on transportait dans des sacs. C'était un travail pénible, plus dur que tout ce que j'avais fait auparavant, et comme il fallait se concentrer ça ne me laissait pas beaucoup de temps pour réfléchir ou me souvenir d'autant plus qu'il faisait toujours très chaud. Ma tête était celle de ce garçon que j'avais été au temps de l'esclavage, elle restait vide, sauf qu'il n'y avait plus rien – en tout cas pas de Blancs – pour me faire peur ou me rendre nerveux.

Lorsque le sol a été prêt, nous avons semé les graines de la récolte suivante. Nous sommes allés chercher de l'eau et nous avons bien mouillé les semis. Pour protéger du soleil les pousses qui venaient de germer nous avons tendu des fils entre des piquets et posé dessus de minces toiles de camouflage qui, selon I-Man, avaient été récupérées à Grenade après l'invasion et le départ de l'armée américaine. Ces toiles-là, man, a dit I-Man, elles sont dans tout' les Caraïbes. C'est ça d'bien, dans c't'invasion, ça fait pousser la ganja dans sa plénitude de paix sous l'soleil de Jamaïque et pi' elle va à Babylone pou' créer là-bas l'royaum' de paix. Jah prend l'instrument de destruction et fait avec l'instrument d'*in*struction.

Nous avons ensuite passé des journées à trier la ganja séchée, à la presser et en faire des balles enveloppées dans de la toile. Nous en avons entassé environ une centaine sous un auvent que nous avons construit ainsi qu'à l'intérieur de ma cabane. Du coup, j'ai dû m'installer dehors et suspendre mon hamac entre deux arbres à l'arrière. Mais ça ne durerait que quelques jours, m'a expliqué I-Man. L'Oiseau de nuit i'va venir, a-t-il dit en faisant allusion, je suppose, à un mec possédant un gros camion parce qu'il faudrait bien ça pour enlever toutes ces balles. Je n'ai jamais posé beaucoup de questions sur les hautes sphères du commerce de la ganja, comment avait lieu le financement et tout ça. Je laissais I-Man me dire ce qu'à son avis je devais savoir, c'est-à-dire en réalité pas grand-chose, parce que du fait que j'étais encore à un niveau de péon je me contentais de faire ce que me demandaient les mecs de la bande plus âgés et plus forts que moi. Mais je me disais qu'il devait y avoir des mecs plus forts encore dans des endroits comme Mobay, ou aux States, des types qui avaient avancé le blé pour cette opération – entre autres pour les toiles de camouflage, pour les seaux en plastique, les sarcloirs et tout ça – ainsi que le fric pour tenir le coup en attendant, parce que I-Man et les autres mecs n'avaient pas d'autre argent liquide que celui qu'ils ramassaient en dealant à la petite semaine à Mobay dans leur fourmilière. Mais ce qu'ils avaient ici, dans le Cockpit, c'était une plantation de première importance, et pour ça il fallait du liquide, quelle que soit la quantité de travail que nous fournissions gratuitement.

Après quelques jours passés à ne pas faire grand-chose sinon à m'occuper des nouvelles pousses vertes, j'ai été réveillé un matin dans mon hamac par Rubber. Il m'a dit que I-Man était allé à Mobay conclure les derniers détails avec Oiseau de nuit et qu'il avait fait savoir que nous devions être prêts à livrer la marchandise la nuit suivante. Ce qui signifiait transporter toutes les balles de ganja sur notre dos – en réalité sur notre tête – par monts et par vaux à quatre kilomètres de là dans les cockpits à l'endroit où se trouvait un espace plat, à peu près de la taille d'un terrain de basket, qui avait été dégagé à flanc de doline. Comme il n'y avait aucun chemin qui y menait, j'ai enfin compris qu'Oiseau de nuit était un mec en avion bien que j'aie encore eu du mal à saisir comment un avion ordinaire allait pouvoir atterrir et décoller sur un si petit espace.

On a travaillé tout ce jour-là et le suivant, moi, Rubber, Terron et Elroy, à transporter la ganja jusqu'au terrain d'atterrissage. Une fois de plus on l'a planquée sous les toiles de camouflage de Ronald Reagan. Comme je n'arrivais à porter qu'une balle à la fois alors que les autres en prenaient deux, je me sentais un peu inutile. Mais ça ne les gênait pas et on racontait pas mal de blagues et de trucs comme ça pendant les trajets parce qu'on avait le moral. On était tous à flairer la fin heureuse d'une saison de ganja avec la grosse paie au bout et je commençais à me demander si j'allais moi aussi recevoir une part des bénéfices – et dans ce cas ce que j'en ferais. Rubber s'achèterait une moto, une Honda, a-t-il dit tout excité comme si ce n'était pas que de la merde nippone, puis il comptait aller à Negril baiser des étudiantes américaines. Rubber avait un look plutôt bizarre, presque comique, et comme en plus il ne parlait que le jamaïquain je le voyais mal en train de cartonner avec des Américaines même en paradant sur une Harley que de toute façon on peut pas se procurer à la Jamaïque. Terron voulait acheter un énorme système stéréo de plein air et se faire disc-jockey avec un pote à lui qui avait un pick-up et pouvait le transporter sur toute l'île à toutes les fêtes dansantes. Elroy a dit qu'il allait payer une opération des hanches à sa mère pour qu'elle puisse marcher à nouveau et j'ai trouvé ça sympa. Quant à I-Man, j'en savais rien parce qu'il ne parlait jamais d'argent sauf pour en dire du mal et râler contre les gens qui aiment le fric, et pourtant j'avais remarqué que depuis que je le connaissais il avait toujours quelques dollars dans sa poche quand il en avait besoin, ce qui n'était le cas d'aucun des autres Jamaïquains que j'avais rencontrés jusqu'alors. Il est vrai que les seuls Jamaïquains que je connaissais étaient très pauvres. Mais je crois que I-Man était un de ces mecs qui ont choisi dès le départ de vivre de la même manière quand ils ont plein de fric et quand ils n'ont pas un centime. Le résultat, c'était qu'il vivait à peu près entre les deux tout le temps et qu'il était pas obligé d'y penser beaucoup. C'était ce que j'avais envie de réaliser avec ma part si j'en avais une.

En tout cas, le lendemain soir vers sept heures nous avons enfin terminé de transbahuter les balles jusqu'au terrain d'atterrissage et nous avons traîné dans les parages en attendant qu'Oiseau de nuit vienne chercher la marchandise. Il ne s'est rien passé pendant plusieurs heures, puis I-Man est soudain apparu, émergeant des buissons et nous touchant l'épaule sans que nous l'ayons entendu une seule fois avant qu'il soit là. C'était presque toujours de la même façon qu'il se présentait aux gens, comme s'il avait été transformé en rayon invisible qui se matérialisait juste sous nos yeux. Je commençais à prendre au sérieux toutes ces rumeurs sur I-Man le magicien que Rubber et les autres m'avaient racontées. Ils disaient de lui que c'était un *obi*, mais moi je l'avais connu en tant qu'étranger en situation irrégulière échappé d'un verger de pommiers dans l'Etat de New York. Et puis les histoires sur ces anciens Africains qui savaient voler : il y en avait même une, que I-Man m'avait racontée, sur une guerrière célèbre chez les Marrons, une certaine Nonny qui savait attraper les balles des chercheurs d'esclaves avec sa chatte, se retourner, se pencher en avant et leur tirer les mêmes balles dessus par le trou du cul.

Quelque temps après minuit, me semble-t-il, I-Man s'est levé en disant que c'était l'heure d'allumer les torches. Il nous a conduits sur le terrain où étaient plantés des bâtons entourés à leur sommet de feuilles de palmier séchées. Il avait à peine mis le feu au premier que j'ai entendu l'avion dont le bruit avait dû être perçu peu avant par I-Man. Nous nous sommes aussitôt précipités pour allumer les torches les unes après les autres. Quand ç'a été fait, j'ai vu qu'elles dessinaient une sorte de rectangle lumineux et juste après l'avion est passé en bourdonnant, puis il a fait un grand virage et il est revenu en sens inverse à quelque cent mètres au-dessus de nous, à peine plus haut que les arbres. Il a fait une brusque descente au bord du terrain, s'est posé dessus et l'a traversé en dérapant pour s'arrêter au bout, là où nous avions entassé les balles de ganja.

Tout s'est alors passé très vite. L'avion était un de ces vieux modèles à deux moteurs qu'on voit dans les films de fin de soirée à la télé. Oiseau de nuit, un Blanc bien gras en débardeur à mailles filet, en bermuda et tennis à semelles compensées, a sauté dehors par la porte latérale. Il portait un fusil Uzi – j'en avais jamais encore vu de près – et il nous a dit en américain de nous magner le cul, J'suis en retard, comme s'il avait rendez-vous chez le dentiste. Moi et les mecs on s'est tout de suite mis à charger les balles pendant que I-Man et Oiseau de nuit se tenaient à l'écart et nous regardaient en fumant des cigarettes et en parlant affaires, je suppose. Puis, au moment où je passais devant eux en portant une balle sur la tête, j'ai entendu Oiseau de nuit demander, Qui c'est, le garçon blanc ?

J'ai donné ma balle à Terron qui faisait le rangement à l'intérieur, et j'ai entendu I-Man dire, Baby Doc. L'autre a dit, Sans déconner ? Doc a un gosse blanc ? Comme nous formions en quelque sorte une chaîne et que Rubber était sur mes talons, je ne me suis pas arrêté mais j'ai pris une autre balle et je suis revenu. Cette fois ils se disputaient un peu et Oiseau de nuit a dit, J'en ai rien à branler de ce que tu croyais.

Au passage suivant, j'entends Oiseau de nuit dire, T'en fais pas, man, tu l'auras demain ou au plus tard après-demain. Je vois bien que I-Man est furieux, il a un visage sombre et fermé, avec des lèvres boudeuses et il a croisé les bras sur la poitrine. Quelques secondes plus tard, il s'éloigne d'Oiseau de nuit et nous aide à charger le reste.

Dès que nous avons fini, Oiseau de nuit, sans dire au revoir ni merci ni rien, reprend son Uzi, remonte dans l'avion, ferme la porte, met les moteurs en marche, et pendant que nous sortons du terrain en courant, fait demi-tour avec son engin pour l'orienter dans la direction d'où il a atterri. L'avion tremble et gronde en suivant la piste comme si c'était un pigeon prêt à pondre ou un truc comme ça. Il semble très lourd et très lent et je me demande même si avec une telle charge il est capable de décoller, mais au bout de la piste il fait encore demi-tour et repart vers nous, allant cette fois de plus en plus vite. Et le voilà qui quitte le sol en bouchant carrément le ciel au-dessus de nos têtes, arrivant juste à passer par-dessus les palmiers derrière nous, et en quelques secondes il est parti. Encore quelques instants et on ne l'entend même plus.

Il s'était passé que le mec censé donner à Oiseau de nuit l'argent pour I-Man était arrivé en retard des States et qu'en plus il avait été retenu à la douane de Mobay ou un truc comme ça. Du coup, Oiseau de nuit avait dû décoller pour le Cockpit sans le fric et, disait-il, sans même avoir eu sa paie. Mais tout était déjà arrangé pour que la ganja soit livrée à Haïti le lendemain et on ne pouvait rien remettre sans que tout tombe à l'eau. Oiseau de nuit avait accepté de marcher comme prévu et d'attendre, pour être payé, d'être de retour de Haïti. I-Man devait faire pareil.

Ce genre d'embrouille devait se produire souvent parce que après le départ d'Oiseau de nuit la colère de I-Man a paru retomber. Le lendemain il est venu dans ma cabane et m'a dit de l'accompagner à Mobay passer quelque temps à la fourmilière ce qui, m'a-t-il semblé, voulait dire que j'allais recevoir ma part de bénéfice comme les autres membres de la bande. Chose excellente, car ça faisait longtemps que je n'avais pas gagné honnêtement mon argent. Depuis l'époque, en fait, où je revendais de l'herbe à Bruce et aux autres d'Adirondack Iron. En plus on était à présent en pleine saison touristique et I-Man voulait que je mette à exécution ma vieille idée d'aller fournir dans les hôtels les bêtes de fête blanches qui avaient trop peur des Noirs pour leur acheter de la ganja. Je croyais qu'il ne s'en souvenait plus du tout, mais, selon ses mots, Tout' chose en saison, Bone, tout' chose en son temps.

On a été pris en stop par un camion de bière qui nous a emmenés à Mobay et on est arrivés à la fourmilière en fin d'après-midi. Ce soir-là on a bullé dans une des chambres intérieures avec le prince Shabba qui nous a expliqué que le reste de la bande jouait dans un groupe reggae en ville, à Doctors Cave – où il y a un club nautique et une plage célèbres, un endroit où viennent les Blancs riches et où on peut facilement dealer des petites quantités d'herbe. On a passé une soirée hyper-relax, rien que moi et Shabba et I-Man à écouter des cassettes sur l'appareil de I-Man, à fumer de l'herbe de notre récolte, à parler rasta, et le lendemain matin je me suis tiré de bonne heure pour voir la situation au *Holiday Inn* et à d'autres hôtels pour touristes préemballés comme ceux de l'Indiana et d'autres endroits du Midwest.

Ma première mission était de voir s'il me serait vraiment difficile de m'incruster dans les piscines, les bars et les plages interdits aux gens qui n'étaient pas de l'hôtel. Et de parler aux clients. Comme je l'avais bien pensé, je n'ai eu aucun problème, du fait que j'étais blanc, pour me balader à peu près partout où j'en avais envie. Après avoir discuté avec un bon nombre de bêtes de fête d'âges divers et d'intérêts variés, j'ai vite reçu plus de commandes de ganja que je pouvais en retenir dans ma tête et j'ai dû demander à un garçon de la *Casa Montego* un crayon et du papier pour prendre des notes. C'était pas grand-chose, un quart d'once ici, une demi-once là, mais ça montait vite et j'étais hyper-enthousiaste.

Vers trois heures de l'après-midi je suis rentré à la fourmilière chercher la came pour faire mes livraisons avant l'heure des réjouissances. Je planais de joie parce que c'était la première fois que j'avais réussi à faire un boulot pour I-Man et la bande que personne d'autre ne pouvait faire, même si c'était seulement à cause de la couleur de ma peau. La fourmilière est située à quelques kilomètres au-delà de Rose Hall, à une petite distance de la route Falmouth, et quand je suis arrivé au sentier qui y mène à travers les buissons j'ai vu, garée au bord de la route, la même Mercedes marron foncé qui m'avait dépassé dans un souffle quelques minutes plus tôt – au moment où après avoir renoncé au stop j'avais décidé de faire le reste du trajet à pied. Et donc je me suis dit, Cool, voilà le mec à flouze qui vient des States, comme promis. Et je me suis mis à sautiller mais quand je suis arrivé sur place je n'ai trouvé personne. En tout cas personne dans la cour, devant l'entrée, où je m'attendais à voir des gens. Rien que l'appareil de I-Man où passait une cassette des Black Uhuru, mais très lentement comme si les piles étaient à nouveau presque vides. Par terre, il y avait son bâton de Jah.

J'ai poussé la grande porte, je suis entré dans la première pièce, là où se trouve la galerie des portraits de Martin Luther King et des autres héros, puis dans la suivante et ainsi de suite. Mais il n'y avait personne et je n'entendais pas non plus de bruit de voix. C'est bizarre, je me suis dit, mais comme j'étais curieux de savoir comment ce genre de transaction se passe au cas où j'aurais un jour l'occasion d'en faire une, j'ai continué à déambuler dans les nombreuses pièces reliées les unes aux autres qui constituent la fourmilière, m'attendant à chaque tournant à tomber sur I-Man en train de recevoir une mallette en cuir pleine de billets américains neufs et craquants comme à la télé.

Ça ressemble à un labyrinthe de jeu vidéo, cette fourmilière, et on peut y tourner en rond pendant des jours, mais quand on y a vécu comme moi et qu'on y est habitué on sait à peu près tout le temps où on est et on peut en général se souvenir de la sortie même s'il n'y a pas de fenêtre et que la seule chose qu'on ait encore bien en tête soit la pièce où on était avant celle-ci et que la seule chose qu'on sache prédire soit la pièce qui va suivre. En tout cas j'étais là debout dans une des chambres du milieu, là où nous nous retrouvions "pou' tirer le shilom" et jouer doucement du tambour quand j'ai entendu du mouvement de l'autre côté de la cloison de bambou. Le rideau s'est écarté et c'est Oiseau de nuit qui est entré, son Uzi à la main, suivi de Jason dont je me souvenais depuis l'époque du Vaisseau-mère. Il était armé, lui aussi, mais d'un 9 mm bleu à canon court. Et juste derrière Jason venait un Blanc en saharienne que je n'avais jamais vu.

Ils avaient l'air salement en colère tous les trois, et pressés. Oiseau de nuit m'a attrapé par l'épaule et il a dit, Comment on fait pour sortir d'ici, bordel de merde ? Le Blanc, je suppose que c'était l'Américain avec le fric, a dit, Merde, qui c'est, *celui-là* ? et c'est alors que j'ai compris qu'il venait de se passer quelque chose d'horrible.

Jason m'a regardé comme s'il ne me connaissait pas, mais Oiseau de nuit a déclaré, C'est le fils de Doc, c'est ce que le rasta m'a dit.

Le Blanc en saharienne a fait, Le fils de *Doc* ? Doc a pas de gosse blanc, bordel. Ce rasta de merde t'a dit des conneries.

Non, je l'ai vu hier soir, a dit Oiseau de nuit. Il travaillait pour le rasta.

L'Américain a repris, Bon, fais-lui dire, à ce petit con, comment on sort d'ici et bute-le. Et fais vite, a-t-il ajouté en se reculant comme s'il ne voulait pas que mon sang lui éclabousse sa veste.

Oiseau de nuit m'a poussé si fort contre le mur que j'ai rebondi et je suis tombé. Quand j'ai levé la tête, il se tenait au-dessus de moi et le canon de son Uzi me regardait droit dans l'œil. Vite, junior, où elle est cette putain de sortie ?

Je leur ai dit de passer par la porte derrière moi et de toujours prendre à gauche, ce qui était assez juste et à peu près ce que je pouvais fournir de mieux comme explication. C'est plus facile pour moi de vous conduire dehors que de vous expliquer, j'ai dit.

C'est alors que Jason, penchant son visage presque jusqu'à moi, a déclaré, Bone ? C'est toi vrai avec les cheveux rastas, man ?

Ouais, j'ai fait. Quoi d'neuf, Jason ?

Il a souri, s'est tourné vers l'Américain et lui a dit que j'étais bien le fils de Doc, que j'habitais avant avec Doc sur la colline mais que je m'étais enfui l'été précédent avec le rasta.

Merde ! s'est exclamé l'Américain.

Alors Oiseau de nuit a dit, On a pas intérêt à descendre un gosse blanc. Quel qu'il soit. Trop d'embrouilles, et encore plus parce qu'il est américain. Le ministère du Tourisme va piquer sa crise.

Ouais, évidemment. Ces connards du tourisme. Bon, faites ce que vous voulez. J'en ai rien à cirer de toute façon, toute cette putain d'île n'est qu'un foutoir de merde. Je me tire ce soir.

Il a fait un pas vers la sortie, puis il m'a lancé, Si t'es un peu malin, junior, t'as intérêt à revenir chez Doc et à pas en bouger jusqu'à ce que tu sois grand. Si t'étais un des enfants noirs de Doc tu serais de la viande froide à l'heure qu'il est. Moi, j'en ai rien à foutre. Tu risques d'avoir moins de chance la prochaine fois.

Merci pour le conseil, man, j'ai dit. Et il a secoué la tête comme si ma vue le rendait malade et il a disparu dans la pièce suivante. Oiseau de nuit a baissé son Uzi et l'a suivi. Lorsque Jason est arrivé à la porte, il s'est retourné et m'a dit, A bientôt sur la colline, man, puis il m'a fait un sourire plein de dents qui en fait semblait amical et il est parti.

Lorsque je n'ai plus entendu l'Américain, Oiseau de nuit et Jason, je me suis dit qu'ils avaient dû trouver la sortie. Je me suis levé et je me suis brossé de la main. J'avais déjà une assez bonne idée de ce que j'allais trouver mais j'ai quand même cherché. Je me suis dirigé vers les chambres du fond, là où j'aurais fui si trois mecs de ce genre s'étaient pointés avec des armes et sans aucune intention de me payer mes services. Dans une des pièces, lorsque j'ai écarté le rideau, j'ai vu ce pauvre prince Shabba à plat ventre dans une mare de sang, le dos criblé de trous par le Uzi qui l'avait vraiment éclaté.

Contournant son cadavre, je suis allé dans la pièce suivante et là, contre le mur du fond, il y avait I-Man assis dans le sable, recroquevillé sur lui-même avec ses petites jambes maigres qui dépassaient. Il avait les yeux et la bouche ouverts, mais son visage était vidé de l'intérieur. I-Man avait disparu, il s'était envolé pour l'Afrique. Un trou irrégulier lui perçait le milieu du front et le sang qui avait coulé en abondance le long de la paroi de bambou derrière sa tête imprégnait le sable. Oh, man, c'était un spectacle horrible. Surtout ce trou, cet unique trou bleu foncé qui avait été fait, je le voyais bien, par le 9 mm de Jason.

On peut comprendre que je continue à parler même ici, pas vrai ?

Je suis resté sans savoir que faire. J'étais pas effrayé, même si j'aurais sans doute eu raison de l'être. Tout ce que je voulais c'était sortir d'ici, partir aussi loin de la fourmilière que possible pour pouvoir enfin réfléchir à tout et remettre mes sentiments et mes pensées en ordre parce que en cet instant tout était confus en moi comme jamais encore. Pour une raison ou une autre, j'avais l'impression que tout ce désastre était ma faute et que je n'avais plus maintenant aucun moyen de renverser le cours des choses.

Quand je suis revenu dans la cour, la radiocassette de I-Man était par terre, finalement réduite au silence et morte comme ce bon vieux I-Man lui-même. Je l'ai soulevée, je l'ai mise sur mon épaule, et prenant le bâton de Jah de I-Man j'ai suivi le sentier vers la route où la Mercedes avait stationné. Là, j'ai fait du stop en direction de Mobay. La pensée que I-Man se soit envolé pour l'Afrique ne me soulageait pas du tout. En fait, si on va au fond des choses, comme je le fais à présent, je ne croyais pas un mot de ces conneries.

20

AU BOUT DU FIL

Quand on est dans un pays plein de Noirs et qu'on est un jeune Blanc qui ne veut pas se faire remarquer, le mieux c'est de traîner là où vont les Blancs. Pour moi, c'était le Doctors Cave à Mobay, un club nautique privé au milieu de plein de boutiques et de restaurants chic où on voit partout des Blancs se balader main dans la main, claquer de l'argent et se bronzer avec le sentiment d'être à l'abri des agressions ou des ruses des indigènes. En plus, comme il ne me restait plus de ganja à vendre, c'était un coin tout désigné pour faire un peu la manche en attendant la suite.

La première nuit, j'ai dormi sur le siège arrière d'une Volvo qui n'était pas fermée à clé, dans un parking derrière l'hôtel *Beach View* de l'avenue Gloucester. Le lendemain matin, après avoir réussi à me faire un peu de thune malgré mes nattes rastas – et ce grâce à mon histoire de mec abandonné par son groupe d'ados chrétiens –, j'étais assis sur un banc à déjeuner d'un petit pâté de viande et à lire un *Daily Gleaner* que j'avais récupéré dans une poubelle lorsque à la page deux j'ai remarqué un article – au milieu de plein d'autres qui parlaient de fusillades, de règlements de comptes à la machette et de trucs comme ça – sur deux hommes non identifiés trouvés morts à Mount Zion. C'est le nom du village où se trouve la fourmilière et j'ai alors compris qu'il s'agissait du prince Shabba et de I-Man. Je n'avais évidemment aucune intention d'aller voir les flics pour identifier les cadavres, mais je me suis dit que je devrais peut-être monter à Accompong en stop et mettre au courant la femme de I-Man, Rubber et les mecs de ce qui s'était passé. C'est donc ce que j'ai fait.

J'étais alors écrasé de remords en partie parce que je n'avais pas pu aider I-Man au moment où il avait eu le plus besoin de moi, bien que je ne sache pas comment j'aurais pu réussir à embrouiller ces mecs-là pour que I-Man ait eu le temps de s'enfuir. Mais peut-être j'aurais pensé à quelque chose. Je suis assez bon pour la tchatche surtout quand il s'agit d'entourlouper des Blancs. Et ça, c'était l'autre chose qui me nouait l'estomac. Le fait d'être blanc. Plus que d'être le fils de Doc, c'était d'être blanc qui m'avait valu de ne pas avoir été flingué comme le prince Shabba et I-Man. Je savais que sinon, si j'avais été un vrai rasta comme je le prétendais, je serais déjà mort.

Mais quand je suis arrivé à Accompong cet après-midi-là j'ai tout de suite compris mon erreur. Ils n'avaient pas eu besoin de moi pour être au courant. J'aurais dû m'y attendre : tout le monde savait déjà ce qui s'était passé à la fourmilière. La Jamaïque est un petit pays et les nouvelles voyagent vite, même sans téléphone, surtout quand il s'agit de quelqu'un d'aussi connu dans le milieu de la ganja que I-Man. En tout cas je suis d'abord allé voir sa femme, mais elle n'a même pas voulu me parler. En fait je n'avais jamais su son nom. I-Man se contentait de l'appeler sa femme, et présenter les gens aux autres par leur nom n'était pas vraiment son genre. J'avais pourtant honte de ne jamais même avoir demandé. C'était une femme petite et corpulente avec un visage dur, et lorsque j'ai frappé à la porte de la case qu'elle partageait avec I-Man elle est arrivée en portant un tout petit gosse sur la hanche. Quand elle a vu qui c'était elle m'a simplement chassé d'un geste comme si j'étais une mouche et elle m'a claqué la porte au nez.

Tous les autres habitants du village, les mecs qui traînaient autour de l'épicerie et du bar ou les gosses qui auparavant essayaient d'être copains avec moi, ont tourné le dos en me voyant ou m'ont observé de loin avec des visages froids et renfrognés. C'était sinistre. J'ai fini par aller à la fondation de I-Man où j'ai trouvé Rubber en train d'arroser les nouvelles pousses tout seul, mais même lui a refusé de me voir ou de me parler de ce qui s'était passé. J'ai tenté deux ou trois fois de prendre un air joyeux et amical comme avant et j'ai abordé le sujet en disant des choses du genre, T'es au courant pour I-Man, je suppose, mais Rubber n'a rien fait que hocher la tête et poursuivre son travail comme si je n'étais pas là. J'avais l'impression qu'il prenait possession des plantes de I-Man et ne voulait pas que je reste pour l'aider ni même pour en être témoin.

Les gens ne me menaçaient pas physiquement, non, mais pour la première fois j'avais une sensation de danger, ici chez les Marrons, et je me suis dit qu'il vaudrait mieux que je dégage avant la nuit. Je suis donc revenu à mon ancienne cabane chercher mon sac à dos et mes affaires. Là, j'ai aperçu ma vieille machette dans un coin. C'était I-Man qui me l'avait donnée et il m'avait appris à l'utiliser pour toutes les choses qu'il y avait à faire. Je m'en servais comme d'une charrue, d'une pelle, d'un sarcloir, d'une hache, d'un gigantesque couteau de poche et d'une épée, et je me suis dit, Man, celle-là au moins je l'ai gagnée, et je l'ai prise sans oublier la pierre à aiguiser. Je n'ai dit ni au revoir ni rien de plus à Rubber, je suis simplement parti vers le village, puis j'ai suivi la grande descente jusqu'à la route.

Une fois là, j'ai posé mon sac et mis mon bâton de Jah dessus pour faire du stop, mais comme aucun véhicule ne passait j'ai vérifié ma machette et j'ai commencé à l'aiguiser avec la pierre. Elle a vite été aussi tranchante qu'un rasoir et je lui ai alors fait subir l'épreuve bien connue du cheveu qu'on coupe en deux. Mais aussitôt je me suis retrouvé à trancher toutes mes nattes rastas les unes après les autres. En moins d'une minute elles étaient parties, tombées à mes pieds comme un tas de serpents morts. Je me suis penché, je les ai rassemblées entre mes mains et je les ai portées dans les buissons à quelque distance. Je les ai posées délicatement sur le sol et je les ai caressées comme si je disais au revoir à un ami cher ou à un animal domestique que j'aurais dû abandonner. Puis je suis revenu au bord de la route où j'avais laissé mes affaires et je me suis remis à faire du stop. La troisième voiture qui est passée s'est arrêtée. C'était un pasteur baptiste, un gros Noir qui transpirait dans son costume-cravate et qui m'a fait faire tout le chemin jusqu'à Mobay en chantant des hymnes d'une voix profonde et sonore. Je suis descendu juste devant Doctors Cave.

Cette nuit-là j'ai pas réussi à trouver de voiture ouverte derrière les hôtels de l'avenue Gloucester, et à la fin, très tard, je me suis glissé dans l'enclos de l'hôpital Saint James qui n'est rien d'autre qu'un parc clôturé. Là, j'ai campé sous des buissons près de la palissade de façon à pouvoir grimper par-dessus et filer à toute vitesse dans la rue en cas de nécessité. Je suis resté allongé un moment avec mon sac à dos pour oreiller en pensant à mes ennuis et à I-Man qui me manquait déjà tant, et en trouvant que je n'étais qu'une petite merde pour avoir essayé de ne pas être blanc alors que je bénéficiais de tant d'avantages réservés aux Blancs, entre autres celui d'être encore en vie. Je me disais qu'il n'était pas étonnant que les Marrons soient en rogne contre moi, qu'ils croient sans doute que j'avais même trempé dans ce coup-là, que je bossais pour Oiseau de nuit et que si je revenais à Accompong ce n'était que pour essayer de les arnaquer une fois de plus.

J'ai eu du mal à m'endormir à cause de mon agitation mais aussi à cause des ambulances qui allaient et venaient. Et puis il y avait du bruit dans les rues, des ivrognes ou des touristes défoncés qui avaient quitté les bars de la plage et qui essayaient de revenir à leur hôtel. A la fin le calme s'est fait et je commençais juste à m'assoupir lorsque j'ai entendu un flic siffler et quelqu'un courir de toutes ses forces. En jetant à travers la clôture un coup d'œil sur le trottoir qui était juste derrière, j'ai vu arriver deux petits Jamaïquains âgés de dix ou douze ans. Ils couraient comme des fous avec à leurs trousses un raies-rouges qui brandissait son pétard et donnait du sifflet en leur hurlant d'arrêter faute de quoi il allait tirer. Au moment où les gosses passaient devant ma cachette, celui qui était devant a jeté par-dessus la palissade un objet qui a pratiquement atterri sur mon crâne, un sac de femme, et puis ils ont disparu. C'est seulement lorsque le flic est passé à son tour quelques secondes plus tard et que je n'ai plus rien entendu que j'ai pris le sac pour regarder à l'intérieur.

Il y avait les articles féminins habituels, maquillage, kleenex, crème solaire et un portefeuille en daim avec un fermoir. Mais quand je l'ai ouvert il était vide : pas d'argent, pas de cartes bancaires. Et puis en fouillant dans une des poches, voilà que je déniche un permis de conduire du Kentucky avec la photo d'une belle femme aux cheveux argentés, et surtout une carte de téléphone AT&T. Excellente découverte. Si seulement j'avais le numéro de téléphone de cette femme, je pourrais me servir de la carte pour joindre quelqu'un au-delà de mon petit cercle, bien que jusqu'alors je n'aie eu le désir de joindre personne sauf I-Man, et même AT&T serait incapable de me relier à lui maintenant. C'est alors que j'ai remarqué un petit carnet d'adresses noir. La femme avait bêtement rempli la première page avec son identité et son numéro de téléphone. Cool. Désormais, je pouvais appeler n'importe qui dans le monde entier, du moins tant que la femme du Kentucky ne ferait pas une déclaration de vol pour sa carte.

Fouillant dans mon sac à dos j'en ai retiré mon portefeuille, un petit machin en toile que je laissais toujours là parce qu'il ne contenait rien de plus que ma fausse pièce d'identité, quelques numéros de téléphone recueillis au fil des ans et la coupure de journal sur l'incendie de Plattsburgh. C'est là que je l'ai trouvé, le numéro que Russ m'avait donné le jour où il s'était tiré de chez les Ridgeway, route East Hill. Le numéro de sa tante Doris à Keene. Je n'y avais plus pensé jusqu'à cet instant précis, mais à partir du moment où ça devenait possible, où je tenais dans ma main la carte AT&T de cette femme et son numéro personnel, je n'ai plus souhaité qu'une chose, entendre à nouveau résonner dans mon oreille la voix de mon vieux pote Russ.

J'ai poussé mes affaires un peu plus loin sous les buissons de façon qu'on ne puisse les repérer que si on savait exactement où chercher et j'ai traversé tout droit le parc de l'hôpital jusqu'au hall d'entrée comme si je venais rendre visite à ma mère malade. Je ne m'étais pas rendu compte que les heures de visite étaient passées depuis longtemps. Mais il n'y avait personne dans la salle d'attente à part une infirmière au comptoir de réception, et comme elle était à moitié endormie elle n'a même pas levé les yeux quand je suis passé devant elle pour utiliser le téléphone payant à côté de l'ascenseur.

J'ai fait les chiffres les uns après les autres et le téléphone a sonné et sonné longtemps là-bas, dans le nord de l'Etat de New York, pendant que je me disais, Merde, il doit être vraiment tard, pour eux, et si ça se trouve ils ne sauront même pas où Russ est passé. J'étais sur le point de raccrocher lorsque j'ai entendu Russ en personne dire, Allô ?

C'est moi, man. Quoi d'neuf ?

Qui ?

Moi, Bone ! Et j'ai pensé que ma voix avait sans doute changé.

Qui ? a-t-il répété. Alors j'ai dû lui dire Chappie et quand il a compris il a été cisaillé et il a fait, Ouah, Chappie, sans déconner, où est-ce que t'es, putain ? et ainsi de suite.

J'ai répondu, En Jamaïque, et il a dit, Quoi, tu veux dire le pays ? J'ai dit oui et ça lui a coupé la chique un moment. Quand il s'en est remis j'ai essayé de lui raconter un peu comment j'étais arrivé ici, mais dès que j'ai commencé j'ai senti que je n'avais aucun moyen de lui faire comprendre tout ça même si on me donnait un an pour y arriver. Il s'était produit trop de choses. Et puis j'avais subi des changements tels que je ne les comprenais pas encore moi-même. Russ, qui était plutôt intelligent, n'était pas du genre sensible quand il s'agissait de la vie des autres. J'ai donc préféré surtout poser des questions, et quand la conversation est revenue sur moi, sur ce qui se passe à la Jamaïque, sur la drogue, les nanas et tout ça, je suis resté vague et j'ai changé de sujet.

J'étais étonné qu'il habite toujours chez sa tante, mais il a expliqué qu'il s'était mis à travailler dans le bâtiment pour son oncle l'été précédent et qu'il habitait chez eux parce qu'on lui avait prêté une chambre au sous-sol. Je suis comme une putain de taupe dans son terrier, mec, a-t-il déclaré. Sa mère l'avait pratiquement largué – il lui rendait bien la pareille, a-t-il dit – et tout ce qui était arrivé à Au Sable, l'incendie et le reste, tout avait été balayé et oublié : il avait même réussi à récupérer sa vieille Camaro.

Mon premier boulot avec mon oncle, tu sais ce que c'était ?

Pas la moindre idée, mon pote, j'ai dit, déjà fatigué de ses histoires mais sentant germer en moi une nouvelle idée très intéressante. Hé, écoute, j'ai dit, il faut que je te demande un truc.

Mon premier boulot, d'accord ? J'ai dû aller nettoyer la maison des Ridgeway qu'on avait dévastée, tu te souviens ? Oh putain, quel bordel c'était, et on aurait dit que t'avais fait pas mal de dégâts après mon départ. Plein de fenêtres pétées, man. Mais t'en fais pas, j'ai jamais dit que c'était nous. Ou toi.

Merci. Ecoute, Russ.

Oh, écoute ça, mec. Ça va te foutre du baume au cœur. Ta mère et ton beau-père ? Ils se sont cassés !

Ils ont *divorcé* ? j'ai demandé le souffle coupé.

Non, ducon. Ils *se* sont cassés. Ils sont partis.

Ah. Où ça ?

Il ne savait pas. Quelque part près de Buffalo où mon beau-père avait trouvé un boulot de gardien de prison, un travail qui à mon avis lui allait comme un gant. Je lui ai demandé quand ça s'était passé et il a répondu juste après la mort de ma grand-mère.

Grand-mère est *morte* ?

Oh, man, ouais, bon, j'suis désolé, j'avais oublié que tu pouvais pas le savoir. Ça fait combien de temps que t'es à la Jamaïque ? C'est arrivé à l'automne, en octobre, je crois. Une crise cardiaque ou un truc comme ça. Il ne connaissait pas les détails, il l'avait appris par sa tante qui savait qu'on était copains, lui et moi.

Du coup les choses étaient à peu près claires. Ma mère et mon beau-père étaient partis, et de ce fait Au Sable redevenait un endroit désirable, d'autant plus que Russ se débrouillait bien à Keene et qu'on pourrait se retrouver souvent, lui et moi. Ma grand-mère était morte et ça m'attristait, mais pas plus que ça parce qu'on n'avait pas précisément été potes et qu'en plus ça éloignait toute éventualité de renouer avec ma mère et mon beau-père. Ils ne sauraient même pas que j'étais revenu. La vie que je connaîtrais désormais à Au Sable, quelle qu'elle soit, serait entièrement la mienne. Je pouvais même revenir au collège si ça me disait. Et ce qui n'avait d'abord été qu'une idée très intéressante est ainsi devenu un projet.

Ecoute, man, j'ai dit. Je veux revenir. Je suis prêt à rentrer chez moi, maintenant.

Il a eu comme un choc. Ici ? Arrête de *déconner*, il a dit avant de se mettre à expliquer en long et en large qu'Au Sable était vraiment le coin le plus merdique qui soit, que tout, là-bas, était à chier et les gens une bande de cons.

Mais j'ai dit non, les choses étaient trop tendues pour moi ici, il fallait que je retourne aux States, que je reprenne une vie normale et que je me remette en état de marche pour l'avenir. Je pensais même faire un jour des études supérieures, j'ai dit, bien que cette idée ne m'ait jamais traversé l'esprit avant cet instant précis où je venais de la formuler, et même alors il se peut que j'aie menti. C'était un moment de faiblesse et j'avais l'esprit plutôt confus.

Mais, j'ai expliqué à Russ, j'ai pas d'argent pour l'avion, et je me demandais si tu pouvais pas me prêter, disons trois cents dollars, que je te rendrai dès que j'aurais un boulot, ce que je trouverai tout de suite, probablement dans le centre commercial.

Là il a vraiment été soufflé. Abasourdi. Tu te fous de ma gueule, mec ! Dans ce *centre* de Plattsburgh de merde ? Et tu vas aller au *collège* ? A *Au Sable* ? Alors que tu peux buller à la Jamaïque à boire du rhum super avec du Coca, fumer d'énormes pétards de ganja et baiser des Jamaïquaines de rêve sous la lune des tropiques ? On m'a dit que les Jamaïquaines y a pas mieux, man, que les Blancs les branchent vraiment. C'est vrai ?

Russ, c'est pas ce que tu crois. C'est jamais comme ça.

Ouais, bien sûr, pour toi peut-être, mais si on était tous les deux ensemble, man, ce serait si cool que ce serait pas croyable ! T'es trop jeune pour être là-bas tout seul. Y a trop de trucs que tu connais pas encore. Moi j'ai dix-sept ans et je peux te montrer comment on fait, tu vois ce que je veux dire ? Ecoute-moi, Chapito. Je vais réunir des fonds. Je vais vendre ma Camaro – ça montre à quel point je t'aime, mec – mais c'est *moi* qui vais me pointer *là-bas* au lieu que ce soit toi qui te ramènes ici. Ici c'est pourri, mec. C'est pourri jusqu'à l'os. Et en plus, ma tante et mon oncle essaient de me faire dégager de chez eux. Ils veulent récupérer leur sous-sol et ils me font perpétuellement chier avec des trucs comme, pourquoi tu t'engagerais pas dans l'armée ? Mais il y a un mec que je connais, il veut bien me filer sept cents tickets pour ma Camaro. Cash. De toute façon c'est une épave. Je la vends et je te rejoins dans deux jours. Même en moins que ça. Je *débarque* à

Montego Bay demain. Bon, où est-ce que je te retrouve, man ? Dis-moi juste où on se rejoint et j'y *serai*. On revendra un peu de ganja, on bullera à la plage, on baisera toutes les beautés du coin, on va s'éclater, la *fête*, man ! Et si après ça tu balises *encore*, si tu veux rentrer ici au centre commercial pour retourner les hamburgers au McDo et revenir à la petite école en briques rouges, parfait. Je te paierai même le voyage retour.

Je ne croyais pas qu'il viendrait à la Jamaïque le lendemain, ni même un jour. Je ne croyais même pas qu'il vendrait sa Camaro mais j'ai dit d'accord quand même, je lui ai dit que je serais près de la tour de l'horloge dans le grand square du centre de Mobay. C'était un endroit où je n'allais pratiquement jamais et que j'allais prendre bien soin d'éviter au cas où.

Mobay, hé ? C'est comme ça qu'on l'appelle ?

Ouais. Montego Bay.

Parfait. Tu restes dans les parages, man, et si je suis pas à Mobay devant la tour de l'horloge demain soir j'y serai le soir après. Hé, Chappie !

Ouais ?

Trouve-nous deux Jamaïquaines canon. J'ai un putain de piquet de tente permanent, ces temps-ci, et il me faudrait un peu de chatte noire pour me le ramollir.

Ouais. Compte sur moi.

Su-*per* ! il a fait.

Je lui ai alors expliqué que je devais y aller, je lui ai dit au revoir et j'ai raccroché en me demandant si Russ avait toujours été aussi épouvantablement con. Peut-être n'avais-je rien remarqué parce que j'étais aussi nul que lui. Et j'avais les boules, d'abord contre Russ à cause de tout ce qu'il avait dit, puis contre moi-même parce que j'étais une poule mouillée qui voulait revenir à Au Sable pour se reprendre en main comme si je ne pouvais pas le faire ici ou n'importe où ailleurs dans le monde. Mais au moment où j'avais appelé Russ je m'étais senti triste et seul à cause de tout ce qui s'était passé et je ne pouvais pas lui en vouloir de ne pas avoir ce qu'il fallait pour comprendre. Il était comme il était. Je me sentais triste et seul quand je lui avais téléphoné, et encore plus maintenant.

Je me suis laissé tomber sur une chaise en plastique près du téléphone et j'étais en train de remettre dans mon portefeuille le numéro de la tante de Russ quand un autre bout de papier a glissé et s'est mis à voleter vers le sol. Juste à ce moment-là, une petite brise a traversé le hall de l'hôpital et elle a chassé le papier qui est parti comme en dansant. J'étais presque trop déprimé pour réagir, mais soudain j'ai été curieux de savoir ce qui se trouvait dessus. Je me suis levé et je l'ai poursuivi sur le carrelage, réussissant à l'attraper juste quand il allait passer par la porte d'entrée grande ouverte. J'ai regardé. Il y avait, écrit de ma propre main, le nom N. Riley qui m'était totalement inconnu, suivi de chiffres qui m'ont paru être un numéro de téléphone et d'un indicatif que je ne connaissais pas non plus, le 414.

Je ne suis habituellement pas superstitieux, mais je devais flipper un peu parce que ça faisait presque deux jours entiers que j'avais pas fumé d'herbe et puis parce que j'avais eu cette conversation débile avec Russ. C'est un message, je me suis dit, un message secret codé. Il m'est envoyé par I-Man qui imite mon écriture pour me donner des directives sur ce que je dois faire. Comme d'habitude, il veut que je me creuse un peu la cervelle pour comprendre. Je me suis dit que le 414 était peut-être l'indicatif de la Jamaïque et que le nom secret de I-Man était N. Riley. N signifierait Nonny, d'après la vieille guerrière marronne qui arrêtait les balles anglaises avec son con et les renvoyait par le trou du cul. Les lettres de Riley devraient être disposées autrement. Après les avoir examinées un moment je suis arrivé à I-LYRE, ce qui était tout à fait sensé pour un message de I-Man puisque la lyre est un instrument dont jouent les anges. Arrivé à ce point-là, j'étais vraiment flippé.

Je suis revenu illico au téléphone et j'ai appuyé sur les touches pour composer le numéro, grâce encore une fois à la carte AT&T de ma compatriote du Kentucky. Man, je me suis dit, ça va me faire sauter les plombs. Je m'attendais tellement à retrouver la voix de I-Man que lorsque j'ai entendu une femme au bout du fil disant, Oui ? j'ai simplement bafouillé, Je voudrais parler à I-Man.

Qui ?

J'ai alors réalisé que I-Man, bien évidemment, devait utiliser la voix de quelqu'un d'autre. J'ai donc dit, Ah, je m'excuse, j'espère que j'ai pas été impoli. Est-ce que je parle à… Nonny ?

Ouais. C'est Nancy, elle a dit, et il m'a alors semblé que quelque chose dans cette intonation ne m'était pas inconnu. Quelque chose de traînant et de nasillard comme si le son me parvenait au travers d'un mauvais haut-parleur, bien que la liaison soit assez nette.

Ah… c'est pas Nonny ?

Certainement pas, mon cher. J'ai cru que vous aviez dit Nancy. Désolée. Mais vous pouvez *me* parler, si vous en avez envie, a-t-elle ajouté en riant avec un léger décalage comme si elle était défoncée au crack. C'est alors que ça m'est revenu. Cet indicatif, le 414, c'était celui de Milwaukee, dans le Wisconsin, et je parlais à Nancy Riley. La mère de sœur Rose.

Bon, euh… en fait j'appelais sœur Rose.

Sœur Rose ? Vous voulez dire ma petite Rosie ? Bon Dieu mais vous, vous faites partie d'une Eglise, ou quoi ? J'ai pas besoin de ce…

Attendez, ne raccrochez pas ! Je suis en quelque sorte un ami à elle, à Rosie. C'est moi qui l'ai fait rentrer chez vous, c'est moi qui l'ai enlevée à l'autre mec, là, Buster Brown. Vous vous rappelez ? Je… j'appelais pour savoir si elle était bien arrivée et tout, quoi.

Ah bon, fait-elle. C'est vous le garçon avec le fric ? Ouais, elle est bien arrivée. Mais, vous savez, j'ai appris que c'était l'argent de Buster Brown et que vous le lui aviez volé. Si jamais il vous retrouve, vous êtes raide mort, vous pouvez me croire.

Parfait, j'ai répondu. Alors, est-ce que Rose est là ? Je peux lui parler ?

Non.

Non quoi ? Je peux pas lui parler, ou elle est pas là ?

Un long silence a suivi. Je me suis dit que si je rentrais un jour aux States j'irais trouver cette femme et je la descendrais. Après quoi je me mettrais à la recherche de Buster et je m'occuperais aussi de son cas. A la fin elle a dit, Les deux.

Les deux quoi ?

Vous pouvez pas lui parler et elle est pas là. Rose… Rose est décédée en septembre.

Je n'ai plus su quoi dire pendant un long moment où nous sommes restés à écouter nos respirations. Puis je me suis lancé, Dites-moi la vérité, sœur Rose n'est pas morte.

Elle était très malade quand elle est arrivée. C'est une petite fille très malade que vous avez expédiée en car, monsieur.

Mon *cul*, oui, qu'elle était malade. Et de quoi elle est morte, bordel ?

De pneumonie, si vous voulez le savoir. Et vous n'êtes pas obligé de *me* parler sur ce ton. J'ai vécu un enfer. J'ai essayé de la sauver mais moi aussi je suis malade, est-ce que vous comprenez ça ? Rosie était ma petite fille mais on me l'a enlevée comme si c'était ma faute si elle était malade. Alors que c'était la *vôtre*. Vous n'auriez jamais dû la mettre dans ce bus. C'est ça qui l'a achevée, a-t-elle déclaré.

J'ai inspiré profondément pour ne pas exploser au téléphone et je lui ai demandé d'un ton calme où Rose était enterrée. Je savais qu'un jour j'aurais la possibilité d'aller déposer des fleurs sur sa tombe et que je le ferais. Mais je ne lui en ai rien dit.

De toute évidence, cette femme ne savait même pas où sa fille était enterrée et elle m'a répondu que ça ne me regardait pas sauf si j'acceptais de payer une partie des frais d'obsèques. C'est cher, vous savez, et j'ai pas un sou, mon p'tit monsieur. J'en ai même pas assez pour faire poser une petite pierre tombale. Vous pouvez aider en assumant ça, si vous êtes vraiment, comme vous le dites, son ami. Cinq cents dollars, je crois que ça suffirait. Prenez-les sur votre carte bancaire et envoyez-les-moi par télex.

Madame, je lui ai dit, avec ce que vous avez fait vous devriez brûler en enfer pour l'éternité.

Ouais, bon, dans ce cas allez vous faire foutre. En enfer, j'y suis déjà. Et j'espère que Buster vous retrouvera et vous coupera vos petites couilles, a-t-elle ajouté avant de raccrocher.

Je suis resté quelques intants debout dans le hall d'entrée de l'hôpital, le combiné à la main, en le regardant comme s'il s'agissait d'un insecte géant. Puis je l'ai reposé sur son socle. Je tenais encore dans l'autre main ce message que je pensais toujours venir de I-Man même s'il concernait sœur Rose plutôt que lui ou moi. Alors je me le suis mis dans la bouche, je l'ai mâché et je l'ai avalé.

Un peu plus tard, de retour sous les buissons du parc de l'hôpital, j'ai reposé ma tête sur mon sac à dos et j'ai essayé de mettre de l'ordre dans mes pensées, de les séparer de mes émotions le temps nécessaire pour décider au moins ce que j'allais faire demain et pouvoir aussi m'endormir ce soir. L'homme sur qui je comptais le plus, I-Man, s'était envolé pour aller se reposer auprès de ses ancêtres en Afrique où je ne pourrais jamais aller. Toutes les portes d'Accompong m'étaient définitivement fermées et la fourmilière était une maison détruite, une maison de mort que je ne voulais plus du tout revoir. Sœur Rose était partie pour l'endroit où vont les petits enfants après leur mort. J'étais trop âgé pour y aller aussi et recommencer ma vie avec elle, je n'étais pratiquement plus un gosse, j'en savais trop, j'étais devenu trop fort et trop rusé pour accepter de mourir sans me battre. Et Russ, mon copain d'enfance, mon vieux Russ était pour ainsi dire sorti de mon écran. Pour de bon. Ce moment de faiblesse était passé au-dessus de moi comme un nuage noir et il avait disparu. Grand-mère était morte, maman et mon beau-père avaient déménagé à Buffalo : même si cela faisait d'Au Sable une ville plus tranquille pour moi, je n'avais pas plus de raison d'y revenir que de m'installer n'importe où ailleurs en Amérique. Au Sable était une ville comme toutes les autres où je ne serais rien qu'un jeune SDF de plus qui ferait des pieds et des mains pour survivre, ne pas se droguer et ne pas attraper le sida. Laisse béton, je me suis dit.

D'un autre côté, ici à la Jamaïque j'étais un étranger en situation irrégulière, blanc par-dessus le marché, et je ne pourrais plus faire la manche longtemps encore dans les rues de Mobay sans que les raies-rouges me tombent dessus et me coffrent pour vagabondage. Et puis, sans

une source sûre de ganja, je ne pouvais pas dealer suffisamment auprès des touristes pour gagner ma vie et
avoir assez d'argent pour louer une chambre conve
nable. Les perspectives étaient sinistres. J'avais jamais
autant déprimé.

Si dur que ce soit pour moi, l'heure était venue de me
résoudre à suivre le conseil de l'Américain. De reprendre
le chemin du Vaisseau-mère.

21

LA VENGEANCE DE BONE

Le lendemain, quand je me suis réveillé dans le vacarme et l'odeur de gazole des camions et des bus qui roulaient pratiquement à la hauteur de ma tête dans l'avenue Gloucester, je ne savais pas que c'était mon avant-dernier jour à la Jamaïque, mais même si je l'avais su j'aurais rien fait de différent. Je serais remonté au Vaisseau-mère exactement comme je l'ai fait et là-haut j'aurais agi pareil malgré tout. Je me disais que j'y allais à cause de ce que l'Américain m'avait raconté, que c'était le seul endroit de l'île où je serais désormais en sécurité, mais en fait j'avais un compte à régler avec Doc, avec pa, et c'est la véritable raison qui m'a poussé. Je ne savais pas trop quel compte je voulais régler, mais je sentais bien que ça avait à voir avec ma trahison de I-Man le soir de ma fête d'anniversaire où il avait sauté Evening Star. C'était en quelque sorte un péché, ce qui n'est pas la même chose qu'un crime, et ça pesait encore très lourd sur ma conscience, pour ainsi dire. Je suppose que je voulais défaire ce que j'avais fait si je le pouvais, surtout maintenant que I-Man était mort. Et pour ça j'avais besoin de mon père, Doc, pa.

J'ai fait la manche un moment, et vers le milieu de la matinée, quelques dollars en poche et un pâté à la viande dans l'estomac, j'ai filé vers la place du marché où j'ai sauté dans le même genre de car que celui qu'on avait pris la première fois, I-Man et moi. Sortant de Mobay, il a suivi une longue route sinueuse montant au village de Montpelier. Là je suis descendu au croisement du petit sentier herbeux menant au Vaisseau-mère. C'était une très belle journée avec une brise fraîche et pas trop de chaleur malgré le soleil. Les gens que je croisais me semblaient plus aimables que le souvenir que j'en avais, sans doute à cause de mon bâton de Jah et de mon sac à dos qui me donnaient l'air d'être venu de très loin, d'un pays comme l'Australie, peut-être, et d'être sur le chemin du retour. Peut-être se souvenaient-ils aussi de moi à cause de ma soirée d'anniversaire l'été passé et se sentaient-ils contents de me revoir. J'aimais bien les gens du coin, les paysans, les femmes et les gosses qui habitent les petites maisons et les cabanes disséminées dans la brousse autour de la maison de maître sur la colline et qui sont peut-être les descendants des anciens esclaves d'ici. J'étais heureux de voir qu'ils avaient l'air de se souvenir de moi et de m'apprécier. Quand ils me faisaient un geste en souriant, je souriais à mon tour et je gesticulais dans tous les sens en agitant mon bâton de Jah comme s'il s'agissait d'une lance et que j'avais la mission secrète d'affronter dans sa grotte le dragon qui avait terrorisé les villageois pendant des siècles. Je sais bien que c'est un fantasme, mais c'est comme ça que je pense parfois.

J'ai enfin passé la crête de la colline donnant sur Mobay, puis, au panneau marqué STARPORT, je suis entré par le portail de pierre. J'ai pris l'allée de garage, longeant les jardins fleuris et les terrasses où il y a tous ces animaux bizarres peints en blanc avec les yeux et la bouche rouges. J'ai monté d'un pas assuré les grandes marches de l'entrée. Tout était absolument silencieux et je ne voyais personne, pas même le jardinier ou sa femme qui s'occupe de la lessive, puis je me suis rappelé qu'on était au plus chaud de la journée et que c'est un moment où personne ne travaille de toute façon. Mais, comme je l'ai remarqué, il n'y avait pas de voitures garées ni non plus de gens autour de la piscine, ce qui était inhabituel. Je n'avais encore jamais vu cet endroit aussi vide et ça me plaisait assez.

J'ai crié deux ou trois fois, Yo, pa ! et Yo, Evening Star ! puis j'ai décidé que la maison était pour l'instant à moi. J'ai sorti une Red Stripe bien froide du frigo et je suis tranquillement entré dans le séjour où j'ai posé mon sac à dos et où j'ai farfouillé jusqu'à ce que je trouve des cigarettes en vrac dans une boîte en argent. J'en ai pris une poignée et je me suis mis à fumer. Comme il y avait plusieurs jours que je n'avais pas fumé je suis parti instantanément, mais évidemment pas du tout comme avec de la marijuana et c'est passé tout de suite. Puis j'ai remarqué la platine laser de pa à côté de son fauteuil et je me suis dit que comme j'étais pas mal énervé ce serait l'occasion d'écouter enfin ces disques classiques que j'avais chourés dans la maison de campagne des Ridgeway à Keene. Je suis donc allé les chercher dans mon sac à dos.

Cette maison de Keene me trottait alors dans la tête parce que je m'y étais trouvé tout seul comme ici aujourd'hui et parce que les deux maisons étaient anciennes, également bâties sur une colline avec une vue incroyable. Je remarquais à quel point j'étais différent de ce que j'étais un peu moins d'un an auparavant. A plein d'égards, bien sûr, je restais le même mais les changements étaient réels et quand même étonnants. Surtout j'espérais qu'ils seraient permanents parce que, quelle que soit la façon dont les choses tourneraient, je ne voulais jamais redevenir ce gamin triste et complètement paumé que j'étais encore un an plus tôt.

Les mecs qui avaient fait ces CD avaient des noms pour la plupart impossibles à articuler, contrairement aux groupes rock ou reggae, sauf l'un d'entre eux qui a attiré mon attention. Non seulement je pouvais le prononcer, Charles Ives, mais en plus IVES était écrit en grosses lettres et me paraissait excellent comme nom rasta. Quelques-unes de ses chansons avaient des titres du genre, *La Question sans réponse*, *Le Voyant*, et *Tout autour et retour* qui me semblaient pouvoir être rastas ou en tout cas spirituels. C'est donc ce disque-là que j'ai mis et je l'ai écouté en me calant bien dans le fauteuil de pa. Je devais encore être à souhaiter recevoir de I-Man un message d'Afrique qui me dirait quoi faire, parce que j'ai écouté ce mec I-Ves avec plus d'attention que je le fais d'habitude et en fait je suis carrément entré dans ses chansons. Elles étaient pour la plupart sans paroles, mais ça m'était égal parce que quand il y en avait on les chantait comme à l'opéra et je n'arrivais presque pas à les comprendre. C'était la musique d'orchestre qui me plaisait, toutes ces trompettes et ces violons qui m'arrivaient dessus de divers côtés à des vitesses différentes et avec plus ou moins de force, mais qui finissaient quand même par s'unir. Comme aucun instrument ne dominait les autres je me suis dit que ras I-Ves devait être le mec qui écrivait la musique et qu'il devait aussi diriger le groupe, à moins qu'il ne joue du piano. Mais je ne crois pas qu'il chantait.

Je suis resté là environ deux heures à repasser ce disque, et plus je l'écoutais, plus je me sentais fort et ferme à l'intérieur. A la fin j'étais certain que I-Man s'était servi de son vieux compère ras I-Ves pour me donner forme et clarté par la musique de la même façon que les rastas du Cockpit parvenaient, à l'aide des tambours africains dont ils jouaient tard dans la nuit autour du shilom, à percer les profondeurs et les hauteurs du Je. Je me suis dit que ras I-Ves devait être blanc parce qu'un bon nombre de chansons avaient des noms blancs tels que *Trois Localités de Nouvelle-Angleterre* ou *Le général William Booth entre au paradis*, mais il était évident en l'écoutant que c'était quand même un vrai rasta de poids et je commençais à me dire que *là* enfin était le message que I-Man m'envoyait. Et il signifiait que même en étant un tout jeune Blanc je pouvais encore devenir un jour moi aussi un vrai poids lourd rasta du moment que je n'oubliais pas que j'étais blanc – car les Noirs, eux, ne pouvaient jamais oublier qu'ils étaient noirs. Il me disait que dans un monde tel que le nôtre, divisé en Blancs et en Noirs, c'est finalement ainsi qu'on parvient à connaître Je.

Vers cinq heures j'ai entendu une voiture remonter l'allée. C'était la Buick noire que l'Etat attribuait à pa. Le chauffeur l'a arrêtée devant les marches, a laissé pa descendre, puis il est reparti par le même chemin. J'ai vu tout de suite que pa était sérieusement défoncé, qu'il se balançait de gauche à droite en gravissant les marches à pas lents et qu'il grinçait des dents comme s'il avait pris des *speedballs**. Du coup j'ai pensé que ce n'était pas forcément le meilleur moment pour lui annoncer que son fils était rentré au bercail. Prenant mes affaires, j'ai foncé à l'étage, puis au bout du couloir là où se trouvait autrefois ma chambre. Et c'est seulement après y être arrivé que je me suis aperçu que j'avais laissé le CD de ras I-Ves dans

* *Speedball* : mélange d'héroïne et de cocaïne. *(N.d.T.)*

l'appareil. Comme il était trop tard pour revenir, je suis resté tranquille en me disant que pa s'en occuperait bien tout seul. Je l'ai entendu crier, appeler Evening Star et se mettre à brailler, Mais où est-ce qu'ils sont tous passés, bordel ? puis marmonner en allant de pièce en pièce.

Quelques instants plus tard j'ai entendu une autre voiture arriver. D'après le bruit, c'était la Range Rover d'Evening Star. Puis il y a eu tout un concert de voix de femmes, des Américaines blanches parmi lesquelles je reconnaissais Evening Star, et un homme, un Jamaïquain qui riait. Et quand il a dit, Moi tuer la chèv' maint'nant, j'ai reconnu Jason. Deux des femmes se sont exclamées, Oh-h-h-*no-o-on*, mais elles plaisantaient et disaient ça pour rire, et en un rien de temps des bruits d'éclaboussures et de plongeons me sont parvenus de la piscine. Tout le monde était allé se baigner, sauf Jason me semblait-il, et pa que je n'avais jamais vu aller nager une seule fois depuis que j'étais là.

En bas, dans le salon, j'ai entendu Evening Star demander, Qu'est-ce que c'est, ce machin que tu écoutes ? Et pa, qui se trouvait ailleurs, sans doute à la cuisine, de répondre, Alors là, je voudrais bien le savoir. Je crois que ça passait déjà quand je suis entré. Comme il paraissait assez détendu, j'ai pensé que c'était le meilleur moment pour faire mon apparition.

Je ne sais pas pourquoi, mais j'ai mis mon sac à dos et j'ai pris mon bâton de Jah. Je suppose que je voulais faire une entrée en scène majestueuse par le grand escalier, et c'est ce que j'ai fait. Ils m'ont tous les deux regardé en silence descendre à pas lents dans le salon. Quand je suis arrivé à la dernière marche Evening Star s'est précipitée vers moi et m'a enveloppé dans ses bras qui sentaient le pain. J'ai vu une mince pellicule de sueur sur son épaule et sur son cou et j'ai dû me retenir pour ne pas la lécher. Oh, Bone, elle a dit, que Jah soit remercié et qu'il soit loué. Grâce et hommage à Jah, Bone ! On s'est fait un tel *souci* pour toi, mon chou. *Regarde !* s'est-elle écriée en direction de pa, me lâchant et me faisant pivoter pour qu'il me voie mieux. Il est de *retour* ! elle a dit. Ton p'tit gars est de *retour* ! Le visage de pa s'est alors déformé en une sorte de grand rictus comme s'il parvenait à peine à me voir à travers tout ce qui lui brouillait la vue.

Mon p'tit gars, a-t-il répété, et il a tendu une main flottante. Quand je l'ai serrée, elle m'a fait l'effet d'une banane froide et je l'ai relâchée aussitôt.

Doc n'est pas dans sa meilleure forme, m'a dit Evening Star, et j'ai répondu, Ouais, apparemment. En fait il avait l'air tout à fait mal en point, encore plus maigre qu'avant, les joues crayeuses, des cernes sombres sous les yeux, et on aurait dit qu'il n'avait pas pris de bain depuis un bon bout de temps.

La semaine a été dure, chéri ? a-t-elle lancé d'un ton où je n'arrivais pas à distinguer entre le sarcasme et le simple accent du Sud.

Ouais, tu peux le dire, a-t-il répondu en se laissant tomber dans son fauteuil. Remarquant alors la musique de ras I-Ves, il a demandé, c'est quoi, cette merde ? et tressauté comme si ça lui faisait mal de l'entendre. Le vieux ras I-Ves étant en train de jouer *Central Park dans les ténèbres*, c'est ce que j'ai dit, *Central Park dans les ténèbres*. Pa a fait comme si ça lui donnait des convulsions et s'est tourné de l'autre côté.

Je *déteste* ces conneries, a-t-il dit. Arrête-moi ça, bordel !

Evening Star s'est penchée vers l'appareil, l'a éteint et m'a dit, Viens avec moi dans la cuisine. Ton père est d'une humeur *massacrante* mais *moi* je veux tout savoir de ce que tu as *fait* ces derniers mois. Nous avions peur que tu sois revenu aux *States*. Et puis Jason nous a dit qu'il t'avait rencontré là-bas, à Mount Zion.

Il a dit ça ?

Mais oui, bien sûr, il n'y a que quelques jours de ça. Il a dit qu'il t'avait vu avec I-Man, mon pauvre petit, et nous nous sommes vraiment fait un souci *terrible* pour toi après qu'on a retrouvé I-Man tué. Une histoire de drogue, pas vrai ? Bone, mon petit, dis-moi que tu n'as rien à voir avec tout ça. Il *faut* que tu me dises tout. *Tout.* On raconte *tellement* de choses. Alors, que s'est-il passé ? a-t-elle demandé en faisant aussitôt demi-tour pour aller dans la cuisine. Posant mon sac à dos et mon bâton de Jah, je l'ai suivie avec l'intention de lui poser à mon tour quelques questions, mais elle s'était déjà mise à parler d'une voix suraiguë et tout excitée du menu de ce soir, un chevreau que Jason allait préparer au barbecue et du riz basmati *exquis* que Rita avait apporté. Le riz basmati et Rita m'étaient également inconnus mais je pouvais me faire une idée de cette dernière par les glapissements et autres couinements provenant de la piscine.

Tu aurais envie d'aller nager, mon chou ? T'as l'air totalement vanné. Moi il faut que je m'occupe du dîner, mais vas-y. Tu feras la connaissance de Rita et Dickie, ce sont deux merveilleuses lesbiennes de Boston, a-t-elle dit comme si ça pouvait m'intéresser qu'elles soient lesbiennes. Ce sont des artistes toutes les deux, tu vas les *adorer.*

Evening Star avait mis un sarrau à bandes rouges et blanches par-dessus son bikini couleur chair, et de temps à autre je voyais un bout de cuisse ou de ventre comme un éclat. Elle avait un super-bronzage, sans doute sur tout le corps parce qu'elle aimait bien se mettre au soleil toute nue. Elle m'a dit qu'elle avait passé la journée à Doctors Cave avec les invités, puis elle était allée chercher des souvenirs que Rita et Dickie puissent emporter. Elle était couverte de sel à cause de l'eau de mer qui avait séché sur elle, et comme ça la démangeait elle irait se plonger dans la piscine dès qu'elle aurait le dîner en main. Vas-y en premier, mon chou, a-t-elle dit. Je vous rejoindrai tous dans un petit moment.

Mais j'ai répondu non, je voulais qu'elle me renseigne sur I-Man. Et pendant qu'elle faisait la cuisine et que je l'aidais en coupant les légumes, en hachant la chair de coco et en préparant d'autres petites choses, elle m'a raconté qu'elle avait entendu dire que I-Man avait essayé d'arnaquer un Américain, un ponte du trafic de ganja dont elle ne connaissait pas le nom, et à cause de ça ils s'étaient fait tuer, lui et sa bande. Je lui ai demandé si Doc, lui, savait quoi que ce soit là-dessus, et elle m'a répondu que non, bien que Doc connaisse quelques-uns des dealers de Kingston et un certain nombre de personnages peu ragoûtants, comme elle les a appelés, mais ce coup-là était une énigme pour lui. Je lui ai demandé si Doc dealait, et après avoir un peu hésité elle a dit, Bon, ça lui arrive parfois, je crois bien, mais n'en parle pas. Et puis c'est rien qu'un peu de ganja. Pour les touristes. Au fond, a-t-elle ajouté, Doc est surtout devenu un consommateur. Comme tu peux le constater.

Ouais, j'ai fait. Des speedballs.

Elle a poussé un soupir et regardé ses mains. J'en ai bien peur, mon cher. J'en ai bien peur. Ce n'est pas une très gentille façon de t'accueillir, tu crois pas, mon p'tit ? Et elle a posé ses mains sur mes épaules en me regardant tristement dans les yeux. J'ai remarqué que nous étions à présent de la même taille, ce qui signifiait que j'avais grandi d'environ dix centimètres depuis que j'avais pris la route avec I-Man pour Accompong l'été précédent. Soudain elle m'a lâché, elle a repoussé en arrière ses mèches rastas et s'est remise au travail. Pendant quelques instants nous n'avons plus rien dit ni l'un ni l'autre et je l'ai regardée de dos pendant qu'elle remuait la noix de coco dans une poêle devant la cuisinière. J'ai entendu à nouveau couiner du côté de la piscine et j'ai senti l'odeur du feu de bois dans le patio où Jason s'apprêtait à faire griller le chevreau au barbecue. Doc avait mis un de ses CD, une vieille chanson de Ike et Tina Turner, et quand je suis revenu jeter un coup d'œil dans le séjour je l'ai vu affalé à sa place habituelle où il fumait un joint de belle taille, l'air d'être au septième ciel.

Il y a quelque chose que je voudrais te demander, j'ai dit à Evening Star.

Elle s'est retournée, m'a regardé et m'a souri. Oui, et quoi donc, mon petit ?

Bon, je me demandais… je me disais que peut-être t'aurais envie de me baiser. Tu comprends, parce que en réalité je l'ai jamais fait.

Ça paraîtra sans doute complètement froid, mais ça ne l'était pas. En tout cas pas tout à fait. Parce que, bon, Evening Star était quand même très sexy malgré son âge, et depuis le moment où elle m'avait pris dans ses bras – quand j'étais descendu par l'escalier pour les saluer, elle et Doc – je me sentais pas mal excité. Et puis, pour une raison ou une autre, il suffisait que je me trouve dans cette baraque pour que je sois plein de liquides érotiques. D'emblée, avec toutes les baiseries qui s'y passaient, Starport m'était apparu comme un lieu de sexe. On a du mal quand on est un adolescent à ne pas lorgner une poétesse de La Nouvelle-Orléans au bord de la piscine en train de se passer du lait solaire sur tout le corps, et à ne pas remarquer les *natties* noirs super-bien bâtis, torse nu, avec leur artillerie bien en vue sous des shorts qui bâillent, filer en douce pour retrouver les nombreuses amies blanches d'Evening Star. Et même si j'ai du mal à l'admettre, les lesbiennes de Boston qui trottaient partout en bikini m'excitaient aussi. Mais ce qui m'avait vraiment allumé depuis le début, c'étaient les vibrations érotiques qu'Evening Star émettait sans cesse pour suggérer en quelque sorte que son seul but dans la vie était de donner du plaisir. Peu importait que ce soit sous forme de bouffe, de drogue ou de sexe, ce qui comptait c'était de donner : c'était ça qui lui procurait du plaisir par ricochet. Et quand on y réfléchit comme je l'ai fait, c'est une générosité bizarre qui ressemble plus à du désir permanent qu'à de la générosité, mais c'est aussi une attitude qui peut vraiment brancher un mec. Avec tout ce processus en marche depuis des mois, des années, et même à mon sens depuis pratiquement des siècles à cause de l'esclavage, cette maison n'était plus sur terre mais s'élevait quelque part au-dessus de l'obscurité quotidienne à la manière d'une île au Plaisir vibrante et scintillante qui m'aurait donné une érection permanente dont jusqu'à présent je m'étais occupé en quelque sorte tout seul.

Mais il est vrai aussi que j'ai agi froidement en demandant à Evening Star si je pouvais la baiser, ou, pour être plus exact, si elle voulait me baiser. Premièrement c'était à cause de la curiosité intense mais presque scientifique que j'avais de voir comment ce serait. Je me posais des questions depuis au moins deux ans sur les détails mécaniques de la baise – en fait depuis que j'avais découvert que Russ et d'autres mecs de mon âge ou à peine plus vieux le faisaient avec des filles qu'ils draguaient au centre commercial et ailleurs. Et deuxièmement c'était à cause de Doc et de I-Man. Encore plus que ma lubricité débordante et le look irrésistible d'Evening Star, encore plus que le côté île au Plaisir de la vie à Starport et infiniment plus que l'envie de satisfaire une curiosité scientifique, la force qui m'a poussé à vouloir tirer Evening Star ce soir-là dans la cuisine, c'était mon besoin de défaire le péché que j'avais commis envers I-Man.

La nuit de mon anniversaire, en rapportant à Doc que I-Man avait sauté Evening Star, je m'étais séparé de I-Man pour m'allier à Doc. Ça n'avait duré qu'une minute et je l'avais fait parce que Doc était mon père, mais j'avais quand même trahi celui qui était mon meilleur ami et mon guide, et c'était peut-être pour ça qu'il était mort. A présent, en commettant contre Doc le même délit que I-Man, c'est-à-dire en volant quelque chose que Doc considérait comme sien mais ne pouvait pas l'être puisqu'il s'agissait d'une personne, je me séparerais de Doc et je me rallierais à I-Man. Le vol n'est qu'un délit, mais la trahison d'un ami est un péché. Comme si un délit était une action qui, une fois accomplie, ne nous change pas à l'intérieur. Mais quand on commet un péché, c'est comme si on créait un état dans lequel on est obligé de vivre. C'est pas dans le crime que vivent les gens mais dans le péché. Je ne savais pas si ça marcherait : j'étais un novice dans cette histoire de crime contre péché, mais je devais essayer. J'avais déjà suffisamment l'expérience de la criminalité pour savoir qu'on peut pas défaire un délit. Même pas un délit qu'on dit mineur. Quand c'est fait, c'est fait. Je le savais depuis le jour où j'avais été viré de la maison de ma mère et de mon beau-père pour avoir volé la collection de pièces de ma grand-mère. Mais un péché, ce genre de truc qui peut continuer pendant des années qu'on en soit puni ou pas, j'espérais pouvoir le *dé*faire. Même si pour ça il fallait passer par un délit. Ou plutôt une espèce de délit Parce que, comme je l'ai dit, Doc n'était pas propriétaire d'Evening Star : il croyait l'être, c'est tout.

Elle est restée debout un long moment devant la cuisinière sans rien dire, un petit sourire aux lèvres comme si elle faisait défiler une vidéo mentale à toute allure vers l'avant pour essayer de voir comment ce serait de baiser avec moi. A la fin elle a lâché la cuillère avec laquelle elle avait remué ce qu'elle préparait et elle a baissé soigneusement la flamme du gaz. Se retournant, elle m'a dit avec un sourire, Tu veux qu'on le fasse maintenant ?

Bien sûr. Pourquoi pas ?

Elle a jeté un coup d'œil à l'horloge murale comme pour dire ça prendra pas longtemps et elle a dit qu'elle devait d'abord aller chercher quelque chose dans sa chambre. Je me suis dit qu'il devait s'agir d'un machin contraceptif ce que j'ai trouvé très bien parce que j'étais absolument pas branché paternité. Attends-moi dans la buanderie, m'a-t-elle dit. A mon avis personne ne viendra nous y embêter. Sauf peut-être *toi*. Et toi, je t'aurai tout à moi, cette fois, pas vrai, mon chou ?

Pour ça, oui ! j'ai dit. Et je suis entré dans la buanderie obscure où se trouvaient un lave-linge, un séchoir, divers outils de jardinage et aussi le petit lit pliant contre le mur du fond. Je sentais que je bandais déjà à mort mais je n'ai pas enlevé mes vêtements ni rien. Je me souvenais, pour l'avoir vu dans des films pornos, que la femme se déshabille toujours la première et je suis donc resté assis sur le lit comme si j'étais dans le cabinet d'un docteur jusqu'à ce que la porte de la cuisine s'ouvre.

A la lumière du jour éclairant alors Evening Star de dos j'ai vu qu'elle avait ôté son maillot de bain et que sous sa longue chemise de gaze à rayures elle était toute nue. Ma respiration s'est accélérée, j'ai entendu mon cœur cogner dans ma poitrine et mes mains sont devenues moites de transpiration. J'avais une méchante trouille – davantage de faire quelque chose de mal que d'Evening Star, mais il n'était plus question que je fasse machine arrière.

Elle s'est approchée, s'est assise près de moi et elle a commencé à m'embrasser en glissant sa langue dans ma bouche et tout, puis elle a guidé mes mains en direction de ses nénés bien qu'en fait elles n'aient pas tellement eu besoin d'être guidées. Elle m'a donc lâché les mains puis elle s'est employée à déboutonner mes jeans coupés et à m'ouvrir la braguette. J'ai expédié mes vieilles sandales d'un coup de pied, je me suis extrait de mon T-shirt en me tortillant, et elle, laissant tomber sa chemise à ses pieds, s'est penchée en arrière et m'a tiré sur elle. Je suis entré tout droit en elle comme si, bien plus que tout le bricolage sexuel que j'avais connu dans un passé lointain, c'était exactement pour ça que j'étais fait. Je vous épargnerai la plupart des détails, mais disons qu'elle dirigeait presque toutes les opérations, ce que je trouvais bien parce que sinon, si j'avais été livré à ma seule initiative, j'aurais probablement fait quelques secondes de cabriole et puis fini. Ensuite il m'aurait fallu cinq ou dix minutes pour pouvoir remettre ça, ce que j'aurais trouvé gênant. Mais elle m'a agrippé les fesses de ses mains, m'a fait faire de lentes allées et venues, quelques petits soubresauts bizarres qui la titillaient bien et des rotations souples des hanches qui apparemment la branchaient très fort. Je me sentais alors assez fier de moi, mais quand elle a commencé à gémir et à m'attirer en elle de plus en plus vite je me suis terriblement excité et juste au moment où je commençais à avoir des pensées vraiment agréables sur le sujet, à trouver que l'acte sexuel avec une autre personne vous libère la tête de tout sauf de cet autre qui vous remplit alors l'esprit et devient en quelque sorte tout l'univers, ou que ça vous aide vraiment à vous concentrer et vous permet d'oublier tous vos ennuis, ou que ça vous retient tellement l'attention que vous ne pensez plus en fait à vous-même – vous ne pouvez même pas essayer parce que ça vous bloque la pensée –, juste à ce moment-là ma pensée s'est bloquée et j'ai déchargé.

Elle a continué à me faire bouger un petit peu, puis j'ai abandonné, sans doute parce que mes pensées m'étaient revenues. Elle m'a lâché les fesses et s'est affalée sur le lit, toute trempée de sueur et fleurant bon le gâteau. Elle souriait pourtant, comme je pouvais le voir dans la faible lumière filtrant à travers les volets, et à mes yeux c'était une créature magnifique et stupéfiante telle que la terre n'en avait jamais connu, d'une autre espèce que moi et dix fois plus belle. Une femme adulte toute nue. Je n'en avais encore jamais vu de près que je puisse ainsi regarder à loisir et j'ai donc pris mon temps pour la contempler.

Je lui ai dit que j'étais désolé d'avoir déchargé si vite mais elle m'a répondu de ne pas m'en faire, que j'étais vraiment super-bien et qu'un jour je serais un champion de l'amour. Selon elle, j'avais les gestes qu'il fallait et elle était fière et heureuse d'avoir eu le privilège d'entrevoir ainsi mon avenir. C'était gentil de sa part pour un ado qui en était à sa première tentative de rapport sexuel véritable – quels que soient les motifs qu'il ait eus.

Bon, elle a dit, il faut que je retourne préparer le dîner pour mes invités. Puis je vais faire un tour dans la piscine pour me rafraîchir. Et toi, mon chou ? On ne mangera pas avant la nuit, avant que Jason ait fini de faire griller ce chevreau. Je ne me serais pas lancée là-dedans si j'avais pas promis à Rita et Dickie du chevreau jamaïquain *irie*, et elles m'ont prise au mot, les affreuses.

Je m'étais rhabillé, et debout près du lit de camp je restais à contempler la beauté d'Evening Star mais mon esprit avait à nouveau embrayé vers la suite de ma vie. Tu sais, je lui ai dit, quand j'étais là-bas, à Accompong, j'ai entendu dire certaines choses. Sur Doc.

Ah bon ? elle a fait d'un ton méfiant.

Ouais, mais rien de méchant, tu vois. Il y a quand même une chose que je voudrais te demander avant de lui en parler moi-même.

Quoi donc, chéri ?

J'ai entendu dire qu'il avait un autre gosse. Et peut-être plus d'un. A Kingston, tu vois ? Et la mère serait, disons, jamaïquaine. Ce que je veux dire, c'est qu'il y a des gens qui savent qu'il a un gosse, mais pas un gosse blanc. C'est vrai ?

Il y a plein de choses sur Doc que personne ne sait, mon chou. C'est un homme très mystérieux.

Ouais, mais bon, toi tu le saurais s'il avait un autre gosse que moi. Je ne dis pas que c'est *mal* ou quoi que ce soit, tu comprends. C'est pas un *péché*, ni même un crime. Simplement je veux savoir et je peux pas vraiment le lui demander. En tout cas pas maintenant…

Non, pas maintenant, c'est sûr. Mais… bon, oui, ça l'embêterait pas que je te le dise, j'en suis certaine. Ce qu'il y a c'est qu'il est gêné de le dire lui-même. Bon, c'est vrai, il a un autre fils. En fait deux, je crois bien. Mais avec Doc, va savoir. Il se peut qu'il ait d'autres familles dans d'autres pays. C'est ce genre d'homme,

416

vois-tu. En tout cas, t'as pas de raison d'être jaloux ou quoi que ce soit. C'est toi que Doc aime le plus. Je le sais *personnellement*. Il me l'a dit au moins cent fois.

Et la mère, elle est jamaïquaine ?

Oui. Oui. Et c'est une brave femme, d'après ce que j'en sais. Doc habite avec elle et Paul et le petit frère de Paul quand il est à Kingston. Il habite avec toi et avec moi quand il est ici ! s'est-elle exclamée, le visage illuminé.

Son fils s'appelle Paul ? Comme Doc ?

L'aîné, oui. L'autre, j'arrive pas à me rappeler son nom, ni même s'il n'y en a qu'un, autre. Le seul nom que j'ai entendu Doc prononcer, c'est Paul. Ecoute, mon petit, il faut que je retourne à mes fourneaux à présent.

Celui qui s'appelle Paul, quel âge il a ?

J'sais pas, à peu près le tien. Je ne l'ai jamais vu. C'est un adolescent. Maintenant ça suffit, on pourra parler de tout ça une autre fois. Pour l'instant j'ai du travail qui m'attend. Et toi, qu'est-ce que tu vas faire ? Pourquoi tu n'irais pas te rafraîchir un peu dans la piscine ?

Non. Je vais dégager d'ici, j'ai dit.

Qu'est-ce que tu veux dire, Bone ?

Je m'en vais. Tout de suite.

Oh Bone. Ça t'a pas plu, avec moi ? Elle a fait une moue. Tu veux pas qu'on le refasse ?

Si, mais je m'en vais. Ne prends pas ça mal, c'est pas à cause de toi.

Oh, Bone, tu vas *quand même pas* te fâcher à cause des autres enfants de Doc. J'aurais *jamais* dû te le dire.

No-on, ça me fait rien du tout. En fait je les trouve plus à plaindre que moi. Surtout celui qui a le même nom que Doc. J'étais curieux de savoir, c'est tout. En fait, c'est à cause de Doc que je pars. S'il était pas là, bon, peut-être que je resterais. Mais il est là.

Ecoute, Doc ne saura *jamais* rien de ce qui se passe entre nous, mon chou. Fais-moi *confiance*. Qui ira le lui dire ? Toi ? a-t-elle demandé en riant.

Ouais, bon, je le ferais si je pouvais.

Ecoute, mon petit, mets un peu la pédale douce sur tes idées géniales, a-t-elle dit en serrant sa chemise à la taille. Pour son âge elle était vraiment en grande forme. Attends donc la fin de la soirée, a-t-elle poursuivi. Je longerai le couloir sur la pointe des pieds jusqu'à ta petite chambre et je te montrerai quelques trucs qui te feront dresser les *cheveux* sur la tête. Attends que tout le monde soit couché. Evening Star, l'étoile du soir, tu sais bien que c'est Vénus. La déesse de l'*amour*. N'oublie pas ça.

Elle m'a embrassé sur les lèvres, fait glisser son index le long de mon T-shirt depuis la clavicule jusqu'au nombril, puis elle m'a tourné le dos, m'a souri par-dessus son épaule, a ouvert la porte en la poussant et elle est revenue à la cuisine en me laissant seul dans le noir avec des pensées qui se soulevaient dans mon esprit comme des lames de béton. Elles n'étaient pas nombreuses mais dures, solides, et comme je l'ai découvert depuis elles étaient loin d'être passagères.

J'ai pu m'occuper de mon père d'autant plus facilement qu'il était dans les vapes sur le canapé. Le CD ne jouait plus et quand je suis arrivé au salon – j'étais passé par la cuisine dès que j'avais entendu Evening Star aller se baigner – je suis resté un long moment debout sur le seuil à regarder Doc allongé sur le dos. Il n'a pas bougé, pas même battu des cils quand je suis enfin entré pour reprendre mon sac et mon bâton de Jah. J'entendais le bruit des femmes nues qui s'amusaient dans l'eau de la piscine et les coups sourds du plongeoir. Puis quelqu'un a mis un disque de reggae de base sur la puissante chaîne extérieure, et toute la jungle en a été submergée. C'était Peter Tosh chantant *Steppin' Razor*. La fête ! Doc a vaguement remué puis il est retombé dans sa torpeur.

Je suis encore resté quelques instants debout au-dessus du corps inconscient de mon père, et en le contemplant je me suis demandé comment j'avais jamais pu penser qu'il ressemblait à JFK. Il ne lui ressemblait pas davantage que l'ami Buster Brown ou que mon beau-père Ken. J'étais déjà tombé dans ma courte vie sur un tas de gens qui n'avaient pas grand-chose de bon, ou du moins c'était ce qu'il me semblait, et j'espérais que ça n'allait pas continuer comme ça jusqu'au bout même si j'étais désormais beaucoup mieux équipé qu'auparavant pour les affronter. Je me disais que John F. Kennedy lui aussi, si je l'avais connu personnellement, n'aurait pas du tout été l'homme que j'imaginais. Pas forcément pire ni même mauvais, mais différent. Celui dont le visage donnait une image du mal, en revanche, c'était Doc, mon père. Même inconscient comme ça. J'en avais presque pitié comme s'il avait été possédé.

En tout cas, j'avais un plan que j'ai commencé à exé-cuter. Pas de temps à perdre en pitié. En bout de table, près du téléphone, se trouvaient un bloc et un crayon. J'ai arraché une feuille où j'ai écrit en grosses lettres, C'EST BONE QUI RÈGNE, FAUT PAS L'OUBLI-IER ! J'avais d'abord eu l'intention de l'épingler sur la chemise en soie de Doc mais je n'ai trouvé d'épingle nulle part. Alors une meilleure idée m'est venue. Plongeant la main dans mon sac j'en ai sorti la bécasse empaillée que je trimballais partout depuis que je l'avais prise chez les Ridgeway. J'ai placé le bout de papier dans le creux où j'avais autrefois caché l'argent porno de Buster, mais j'en ai laissé dépasser juste assez pour qu'on ne puisse pas faire autrement que de le remarquer. J'ai ensuite posé avec précaution la bécasse sur la poitrine de Doc. Elle lui faisait face et son long bec touchait presque le nez de Doc. L'oiseau avait vraiment l'air débile, debout comme ça, mais en plus il était triste et sévère comme s'il me représentait et que je jetais le mauvais œil à mon père. Quand il se réveillerait, ce serait la première chose qu'il verrait et si ça ne l'obligeait pas à changer instantanément sa façon de vivre ça lui causerait peut-être une crise cardiaque. Qu'advienne l'un ou l'autre, j'en avais rien à cirer. Plus maintenant.

J'aurais bien eu envie d'examiner un bon moment ce tableau haïtien qui plaisait tant à I-Man, mais l'après-midi tirait à sa fin et le soleil baissait rapidement. Il fallait donc que je m'active. Je devais me rendre au port de plaisance de Mobay et je voulais y arriver avant qu'on ferme et verrouille les portes. J'y étais déjà allé deux fois l'automne passé avec I-Man pour livrer de l'herbe et je connaissais les habitudes : après neuf heures du soir, à peu près, on ne pouvait plus accéder aux quais où les bateaux sont amarrés. J'ai sorti ma machette puis, remettant les bretelles de mon sac sur mes épaules, j'ai pris la machette dans la main gauche, le bâton de Jah dans la droite, et je suis parti directement vers le patio pour m'occuper de Jason.

Il se tenait de l'autre côté du foyer à barbecue, une petite construction en parpaings qui lui arrivait à la taille et mesurait deux mètres de long, avec un grand gril et une broche qu'il manœuvrait lentement pour faire tourner au-dessus du feu le corps du chevreau déjà tout noirci. Je dois avouer que l'odeur en était délicieuse. La piscine se trouvait à l'extrémité la plus lointaine du patio dont elle était séparée par un mur de haute taille, de sorte que quand on était près du barbecue on ne pouvait ni voir ni être vu des gens de la piscine sauf par quelqu'un qui serait debout sur le plongeoir. Les femmes devaient être en train de barboter tranquillement ou de se la couler douce avec un joint, parce que je ne les entendais plus, même entre les chansons déversées par la hi-fi. Jason ne m'a pas remarqué avant que je sois pratiquement à sa hauteur de l'autre côté du barbecue, et quand il a vu que c'était moi il s'est fendu d'un grand sourire comme si on était potes et il a dit, Hé, Baby Doc ! Respect, man. Heureux de te voir revenu !

Non, moi plus Baby Doc plus ça, j'ai dit. Je ne savais pas en réalité ce que j'allais faire ou dire à Jason, mon plan n'était pas si détaillé que ça. Je savais seulement que j'allais régler son cas – sans avoir une idée bien nette de ce que je voulais dire par là. Mais quand il a aperçu la machette il s'est fait soudain sérieux, il a plongé le bras près de lui et il a soulevé à son tour une machette toute pleine du sang du chevreau qu'il avait abattu. A cet instant je *me* suis senti possédé, pas par l'esprit du mal comme Doc, mais par l'esprit du bien de I-Man. C'était comme si ma voix et mes paroles n'étaient plus à moi mais à I-Man, comme si ce n'était plus moi mais lui qui guidait mes gestes.

D'une voix basse et sombre, je me suis entendu parler rasta, Moi pas venu tuer l'homme quand Jah peut fai' ça mieux. Ecoute, Jason. Moi venu jeter sort sur toi, man. Ecoute, c'est la malédiction de Nonny, celui qui vit pa' l'épée i'périt pa' l'épée. J'ai alors fait un pas en avant et il a brandi sa machette pour me taillader si je l'attaquais. Mais je n'ai rien fait, j'ai posé doucement ma machette sur le gril au-dessous du corps du chevreau et j'ai reculé vivement.

Les braises étaient bien rouges et la fumée dressait un rideau mouvant et gris entre Jason et moi. Il avait l'air troublé et agité, peut-être même avait-il un peu peur. Tu sais, ton ami I-Man, l'vieux rasta, Oiseau de nuit lui tirer dessus, le Blanc. Moi pas pu l'arrêter, Bone. Lui fou en voyant le rasta, pan-pan-pan ! Comme ça ! Ave' le Uzi, man.

Je savais qu'il mentait et si je n'avais pas été possédé par I-Man je le lui aurais dit. Au lieu de ça j'ai répondu, L'épée, là, dans l'feu, elle te tuer, Jason, elle chauffe dans l'feu, devenir tout' rouge et puis se lever et voler dans l'air et te couper la tête du cou, man ! Là c'est l'épée de la vertu et elle taille en deux le menteur et l'hypocrite d'un coup !

Je crois qu'il a dû se dire alors que j'étais barge et plutôt inoffensif parce qu'il s'est mis à rire. Il a ramassé la machette qui était sur le feu et maintenant qu'il en avait deux, une dans chaque main, il a sauté sur les parpaings autour du barbecue. Ça devait chauffer sous ses pieds nus mais il n'a pas semblé le remarquer. Debout sur le muret, torse nu, en short, une machette dans chaque main, l'air violent, fou et défoncé à la fois, il me dominait de toute sa hauteur. Je me trouvais devant le pire cauchemar d'un Blanc et si je n'avais pas encore été sous l'empire de I-Man j'aurais détalé à l'instant même – pas question que je traîne ici à palabrer. Mais le bâton de Jah, comme s'il s'animait soudain, s'est avancé au bout de mes mains, et bien que je me sois mis à tirer dessus très fort pour l'empêcher d'aller se planter sur Jason, il a été plus fort que moi. La tête du lion, au sommet de la tige, est partie vers la figure de Jason et l'a piqué en plein dans les yeux. Il a poussé un cri de douleur, les machettes sont tombées avec un grand cliquetis, il a glissé, s'est affalé sur le gril en envoyant valser le chevreau et s'est atrocement brûlé partout. A présent il hurlait vraiment et je n'ai pas trouvé d'autre moyen pour l'aider que de contourner le barbecue jusqu'à lui, de lui faire descendre à toute vitesse l'escalier de la piscine où les femmes au milieu du bassin ont porté la main à la bouche avec un air horrifié d'abord en le voyant puis en me regardant le pousser dans l'eau.

Et j'ai filé. Aussi vite que j'ai pu et sans jeter un seul coup d'œil en arrière. J'ai remonté les marches à toute allure, saisi le bâton de Jah et foncé dans l'allée de garage. J'ai dépassé les tristes petits lapins et autres renards aux yeux rouges, j'ai franchi le portail donnant sur le sentier et j'ai dévalé la longue colline en passant devant les cabanes et les maisons des gens du coin. Ils m'ont regardé filer et quelques-uns m'ont salué de la main, mais je n'ai pas répondu. J'ai continué à courir.

22

EMBARQUEMENT

Et c'est à peu près tout, pratiquement toute l'histoire jusqu'à présent. Sauf que je veux raconter comment j'ai quitté l'île de la Jamaïque, ce qui n'est pas vraiment un exploit puisque ç'a été surtout une question de chance.

La raison pour laquelle j'avais décidé de foncer vers le port de plaisance après avoir fait mes adieux à Starport, c'était qu'un bon nombre de yachts et de bateaux en location y venaient ou en partaient pour toutes les destinations des Caraïbes, et parmi les capitaines de ces bateaux il y en avait qui n'étaient pas trop regardants pour vous prendre à bord du moment que vous étiez d'accord pour travailler dur en échange de mauvais repas et d'une paie nulle ou quasi nulle. Cela je l'avais appris de I-Man qui pendant des années avait dealé petit bras avec divers mecs travaillant dans les chantiers navals et sur les quais. Il s'était familiarisé avec les équipages et même avec quelques capitaines qui s'arrêtaient là régulièrement pour se ravitailler en eau, en essence et en denrées diverses y compris en ganja de montagne jamaïquaine pour leur usage personnel et parfois celui de leurs clients, les riches qui étaient propriétaires des bateaux et souhaitaient seulement faire des croisières ou les moins riches qui se contentaient de louer les bateaux pour leurs vacances.

L'été précédent, avant notre fuite dans les collines d'Accompong, on avait à trois ou quatre reprises, moi et I-Man, livré de la ganja dans le port de plaisance et on avait traîné un peu à bavarder avec les clients ainsi que le faisait toujours I-Man quand il venait porter de la marchandise. Je suppose que ça faisait partie du service, c'était sa façon de se renseigner entre autres sur la police, et que ça lui servait aussi à établir des contacts pour des ventes à venir. Je trouvais en général I-Man trop sociable pour être un dealer vraiment fort, j'estimais qu'il était loin d'être à la hauteur d'un mec comme Hector, l'Espagnol du *Chi-Boom's* à Plattsburgh. Mais plus tard j'en suis venu à le considérer comme un des meilleurs et même le meilleur que j'aie jamais connu.

Quoi qu'il en soit, ce soir-là, au Vaisseau-mère, alors qu'assis tout seul sur le lit de camp de la buanderie je concoctais mes plans d'évasion, je m'étais soudain souvenu d'un mec du nom de capitaine Ave, venu à l'origine de Key West en Floride et qui naviguait sur un bateau qu'il proposait en location, le *Belinda Blue*, basé à Mobay. C'était un client régulier de I-Man. Le *Belinda Blue* était un bateau de pêche court et large, venu du Maine ou d'un endroit comme ça, que le capitaine Ave avait aménagé pour des croisières de deux semaines dans diverses îles. Ses clients étaient surtout des familles ou des couples en voyage de noces qui, lorsqu'ils avaient signé le contrat, avaient cru qu'un bateau portant le nom de *Belinda Blue* et basé à Montego Bay, Jamaïque, où on le rejoindrait par avion, était forcément une de ces goélettes à trois mâts, immenses et effilées, qu'on voit dans les magazines. Il se peut aussi, je crois bien, que le capitaine Ave les ait quelque peu roulés en présentant des photos de navires qui n'étaient pas à lui et qu'il ait eu des ennuis aux States à cause de ça. Telle était sans doute la raison pour laquelle il se trouvait à Montego Bay et pas à Miami ou à Key West.

En fait, le capitaine Ave, qui était personnellement un type assez décent, avait en général des râleurs comme clients, des gens qui s'estimaient grugés et qui comme toujours se vengeaient sur l'équipage. Car dans ce genre de bateau l'équipage fait office de domestiques. Ce qui veut dire que le capitaine Ave avait du mal à garder son personnel et qu'il cherchait en permanence de nouvelles recrues. Du moins c'était la rumeur qui circulait dans le port. Une fois, alors qu'avec I-Man j'étais venu lui livrer deux onces de machin, il m'avait dit lui-même qu'un coup de main était toujours le bienvenu et que si j'avais un jour envie de me balader d'une île à l'autre je vienne le voir. Il m'avait demandé si j'avais de l'expérience et je lui avais répondu que oui, bien sûr, j'avais passé pas mal de temps sur les eaux froides du lac Champlain. Et si je reconnaissais que c'était pas tout à fait l'Atlantique, je disais quand même qu'il y avait plein de grands bateaux et de ferries, là-haut, et que, bien sûr, j'étais capable d'être un homme d'équipage.

Ça va, jeune homme, quand tu voudras, m'avait-il répondu. Je crois qu'il avait senti que j'avais un certain talent pour embobiner les Blancs et il avait tout à fait besoin de ça sur le *Belinda Blue*. Mais à cette époque je venais juste de débarquer à la Jamaïque et j'étais occupé à temps plein à la fourmilière en tant qu'apprenti de I-Man. De plus, l'idée de servir des repas et des cock-tails à l'heure du coucher du soleil et de faire la lessive de riches Américains blancs trop énervés pour se détendre parce qu'ils s'étaient attendus à naviguer dans les eaux chaudes et romantiques des Caraïbes sur un bateau à voiles tout blanc alors qu'ils se retrouvaient sur un vieux rafiot ventru et ballottant (en fait plutôt confortable et cool à

426

cause des couchettes, de la coquerie et de tout ce que le capitaine Ave y avait mis, y compris deux grandes cabines de luxe, comme il disait), cette idée, donc, me répugnait totalement à l'époque.

Mais maintenant tout avait changé. Je n'étais plus l'apprenti de qui que ce soit. Lorsque enfin je suis arrivé au bas de la colline et que je suis descendu du car venant de Montpelier à l'entrée du port de plaisance, il faisait déjà nuit et j'espérais qu'on n'avait pas fermé le portail. Il était ouvert. Lorsque je me suis élancé dans le port et que j'ai couru dans le fouillis de quais où les bateaux étaient amarrés, j'espérais que je verrais le *Belinda Blue* là où il était d'habitude. J'espérais, j'espérais, j'espérais, et je l'ai trouvé. Tout ce qui me restait ensuite à espérer c'était que le capitaine Ave aurait besoin de quelqu'un dans son équipage et que le *Belinda Blue* appareillerait très vite, avant que Jason, un de ses collègues ou même Doc découvrent où j'étais passé. Dans une île comme la Jamaïque on peut facilement se cacher du reste du monde mais on peut pas se cacher des gens qui habitent là.

Le capitaine Ave était seul en train de transporter à bord des caisses de bière et de sodas. Quand je me suis approché et que je lui ai demandé s'il avait besoin d'aide, il a répondu, Ouais, entasse-moi ce bazar dans le fond et viens me parler à bord, jeune homme. C'est ce que j'ai fait, et un petit moment plus tard nous étions tous les deux assis à l'arrière du bateau en train de discuter. Il se trouvait qu'un couple, mari et femme, et leurs deux jeunes enfants arrivaient le lendemain de New York par avion pour prendre le *Belinda Blue* qui devait les amener à une île du nom de la Dominique où ils avaient loué une maison pour quelques semaines. Il s'agissait en quelque sorte d'un mois de vacances familiales mer-et-campagne concocté par un voyagiste bidon de New York que le capitaine Ave connaissait bien. Comme d'habitude, et pour les raisons habituelles, personne dans le port de plaisance ne voulait faire partie de l'équipage du capitaine Ave. J'en étais bien conscient, même si le capitaine n'en avait rien dit, mais à cela s'ajoutait une autre raison : le trajet retour, sur cette croisière, n'était pas garanti.

Le mari était censé être un chanteur célèbre des années soixante qui avait décroché de la drogue et de l'alcool puis s'était marié, avait fait des gosses et tout, devenant en quelque sorte un citoyen ordinaire. Mais comme je n'étais même pas né avant 1979 j'avais jamais entendu parler de lui. Le capitaine Ave trouvait ça curieux, mais lui c'était un mec des années soixante. Les bières que j'avais portées au fond du bateau étaient réservées au capitaine et à l'équipage, m'a-t-il expliqué, parce que cette croisière devait se dérouler sans drogue ni alcool. Ce qui écœurait le capitaine. En plus, il venait de découvrir qu'il s'agissait d'une famille de végétariens, ce qu'il était incapable, prétendait-il, de différencier des presbytériens. C'est dans tes cordes ? m'a-t-il demandé, et j'ai répondu, Bien sûr, je leur ferai de la cuisine Ital. Il a dit d'accord, du moment qu'il était pas obligé de manger ces saloperies. Puis il a été convenu que je recevrais deux cents dollars à notre arrivée à la Dominique et nous avons scellé notre accord par une poignée de main.

Nous avons bu chacun une bière à notre contrat, après quoi il m'a montré où l'équipage couchait. C'était tout en haut à l'avant du bateau, un endroit minuscule comme un cercueil pointu sans une seule fenêtre et pour dormir des bancs de soixante centimètres de large avec des matelas en caoutchouc mousse. J'ai été heureux d'être l'unique membre d'équipage et j'ai décidé de dormir sur le pont sauf s'il pleuvait. J'ai aussitôt traîné là-haut un des morceaux de caoutchouc mousse et je me suis allongé dessus. Sans doute à cause de l'excitation des quelques jours précédents et du soulagement d'avoir trouvé un moyen de partir de la Jamaïque, je me suis vidé de toutes mes pensées et me suis endormi presque instantanément.

Il y a encore une chose qui m'est arrivée à la Jamaïque et qui vaut la peine d'être racontée. Ce n'est pas qu'elle soit si intéressante que ça mais elle est triste. Le lendemain matin, le capitaine Ave, qui devait aller chercher le chanteur et sa famille à l'aéroport, m'a donné une poignée de billets et m'a laissé au marché de Mobay en me demandant d'acheter assez de légumes pour nous durer jusqu'à la Dominique. Prends-en environ pour une semaine, a-t-il dit, et rapporte-moi la monnaie et les reçus. Et je lui ai répondu, No problemo, bien que je ne sois pas ravi de faire mon apparition en public, surtout au marché où je serais particulièrement visible et où certaines personnes que je connaissais venaient faire leurs courses. Mais le capitaine Ave n'était pas au courant de mes diverses aventures, et comme je ne pouvais pas lui en parler j'ai exécuté ses ordres. J'ai fait la tournée des stands pour acheter du fruit à pain, du blighia, des calalous, des noix de coco et divers fruits, c'est-à-dire les ingrédients habituels du menu Ital et la seule chose que je sache préparer. Lui et moi, m'avait-il dit, nous pourrions manger le poisson que nous pêcherions et nous ferions escale en chemin dans plusieurs îles où nous aurions la possibilité de trouver de la vraie cuisine américaine, ce qui m'allait parfaitement parce qu'il y avait longtemps que j'en avais pas mangé.

J'avais à peu près terminé et j'étais en train d'acheter un énorme sac d'oranges à une femme lorsque, levant les yeux, j'ai remarqué un Blanc de l'autre côté du marché au milieu de la foule. Je ne l'avais pas vu depuis l'époque des Ridgeway mais je l'ai reconnu sur-le-champ. C'était Russ. A première vue il était toujours pareil sauf que de toute évidence il était paumé et pas très fier à cause de tous ces Noirs parlant leur langue maternelle dont il ne comprenait sans doute pas le moindre mot. Pendant un bref moment j'ai lutté avec mon envie de me précipiter vers lui pour l'aider, mais je me suis retenu et je me suis baissé derrière la grosse dame qui vendait les oranges et c'est de sous la table que j'ai continué à regarder Russ. Il avait les yeux qui décochaient des regards dans tous les sens, il passait souvent sa langue sur ses lèvres et n'arrêtait pas de mettre sa main dans ses cheveux pour se dégager le front. Il essayait d'avoir l'air cool. Il portait une chemise sans manches, des jeans coupés, des Doc Martens noires sans chaussettes, et il s'était fait raser les tempes et laissé pousser une queue de rat sur la nuque. J'ai aussi remarqué qu'il avait plein de nouveaux tatouages le long des bras et même sur les jambes : des serpents de toutes sortes, des dragons aux couleurs variées et divers slogans. Il en était à peu près couvert. Il avait l'air vraiment débile. J'aurais souhaité qu'on puisse encore être amis, mais c'était trop tard.

Ses yeux fouillaient le marché, sans doute à ma recherche puisque je n'étais pas allé à la tour de l'horloge comme je l'avais promis. Puis j'ai vu qu'il avait repéré quelque chose, et en suivant son regard à travers la foule je suis tombé sur un groupe de trois femmes, trois Blanches, Evening Star et ses deux campeuses Rita et Dickie. Comme Evening Star avait l'expérience du marché jamaïquain, c'était elle qui désignait les diverses choses et les expliquait aux deux autres, lesquelles se contentaient de hocher la tête et de se montrer poliment ébahies. Russ, de son côté, était déjà en train de piquer droit sur elles comme un missile guidé par la chaleur. J'ai vraiment dû lutter contre moi-même pour ne pas me lever, agiter les bras et crier, Russ ! Non, Russ ! Viens avec moi à la Dominique, Russ !

Mais il était trop tard même pour ça. Evening Star l'avait remarqué dans la cohue et elle lui souriait déjà. Il lui renvoyait son sourire et je savais qu'il répétait dans sa tête les répliques qu'il allait lui servir. Un truc du genre, Vous venez souvent ici ? à quoi elle répondrait, Mais tous les samedis, mon cher. Il dirait, Ouah, je parie que vous habitez ici, moi c'est la première fois, je débarque des States et je cherche mon pote Chappie avec qui j'avais rendez-vous, blablabla, la suite tout aussi prévisible que le début.

J'ai encore regardé quelques instants Russ et Evening Star discuter. Puis elle lui a présenté ses amies de Boston, et se tournant un peu elle a dit quelque chose à l'oreille de Russ, sans doute que ses copines étaient lesbiennes. Connaissant Russ comme je le connais, ça a dû l'exciter, et, connaissant Evening Star, ça devait être la raison pour laquelle elle l'avait dit. En tout cas, un moment plus tard il leur portait leurs provisions et ils bavardaient tous comme de vieux amis. Je me suis dit qu'il ne faudrait que quelques minutes à Evening Star pour réaliser que Chappie, le pote de Russ venant lui aussi du nord de l'Etat de New York, n'était autre que le garçon qu'elle avait connu sous le nom de Bone. Et en moins d'une heure Russ aurait dans la bouche un spliff gros comme un pétard et nagerait le dos crawlé dans la piscine de Starport.

Les voyant partir d'un pas nonchalant en direction du parking, je me suis enfin levé et je les ai regardés monter dans la Range Rover d'Evening Star. Pauvre vieux Russ, je me suis dit. J'aurais bien aimé pouvoir le sauver. Mais même si j'avais essayé il ne me l'aurait pas permis. Et j'ai pensé que ça aurait pu être moi, ce pauvre ado paumé avec des Doc Martens et une queue de rat, la peau rose couverte de tatouages si récents qu'ils font encore mal à voir, tout en rouges, bleus et noirs. Ça aurait pu être moi, ce garçon prenant place dans un 4 X 4 de luxe et montant la colline jusqu'à la maison de maître. Moi, ce fou de dope n'en revenant pas de son incroyable coup de bol, tout heureux de pouvoir sniffer de la coke sur le patio avec ce mec bizarre du nom de Doc avant que le soleil se couche, et de baiser dans la buanderie avec cette nana assez âgée mais canon du nom d'Evening Star avant que le soleil se lève à nouveau.

Ç'*aurait* été moi sans sœur Rose et I-Man et tout ce que j'avais appris sur moi et sur la vie en les aimant là-bas, dans le car scolaire de Plattsburgh, puis en me trouvant avec I-Man à la fourmilière et dans la fondation d'Accompong. J'avais même aimé le grand et terrible Bruce parce qu'il était mort en essayant de me sauver de l'incendie à Au Sable. Ça aussi, ça m'avait enseigné bien des choses. Il s'agissait là des trois seules personnes que j'avais choisi d'aimer de ma propre initiative, et elles étaient mortes. Pourtant ce matin-là à Mobay, en voyant Russ pour la dernière fois, j'ai enfin compris sans l'ombre d'un doute que le fait d'avoir aimé sœur Rose, I-Man et même Bruce m'avait laissé avec des richesses dans lesquelles je pouvais puiser pour le restant de mes jours, et je leur en étais infiniment reconnaissant.

Nous avons levé l'ancre aux alentours de quatre heures de l'après-midi et nous nous sommes dirigés vers la haute mer sous un soleil éclatant et une brise légère. De la coquerie je regardais le pont avant tout en travaillant et j'observais les enfants. Ils s'appelaient Josh et Rachel. On les disait jumeaux mais ils ne se ressemblaient pas du tout et comme aucun des deux ne ressemblait non plus aux parents je me demandais s'ils n'avaient pas été adoptés. Josh était joufflu et blond avec des taches de rousseur tandis que Rachel était brune et bouclée. Elle portait des lunettes et elle était plus grande que son frère. Ils avaient huit ou neuf ans, c'étaient des enfants riches et gâtés, je suppose, mais au fond c'étaient aussi des gosses bien qui montraient l'un pour l'autre un degré étonnant de considération si on pense que leurs parents ne leur donnaient finalement pas grand-chose.

Je me souviens du chanteur et de sa femme, de leurs corps parfaits allongés dans des transats sur le pont, se faisant bronzer et s'abrutissant de soleil sans dire un mot ni même rien échanger entre eux, ce qui était tout à fait leur style. On aurait dit qu'ils étaient en pleine guerre de dix ans. Et comme ils ne savaient pas en vous voyant de quel côté vous alliez vous mettre, ils ne disaient rien jusqu'à ce que vous vous déclariez. Pas un sourire, pas une blague, pas une question sauf pour des trucs du genre où sont les toilettes. Ils n'étaient pas impolis mais plongés en eux-mêmes et chacun tenait l'autre pour responsable de ce qui pouvait aller de travers. Comme si leurs vacances étaient déjà foutues parce que le *Belinda Blue* n'était pas un beau voilier. Au lieu d'en tirer le meilleur parti ils préféraient s'envoyer des regards venimeux et dédaigner ouvertement tous les autres y compris leurs propres enfants.

J'ai pas l'intention d'épiloguer sur le chanteur et sa famille, mais les enfants Rachel et Josh avaient quelque chose qui m'a pas mal impressionné. C'était pendant que nous sortions de Mobay en cette fin d'après-midi et que nous nous dirigions vers le sud-est le long de la côte de la Jamaïque. J'aurais sans doute mieux fait de me concentrer sur mon départ de cet endroit où tant de choses bonnes et mauvaises m'étaient arrivées en un peu moins d'un an. J'étais certain de ne jamais revenir, sauf si un jour je voulais retrouver la tombe de I-Man dans le cimetière derrière l'église d'Accompong pour y poser des fleurs. Mon père biologique vivait à la Jamaïque, mais comme pôle d'attraction ce n'était vraiment plus ça. Et même si c'était là que j'avais reçu mon baptême de sexualité totale avec une femme, il s'agit de quelque chose qu'on ne peut pas répéter. A la Jamaïque, enfin, j'étais arrivé à connaître Je, j'avais vu les lumières du Je en hauteur et en profondeur. Encore une fois, c'était une expérience qui ne peut pas se renouveler. Ou bien les lumières du Je s'enclenchent ou elles restent éteintes, et dans ce dernier cas on continue à rechercher la hauteur et la profondeur jusqu'à ce que ça marche. Mais quand elles s'allument, comme ça s'était passé pour moi dans la grotte, on doit ensuite regarder vers l'avant et vers l'extérieur à partir de Je, pas regarder vers l'arrière et *dans* le Je. On est censé utiliser ces nouveaux phares uniquement pour voir dans l'obscurité.

Et c'était bien, je crois, ce que je faisais en ne regardant pas par-dessus mon épaule les vertes collines de la Jamaïque s'évanouir rapidement derrière moi. Au lieu de quoi j'observais, par la petite fenêtre carrée de la coquerie, les enfants sur le gaillard d'avant. Les parents étaient étendus sur leurs transats en plein milieu, la lotion solaire miroitait sur leurs peaux pâles et leurs yeux restaient fermés derrière leurs lunettes de soleil. Josh était assis à tribord et Rachel à bâbord. Les genoux ramenés sous le menton et les bras serrés autour de ses jambes, le garçon contemplait la mer d'un air solennel. Tout aussi sérieuse, la fille tendait ses pieds en pointes devant elle comme une ballerine et regardait l'océan de l'autre côté.

Ces gosses étaient totalement seuls, comme s'ils avaient été envoyés par accident, chacun séparément, d'une planète lointaine pour vivre sur la Terre parmi des êtres humains adultes et pour dépendre d'eux à tous points de vue. Comparés aux êtres humains adultes, c'étaient des créatures extrêmement fragiles qui ne connaissaient ni la langue ni le fonctionnement des choses d'ici et qui étaient arrivées sans argent. Comme les êtres humains leur avaient interdit d'utiliser leur ancienne langue, ils l'avaient oubliée, de sorte qu'ils avaient du mal à se tenir mutuellement compagnie et à s'entraider. Ils étaient même incapables de parler des temps anciens et ils en étaient ainsi venus à oublier que ces époques passées avaient existé. Il ne leur restait plus que la vie sur la Terre avec des adultes qui les appelaient des enfants et qui se conduisaient envers eux comme s'ils étaient leur propriété, des objets plus que des créatures vivantes.

Je voyais à leurs gestes et à leur expression que ces deux gosses, Josh et Rachel, allaient probablement grandir pour devenir exactement semblables à leurs parents. Ils s'y exerçaient déjà. Mais qui aurait pu leur en vouloir ? Aucun être sensé n'a envie de rester enfant à jamais. En tout cas pas moi.

Nous avons jeté l'ancre tard ce soir-là à Navy Island, une île juste en face de Port Antonio à la pointe est de la

Jamaïque. Puis, après que tout le monde a été couché, j'ai porté mon matelas sur le pont supérieur. Ce pont n'était en fait que le toit de la grande cabine, mais le capitaine Ave l'appelait comme ça, le pont supérieur. La nuit était d'une clarté absolue et les étoiles impressionnantes, comme des millions de minuscules lumières ballottant sur un grand océan noir. J'ai encore pensé à Josh et à Rachel et je me suis demandé de quelle étoile là-haut ils étaient descendus. Est-ce qu'ils le savaient ? Et en supposant que je la découvre et que je la leur montre, est-ce qu'ils seraient d'accord pour y revenir et se retrouver avec les leurs ?

Sans doute que non. L'expérience d'être né sur Terre et de vivre avec des humains, ne serait-ce que quelques années, vous change à jamais. Je suppose que tout ce qui reste à faire c'est de tirer le meilleur parti de ce qui est bien évidemment une mauvaise situation. Quand même, ce serait bien de savoir que sur cette étoile-là, ou peut-être sur cette autre, là à sa droite, il y a eu des gens qui t'ont aimé pour toi-même.

J'étais en train de penser à ça et à d'autres choses quand j'ai soudain remarqué que c'était vrai, que les plus grandes étoiles, ou en tout cas les plus brillantes, avaient un air de parenté comme dans une famille et qu'on pouvait relier les points entre eux, pour ainsi dire, et faire surgir une image ainsi que le faisaient les bergers d'autrefois quand ils gardaient leurs troupeaux la nuit. J'avais déjà souvent essayé de trouver ces figures, mais parce que ça n'avait jamais marché je m'étais dit que les constellations étaient encore une de ces choses comme les atomes et les molécules : on vous dit que ça existe, mais vous ne pouvez pas les voir et à la fin vous dites, Ouais, pourquoi pas.

Alors que là c'était *vrai*. Il y avait un tas d'étoiles brillantes ici, un autre groupe plus loin et plein d'autres qui ressortaient sur un fond de millions d'entre elles. Le problème, c'était que même si j'arrivais enfin à voir de mes propres yeux qu'il existait là-haut des constellations, j'étais incapable de m'en rappeler les noms ou les formes. Je savais qu'il devait y avoir un mec avec un arc et des flèches et un chariot et des chevaux, et des dieux et des déesses grecques, mais je n'arrivais pas à les repérer.

J'ai essayé de relier les points à ma façon. Il y avait, du côté nord du ciel, vers le bas, un groupe d'étoiles. Quand je les ai reliées, ça a donné une haltère parfaite. Voilà la constellation de Bruce, je me suis dit. Mais pour que ça fasse moins bête je l'ai appelée Adirondack Iron, le signe du mauvais garçon au bon cœur.

Un autre amas d'étoiles qui flottaient perdues dans une partie très sombre du ciel m'est apparu comme une rose à longue tige. Je l'ai observée longtemps et j'ai presque pleuré de la voir si fragile et sans protection là-haut toute seule. Elle avait de petites épines et des pétales roses superbes. C'est devenu la constellation de sœur Rose, le signe de l'enfant rejeté.

Juste au-dessus de moi, un troisième groupe d'étoiles flottait. Je suis resté allongé sur le dos à le regarder en face jusqu'à ce qu'il en sorte une tête de lion surmontée d'une couronne. C'était la constellation du Lion-Je, le signe de l'esprit ouvert, et dans les étoiles qui la composaient, même si je ne pouvais pas le voir, je savais qu'il y avait I-Man et qu'il me regardait, avançant les lèvres en une petite moue souriante et levant les sourcils pour montrer son léger étonnement devant la tournure que prenaient les choses.

J'ai passé le reste de la nuit à contempler une constellation après l'autre, les regardant flotter lentement à travers le ciel jusqu'à l'aube, puis l'océan a commencé à rosir à l'est et les étoiles à glisser dans l'obscurité derrière les montagnes. Adirondack Iron a été la première à passer dans le noir, puis sœur Rose et enfin Lion-Je. Elles étaient parties et elles me manquaient, mais même comme ça j'étais très heureux. Pour le restant de ma vie, quel que soit l'endroit de la planète Terre où j'irais et quel que soit mon degré de confusion ou de peur, je pourrais attendre qu'il fasse noir pour regarder dans le ciel et voir à nouveau mes trois amis. Mon cœur s'emplirait alors de mon amour pour eux et me rendrait fort et lucide. Et si je ne savais plus que faire, je demanderais à I-Man de me donner des directives. A travers l'immense et froid silence de l'univers, je l'entendrais dire, A toi de décider, Bone, et ça me suffirait

TABLE

BABEL

Extrait du catalogue

COÉDITION ACTES SUD – LABOR – LEMÉAC

Ouvrage réalisé
par l'Atelier graphique Actes Sud.
Achevé d'imprimer
en janvier 1998
par Bussière Camedan Imprimeries
à Saint-Amand-Montrond (Cher)
sur papier des
Papeteries de Jeand'heurs
pour le compte
d'ACTES SUD
Le Méjan
Place Nina-Berberova
13200 Arles.

N° d'éditeur : 2196
Dépôt légal
1re édition : juin 1996
N° impr. : 1/74